Chrystine Brouillet

D0594751

Sans pardon

la courte échelle

De la même auteure, à la courte échelle :

Romans :
Le Collectionneur
C'est pour mieux t'aimer, mon enfant
Les fiancées de l'enfer
Soins intensifs
Indésirables
Sans pardon
Silence de mort
Promesse d'éternité

Format de poche :
Le Collectionneur
C'est pour mieux t'aimer, mon enfant
Les fiancées de l'enfer
Soins intensifs
Indésirables
Sans pardon

Chrystine Brouillet

Sans pardon

la courte échelle

Les éditions de la courte échelle inc.
5243, boul. Saint-Laurent
Montréal (Québec) H2T 1S4
www.courteechelle.com

Révision :
Lise Duquette

Conception graphique de la couverture :
Elastik

Dépôt légal, 3ᵉ trimestre 2009
Bibliothèque nationale du Québec
Copyright © 2009 Les éditions de la courte échelle inc.

La courte échelle reconnaît l'aide financière du gouvernement du Canada
par l'entremise du Programme d'aide au développement de l'industrie de
l'édition pour ses activités d'édition. La courte échelle est aussi inscrite au
programme de subvention globale du Conseil des Arts du Canada et reçoit
l'appui du gouvernement du Québec par l'intermédiaire de la SODEC.

La courte échelle bénéficie également du Programme de crédit d'impôt
pour l'édition de livres – Gestion SODEC – du gouvernement du Québec.

**Catalogage avant publication de Bibliothèque et Archives nationales du
Québec et Bibliothèque et Archives Canada**

Brouillet, Chrystine

    Sans pardon

    ISBN 978-2-89651-271-3

    I. Titre.

PS8553.R684S26 2009   C843'.54   C2009-940373-0
PS9553.R684S26 2009

Imprimé au Canada

*L'auteure tient à remercier Isabelle Richer,
Madeleine Giauque, Jacques Gagné, François Julien,
Gilles Langlois, Sylvie Frigon et Guy Lemire
pour leur précieuse collaboration.*

CHAPITRE 1

Thomas Lapointe s'éveilla en sursaut ; était-ce son propre cri qu'il avait entendu ? Il avait rêvé de Mélanie. Elle hurlait pendant qu'un homme la violait, elle appelait son frère à l'aide, mais Thomas était incapable de la secourir. Il entendait le rire de Donald Hébert et les cris de sa petite sœur, des cris de terreur, d'épouvante absolue qui faiblissaient jusqu'à n'être que des gémissements résignés, jusqu'à se dissoudre dans le néant.

Thomas repoussa les couvertures, se leva pour aller chercher un verre d'eau. Il sentait, entendait son cœur battre dans la nuit silencieuse. Serait-il un jour débarrassé de ces cauchemars ? Le souhaitait-il vraiment ? N'aurait-il pas l'impression de trahir Mélanie s'il ne rêvait plus à elle ? En se servant un verre d'eau, Thomas revit le visage de Marcel Ménard. Il avait rêvé aussi à lui ? Il grimaça ; il n'aimait pas penser à Ménard, mais tout lui revenait maintenant en mémoire.

Ce n'est pas la première fois qu'il épie Ménard. Mais c'est le premier jour du mois d'octobre 1998. Thomas Lapointe emprunte la piste cyclable pour rentrer chez lui. Il a suivi Ménard durant une heure et demie. Est-ce que Ménard s'entraîne depuis longtemps ? Oui, probablement. Depuis bien avant qu'il s'intéresse à lui. Bien avant le meurtre de Mélanie. Bien avant la libération de son assassin. Bien avant que sa vie bascule, se vide de sens.

Marcel Ménard, lui, ne doit pas trop s'interroger sur le sens de la vie. Il quitte sa maison et se rend au travail, dîne avec ses collègues puis rentre chez lui, mange, regarde la télévision, se couche et s'endort. Il ne fait pas d'insomnie, Marcel Ménard, il ne pense pas sans cesse aux brûlures de cigarette que Donald Hébert a multipliées sur le corps de Mélanie, à ses cris chaque fois que le tison incandescent grillait sa chair, à sa terreur, à son désespoir. Marcel Ménard ne pense pas au viol de Mélanie. Marcel se couche en songeant qu'il faudra bientôt installer l'abri Tempo.

Lapointe suit Ménard durant cinq semaines pour bien connaître ses habitudes. Il rôde autour de chez lui à divers moments de la journée et il décide de l'exécuter un samedi matin ; à l'heure où il part faire du vélo ou du jogging, il aura moins de risques de rencontrer des témoins. Ménard ne fait pas la grasse matinée le samedi ni le dimanche ; il s'entraîne. Il veut sans doute garder la ligne pour plaire aux femmes. On sent qu'il ne met aucun enthousiasme à courir ou à pédaler, qu'il s'y astreint. Thomas Lapointe distingue rapidement les vrais cyclistes des faux. Ménard doit rentrer tout content de lui après deux heures de vélo, se regarder dans un miroir et tenter de croire que sa silhouette s'affine, se raffermit. Thomas Lapointe aurait préféré le surveiller plus longtemps, mais il craint que Ménard ne modifie ses habitudes quand le climat changera ; les faux sportifs ont moins de volonté quand chute la température. De toute manière, il n'avait pas beaucoup de temps à consacrer à ce guet. Il ne pouvait pas s'absenter du travail si facilement. Comment aurait-il justifié ses manquements auprès de son partenaire ? Celui-ci compte sur lui, lui fait confiance, l'a soutenu après l'assassinat de Mélanie, quand leur patron a émis des doutes sur ses capacités à continuer à mener des enquêtes criminelles maintenant qu'il a été éprouvé trop intimement. Au contraire, a plaidé Juneau, son partenaire serait encore plus motivé, plus déterminé à arrêter les ordures qui traînent dans les rues à la recherche de gamines vulnérables.

Juneau n'a pas tort. Lapointe est obsédé par la présence de tous ces prédateurs sexuels qui vivent, travaillent, s'amusent à Montréal, mais il se garde bien d'en parler avec Juneau. On ne doit pas deviner à quel point le souvenir de Mélanie le hante. S'il a vu le psychologue du Service de police après le meurtre de sa sœur, c'est bien parce que le grand patron le lui a demandé. Il s'est toutefois réjoui que le psy soit débordé et n'ait pas insisté pour le revoir après leur troisième rencontre. Il a su se contrôler durant ces séances, enfouir sa rage, sa douleur au plus profond de son cerveau, ne livrer qu'une partie de ses sentiments, juste ce qu'il fallait pour que le psychologue considère qu'il réagissait normalement au choc, qu'il était triste mais pas déprimé. Pas dangereux pour lui-même ni pour son partenaire, ses collègues. Et c'est vrai que jamais il ne mettrait Juneau en danger par négligence ou imprudence. Il est fiable, loyal,

même s'il doit dissimuler certains faits à son parte-
naire. C'est ainsi qu'il a tu la découverte d'une arme
à feu dans une piquerie. Il a caché le Saturday night
special en se disant que la facilité avec laquelle il a
trouvé ce revolver était un signe que lui adressait son
père de l'au-delà. Il avait raison d'honorer la mé-
moire de Mélanie en tuant les responsables de sa
mort pour les empêcher de commettre d'autres er-
reurs.

Le temps est lourd et Thomas Lapointe espère arri-
ver chez lui avant d'être surpris par la pluie. Il ne se
souvient pas si on a annoncé de simples averses ou
une météo capricieuse pour les prochains jours. Il ne
faut pas qu'il pleuve trop longtemps, car Marcel Mé-
nard restera peut-être chez lui au lieu d'aller faire du
vélo. Il a déjà de la chance qu'il n'habite pas en plein
centre-ville. Thomas Lapointe allume le poste de té-
lévision en rentrant à son appartement, pousse un
soupir de soulagement en apprenant que le soleil bril-
lera le lendemain matin. Il repose la télécommande
sur la table du salon en songeant qu'il ne l'a plus ja-
mais cherchée depuis que Mélanie est morte. Quand
il vivait avec sa sœur, il la taquinait fréquemment sur
sa manie d'abandonner la manette dans les endroits
les plus farfelus, ce qui la faisait beaucoup rire. Elle
riait si souvent, Mélanie. D'un rire frais, léger comme
le vol d'un papillon, innocent, heureux. Il n'a jamais
réussi, après sa mort, à se rappeler parfaitement ce
rire ; il sait qu'il était en cascade, pas trop aigu, mais
il n'arrive plus à l'entendre. Pour y parvenir, il de-
vrait regarder les cassettes vidéo où Mélanie appa-

raît et il s'y refuse. Il se contente de gagner la chambre de Mélanie où rien n'a été déplacé depuis son décès. Il a même congédié la femme de ménage, car il redoute qu'elle ne modifie l'aspect de la pièce malgré ses recommandations. Il veut conserver le joyeux désordre créé par Mélanie, revoir le pull rose qu'elle avait jeté sur le lit avec le jeans, se souvenir qu'elle avait essayé trois tenues différentes avant de choisir la robe bleue à rayures noires. Si elle n'avait pas porté une robe, est-ce que Donald Hébert l'aurait remarquée ? Il devait avoir fantasmé sur ses jambes, ses cuisses gainées de noir. N'avait-il pas gardé ses collants en guise de trophée ?

Thomas Lapointe s'assoit sur le lit de Mélanie, effleure le couvre-pied du bout des doigts d'un geste tendre. Il se souvient du plaisir que sa sœur prenait à bouger ses orteils sous la couette pour mystifier son chat. Comme elle avait aimé Caramel ! La photo du matou se trouve juste à côté de celle de leurs parents. Thomas se redresse subitement. Ce n'est pas le moment d'être nostalgique mais efficace. Il s'installe dans la cuisine pour nettoyer le Saturday night special. L'arme est aisément maniable, rassurante. Il s'est beaucoup exercé au tir durant l'année et ses efforts seront enfin récompensés. Bien sûr, il n'a pas pu se servir de cette arme pour viser les cibles, mais il a choisi un modèle semblable. Il a répété cent fois les gestes qu'il fera le lendemain. Il ne tremblera pas.

Il n'a aucun appétit, mais il se force à manger, car il redoute d'avoir une de ces migraines qui le torturent depuis l'assassinat de Mélanie. Il soupe d'un sandwich au jambon, croque une pomme, deux biscuits et se couche en sachant qu'il se réveillera au milieu de la nuit, qu'il gardera les yeux ouverts trop longtemps. Il faut pourtant qu'il soit alerte, vif, sûr de lui. Il boira du thé même s'il préfère le café. Le thé le stimule sans l'exciter autant que le café. Il ne se permettra l'espresso qu'après l'exécution de Marcel Ménard.

Le soleil saupoudre d'or les feuilles mortes qui tombent de plus en plus nombreuses chaque jour, quand Thomas Lapointe sort pour se rendre chez Marcel Ménard. Il l'attend durant une heure douze minutes, craint durant un moment qu'il ne reste chez lui malgré la température clémente. Puis il voit la porte du garage s'ouvrir, Marcel Ménard enfourcher son vélo. Il le laisse prendre de l'avance. Il devra faire vite pour ne pas être surpris par un témoin. Il ajuste ses larges lunettes, enfonce son casque et pédale avec énergie pour rejoindre sa proie. Il sent le poids de l'arme sous son chandail gris.

C'est Marcel Ménard qui parle le premier. Souriant, affable, détendu.

— On est chanceux qu'il fasse enfin soleil! Il cesse de sourire en voyant l'arme.

— Il pleuvait quand ma sœur a été assassinée.

Ménard avait eu un geste de recul, comme s'il devinait qu'on ne lui parlait pas d'une mort violente par hasard. Mais il ne connaissait pas cet homme qui se dressait devant lui; ce n'était pas un des détenus qu'il avait vus au cours de ses évaluations à Bordeaux ou à Cowansville. Il avait serré les guidons de sa bicyclette, désireux de s'éloigner.

— Assassinée, oui, avait répété Thomas Lapointe. Donald Hébert l'a violée pendant toute une journée, il a écrit son nom dans son dos avec un couteau. Ça te dit quelque chose ? Oui, je vois à ton air que la mémoire te revient. Ma sœur s'appelait Mélanie.

Marcel Ménard avait baissé la tête, poussé un long soupir. Mélanie Lapointe. Son nom avait fait la manchette des journaux quand on avait trouvé son corps. Quand on avait appris que Donald Hébert était en libération conditionnelle pour la cinquième fois — ou plutôt, en bris de condition de cette libération puisqu'il ne s'était jamais présenté à la maison de transition où il était attendu après son départ d'Archambault — lorsqu'il avait tué la jeune femme. C'était un journaliste de La Presse qui avait révélé le parcours terrifiant de Donald Hébert à la population montréalaise. Comment un tel homme avait-il pu être libéré avec de pareils antécédents ? Qui étaient les responsables ? Gilles Mercier, alors ministre de la Justice, avait annoncé la tenue d'une enquête administrative sur la libération qu'avait obtenue Donald Hébert. Après des mois d'étude, les membres du comité avaient déclaré que les intervenants qui avaient rencontré Hébert — directeur de prison, agents à la libération ou commissaires — n'avaient rien à se reprocher. Aucun élément dans son dossier n'indiquait une tendance à la délinquance sexuelle. Il avait été trois fois condamné pour vol entre 1988 et 1992. Comme il n'y avait pas de système informatisé aux services correctionnels du Québec, la machine administrative avait supprimé les dossiers de Donald

Hébert, comme elle le faisait pour tous les détenus qui étaient inactifs pendant cinq ans. Quant à son dossier au fédéral, il n'avait pas été consulté puisque Hébert s'était fait arrêter, les deux dernières fois, pour une simple plainte de violence conjugale. Si on l'avait lu, on aurait appris que Donald Hébert avait été condamné pour viol en 1985 alors qu'il vivait en Alberta.

Le son du coup de feu étonne Thomas Lapointe ; il est plus long que ceux qu'il entend lors des exercices de tir. Il n'a pas été éclaboussé par le sang parce qu'il a choisi des balles partiellement chemisées qui ont plus de chances de rester dans le corps, parce qu'il a bien calculé la distance qui le protégera des taches, mais il est surpris, oui, vraiment surpris par la gravité du son. Et par le temps que met Ménard à s'écrouler, il fait au moins dix pas avant de s'affaisser au sol dans un bruit mat. Paradoxalement, tout se passe trop vite ; Ménard n'a pas assez peur, il n'a pas le temps de regretter d'avoir déclaré que Donald Hébert pouvait bénéficier d'une libération conditionnelle. Mais Thomas Lapointe n'a pas pu agir autrement, il ne doit pas y avoir de témoin.

Thomas Lapointe s'est éloigné du lieu de l'exécution d'une bonne dizaine de kilomètres quand il sent des picotements au bout de ses doigts. Il s'arrête sur le côté de la piste, veut lâcher le guidon de son vélo sans y parvenir. Ses mains sont raidies sur les poignées et refusent de lui obéir. Il prend de longues inspirations, tente de nouveau de déplier ses doigts, mais il se remet à pédaler sans avoir réussi. Il se concentre sur la route, se répète que tout rentrera dans l'ordre dès qu'il se sera débarrassé de l'arme.

Il se force à pédaler encore plus vite, pour chasser la tension qui l'habite depuis des heures. Il devra manger en rentrant chez lui. Et ressortir pour courir durant au moins une heure s'il veut avoir une petite chance de s'endormir en se couchant. Il déteste cette sensation d'être à la fois extrêmement las et furieusement surexcité. Il sursaute en entendant la sirène d'un navire alors qu'il gagne le port. Il se dirige vers le fleuve pour y jeter l'arme en priant pour que ses membres lui obéissent de nouveau. Il implore son père de l'aider. Il sourit en posant les pieds à terre, ses mains commencent à se détendre. Il pourra lancer le Saturday night aussi loin qu'il le souhaite.

Jacques Lapointe veille sur son fils.

Thomas Lapointe rentre chez lui en se disant qu'il aurait aimé s'enrôler dans l'armée, mais il ne regrette pas d'avoir opté pour les forces policières pour rester près de Mélanie. Et bien sûr, après sa mort, il n'a pas été question de réorienter sa carrière ; être enquêteur facilite grandement sa mission.

Est-ce que tout était déjà décidé ? Les destins tracés ? Est-ce qu'il a choisi d'être policier plutôt que militaire parce qu'il était écrit quelque part qu'il aurait besoin d'exercer ce métier pour venger Mélanie ? Est-ce que la mort de Mélanie était programmée ? Non, non, non, il déraille. Il est trop fatigué. Aucun dieu n'a laissé mourir Mélanie, ce sont des hommes qui sont responsables de son massacre. Non, se corrige-t-il à haute voix, cinq hommes et une femme. Il ne faut pas oublier Marie-Anne Lavoie.

Au cours de la soirée, il regarde le premier album de famille, ces années de bonheur sur les bases militaires où son père était muté. C'était le bon temps, l'époque insouciante, même si Thomas craignait parfois qu'on n'envoie son père se battre au loin et qu'il n'en revienne pas. Parfois, pas souvent. Car son père lui semblait indestructible, si fort, si sûr de lui. Et rien ne l'enchantait davantage que d'entendre les gens répéter qu'il lui ressemblait énormément.

Il se sent plus détendu et referme l'album de photos avec reconnaissance. La magie familiale a agi ; il peut aller se coucher. Dans le noir, il réussit même à chasser le souvenir de Marcel Ménard tombant sur l'asphalte. Il a fait son devoir, un point c'est tout. Et il recommencera. Et Jean-Paul Baudin mettra un peu plus de temps à mourir.

Thomas Lapointe but lentement son verre d'eau. Il ouvrit la porte menant au balcon, regarda au loin. Il ne pouvait voir le Saint-Laurent dans la nuit, mais il le devinait, songeait à sa faune, aux créatures qui vivaient dans le fleuve, à Mélanie qui se demandait comment dormaient les poissons. Il se servit un second verre d'eau. Penser à Ménard l'avait fatalement amené à songer à Baudin.

Il est ravi d'apprendre que Baudin aime la chasse et il y voit un signe du ciel. On lui facilite la tâche, on approuve sa mission. Il n'a eu aucune difficulté à recueillir des informations sur Jean-Paul Baudin. Il découvre très vite depuis combien de temps il tra-

vaille au Centre correctionnel canadien, qui sont ses collègues, où il dîne avec eux, où il prend une bière. Lèvent-ils leurs verres à la santé des détenus qu'ils laissent sortir de prison ? Non, probablement qu'ils ne parlent pas de ces hommes, que les criminels ne sont que des numéros dans une routine bien établie. Ils doivent commenter le match de hockey de la veille ou le prix de l'essence qui ne cesse d'augmenter, le prochain voyage à Cancún et la chance qu'a Baudin de plaire autant aux femmes. Lapointe ne l'a jamais vu avec la même fille. Il sort tous les vendredis soir et rentre chez lui avec sa conquête de la soirée qu'il ne se donne pas la peine de raccompagner jusqu'à sa voiture le lendemain matin. Thomas Lapointe a toujours vu Baudin se contenter d'un petit signe de la main, d'un demi-sourire à la femme avec qui il vient de passer la nuit. Il referme la porte derrière lui dès que la femme fait démarrer sa voiture. Il l'a déjà oubliée. Comme tous les meurtriers qui se trouvent en liberté conditionnelle grâce à lui. En a-t-il connu qui ont tué quelqu'un avec une carabine ?

Pense-t-il à ces assassins quand il est atteint à son tour ? Quand la balle pénètre dans sa chair ? Thomas Lapointe vise le coffre. Pas la tête, le coffre. Que l'hypothèse de l'accident soit plus crédible. Baudin souffrira davantage mais tant pis, il n'a pas le choix. Lapointe prie son père de l'aider à atteindre sa cible là où il le souhaite malgré les cent vingt mètres de distance. Cette fois-là, la détonation de la Winchester 30-30 ne le surprend pas. Il se contente de prendre ses jumelles pour observer Baudin qui se plie en deux *avant de rouler sur le sol. Il l'a sûrement touché au foie ou aux poumons. Évidemment, il ne peut pas vérifier s'il a bien visé. Il déteste devoir rentrer chez lui et attendre qu'on annonce la mort de Baudin au journal télévisé pour être certain que tout s'est déroulé comme prévu. Il mange un sandwich aux œufs quand il entend le présentateur déplorer un malheureux accident de chasse.*

Thomas Lapointe agirait différemment pour Asselin, Mercier et Lavoie. Quant à Hébert… Hébert était vraiment un problème pour lui. Il ne pouvait pas l'exécuter là où il se trouvait maintenant. Mais attendre jusqu'en 2021 lui paraissait inconcevable. Il aurait tant voulu que tous les responsables du meurtre de Mélanie aient disparu le jour du dixième anniversaire de sa mort. Mais son meurtrier direct, Donald Hébert, était enfermé à Cowansville jusqu'en 2021. 2021. C'était à la fois trop court et trop long. Trop court, car Hébert aurait dû être condamné à la prison à vie sans possibilité de libération conditionnelle, et trop long, car Thomas Lapointe devrait attendre encore quinze ans pour exécuter cet homme. Trop court, trop long, le temps était fou, tordu depuis que Mélanie avait été massacrée.

Thomas remplit de nouveau son verre d'eau, retourna dans sa chambre, se recoucha en songeant aux 3 276 jours qui s'étaient écoulés depuis la disparition de sa cadette. 3 276 jours pendant lesquels elle serait devenue une femme accomplie. Heureuse, sûrement heureuse, car Mélanie était douée pour le bonheur malgré le drame qui avait assombri son enfance. Elle se serait peut-être mariée, aurait eu une fille, un garçon. Il aurait aimé son rôle d'oncle, aurait gâté ses neveux et nièces. Il serait resté à Montréal pour les voir régulièrement.

Il vivait maintenant à Beauport et se demandait encore s'il avait bien fait de quitter l'appartement qu'il habitait avec Mélanie à Montréal. Il ne pouvait plus aller dans la chambre de sa sœur pour se recueillir comme il le faisait auparavant. Mais il avait jugé plus prudent de s'éloigner de la métropole après l'exécution de Ménard et de Baudin. Ce déménagement à Québec compliquerait un peu les choses quand il devrait s'occuper de Lavoie, d'Asselin et de Mercier, mais il réussirait tout de même à venger la mémoire de Mélanie. Il savait déjà tout ce qu'il y avait à savoir sur eux, il les avait observés comme il l'avait fait pour Ménard et Baudin. Il ne restait plus qu'à décider du meilleur moment pour se débarrasser de ces criminels. Il les avait jugés et condamnés pour non-assistance à personne en danger. Ils ne continueraient plus à délivrer des autorisations de sortie comme on distribue des bonbons. Mélanie ne serait pas morte en vain. Elle serait fière de lui.

Mon Dieu qu'elle lui manquait! Depuis que les crocus étaient fleuris, sa gorge se serrait chaque fois qu'il rentrait chez lui; il imaginait Mélanie se pencher sur les pétales violacés, dire que le muscari ne tarderait pas à s'épanouir, que les narcisses embaumeraient bientôt le jardin. Elle aurait aimé le lilas qui poussait derrière la maison. Thomas avait remarqué qu'il portait de minuscules grappes, mais Maud Graham, le matin même au bureau, avait dit que les lilas de son jardin ne fleuriraient pas avant des semaines.

— À Montréal, ils les auront bien avant nous. C'est la seule chose que j'aime vraiment mieux qu'à Québec. Ici, le printemps met tellement de temps à arriver. Et les magnolias poussent plus nombreux là-bas. À Québec, les magnolias sont rares.

Thomas avait acquiescé sans préciser qu'il pensait à Mélanie lorsqu'il voyait un magnolia ; elle trouvait que les fleurs roses, quand elles commençaient à s'ouvrir, ressemblaient à des mains tendues dans une prière. Une prière comme celle qu'elle avait dû faire quand Hébert la torturait ? Elle avait sûrement imploré le ciel de mourir au plus vite. Mais le ciel ne l'avait pas exaucée, le ciel ne pouvait rien contre la rage d'un homme. Et contre l'imbécillité de ses congénères.

— J'ai failli en planter dans mon jardin quand j'ai acheté la maison, avait poursuivi Graham, mais il n'y avait pas assez de place avec le tilleul et les deux lilas. Et comme je voulais aussi un olivier de Bohême, j'ai dû faire des choix.

Elle avait ajouté qu'il était dommage de toujours devoir choisir dans la vie, puis elle s'était reprise ; elle ne devait pas se plaindre. Elle était au contraire privilégiée de pouvoir choisir alors que tant de femmes, tant d'hommes avaient une existence faite de soumission et d'humiliations.

En replaçant son oreiller, Thomas Lapointe pensa à

Mercier, à Lavoie et à Asselin qui avaient choisi de laisser Donald Hébert quitter le pénitencier. Combien d'autres psychopathes avaient profité et profitaient encore de leur largeur d'esprit ?

Leur temps était compté.

CHAPITRE 2

Il pleuvait quand Thomas Lapointe quitta le magasin de sport où il avait acheté un nouveau casque, mais il se dirigea très lentement vers sa voiture comme s'il espérait que toute cette eau glacée le libérerait de sa nausée. Il s'engouffra dans la Nissan en tentant de se raisonner. Donald Hébert avait été étranglé par un codétenu. Il aurait dû s'en réjouir, jubiler en apprenant une telle nouvelle, en imaginant la souffrance d'Hébert tandis qu'on lui écrasait la trachée, mais l'annonce du décès du meurtrier de sa sœur ne l'avait pas apaisé, et il était troublé d'être aussi déçu. Il ne ressentait que de l'agacement : les choses n'auraient pas dû se passer ainsi.

Rien ne s'était passé comme il le fallait. Rien. Depuis le début. Depuis le 5 mai 1997. Vers minuit. Mélanie revenait du restaurant où elle avait soupé avec Justine et Nancy comme elle le faisait au début de chaque mois. Elle était descendue de l'autobus à un coin de rue de chez elle. Personne ne l'avait revue vivante. Thomas Lapointe avait su très vite qu'elle avait été violée durant des heures, qu'elle s'était débattue, qu'on l'avait brûlée avec une cigarette, qu'on l'avait frappée à plusieurs reprises avant de la noyer dans une baignoire. Avant de jeter son corps dans la rivière des Prairies. Le médecin légiste avait été formel : l'eau prélevée dans les poumons de Mélanie n'était pas celle de la rivière où on l'avait retrouvée deux jours après son assassinat. Le meurtrier avait voulu faire croire à une noyade accidentelle ou espéré que son corps serait emporté au loin, mais Gino Marconi, un pêcheur pressé d'étrenner l'attirail qu'il avait reçu à Noël, s'était pointé à l'aube, ce sept mai, dans la crique où il comptait attraper deux ou trois poissons. C'est alors qu'il avait vu un tronc d'arbre qui flottait, un tronc d'arbre qui traînait une forme étrange derrière lui. Gino Marconi avait sorti ses jumelles : un cadavre était accroché au bois mort. Marconi s'était mis à crier, à courir pour regagner sa voiture, cherchant un téléphone pour avertir les autorités policières. Un patrouilleur était rapidement arrivé sur les lieux. On avait ramené le corps de Mélanie Lapointe vers la rive. Et Thomas l'avait identifiée quelques heures plus tard. Il s'était juré de venger sa cadette.

Il n'y était pas parvenu. Il n'avait pu tuer Donald Hébert comme il l'espérait naïvement. Il n'avait réussi qu'à exécuter Marcel Ménard et Jean-Paul Baudin. Il avait fait des cauchemars après avoir tiré sur Ménard, mais il n'avait jamais regretté son geste.

Marcel Ménard était mort. Puis Jean-Paul Baudin. Il devait maintenant s'occuper de Gilles Mercier, qui n'était plus ministre de la Justice mais sénateur, de René Asselin, toujours directeur de prison, et de Marie-Anne Lavoie, qui avait été présidente de la Commission québécoise des libérations conditionnelles.

Lapointe avait écarté Isabelle Lemay après avoir appris qu'elle s'était opposée à la libération de Donald Hébert, à la première demande du criminel, qu'elle avait démissionné après avoir tenté de dénoncer le manque criant de moyens, la surcharge de travail des commissaires et des agents des libérations conditionnelles qui ne pouvaient surveiller adéquatement les détenus. Comment pouvait-on évaluer les chances réelles de réhabilitation d'un criminel en ne l'ayant vu que deux ou trois heures ? Elle ne pouvait admettre de travailler dans ces conditions. Ménard et Baudin, moins scrupuleux, avaient renversé la décision d'Isabelle Lemay cinq semaines plus tard, sur les conseils de Marie-Anne Lavoie qui désirait satisfaire aux exigences de son nouveau patron. Le ministre Gilles Mercier lui avait fait comprendre que la fermeture de plusieurs prisons allait entraîner la relocalisation des détenus et que les murs des établissements n'étaient pas élastiques. C'était mathématique : il fallait que des prisonniers sortent pour que d'autres puissent y entrer. Les commissaires aux libérations conditionnelles devaient faire preuve de compréhension. Envers qui ? Les détenus ou leurs patrons ?

Certainement pas envers les victimes.

Il y avait aujourd'hui une place vacante puisque Donald Hébert était mort. Thomas Lapointe jura ; c'était lui qui aurait dû le tuer. À sa libération en 2021. Qui l'avait étranglé ? Qui avait modifié ses plans ? Qu'est-ce que ça changerait s'il l'apprenait ? Le détenu qui avait assassiné Hébert ne faisait pas partie de leur histoire.

La pluie augmenta, se fit impérieuse, violente. Thomas Lapointe actionna les essuie-glaces, se souvint qu'un technicien en scènes de crime avait dit qu'ils avaient eu de la chance qu'il ait autant plu au moment du meurtre de Mélanie. La rivière avait failli déborder et on avait repêché rapidement le cadavre de la jeune femme. Sinon, il aurait pu être entraîné vers le fleuve.

C'est vrai que c'était une chance. Thomas Lapointe avait rencontré des parents qui pleuraient la disparition de leur fille, de leur fils sans pouvoir les enterrer. Sans savoir ce qu'ils étaient devenus. Le jour, ils se répétaient que leur enfant avait été assassiné, mais ils rêvaient la nuit qu'il revenait.

Mélanie reposait au cimetière de Côte-des-Neiges. Thomas fleurissait sa tombe chaque fois qu'il séjournait à Montréal. Trop peu souvent, bien sûr. Mais il avait jugé préférable de quitter la métropole pour s'installer à Trois-Rivières, puis à Québec. Loin de ses proies. Afin qu'on n'établisse aucun lien entre elles et lui. Ce serait bientôt le tour de Marie-Anne Lavoie. De René Asselin. Et de Gilles Mercier. Ils devaient être exécutés dans l'ordre croissant de leur responsabilité. Il cocherait chaque nom sur la liste avec satisfaction.

Thomas Lapointe regarda le cadran lumineux de sa voiture. Il était midi quarante. Et s'il rejoignait Graham, Rouaix et Trottier au restaurant japonais ? Ils s'y rendaient souvent le vendredi midi. Rouaix avait déclaré, la semaine précédente, que c'était la seule cuisine raffinée qu'il pouvait déguster sans l'accompagner de vin. S'il adorait dîner au Café du Clocher penché, il s'y attablait moins souvent qu'eux, refusant de déguster les mets qu'il préférait sans les accompagner d'un sancerre ou d'un madiran ; il ne s'autorisait le vin que ces jours plus calmes où il n'avait que de la paperasse à remplir. Graham lui avait dit qu'il partageait cette attitude avec Alain Gagnon.

— Mon chum te ressemble. Il n'apprécie un vin que s'il est vraiment détendu. Il ne mange qu'un sandwich le midi… Mais quel sandwich ! Il lunche au Vasco de Gama ! Il m'a même rapporté des *pastel de nata*, un dessert portugais. C'est exquis, moelleux. Et ça fait grossir…

— Tout ce qui est bon fait engraisser, avait gémi Trottier.

Moi, mon péché mignon, ce sont les profiteroles. Et toi ? Il s'était tourné vers Thomas Lapointe.

— La tarte aux fraises.

Oui, la tarte aux fraises. Et Mélanie, elle, préférait la tarte aux framboises. Comme leur mère. Il en avait mangé, en souvenir d'elle, durant la fin de semaine.

Thomas Lapointe eut de la chance ; il trouva à se garer à deux pas du Yuzu et il aperçut ses collègues par la vitrine. Graham se leva dès qu'elle le vit, enleva son imper de la banquette où elle l'avait déposé pour lui faire une place.

— On vient juste de commander ! On va leur dire d'ajouter un poulet teriyaki. C'est ça ? Tu ne changes pas d'idée pour le poisson ?

— Avez-vous eu des nouvelles de la Baie ? s'informat-il.

— Ils n'ont pas vu notre homme. Pierre Lapalme se promène dans la nature depuis déjà deux semaines sans que personne l'ait remarqué. Il mesure pourtant six pieds quatre ! Il pèse deux cent soixante livres. Ce n'est pas une demi-portion qui peut s'évanouir n'importe où !

— On l'a tué, fit Graham. Il y avait trop de monde qui lui en voulait. À commencer par son employeur.

Thomas Lapointe sourit ; Maud Graham l'amusait en qualifiant d'employeur le chef d'un groupe de motards d'une des sections les plus actives dans la grande région de Québec. Elle avait cependant raison de croire qu'on pouvait avoir exécuté Pierre Lapalme, qui avait pensé pouvoir garder pour lui une certaine quantité de la drogue qu'il devait revendre.

— Lapalme n'a jamais été une lumière. Il faut être idiot pour fourrer Jack « Daniel's » Comtois.

Rouaix hocha la tête, regretta que les criminels ne soient pas tous aussi écervelés que Lapalme.

— Les enquêtes seraient moins longues !

— Tu songes à Jessica ?

Un silence se fit à la table ; tous les enquêteurs se remémorèrent leur effroi en découvrant le corps mutilé de l'enfant deux jours plus tôt.

Maud Graham tapota le bord de la table avec nervosité.

— On avance, déclara Rouaix. Il nous manque des éléments, mais le dossier du petit voisin s'épaissit. Son alibi ne vaut rien et on a un témoin fiable.

— Il nous faut des preuves en béton. Je veux que Pelchat soit accusé de meurtre !

— Son avocat mettra en avant le fait qu'il n'a pas dix-huit ans.

— C'est grave… murmura Trottier.

— Ça ne veut pas dire qu'il n'ait agressé personne avant Jessica, nota Lapointe. Simplement qu'il n'a pas été arrêté.

— C'est écœurant, ils commencent de plus en plus jeunes. Moi, j'aurais misé sur Métivier s'il n'était pas incarcéré.

— Pourquoi ? s'étonna Trottier. Métivier n'a pas tué. Il a violé deux gamines, mais il ne les a pas étranglées. Et elles étaient plus vieilles que Jessica. On a un paquet de gars qui ont le même profil que lui. Pourquoi penses-tu à Métivier ?

— Peut-être parce qu'il va sortir bientôt de La Macaza.

Maud Graham serra les dents ; elle n'avait jamais accepté que Serge Métivier écope d'une peine aussi légère.

— Les violeurs devraient en prendre pour vingt ans. Mais ce n'est pas moi qui fais les lois…

Elle déposa ses baguettes, constata que Lapointe avait à peine touché à son assiette.

— Tu n'as pas faim ?

— J'ai pris un trop gros déjeuner, mentit Lapointe alors qu'il savait que c'était l'annonce du meurtre de Donald Hébert qui lui avait coupé l'appétit.

Il s'efforça de sourire à Graham. Elle l'observa encore quelques secondes ; elle n'était pas dupe. Peut-être savait-elle aussi que Donald Hébert avait été étranglé et ne comprenait-elle pas qu'il se taise à ce sujet ? Mais qu'aurait-il dit ? Qu'il était déçu ? Qu'il aurait souhaité le tuer de ses propres mains ?

— Les résultats d'ADN correspondent au suspect, mais comme Pelchat est le voisin de Jessica, il clamera que c'est normal qu'on ait trouvé un de ses cheveux chez la petite. Si on avait du sperme…

— Pelchat est assez pervers pour mettre une capote. Il a pensé à tout.

— Pas à la morsure. On reçoit son dossier dentaire cet après-midi.

Trottier paria que Pelchat avouerait son crime avant la fin de la journée.

— Tu es sûr de toi, répliqua Lapointe. Un gars qui est aussi sadique ne va pas craquer si vite. Et même si… Il y aura quelqu'un dans le jury qui insistera sur sa jeunesse, sur le fait qu'on doit lui laisser une autre chance, qu'on ne doit pas le condamner trop lourdement.

— Est-ce qu'on parie sur sa libération conditionnelle ? fit Lapointe. On lui ouvrira les portes du pen après quelques années afin qu'il recommence à s'amuser.

— Peut-être pas, protesta Rouaix. C'est un meurtre sordide !

— Il y a des détenus qui savent emberlificoter les commissaires.

— Ceux-ci n'ont pas tous les pouvoirs, allégua à son tour Graham.

— Un directeur de prison peut décider d'autoriser une absence temporaire d'un détenu dès qu'il a fait le sixième de sa peine sans en référer à la Commission québécoise des libérations.

— Je prendrais du thé, déclara Trottier. Vous autres?

— J'aimerais mieux du saké, dit Rouaix, mais on travaille cet après-midi.

— Tu aimes le saké? Moi, je trouve que ça goûte le médicament. C'est bizarre de boire de l'alcool chaud. Quoique aujourd'hui... on ne croirait vraiment pas qu'on est au début de l'été, hein?

Le temps était toujours maussade lorsque les enquêteurs retournèrent à la centrale du parc Victoria, et Graham regarda le ciel en espérant que les prévisions météorologiques soient justes, que le soleil brille le lendemain matin, que la route soit belle quand Alain Gagnon reviendrait de Montréal. Elle avait hâte de le revoir, d'avoir des nouvelles de Johanne, l'ancienne amie d'Alain, avec qui il avait soupé la veille, même si d'évoquer Johanne et sa grossesse l'amenait à se poser des questions sur son propre sentiment face à la maternité. Elle se redemandait pour la millième fois si elle avait eu tort de ne pas avoir voulu d'un enfant avec Alain. Mais elle ne s'imaginait pas précipiter un être innocent dans un monde si chaotique, tout en regrettant de ne pas avoir vécu cette aventure avec Alain. De l'en avoir privé. Elle devinait qu'il aurait aimé avoir des enfants. Et elle se sentait coupable. Mais on ne fait pas un enfant pour étouffer sa culpabilité. Était-elle trop égoïste? Elle ne savait pas pourquoi elle n'avait jamais éprouvé ce désir commun à la plupart des femmes. Léa, sa meilleure amie, affirmait qu'elle était très maternelle, que son attitude envers Maxime en était la preuve parfaite. Qu'il n'était pas nécessaire d'accoucher pour être mère. Et qu'il n'était pas obligatoire d'être mère pour être femme. C'était un choix personnel et Graham avait la chance de vivre dans un pays où les femmes décidaient en toute liberté d'enfanter ou non.

Graham secouait son imperméable avant de le suspendre à une patère quand Rouaix brandit un fax devant elle.

— C'est Lapalme. Ils ont retrouvé son corps. Deux balles dans la tête.

— Où ?

— À Montréal. Dans le port, répondit Rouaix. Il devait s'imaginer que ce serait plus facile de se cacher dans une grande ville.

— Je me demande pourquoi Pelchat n'a pas tenté de quitter Québec. Il a montré une certaine intelligence dans la préparation du meurtre de Jessica. Mais il ne semble pas avoir envisagé « l'après-crime ».

— Ou il se croit vraiment fort. Il sera surpris tantôt... Maintenant qu'on a toutes les analyses, on le tient !

— Je confirme tout avec Fecteau.

— Je suppose que c'est notre bien-aimé patron qui s'entretiendra avec les journalistes ?

— J'aime mieux ça. Rouaix ?

— Quoi ?

— As-tu trouvé Lapointe plus nerveux que d'habitude, ce midi ? Il n'a rien mangé. Je suis persuadée qu'il pensait au meurtre de Donald Hébert. Ça vient tout juste de se produire ! Pourquoi ne nous en a-t-il pas parlé ?

Rouaix eut un regard dubitatif ; chaque personne avait sa propre façon d'affronter les problèmes. Lapointe aurait au moins la satisfaction d'arrêter Pelchat.

* * *

Thomas Lapointe tentait de compléter un rapport sur une série d'agressions à main armée à Montmagny sans parvenir à se concentrer. Il ne pouvait s'empêcher de se maudire d'avoir révélé son opinion sur les libérations conditionnelles. Graham pourrait se souvenir de cette discussion quand on découvrirait le cadavre de Marie-Anne Lavoie, de Gilles Mercier ou de René Asselin. Il devait réfléchir ; il avait utilisé le Saturday night special pour Ménard et la Winchester 30-30 pour Baudin. Il fallait trouver autre chose pour le directeur du pénitencier et l'ancien ministre. Et employer une autre méthode pour Marie-Anne Lavoie. Ils seraient morts pour le dixième anniversaire de Mélanie.

Mercier, Lavoie et Asselin. Y aurait-il un autre signe du ciel ? Il avait eu tellement de chance que Baudin aime la chasse. Et que Ménard ait été commissaire à temps partiel. Qu'il se soit entraîné tous les jours. Il gagnait sa vie en vendant des voitures et ne faisait qu'arrondir ses fins de mois en acceptant des contrats d'évaluation. Et il avait dû regretter de travailler pour le gouvernement provincial plutôt qu'au fédéral où les évaluations étaient payées cinq fois plus cher. Mais peut-être que Ménard en avait assez de vendre des voitures et qu'il avait espéré un poste à temps plein dans le système correctionnel ? Avec les avantages de la retraite ? À quoi rêvait Marcel Ménard pendant que Donald Hébert agressait Mélanie ? Et Baudin, Mercier, Asselin, Lavoie ?

* * *

— Je n'en reviens pas ! s'écria Maud Graham en déposant son sac à main sur la table de la cuisine. Pelchat est encore plus tordu qu'on le supposait. Il répétait que la petite l'avait aguiché !

— C'est un beau coup de filet pour votre équipe. Les gars devaient être contents !

— Trottier a offert une bouteille de champagne. Il était vraiment bon !

Elle sourit en faisant signe à son amoureux de ne pas l'interrompre. Oui, elle avait remarqué l'étiquette : Roederer Brut impérial.

— Tu le préfères à la Veuve Clicquot ?

— Je n'ai pas ta connaissance des vins, mon chéri. Je l'ai trouvé délicieux… Pour être franche, j'aurais trouvé bon n'importe quoi quand Pelchat a avoué. Même si je sais qu'il reste bien des délinquants à Québec. Où soupons-nous ?

— Au Laurie Raphaël ! On doit fêter ça ! Grégoire travaille, ce soir. On ne le verra probablement pas, mais il saura qu'on est là. Et j'en profiterai pour acheter de l'huile de homard.

— Seulement de l'huile ? le taquina Maud.

Elle faisait allusion à l'enthousiasme d'Alain qui

s'était précipité à la boutique attenante au restaurant dès son ouverture ; il avait acheté des sels aromatisés, des moutardes et même de la vaisselle. Elle s'était réjouie de son engouement pour ces produits ; elle n'aurait qu'à se présenter à la boutique pour dénicher son cadeau d'anniversaire. Grégoire accepterait sûrement de préparer le souper pour cette occasion particulière. Et Maxime l'aiderait avec plaisir.

Maud Graham sourit en pensant à l'amitié qui unissait ses protégés. Grégoire se comportait en grand frère avec Maxime, savait se faire entendre de lui. Mieux qu'elle ; depuis trois mois, Maxime était impatient, presque arrogant. Léa avait diagnostiqué une classique crise d'adolescence et Graham avait avoué qu'elle se sentait gauche avec Maxime.

— Quoi que je dise, ça l'énerve. Une chance que Grégoire est là pour lui parler ! Son adolescence a été si houleuse, il comprend Maxime. Il ne veut pas qu'il passe par les mêmes expériences que lui.

— On n'a pas abusé sexuellement de Maxime, comme ça a été le cas pour Grégoire. Son père était un dealer, mais il l'aime.

— Pas sa mère. Elle l'a abandonné. J'ai peur de ne pas représenter une image féminine assez positive pour lui.

Léa avait secoué la tête ; quoi qu'elle fasse, Maxime protesterait. Il chercherait à la provoquer, à tester ses limites.

— C'est ça, être adolescent. On se conduit comme un enfant, mais on veut être traité en adulte. C'est une étape normale. Il est bien avec vous. Il sait qu'il a eu plus de chance que Grégoire. Pauvre Grégoire, il faisait tellement pitié quand tu me l'as présenté la première fois ! Un vrai chat sauvage, le visage si douloureux, si fermé. Et si beau…

Oui, Léa avait raison, Grégoire avait une telle grâce lorsqu'elle l'avait rencontré. Elle en avait été frappée dès qu'il lui avait adressé la parole. Déjà trois ans…

— À quoi penses-tu ? fit Alain Gagnon en prenant les mains de Maud.

— Que le temps fuit si vite.

— Oui, toutes ces heures de bonheur perdues par ta faute. Si tu t'étais décidée avant…

— Je plaide coupable. J'ai été idiote de te résister, mais je devais réfléchir avant de sortir avec un petit jeune.

— Six ans de différence, Maud ! Ce n'est rien ! Provencher fréquente une fille qui a quinze ans de moins que lui et personne ne fait de commentaires.

— C'est un homme.

— Tu es sexiste, plaisanta Gagnon.

— Je me demande si Thomas sort avec quelqu'un. Il n'en parle jamais. C'est un bel homme, non ? Les femmes le regardent. En tout cas, je suis contente que le dossier Jessica soit clos. Ça devait lui rappeler ce qui est arrivé à sa sœur.

— S'il est demeuré dans la police après la mort de Mélanie, c'est qu'il s'en croyait capable. Ou qu'il en avait besoin pour surmonter sa peine. Des arrestations comme celle de Pelchat doivent lui faire du bien. Il se sent utile.

— Je l'espère, murmura Graham même si elle était

persuadée que la blessure de Thomas Lapointe ne cicatriserait jamais.

— Au moins, Donald Hébert est mort, reprit Alain. Ça doit le soulager.

— Il n'a fait aucune réflexion. J'ai failli lui en parler… Pour dire quoi ?

Graham avait songé plusieurs fois à aborder le sujet avec Thomas Lapointe, mais elle avait préféré se taire. Elle craignait de ressembler à sa mère qu'elle avait surnommée l'«Inquisitrice» quand elle était adolescente. Elle détestait ses questions trop nombreuses, sa manière de la comparer à sa sœur avec qui elle pouvait discuter, sa sœur si aimable, si ouverte. Elle se souvenait de l'impression d'étouffement qu'elle ressentait quand sa mère poussait la porte de sa chambre et s'assoyait sur le bord du lit pour parler avec elle. Ne sentait-elle pas qu'elle était importune ? Graham avait envie d'interroger Alain ; était-elle trop ou pas assez discrète ? Puis elle y renonça, elle ne souhaitait pas gâcher la soirée en se remémorant ses quinze ans.

CHAPITRE 3

— Comment as-tu réagi en apprenant que Donald Hébert a été tué ? demanda Damien Boileau. J'ai lu ça dans *Le journal de Montréal*. Il a eu ce qu'il méritait. Moi, j'aimerais ça que Mark Taylor se fasse aussi égorger. Il me semble que je dormirais mieux.

— Ne t'illusionne pas…

Thomas Lapointe faisait toujours les mêmes cauchemars. Il entendait Mélanie, dans le noir, appeler au secours sans qu'il parvienne à la retrouver. Il avançait dans une maison privée d'électricité, trébuchait contre les meubles, les murs sans cesser d'entendre les hurlements de Mélanie. Quand il tentait de crier à son tour pour qu'elle sache qu'il venait lui porter secours, aucun son ne sortait de sa bouche. Non, il ne pouvait évoquer avec Damien ces nuits où les cadavres de Baudin et Ménard le hantaient, ou encore ce cauchemar où, à travers une vitre qu'il ne parvenait pas à fracasser, il voyait Hébert tourner un *snuff movie* dont Mélanie était l'actrice principale. Sa sœur se tordait de douleur sous la brûlure des cigarettes. Le sang qui coulait des incisions faites par son bourreau envahissait l'écran, débordait vers lui, s'infiltrait sous la vitre, le noyait. Il se réveillait en sueur. Avait-il crié ou non ?

Damien Boileau regarda l'horloge au-dessus de la

porte des cuisines du restaurant où l'association des victimes de violence se réunissait une fois par mois.

— Je suis encore le premier. Comme si j'avais hâte de venir ici. Je ne sais même pas si j'aime ça, si ça me fait du bien.

— Ta femme ne veut toujours pas se joindre à nous ?

— Non, elle ne veut pas entendre parler d'Entraide. Mais le silence ne nous ramènera pas notre fille. Toi, ça faisait un bout de temps qu'on ne t'avait pas vu…

— Le travail, mentit Lapointe.

— Comment fais-tu pour ne pas les tuer quand tu les arrêtes ? Moi, je…

Du bruit à la porte d'entrée, des voix l'interrompirent ; Jacinthe et Ghislaine Tremblay arrivaient à leur tour, suivies de Suzanne Fortier, Pietro Ronzonni et Ted Slater. Ce dernier parut en meilleure forme à Thomas Lapointe qui l'en félicita.

— C'est vrai, reconnut Ted, ça fait longtemps que tu ne m'as pas vu. Les médecins m'ont opéré le mois dernier. Je récupère… Et toi, toujours content d'être à Québec même si c'est plus compliqué pour venir à nos réunions ?

— J'apprécie Québec. Mais vous me manquez.

Thomas Lapointe souriait au groupe Entraide. Il devait se montrer solidaire. On comptait sur lui pour obtenir des informations, des éclaircissements. Comme s'il savait plus de choses parce qu'il était enquêteur. Vrai ou faux ? Les victimes qui se trouvaient devant lui connaissaient de mieux en mieux les systèmes judiciaires québécois et canadien. Leurs limites, leurs failles, leur absurdité. Ils avaient tous entendu des avocats, des spécialistes déclarer que le système n'était pas parfait mais supérieur à ceux de nombreux pays, que la répression féroce n'était pas une solution, que la plupart des détenus qui bénéficiaient d'une libération conditionnelle suivaient les règles qu'on leur avait imposées. On citait des chiffres : au Québec, 1,5 % des détenus qui avaient été incarcérés pour crime violent récidivaient contre 6 % aux États-Unis. 1,5 %, c'était déjà trop, pensaient les victimes. On leur avait expliqué qu'il fallait que les prisonniers s'habituent graduellement à la vie à l'extérieur des murs, que c'était un meilleur gage de réinsertion que de les garder enfermés toute la durée de leur peine et de les relâcher dans la nature sans préparation. Le choc était alors trop grand, les hommes, démunis, retournaient vers la seule avenue qu'ils connaissaient : le crime.

— Il manque Nadia, dit Jacinthe, mais elle m'a téléphoné pour m'aviser qu'elle serait en retard.

Le tintement des verres qui s'entrechoquaient fit sursauter Jacinthe. Le propriétaire du café, Francis, portait un plateau où il avait disposé un pot de limonade et des verres.

— Il fait assez chaud, aujourd'hui !

— Maman aimait ça, la limonade, murmura Jacinthe.

— Et le thé glacé, ajouta Ghislaine. Elle s'en faisait tous les jours, avec des rondelles de lime et… Sa voix se brisa, sa sœur lui prit la main.

— C'est dur, ce mois-ci. Ça fait un an qu'elle est morte. On pense à elle tout le temps.

— Les anniversaires, c'est difficile, dit Pietro. Bois un peu. Ghislaine avala quelques gorgées, s'essuya les yeux.

— Excusez-moi, je…

— Non, ne t'excuse pas de pleurer, la rassura Francis. C'est pour ça qu'on est ici. Parce qu'on a de la peine ou de la colère. Moi, c'est plus de la colère que de la peine. Et je me sens coupable d'être plus enragé que triste. De ne pas assez pleurer mon frère. Je le revois, étendu devant le bar. Il avait juste vingt ans. Je n'aurais pas dû accepter qu'il travaille avec moi.

— Il aurait cherché ailleurs. Il voulait gagner de l'argent, c'est normal à son âge. Tu n'as pas à te sentir coupable.

— J'aurais dû être là, ce soir-là.

— Ils t'auraient tué, toi aussi. Vos parents auraient perdu leurs deux fils !

— Est-ce qu'on a du nouveau sur votre affaire ?

— Non, les enquêteurs sont certains qu'il n'a pas agi seul. Il finira peut-être par s'ouvrir la trappe à Cowansville. Pourrais-tu le savoir, Thomas ?

— Ce n'est pas si simple.

— Tu ne peux pas appeler quelqu'un là-bas ? Il me semble que ce n'est pas si compliqué.

La voix de Francis était dure, chargée de ressentiment. Il s'en prenait à Thomas Lapointe parce qu'il voulait un responsable.

— On en a déjà discuté, dit doucement Pietro. Du manque de communication entre les diverses parties de notre beau système. Thomas ne peut pas régler nos problèmes. Il n'est pas ici en tant qu'enquêteur.

Francis soupira. Pietro avait raison. Il s'excusa auprès de Thomas Lapointe qui lui raconta qu'il s'était presque battu avec un des policiers qui avaient arrêté Donald Hébert.

— Je lui reprochais de ne pas m'avoir prévenu, de ne pas m'avoir emmené avec eux pour l'appréhender. C'est sûr que si j'avais eu Hébert devant moi... Je comprends ta rage.

— Ça doit te faire plaisir qu'Hébert soit mort ?

— Pas autant que je l'avais imaginé. Si les meurtriers qui ont tué vos proches meurent, ça ne vous soulagera pas autant que vous l'auriez souhaité. Je suis quand même content qu'Hébert soit mort.

— Et pas dans son lit.

— Moi, je serais ravi si Bradford crevait au pénitencier, déclara Ted Slater. J'ai peur du jour où il sortira. Je n'aurais jamais dû témoigner contre lui.

— Si tu n'avais pas témoigné, il serait en liberté ! Tu n'avais pas le choix !

— C'est ce que je pensais. J'avais peur qu'il revienne finir la job. J'ai juste gagné quelques années. Je pense à Bradford tous les jours depuis qu'il m'a poignardé. Chaque fois que je me penche, que je monte un escalier. Lui, il est en forme, il doit s'entraîner au gym de la prison, tandis que, moi, je ne peux plus faire d'escalade. Ça me ferait pourtant tellement de bien de grimper. On oublie tout quand on grimpe.

— Les médecins t'ont promis une amélioration. C'est une question de patience.

Il y eut un silence ; chacun réfléchissait au rapport avec le temps qui s'était modifié. Il s'étirait dans la douleur, dans la peine, dans le manque de l'être aimé ou s'accélérait dans la peur et dans la colère. Certaines heures s'écoulaient avec une lenteur désespérante, d'autres s'évanouissaient trop rapidement. Les années qui gardaient les assassins en prison n'étaient pas assez longues et celles qui venaient de s'écouler, si tristes, n'en finissaient plus de finir.

La porte d'entrée grinça, les visages se tournèrent vers Nadia, qui s'excusa de son retard.

— C'est encore ma voiture qui ne voulait pas démarrer.

J'aimerais la changer, mais je n'en ai pas les moyens. Ça coûte cher une dépression…

Ghislaine s'approcha d'elle, la serra dans ses bras, l'assura qu'elle avait bonne mine, l'entraîna vers le groupe et lui tendit un verre de limonade. Nadia la remercia, but quelques gorgées et s'informa des dernières nouvelles.

— Est-ce qu'on finira par rencontrer le ministre ?

— Ce n'est pas la bonne période, confessa Pietro Ronzonni. Il y a beaucoup d'absents en été.

— Et en hiver, ils ont la grippe ! tonna Damien Boileau. Câlice ! On souhaite seulement qu'on reconnaisse qu'il y a des failles dans le processus des libérations. On veut seulement qu'il y ait une enquête publique ! Une vraie ! Pas un rapport entre ministres qui protège tout le monde. Et qu'on déclare plus souvent des délinquants dangereux ou à contrôler. On pourrait aussi ajouter le terme de « sérialité » au code pénal. On devrait s'interroger réellement quand on a affaire à un homme qui a violé plus d'une fois dans sa vie. Un viol n'est pas commis par accident, encore moins deux ou trois.

— Il faudrait modifier la loi sur les indemnités, dit Francis. Le malade qui a tué mon frère peut suivre une thérapie en prison, mais Nadia, elle, doit payer ses consultations. Parce qu'elle n'était pas mariée avec sa blonde.

— On vivait ensemble depuis quinze ans, mais son ex s'arrangera pour toucher son fonds de pension. Ça m'écœure !

— Et l'avocat ? demanda Ghislaine. Il peut faire quelque chose pour Nadia ?

— Maître Durocher m'a semblé déterminé, assura Pietro. J'ai hâte que vous le rencontriez. Il a suivi chacune de nos histoires dans les journaux.

— Lionel Durocher ? s'exclama Thomas Lapointe. L'avocat qui a défendu André Prévost ?

— André Prévost ? s'écria Jacinthe.

Elle s'étonnait de connaître le nom de ce criminel, de se rappeler qu'il avait tué Anne Paquin après avoir purgé une première peine de prison pour voies de fait. Il l'avait égorgée dix jours après avoir été libéré. Un an plus tôt, Jacinthe ne s'intéressait guère aux affaires criminelles, s'attardant plutôt aux pages artistiques dans les journaux. Elle avait bien changé depuis la mort de sa mère. Et peut-être plus qu'elle ne l'imaginait. Qui pouvait mesurer les ravages que causait la mort violente d'un proche ?

— Maître Durocher veut justement nous défendre parce qu'il est mal à l'aise à propos de ce qui s'est passé avec Prévost.

— C'est sûr que si Prévost avait été condamné à une peine fédérale, il ne serait pas ressorti aussi vite, mais ce n'est pas la faute de Lionel Durocher. Prévost n'avait pas d'antécédents judiciaires, c'était la première fois qu'on l'arrêtait.

— Es-tu en train de l'excuser? s'indigna Jacinthe. C'était la même chose pour le meurtrier de maman. Il n'avait pas tué avant et…

Ghislaine posa sa main sur l'épaule de sa sœur; Thomas n'excusait personne. C'était la loi qui était mal faite.

— Et c'est en partie pourquoi nous sommes ici, fit Pietro. Pour changer ce qui peut être changé. Maître Durocher est prêt à nous aider à rédiger un rapport complet sur les exigences d'Entraide.

— On nous répétera qu'on est déjà chanceux d'avoir l'IVAC.

— L'indemnisation des victimes d'actes criminels est essentielle, mais Entraide est complémentaire. On doit poursuivre nos objectifs. Il faut que les dossiers des criminels soient plus approfondis, qu'ils circulent dans le système judiciaire.

— Et que le réseau soit parfaitement informatisé, que le fédéral et le provincial échangent enfin leurs données!

— Des journalistes nous remarqueront peut-être si on dépose un rapport au bureau du ministre de la Justice. Lionel Durocher connaît tout le monde dans les médias.

— On n'a rien à perdre de toute manière, murmura Nadia. On doit le voir bientôt?

— À notre prochaine réunion, promit Pietro.

* * *

Les premiers lilas embaumaient le jardin de Léa Boyer et elle téléphona à sa meilleure amie pour l'inviter à souper chez elle.

— Le beau temps se décide enfin à arriver, dit Maud Graham. D'un seul coup !

— Mes élèves étaient tellement énervés, aujourd'hui ! Ils n'écoutaient rien. Tout ce qu'ils voulaient, c'était que le cours finisse.

— C'était la même chose pour moi, j'avais hâte de rentrer chez nous. Rouaix est absent, Trottier est malade. Lapointe et moi, on est débordés.

— Heureusement que vous avez réglé l'affaire Jessica Penney.

— C'est le mythe de Sisyphe, notre job. On pousse le rocher jusqu'en haut, on crie victoire, et tout déboule, on recommence à zéro.

— Tu t'en plains depuis des années, ma belle, et tu es toujours aussi désireuse d'arrêter les criminels.

— Ça doit être un réflexe. Je suis conditionnée.

— Non, tu es une passionnée. Je t'attends pour l'apéro !

Il était dix-huit heures quinze quand Maud Graham sonna chez Léa, portant une bouteille de Château de Maligny comme le lui avait conseillé Alain.

— Et Maxime ?

— Soccer. Il ne pense plus qu'à ça maintenant. Ou à devenir cuisinier. Mais c'est pour imiter Grégoire.

— Il m'a déjà confié qu'il serait enquêteur, mentionna Léa en entraînant Maud vers la cuisine.

Elle avait sorti un seau qu'elle remplit de glaçons avant d'y plonger la bouteille que son amie avait apportée.

— Un chablis ?

— Oui, madame ! On fête la première vraie journée de beau temps.

— Dans la cour ?

— Pourquoi pas ? Où sont tes enfants ?

— Sandrine fait du ballet, Félix est chez un ami. Ils seront là bientôt. Raconte-moi ta journée.

— Par où commencer ? soupira Maud Graham.

— Quel est ton problème ?

— Thomas Lapointe.

— Je pensais que tu t'entendais bien avec lui.

— Oui. Justement, je m'inquiète pour lui. Il en fait trop. Il multiplie les heures supplémentaires. Ce n'est pas normal.

— Il veut peut-être prendre plus de vacances cet été ? Tu lui en as glissé un mot ?

Maud Graham secoua la tête. Non, elle n'avait pas questionné son collègue et sa propre réserve la gênait.

— Je ne suis pas naturelle avec Lapointe. Chaque fois qu'il est question d'une fille qui a été violée, je pense à sa sœur.

— C'est normal.

— On n'en discute jamais. Pas un mot sur Mélanie. Ni sur Donald Hébert qui s'est fait assassiner.

— Il y a des gens qui vivent leur deuil dans le silence. Ou dans l'action. Tu m'as confié qu'il était très compatissant avec les victimes d'agression sexuelle.

C'est sa manière d'honorer la mémoire de sa sœur. Il aurait voulu que Mélanie reçoive ce genre d'écoute, si elle avait rencontré des enquêteurs.

— Est-ce que je devrais lui avouer que je suis mal à l'aise avec lui?

— Et que voudrais-tu qu'il fasse? Ce ne sera pas mieux s'il se sent coupable de créer cet embarras. Et Dieu sait de quoi il se sent déjà responsable.

— Ce n'est pas sa faute si Mélanie a été tuée!

— Non. Mais il doit penser qu'il aurait dû aller la chercher au restaurant au lieu de la laisser rentrer en autobus. Même s'il n'était pas si tard, même s'ils habitaient à un coin de rue de l'arrêt du bus, même si elle avait fait cent fois ce trajet. Lapointe s'est sûrement reproché de ne pas s'être informé si des délinquants sexuels vivaient dans son quartier. Moi, je pense que j'aimerais le savoir s'il y avait quelqu'un de bizarre aux alentours... Tu me le dirais, non?

Maud Graham but une gorgée de vin. Que ferait-elle si elle apprenait qu'un prédateur sexuel s'installait à quelques rues de chez Léa, de ses deux enfants? Ou près de chez elle, de Maxime? Elle imaginait mal un affichage public où les habitants d'un quartier pourraient lire le nom des criminels qui emménageaient dans leur voisinage. Elle savait pourtant qu'on pouvait trouver ce type d'information sur Internet, redoutait qu'une milice ne se forme dans certains secteurs pour rendre la vie intenable à un nouvel arrivant considéré comme indésirable. Mais elle-même? Quelle serait sa réaction si ses proches devaient côtoyer un violeur? Penserait-elle qu'il avait purgé sa peine et avait droit à une vie normale ou croirait-elle qu'il récidiverait tôt ou tard?

— Si je le savais, oui, répondit Maud. Mais on n'est pas au courant de tout…

— Avec l'informatique, il me semble que c'est plus facile?

— Oui. Non. Ce sont des humains qui utilisent les ordinateurs. Ils font des erreurs. Lapointe en fait, même si c'est un surdoué avec toutes ces machines que je déteste.

— Tu l'observes beaucoup.

Maud hocha la tête; oui, Lapointe l'intriguait. Elle avait rencontré des dizaines de gens affectés par la mort violente d'un proche dans le cadre de ses enquêtes, mais elle n'avait jamais travaillé avec une de ces personnes.

— Il finira par se rendre compte que tu t'intéresses à lui. Fais attention à ce qu'il ne se méprenne pas sur…

— Voyons donc! Je vis avec Alain, qu'il aime bien, d'ailleurs. Il me l'a déjà dit. Ce qui me gêne, c'est son silence.

Léa protesta; Maud Graham était aussi taciturne lorsqu'elle était triste ou angoissée. Elle se montrait alors très évasive si on l'interrogeait.

— Avant. J'étais comme ça avant. Plus maintenant.

Était-ce l'amour d'Alain, le fait de vivre avec lui, avec Maxime, de s'inquiéter un peu moins pour Grégoire qui lui avait permis de s'ouvrir davantage, de se confier plus facilement? Thomas Lapointe sortirait-il de sa carapace s'il rencontrait une femme avec qui il se sentirait assez intime pour lui confier sa peine ?

— Je le lui souhaite, dit Léa. Il n'a pas eu une vie facile, d'après ce que tu m'as raconté. Il a perdu ses parents très jeune ?

— Il avait dix-neuf ans. Il a réussi à étudier, à travailler et à s'occuper de Mélanie. Il devait être très responsable puisque la DPJ n'a jamais cherché à lui enlever Mélanie. Elle n'avait pourtant que neuf ans. Il devait avoir appris à se discipliner avec son père.

— Il était militaire, non ?

— Oui. Ils ont beaucoup déménagé. Thomas maîtrise l'allemand, car ils ont vécu sur la base militaire de Lahr.

— Il s'exprime plus que tu ne le dis, si tu sais tout ça. Ah ! J'entends les enfants qui rentrent.

Félix et Sandrine ne cachèrent pas leur déception en apprenant que Maxime ne les rejoindrait pas, mais la lasagne de Léa les consola.

— Maxime sera désolé d'avoir raté son plat préféré, fit Sandrine. Tu devrais lui en apporter.

— Tu es gentille de te soucier de lui.

Sandrine sourit avant de s'éclipser après avoir ramassé son assiette. Son frère l'imita, laissant les deux femmes seules. Maud Graham soupira.

— Ils grandissent, ils vieillissent. Et nous aussi... Ça me décourage. Il me semble que c'était hier, ma première enquête.

— Dans le Bas-du-Fleuve ? Cette famille bizarre avec cette sœur et ce frère incestueux ?

— J'en ai vu de bien plus étranges par la suite, mais

à l'époque je me suis demandé si tous les cas sur lesquels j'enquêterais seraient aussi tordus. Si j'allais parvenir à trouver des coupables.

— De ce côté-là, c'est plutôt réussi.

— J'en suis moins sûre que toi.

Léa fronça les sourcils ; Maud Graham avait connu des périodes de doute, de peur et même d'épouvante dans sa carrière, des moments de découragement quand les enquêtes piétinaient, des accès de colère lorsque des juges donnaient des peines trop légères à des criminels, mais le ton de lassitude qui teintait ses propos était nouveau.

— Qu'est-ce qui se passe, Maud ?

Graham esquissa un sourire ; elle avait l'impression de vieillir. L'impression que les années filaient à vive allure, qu'elle aurait un jour soixante ans, soixante-dix, et regretterait de ne pas avoir joui de l'existence. Mais comment y parvenir quand on enquête sur des meurtres ? Des années de métier ne l'avaient pas rassurée sur ses compétences ; elle redoutait toujours l'erreur qui permettrait à un criminel d'œuvrer dans sa ville. Les remords qui la hanteraient ensuite.

— La crise de la quarantaine, finit-elle par répondre. Je me pose trop de questions. Sur moi, sur Alain, sur Maxime, Grégoire, le monde entier… Je devrais me contenter de m'interroger sur mon travail, sur le phénomène des gangs qui prend de l'ampleur à Québec, par exemple.

Léa avoua son inquiétude face à ce nouveau problème ; elle craignait que certains de ses étudiants ne soient manipulés par des meneurs de bande.

— J'ai peur que la drogue circule encore plus facilement dans la cour du collège et je devrais…

Maud Graham l'interrompit ; c'était à elle de surveiller les gangs de rue. Léa, elle, devait se concentrer sur son propre travail.

— Non, ça fait partie de mon travail d'enseignante de m'interroger sur les jeunes. Il y en a qui me racontent des histoires tellement sordides.

— Il y a des parents qui n'auraient jamais dû avoir d'enfants.

— Comme ceux de Betty Désilets ?

— S'ils avaient été plus présents, leur fille n'aurait pas tué Judith Pagé.

— Est-elle toujours dans un centre pour délinquantes ?

Maud Graham hocha la tête.

— Tu lui as reparlé ?

— Deux fois. C'est elle qui m'appelle. Je ne peux rien faire pour elle. C'est aux intervenants d'agir, d'essayer de la comprendre. Et de l'amener à se comprendre elle-même. Aux dernières nouvelles, elle était toujours aussi agressive et manipulatrice. C'est une personnalité *borderline*. Que deviendra-t-elle ? Être meurtrière à quinze ans est un début plutôt ardu dans la vie.

— Elle peut encore changer.

— C'est toi, ma Léa, qui ne changeras jamais ! Tu veux toujours croire que les choses s'arrangent. Betty est vraiment tordue, je ne suis pas certaine qu'on puisse réussir à lui faire prendre conscience que son attitude est anormale. Des irrécupérables, ça existe. Il y en a dans les pénitenciers. Des types qui sont arrêtés, enfermés durant quelques années et qui recommencent dès qu'ils sortent.

— Il y en a aussi qui étudient en prison. Qui s'amendent…

— C'est vrai, reconnut Maud Graham. J'en connais plusieurs.

— Évidemment, on ne parle jamais d'eux parce qu'ils n'ont rien fait pour attirer l'attention.

— Les gens heureux n'ont pas d'histoire. Mon domaine, c'est le malheur. Je ne commencerai pas à m'interroger sur ceux qui sont tranquilles une fois libérés. J'ai assez des récidivistes. Ou des nouveaux venus. Le meurtrier de Jessica n'a pas dix-huit ans. Il me semble qu'ils sont de plus en plus jeunes. Ou c'est moi qui vieillis. Oui, j'en reviens encore à ça.

— Léa, il me semble que c'était hier qu'on devenait amies, que c'était hier, l'école secondaire. Alain rit de moi quand je réfléchis au temps qui passe. C'est facile pour lui, il est plus jeune.

Léa sourit à Maud ; la différence d'âge entre elle et son amoureux la gênait encore, même si ce dernier avait tout fait, tout dit pour la rassurer.

— Tu t'inquiètes pour rien. Laurent a trois ans de moins que moi et je m'en fous.

— Trois ans, ce n'est pas six. Donne-moi à boire au lieu de me contredire. Léa versa du vin dans le verre que lui tendait son amie.

— Te souviens-tu de la première fois qu'on a bu un vin de la Loire ? demanda Maud. C'était du muscadet, sur une terrasse à Paris. On avait vingt et un ans et on croyait qu'on avait tout vu parce qu'on avait visité le Jeu de paume et le musée Rodin. J'espère que Grégoire acceptera le billet d'avion que je veux lui donner à Noël.

— Noël ? L'été n'est même pas commencé ! Tu aimes donc ça tout prévoir.

Maud Graham acquiesça ; elle devait songer à l'avenir pour vivre le présent. Déformation professionnelle ? Une trop longue habitude à imaginer les mouvements des criminels, à tenter de les devancer ? Elle cherchait des indices dans le passé des meurtriers mais redoutait constamment que leur futur ne soit encore plus horrible, que le temps lui manque pour deviner leurs intentions, comprendre leur but avec un léger décalage, un décalage qui causerait la mort d'un homme, d'une femme, d'un enfant. Sa vie professionnelle n'était qu'une longue course contre la montre. Une course qu'elle devait cependant interrompre pour analyser l'information qu'elle recueillait dans ce marathon contre le mal.

Oui, elle aimait tout prévoir même si elle savait que tout peut changer. Au travail comme à la maison ; Grégoire pouvait quitter le Laurie Raphaël sur un coup de tête, retourner à la rue, à la prostitution, et elle ne saurait pas comment l'en empêcher. Elle espérait seulement que l'envie de servir de modèle à Maxime était assez puissante pour l'aider à accepter sa nouvelle vie. Elle était consciente qu'il y avait une part d'égoïsme dans son désir de voir Grégoire continuer à travailler au restaurant. Elle était si soulagée de ne plus s'inquiéter des mauvaises rencontres qu'il pouvait faire en vendant son corps, si contente que

Grégoire ait renoncé à la cocaïne qu'elle se voilait peut-être les yeux ; était-il heureux au Laurie Raphaël ?

Comment savoir si on est heureux ? Elle n'y parvenait que très rarement ; si elle aimait Alain, elle était pourtant souvent distraite en sa compagnie, trop obsédée par son travail. Elle se le reprochait, s'en accusait, s'en excusait, bien qu'Alain n'eût jamais fait la moindre réflexion à ce sujet. Ou plutôt si ; il lui reprochait de se sentir responsable de tout. Et il avait raison. Mais comment chasser l'angoisse de ne pas arrêter à temps un prédateur ? On ne peut pas déguster un chablis et du homard à la vanille en sachant qu'un enfant est en danger, non ?

— Je voudrais que tout le monde soit heureux, déclara-t-elle à Léa.

— C'est le vin ! pouffa Léa. Tu n'aimes pas tout le monde. Heureusement pour moi, j'ai passé le test, je fais partie du cercle très sélect de tes amis. Comment va Rouaix, au fait ? Son voyage en France ?

— Il était chez sa cousine, celle qui a gardé le domaine familial. Son champagne a été très bien coté dans le *Wine Spectator* et Lyette en était très contente. Elle réussit à concilier famille et travail. Tout de même, quatre enfants… Rouaix envoie Martin faire les vendanges là-bas, à la fin de l'été, puisqu'il ne veut pas retourner étudier en septembre. Martin ne sait pas à quel point la vigne est exigeante. Pour l'instant, il se réjouit de voyager. Rouaix ne le détrompera pas !

— Martin a un bon fond. C'est seulement qu'il ne sait pas ce qu'il veut faire dans la vie. Ils sont plusieurs comme lui. Tu es chanceuse d'avoir su très jeune que tu désirais mener des enquêtes.

— Mon adolescence était si ennuyante, c'était naturel que je rêve d'aventure ! Je ne devais pas être normale pour me passionner pour des enquêtes criminelles au lieu de soupirer pour des garçons.

— Au fond, tu es une originale, décréta Léa. Et ça t'aide dans ton boulot.

— Il faut bien qu'il y ait des avantages. Et je suis un beau cas d'analyse pour toi. Il faut que ton certificat en psychologie serve un peu, non ?

Léa sourit ; Maud Graham était transparente pour elle, alors qu'elle devait paraître compliquée pour bien d'autres. Elle agaçait son patron qui la trouvait maniaque, mais il avait compris qu'il devait la laisser mener ses enquêtes comme elle l'entendait. Et tout faire pour préserver l'équipe qu'elle formait avec André Rouaix.

— Ça fait combien de temps que tu travailles avec André ?

— On s'est rencontrés quand je suis revenue à Québec. Dès le début de ma carrière. Je ne veux pas savoir le nombre d'années qui se sont écoulées. On ne parle plus du temps qui passe ! Plus de toute la soirée ! De toute manière, il faut que je rentre. Maxime doit être revenu à la maison. Pour s'empiffrer de biscuits au chocolat. J'ai beau lui seriner que ce n'est pas bon pour lui, il ne m'écoute pas. S'il a de l'acné, il plaira moins aux filles. Déjà qu'il paraît plus jeune que son âge…

— Il est si charmant !

— Pour moi, pour toi. Mais les filles veulent des

garçons qui paraissent plus vieux qu'elles. C'est la dure loi de la séduction.

— Je sais, j'en vois toutes les applications au collège. J'espère que Sandrine ne s'entichera pas d'un prétentieux ou d'un profiteur.

— Tu ne pourras rien y changer. Une chance, tu as encore du temps pour t'inquiéter…

— Tu as dit qu'on ne parlait plus du temps !

— Non, je me sauve.

La température qui avait baissé de plusieurs degrés surprit Maud Graham. Elle enfila son chandail en frissonnant, mais refusa d'accélérer le pas pour rentrer chez elle. Elle aimait marcher quand la ville était aussi calme, croiser les promeneurs de chien, les chats en chasse, les amoureux. Ceux-ci ne l'agaçaient plus maintenant qu'elle vivait avec Alain. Les avait-elle enviés, ces hommes et ces femmes, ces garçons et ces filles qui s'embrassaient en public sans penser qu'ils aiguisaient sa douleur d'être seule ? Elle eut subitement très hâte qu'Alain revienne de Montréal. Elle l'appellerait en arrivant à la maison. Elle lui raconterait sa soirée chez Léa. Elle s'ennuierait de lui en entendant sa voix et raccrocherait le téléphone en se demandant si elle aimait toujours leur mode de vie, si elle voudrait un jour qu'il soit constamment à ses côtés. Devrait-elle être mutée à Montréal. Quitter Rouaix ? S'éloigner de Léa ? De Maxime ? De Grégoire ? Ils ne la suivraient pas tous dans la métropole. Et Alain aimait tellement son travail au laboratoire des Sciences judiciaires. Que ferait-il à Québec ? Même s'il y était né, il préférait Montréal tout en admettant que Québec était une plus jolie ville. Elle soutenait qu'il était séduit par la métropole parce que son installation était récente, « tout nouveau, tout beau ». Mais l'enthousiasme dont il faisait preuve quand elle allait le visiter là-bas était éloquent.

C'était tout le contraire avec Thomas Lapointe ; il était très content d'avoir emménagé à Québec. Il adorait cette ville, se rendait fréquemment à l'île d'Orléans en vélo, ou à Montmagny. Il se réjouissait de longer si souvent le fleuve lors de ses escapades. Alain Gagnon lui avait vanté les pistes cyclables de l'Île-des-Sœurs, mais Lapointe n'avait pas changé d'idée ; Québec était une ville où il se plaisait davantage qu'à Montréal.

Normal : Montréal était l'endroit où avait été assassinée Mélanie. Quand il y retournait, il ne pouvait certainement pas s'empêcher de penser à sa sœur. Il devait aller se recueillir sur sa tombe et la pleurer avant de retrouver les membres du groupe de victimes dont il faisait partie. C'était la seule chose qu'il avait confiée à Maud Graham. Il avait parlé de son appartenance à Entraide en expliquant qu'il n'aurait pas participé à ces rencontres de son propre chef, mais un des membres, Pietro Ronzonni, avait souhaité qu'il se joigne à eux.

— Ronzonni a fondé Entraide pour aider les gens qui sont des victimes directes ou indirectes, pour leur exposer les étapes, les épreuves qui les attendent. Il espérait que je puisse les aider à obtenir des informations. Je le déçois, on ne sait pas tant de choses que ça. Mais, au moins, je peux les aider à créer un site

Web pour informer les parents des victimes de l'aide qu'on peut leur apporter. On est tellement démuni, choqué, quand on perd brutalement quelqu'un, et tellement ignorant. Même moi.

— Tu en sais un peu plus que la moyenne des gens... Et tu es efficace avec les ordinateurs, tu peux leur faire cracher tout ce que tu veux ! Entraide doit se féliciter d'avoir un crack en informatique dans leur association.

Maud Graham s'était enquise du nombre de personnes qui fréquentaient Entraide, des tragédies qui avaient frappé chacune des victimes. Elle se souvenait de toutes ces affaires qui avaient défrayé les manchettes des journaux, même si elle n'avait enquêté sur aucune des agressions.

— Il faudrait qu'il y ait des groupes semblables dans toutes les villes. Et des moyens importants pour aider les victimes. On pense surtout aux meurtres, mais les viols, les voies de fait sont autant de traumatismes. J'ai rencontré une femme, la semaine dernière, qui n'est pas sortie de chez elle depuis six mois parce qu'elle s'est fait agresser en allant au dépanneur. Elle a dû quitter son travail. De quoi vivra-t-elle quand elle ne touchera plus d'assurance-emploi ? Elle est même incapable d'aller consulter un thérapeute pour se faire aider... Son mari est découragé, ils devaient jouir de leur retraite dans deux ans, voyager, s'amuser. Ça ne ressemblera pas du tout à ce qu'ils avaient imaginé.

Thomas Lapointe avait mentionné la dépression de Nadia, qui ne se remettait pas de la mort de sa conjointe, de Jacinthe et de Ghislaine qui avaient perdu leur mère.

— Vous pleurez tous quelqu'un, avait fait Graham. Personne ne peut mieux vous comprendre. Vous avez vécu ça de l'intérieur. Entraide doit vous être bénéfique.

Thomas Lapointe avait haussé les épaules, avait changé de ton pour répéter que Pietro et les autres membres du groupe comptaient sur lui pour obtenir des renseignements sur les assassins qui hantaient leurs nuits.

— On leur a promis qu'ils seraient avertis du sort des meurtriers, mais ils ne font pas confiance au système. Ils sont convaincus que les criminels sortiront de prison sans qu'ils le sachent. Je leur ai promis de les avertir si j'apprends quoi que ce soit à leur sujet. Et j'essaie de me tenir au courant.

— Tu as ta propre peine à vivre, avait commencé Graham, et…

— Ce n'est pas si récent, l'avait coupée Lapointe.

Maud Graham n'avait pas été étonnée de cette interruption et elle n'avait pas insisté pour obtenir d'autres confidences. Thomas Lapointe n'avait plus jamais abordé ce sujet avec elle. Ni avec Rouaix, ni avec Trottier. Elle espérait qu'il avait consulté le psychologue attaché aux services de police ou un thérapeute extérieur. Elle-même avait rencontré un psychologue pour lui parler de Lapointe, de son mutisme ; elle craignait d'avoir mal réagi à ses brèves confidences puisqu'il ne lui avait rien révélé de plus. Le psychologue l'avait rassurée ; Lapointe devait préférer se confier aux membres de son groupe de soutien. En plus, il devait se sentir utile avec eux. Il avait perdu Mélanie depuis plusieurs années; il connaissait les étapes du deuil, il pouvait aider les membres plus récemment frappés par le malheur.

— Il vous parlera s'il en ressent le besoin.

— En êtes-vous persuadé?

— Le cas de Thomas Lapointe semble vous toucher personnellement. Pourquoi?

— J'ai vécu des drames avec des collègues parce que je n'ai pas su repérer leur fragilité. Berthier était dépressif et il s'est enfoncé dans une histoire de drogue et de chantage. Il s'est suicidé. Beauchemin a fait un *burnout*. J'ignore s'il reviendra travailler avec nous. Et je n'ai pas compris que Marsolais était dangereux.

— C'est normal que vous vous souciiez de vos collègues. Continuez à témoigner de l'intérêt à Lapointe, il pourrait décider de s'ouvrir à vous.

Maud Graham s'était alors contentée de cette réponse mais, depuis la mort de Donald Hébert, elle s'inquiétait du silence de Lapointe; pourquoi ne lui avait-il rien dit sur le meurtre d'Hébert? Elle avait pourtant l'impression qu'ils étaient assez près l'un de l'autre. Elle ne partageait pas la même intimité avec lui qu'avec Rouaix, évidemment, parce qu'il était arrivé récemment à la centrale du parc Victoria, mais ils s'entendaient bien, avaient souvent les mêmes réactions quand ils menaient une enquête. Elle appréciait Lapointe et le lui disait.

La chaleur de la maison réconforta Maud Graham

quand elle ouvrit la porte. Elle rattrapa Léo de justesse, enfouit son visage dans la fourrure grise de son vieux chat.

— Il fait froid, tu regretterais de sortir. Et toi, Max, tu dois avoir gelé au soccer ?

L'adolescent secoua la tête.

— Je n'ai jamais froid.

— Ça ne t'empêche pas d'attraper la grippe. C'était un bon match ?

— On a gagné. Mais je n'ai pas compté.

— Ça n'a pas d'importance.

— Non, ne me répète pas que l'important c'est de participer. Ça m'énerve, cette phrase-là ! Je veux compter des buts !

— C'est le début de la saison, sois patient.

Maxime émit un petit rire ; Maud Graham n'était pas très bien placée pour conseiller la patience.

— Je ne suis pas si…

— Tu n'es même pas capable de faire la cuisine parce que tu trouves que c'est trop long. Une chance que je deviens bon là-dedans, sinon on mangerait toujours du spaghetti. Grégoire m'apprend tous ses trucs. Il est vraiment cool ! Toi aussi, pour d'autres raisons. C'est cool que tu aies arrêté le meurtrier de la petite fille.

Maud remercia Maxime même si l'adjectif « cool », accolé à la capture d'un jeune criminel, lui paraissait étrange.

CHAPITRE 4

Thomas Lapointe avait roulé à vélo durant quarante kilomètres, mais il n'était pas encore assez fatigué pour s'arrêter. Il devait s'épuiser pour être certain de dormir. Il se glisserait dans ses draps, laisserait son pied pendre hors du lit pour sentir la brise qui emplirait sa chambre des parfums frais de la nuit. Mélanie aussi dormait un pied découvert, le droit. Elle affirmait que la nuit sentait le silence. Il la taquinait en répliquant que le silence ne pouvait être odorant.

Elle avait pourtant raison ; la nuit sentait plus que jamais le silence. Le silence de Mélanie qui s'était tue pour toujours. Un silence bruyant, assourdissant, oppressant. Comment un silence pouvait-il être si bruyant ? Il résonnait dans ses oreilles, l'empêchait de dormir. Thomas Lapointe comprenait la détresse des gens qui souffraient d'acouphène, qui entendaient des sifflements en permanence. Il y avait de quoi devenir fou. Mais il échapperait à la démence du silence comme il avait réussi à repousser la folie engendrée par la douleur. Il avait cependant souhaité perdre la tête lorsque Mélanie avait été assassinée. Tout oublier, sombrer dans la démence, ne plus savoir qui il était. Couler dans le néant. Mais son père ne l'avait pas élevé ainsi ; il lui avait appris le sens du devoir. Envers sa famille et son pays. Envers les peuples opprimés, envers les faibles, les démunis, les victimes. Son père se sentait vraiment utile quand il parvenait à rétablir la sécurité autour des camps de réfugiés. Même si cette démarche impliquait le recours à la force. L'ennemi employait des méthodes extrêmes. Et même plus. Ne pas permettre au mal de l'emporter sur le bien. Thomas Lapointe savait que son père avait dû abattre trois hommes même s'il n'en parlait jamais. C'était un an avant de mourir dans un accident de voiture en Suisse. Laure Lapointe était partie rejoindre son mari pour un week-end à Lausanne, confiant la garde de Mélanie à Thomas pour la première fois depuis leur installation en Europe. Que pouvait-il arriver en trois jours ? À dix-neuf ans, Thomas savait très bien s'occuper de sa sœur. Tout se passerait bien à Lahr, s'était dit Laure Lapointe en préparant sa valise. À Lahr, oui. Mais pas à Lausanne. Thomas avait toujours eu peur de perdre son père quand celui-ci partait en mission à l'étranger, mais il ne s'était jamais inquiété pour sa mère. C'était Jacques Lapointe qui exerçait un métier dangereux. Pas Laure, qui restait au foyer même si elle avait eu envie de travailler. Thomas avait eu du mal à admettre que sa mère soit morte aux côtés de son père. Que leur voiture ait explosé. Il venait de revêtir un des uniformes de son père pour voir de quoi il aurait l'air quand il serait militaire et il s'était changé à toute vitesse pour répondre au sergent Nelson qui frappait à la porte. Il avait écouté l'ami de son père raconter l'accident. Il avait ensuite dû tout rapporter à Mélanie. La convaincre que leurs parents ne reviendraient plus. Il avait éprouvé le même choc, mais à la force dix, quand Mélanie avait été tuée. L'impression d'être emporté par un typhon. L'incrédulité, puis l'horreur. La colère. Il s'était fêlé une dent à force de serrer la mâchoire. Puis la peine. La peine était venue à l'aube d'un jour de septembre, dévastatrice car elle avait chassé la rage. La peine qui le laissait tremblant de désespoir. La peine qui creusait une tombe dans son âme. La peine, puis la culpabilité ; il aurait dû insister pour aller chercher sa sœur au restaurant. Mélanie l'avait taquiné avant de partir de la maison, l'avait traité de père poule, avait prédit qu'il couverait ses enfants jusqu'à les étouffer, qu'ils seraient heureux d'avoir une tante chez qui ils pourraient se plaindre de l'éducation trop attentive de leur père. Elle souriait en disant tout cela. Il s'était remémoré mille fois ce sourire si confiant. Mélanie avait foi en la vie. Elle l'aimait, en était curieuse. Et la vie lui avait été ravie.

Les enquêteurs n'avaient jamais su si Donald Hébert observait Mélanie depuis longtemps quand il l'avait enlevée ou si elle était au mauvais endroit au mauvais moment. Ce dont Thomas Lapointe était certain, c'est que Donald Hébert, lui, était à cet endroit-là et à cet instant précis parce qu'on avait accepté sa demande de libération conditionnelle. Si Thomas était coupable de ne pas être allé chercher Mélanie à la fin de la soirée, d'autres étaient responsables de la balade de Donald Hébert. De la randonnée qui l'avait mené jusqu'à l'arrêt d'autobus.

Ne pas laisser le mal l'emporter sur le bien. Se sentir utile.

Thomas Lapointe avait vite compris qu'il ne pouvait servir la mémoire de Mélanie, faire que sa mort horrible ne soit pas totalement vaine, qu'en empêchant les coupables de commettre de nouveau la même erreur.

Le plus dur avait été de contenir son impatience. Il avait dû attendre avant de commencer ses recherches pour savoir qui s'était occupé du dossier Hébert. Être policier lui avait facilité la tâche et avait renforcé sa décision ; les deux autres femmes qui avaient été violées par Donald Hébert, quelques mois avant Mélanie, devaient sûrement consacrer toute leur énergie à survivre à l'agression dont elles avaient été victimes. C'était son devoir de les aider. Elles ne sauraient jamais ce qu'il avait fait, mais l'important était de remplir son rôle. D'apprendre le maximum sur les responsables. Leur nom, leur adresse, leurs habitudes.

Marcel Ménard. René Asselin. Marie-Anne Lavoie. Gilles Mercier. Jean-Paul Baudin. Il avait tiré au sort le nom du premier responsable qu'il devait exécuter. Puis il s'était ravisé : Mélanie avait été victime du hasard, mais ceux qui avaient causé sa mort devaient être exécutés en suivant un ordre hiérarchique. Il fallait respecter des règles pour mener cette mission à terme. Lapointe avait ainsi décidé, après la mort de Marcel Ménard, d'attendre deux ans avant de faire disparaître un autre coupable. Évidemment, des criminels seraient libérés durant ces vingt-quatre mois, mais s'il tuait Asselin, Mercier, Lavoie ou Baudin trop tôt, on établirait probablement un lien entre cette victime et Ménard. Et entre eux et lui. Il valait mieux être prudent. Sa patience avait été payante ; il avait eu le loisir de fignoler l'accident de chasse.

Il s'arrêta en haut d'une côte, le souffle court ; penser à la mort prématurée de Donald Hébert l'agaçait. Il tentait de se persuader que l'important était qu'il ait été assassiné, mais cette entorse à son plan initial le déstabilisait. Il avait tout organisé des années plus tôt et il tenait à suivre les règles qu'il s'était fixées. Par contre, il ne pourrait jamais être soupçonné pour la mort de cet assassin. L'enquête au pénitencier ne mènerait à rien. À moins qu'un détenu n'en dénonce un autre. Il n'avait pas à s'en soucier, alors qu'il s'était intéressé de près à tout ce qui s'était passé après l'exécution de Ménard et de Baudin. Il serait aussi sur le qui-vive quand on découvrirait le corps de René Asselin.

Les enquêteurs auraient plusieurs pistes à explorer : un directeur de pénitencier se fait beaucoup d'ennemis. Sa mort réjouirait de nombreux détenus. Et peut-être que l'homme qui lui succéderait se montrerait aussi laxiste que lui, mais Thomas Lapointe ne pouvait pas se charger de tous les directeurs de prison du Québec. Ça l'indisposait, il déplorait que sa mission ne soit qu'une demi-mission puisque d'autres hommes, d'autres femmes feraient les mêmes bévues qu'Asselin, Ménard, Lavoie, Mercier et Baudin. Il ne pouvait enquêter, hélas, sur tous les gens qui travaillaient dans le milieu carcéral. Il finirait par attirer l'attention.

Thomas Lapointe enfourcha son vélo et rentra chez lui après s'être arrêté pour faire quelques courses. Un chien, qui flaira l'odeur du poulet rôti qu'il venait d'acheter, jappa quand il passa devant lui, et il faillit ouvrir le sac pour lui donner un morceau, mais il se rappela le chagrin de Mélanie lorsque leur chienne Clara était morte étouffée par une aile de poulet. Leurs parents avaient offert d'adopter un autre animal, mais Mélanie avait refusé ; Clara était irremplaçable. « Je n'en aimerai jamais une autre », avait-elle déclaré entre deux sanglots. Avant de s'éprendre de Caramel, un chat roux à la queue trop courte qui l'avait suivie dans un jardin public. Thomas avait souvent pensé que Caramel avait aidé Mélanie à supporter le choc de la mort de leurs parents. Il semblait deviner le chagrin de la fillette, se couchait près d'elle et l'observait avec bienveillance. Mélanie prétendait que son ronronnement lui permettait de s'endormir. Une semaine avant de mourir, elle avait confié à Thomas que son amie Mérédith lui offrirait un des petits de sa chatte siamoise.

— J'espère qu'il sera aussi gentil que Caramel ! Aimerais-tu mieux qu'on adopte un mâle ou une femelle ?

Thomas avait haussé les épaules, il était en train de lire un magazine d'informatique. Il regrettait d'avoir suivi trop distraitement les cours d'informatique quand il étudiait au secondaire. Heureusement, Mélanie était plus sérieuse que lui, elle se passionnait pour la chimie, la physique et souhaitait devenir journaliste scientifique.

Elle aurait excellé dans son domaine si Donald Hébert ne l'avait pas tuée.

Thomas découpa une cuisse de poulet, puis trancha des tomates qu'il arrosa d'huile d'olive et parsema de sel de Guérande. Mélanie n'avait jamais goûté au sel de Guérande ; ce n'était pas encore à la mode quand elle était morte. C'était Sophie qui lui en avait offert un petit pot pour Noël ou son anniversaire et il avait continué à en acheter après leur rupture. Annie, elle, l'avait initié à la photographie et il en faisait toujours même s'il ne l'avait jamais revue après leur séparation. Il avait ainsi photographié Ménard, Asselin, Mercier, Baudin et Lavoie. Capturer leur visage était un premier geste d'appropriation. Par la suite, il avait détruit ces images ; on ne devait rien trouver chez lui si jamais on le soupçonnait d'être responsable de leur disparition. Car Thomas ne s'illusionnait pas ; après le meurtre d'Asselin et celui de Marie-Anne Lavoie, quelqu'un finirait par faire des recoupements, établir des liens entre ces deux victimes.

Et repenser peut-être à Marcel Ménard et à Jean-Paul Baudin. On rechercherait le nom de tous les détenus avec qui ils avaient été en relation. On s'interrogerait sur ces prisonniers. Étaient-ils ou non en liberté ? Avaient-ils pu tuer ces trois personnes ? Lequel d'entre eux avait eu ce désir de vengeance ? Et un enquêteur proposerait d'élargir le champ d'investigation, de partir de cette hypothèse de vengeance et de s'intéresser à ceux qui avaient souffert de la mise en liberté de certains détenus. On interrogerait les parents, les époux de certaines victimes, les sœurs, les frères, les amoureux. On les soupçonnerait. On s'intéresserait à lui parce qu'il pouvait disposer d'informations privilégiées.

On ne pourrait rien prouver contre lui. Il était trop prudent. Et s'il tuait Asselin lorsqu'un détenu serait libéré du pénitencier qu'il dirigeait ? Des enquêteurs suivraient peut-être cette piste ?

Ou s'il proposait à ce détenu d'exécuter Asselin ? Il le tuerait ensuite pour l'empêcher de révéler qu'on l'avait payé pour ce contrat et que le commanditaire était un policier. Il ferait d'une pierre deux coups ; il débarrasserait la ville d'un directeur de prison trop laxiste et d'un récidiviste. Était-ce trop compliqué ? Oui. De toute façon, il ne devait mêler personne à sa mission. C'était à lui qu'incombait la charge de tout nettoyer.

Thomas repoussa son assiette d'un geste brusque ; imaginer l'exécution de René Asselin lui avait coupé l'appétit.

Mais avait-il le choix ? Est-ce que son père se demandait s'il avait envie de participer à un affrontement sur un terrain miné ? Est-ce que son père reculait face au danger, refusait d'affronter les obstacles ? C'était un homme d'honneur qui n'avait jamais failli à sa mission.

Il était heureux de lui ressembler, il espérait avoir sa résistance morale comme il avait hérité de son endurance physique : il avait ainsi la chance de n'avoir besoin que de quelques heures de sommeil. Avec la mission qu'il avait à remplir, les heures de guet, les allers-retours à Montréal et son entraînement, il n'aurait pu tout concilier s'il avait dû dormir huit ou dix heures par jour.

Thomas Lapointe se servit une bière qu'il but sur le balcon en regardant le fleuve. Il aimait beaucoup cette maison qu'il louait à Beauport depuis un an. Admirer le fleuve l'apaisait ; il opterait pour la noyade s'il devait un jour se suicider. Si on découvrait qu'il était l'auteur des meurtres de Baudin, Mercier, Asselin, Ménard et Lavoie. Mais non, il savait comment effacer tous les indices compromettants.

Il dégusta sa bière en écoutant le chant des oiseaux qui nichaient dans les arbres. Il pensa au Baron perché, à l'admiration de Mélanie pour Italo Calvino. Si elle avait vécu dans les arbres comme ce personnage, elle n'aurait pas été assassinée par Donald Hébert. Les jeunes femmes, hélas, marchent dans les rues. Sans savoir que des prédateurs les guettent.

En rapportant sa bouteille de bière vide dans la cuisine, Thomas Lapointe s'arrêta devant le placard du séjour, l'entrouvrit et saisit la manche de la tenue militaire de son père. Il avait besoin de la force de Jacques Lapointe pour poursuivre sa mission.

* * *

— Tu ne te rends pas compte, Vanessa ! Tu cours après les ennuis !

— J'ai seize ans, je suis assez vieille pour savoir comment m'habiller.

— Tu ne sortiras pas de la maison si tu ne te changes pas.

— Tu n'en as pas assez de diriger une prison ? Il faut que tu contrôles ma vie ?

Chantale Forget-Asselin s'interposa entre son mari et leur fille.

— Vous ne pouvez pas passer une soirée sans vous disputer ? Il fait beau, profitez-en au lieu de…

— Justement, il fait chaud. Je crève, c'est normal que je sorte avec cette camisole.

— Mets donc la verte. Elle est aussi légère et la couleur te va si bien.

Vanessa s'éloigna vers sa chambre à contrecœur ; son père ne fléchirait pas. Il refusait qu'elle suive la mode, qu'elle dénude son ventre. Il avait même critiqué ses chaussures à semelle compensée, soutenant qu'elle se briserait le dos sur ces échasses. Et qu'elle ne pourrait pas courir si elle devait fuir un lieu. Fuir un lieu ! Quel lieu ? Pourquoi ? Son père était paranoïaque à cause de son travail ; il voyait des criminels partout et c'était elle qui payait pour ça. Elle quitterait la maison le jour de ses dix-huit ans, c'était sûr et certain.

— Tu aurais pu te montrer moins sec quand tu as parlé à Vanessa, reprocha Chantale à son mari.

René Asselin soupira ; sa femme avait raison. Il était maladroit avec leur fille, mais il s'inquiétait pour Vanessa.

— La mode actuelle est un appel au viol et ces gamines ne s'en rendent même pas compte.

— Tu as raison, mon chéri. Je ne l'aurais pas non plus laissée partir comme elle était habillée. Mais tout est dans la manière de l'aborder.

— Elle devrait comprendre que c'est pour sa sécurité.

— À seize ans, nos parents nous semblent bornés.

— Si elle était au courant de tout ce que je sais, elle ferait moins la fière. Il y a de plus en plus de délinquants. Il y en a une partie au pénitencier, mais d'autres traînent dans les rues. Ils sont toujours plus jeunes ! À Québec, le meurtrier de la petite Jessica n'a pas dix-huit ans !

— Il sera sûrement enfermé à La Macaza. Tu ne seras pas obligé de supporter ce monstre.

— On en a déjà discuté, protesta mollement René Asselin. Ce ne sont pas tous des monstres. Il y a des détenus qui sont corrects, qui étudient, qui s'amendent en prison. Et il faut bien que quelqu'un fasse ce travail.

— Au moins, tu pourras prendre ta retraite plus tôt que prévu. Vanessa sera assez vieille pour habiter seule ici quand nous serons en Floride. Je déteste tellement l'hiver ! Les manteaux, les bottes, les…

— On est en été ! Il faut toujours que tu t'en fasses pour rien.

— On finit par être inquiète lorsqu'on vit avec un directeur de…

— On ne va pas en reparler ! Il fait beau, profitons-en !

* * *

Le soleil parut plus brillant à Serge Métivier quand il descendit de l'autobus. Le trajet entre Montréal et Québec lui avait semblé très long. Il aurait préféré rejoindre la capitale en auto, Ben Trudel aurait volon-

tiers voyagé avec lui ou il lui aurait prêté son véhicule, mais il n'avait pas le droit de voir ses amis. Ça
faisait partie de la longue liste d'interdictions qu'on
lui avait imposées à sa sortie de La Macaza. S'il avait
pu rentrer à Québec, c'est que sa sœur avait réussi à
décider son beau-frère à lui offrir un emploi à son
garage, mais celui-ci avait mis des conditions. Il acceptait que Métivier travaille pour lui, mais il ne l'ac-
cueillerait pas chez lui. Métivier n'aurait plus aucun
contact avec son neveu et sa nièce. Il avait dû faire
appel à toute sa raison pour sourire à sa sœur et promettre de respecter ces restrictions.

— Jean-Pierre comprendra plus tard que j'ai changé,
avait-il dit à Christelle. On verra. En tout cas, il est
correct de me donner une job. Je vais faire l'affaire.

Christelle avait souri à son cadet ; tant mieux s'il
avait de bonnes résolutions. Il fallait vraiment qu'il
prenne sa vie en mains s'il voulait conserver son emploi au garage.

La gare de Québec avait changé pendant son incar-
cération. Les travaux étaient terminés et les touristes
devaient trouver les lieux beaucoup plus accueillants
qu'auparavant. C'était dans cette gare, alors en réfec-
tion, qu'il avait repéré les deux adolescentes qu'il
avait violées. À trois mois d'intervalle. Il n'avait pas
remarqué à cette époque-là qu'elles se ressemblaient,
comme l'avait écrit un journaliste. Avait-il un type de
femme, de proie ? Oui. Non. C'était le hasard qui
avait voulu qu'il rencontre ces adolescentes. Elles
avaient l'air perdu, l'air d'avoir besoin de raconter
leurs problèmes à quelqu'un qui les écouterait, l'air

d'être prêtes à le suivre. Elles avaient de jolis petits seins, de belles fesses, les cheveux blonds. Presque aussi clairs que les siens. Il remerciait les lois de la génétique qui l'avaient fait hériter de la chevelure claire de sa mère, une chevelure qui adoucissait son visage, le faisait rassurant, juvénile. Ne l'avait-on pas surnommé *Angel Face* au pénitencier ? Ceux qui avaient pensé pouvoir abuser de lui en avaient toutefois été pour leurs frais. Il savait se battre, anticiper les mouvements de l'adversaire. Personne ne l'avait ennuyé à La Macaza. Et personne ne l'ennuierait non plus à Québec. Il obéirait aux consignes durant les prochaines semaines, histoire d'évaluer à quel point il était surveillé. Puis il quitterait le pays. Il ne moisirait pas longtemps ici, même s'il était content d'avoir été libéré pendant l'été ; les filles de la ville, les touristes ne s'étaient pas encore rhabillées, elles portaient des jupes courtes, des décolletés. À la gare, des touristes françaises, en short et tee-shirt ultra-moulants, lui avaient souri ; elles lui plaisaient, mais il leur avait tourné le dos. Il devait mettre ses désirs en veilleuse. Pour mieux les assouvir plus tard.

Il marcha durant une heure avant de se présenter à la maison de transition. Il traversa le quartier Saint-Roch où tout avait changé. Métivier avait pourtant appris qu'on y avait établi un réseau de prostitution. Comment étaient les filles ? Aussi faciles à amadouer que celles avec lesquelles il s'était amusé ? Il trouvait injuste que les chefs de bande n'aient pas été arrêtés plus vite, alors qu'il avait été appréhendé quelques semaines après avoir commis ses abus. Il avait été malchanceux, les filles avaient été encouragées à porter plainte. Elles avaient permis d'établir un portrait-robot et on l'avait intercepté alors qu'il s'apprêtait à franchir la frontière.

C'était derrière lui. Il resterait tranquille durant les prochaines semaines. Il s'ennuierait, c'était garanti ; il n'avait ni le droit de boire ni de prendre de la drogue et ne pouvait fréquenter aucune de ses anciennes relations. Peut-être retrouverait-il une ou deux connaissances au centre ?

* * *

— Il me semble que je n'ai jamais eu aussi chaud en juillet ! se plaignit Maud Graham. J'étouffais dans l'autobus.

— Ton auto est encore au garage ? demanda Rouaix.

— J'aurais dû prendre une voiture de service. Alain m'a conseillé d'aller chez son garagiste, à Bernières. J'espère qu'il est meilleur que celui que j'avais avant.

— Je te le souhaite. On soupe toujours chez toi jeudi ?

— Bien sûr !

— Maxime sera là ?

— Non, il est retourné pour une semaine chez son père. Il lui enseigne la guitare. Maxime veut apprendre à jouer pour plaire aux filles. Il a grandi un peu, heureusement, et il continuera, mais il n'a pas l'air assez vieux à son goût. À leur goût.

— Martin avait les mêmes problèmes.

— Tant qu'il n'en aura pas de plus graves… Est-ce qu'on a eu des nouvelles de Betty Désilets ? André Rouaix secoua la tête.

— Personne ne l'a vue. Ça fait maintenant deux jours qu'elle a fugué de l'Escale.

— Ses parents sont toujours aussi peu responsables ?

— Son père a téléphoné de Londres pour annoncer qu'il paierait les services d'un détective privé. Il suppose que l'argent peut tout régler.

— Où peut-elle se cacher ? Elle n'a pas d'amis. Si elle était retournée chez elle, on l'aurait su. Sa mère nous aurait avertis.

— Mme Désilets n'est pas souvent à la maison. Elle aime mieux magasiner que s'occuper de sa fille.

Maud Graham soupira ; pourquoi mettait-on des enfants au monde si on n'avait pas envie de les aimer, de les protéger ?

— Quelle fille ? demanda Thomas Lapointe qui entrait dans le bureau.

— Betty Désilets. On nous a signalé sa fugue du centre d'accueil.

— Qu'est-ce qu'on a sur elle ?

— Pas grand-chose. Elle a quitté Cap-Rouge avant-hier.

— J'imagine qu'on a cherché dans les endroits stratégiques. Centres commerciaux, carré d'Youville, mail Saint-Roch, la gare.

— Personne ne l'a remarquée. L'ennui avec Betty, c'est qu'elle est intelligente.

— Et violente. Elle peut agresser quelqu'un pour lui voler son argent. Elle est assez timbrée pour se rendre à Montréal, elle s'est vantée à une fille du centre qu'elle visiterait Marsolais au pénitencier. Et qu'elle le tuerait. Elle a dû faire du pouce...

— Est-elle si « limite » ? s'enquit Lapointe.

— Oui. On avait espéré que son séjour au centre l'aiderait. C'est probablement trop tard pour qu'elle assimile la notion de remords. Elle a été élevée avec l'idée que tout lui était permis puisqu'elle avait de l'argent. Pour Betty Désilets, le monde doit tourner autour d'elle. Marsolais l'a humiliée, trompée, elle veut se venger de lui.

— Si elle est brillante, elle ne peut pas vraiment croire qu'elle pourra voir Marsolais.

— Non, mais ça la contentera de se rapprocher de lui. Elle refuse de lâcher prise. Elle est enragée. Et assez folle pour acheter une arme. Elle aimait bien la collection de son père...

— J'imagine mal qu'une fille puisse aimer autant les armes, avoua Thomas Lapointe. Ma sœur...

La phrase resta en suspens. Malgré sa surprise d'entendre mentionner Mélanie, Maud espérait que Thomas poursuivrait, mais il se contenta de dire que les filles étaient plus violentes aujourd'hui.

— Je ne sais pas si c'est vrai, avança Rouaix. On suppose que c'est pire aujourd'hui parce qu'on est plus informés. On commet des crimes atroces depuis les débuts de l'humanité. Partout dans le monde. Les génocides ne sont pas des inventions contemporaines.

— La drogue modifie un peu la donne, soutint Thomas Lapointe. Les phénomènes de gang y sont reliés. On avait la mafia avant. On l'a toujours. Et malgré de beaux coups de filet, on a aussi des motards. Et maintenant les gangs. Et les filles en font partie. Elles apprennent à imiter les gars.

— Ou servent de jouet sexuel.

— Ou les deux.

— Betty aimerait sûrement sortir avec un chef de gang. Ou diriger un réseau.

— Elle est belle ?

— Non. Elle a d'ailleurs agressé une fille au centre parce qu'elle était jalouse d'elle. Et elle a annoncé à une autre qu'elle se ferait faire de la chirurgie esthétique quand elle serait libérée. Et son père acceptera évidemment de tout payer.

— Je ne sais pas si un chef de gang voudrait sortir avec une fille aussi ordinaire.

— S'il peut en tirer quelque chose… Betty est téméraire. Ça l'excitera qu'on lui propose de voler ou, mieux encore, de piéger une jolie fille. Ou pire. Il faut qu'on la retrouve. C'est important.

— Le dossier Ferland aussi, lui rappela Rouaix. Et…

La sonnerie d'un téléphone l'interrompit. La journée commençait ; l'employé d'une station-service avait été sauvagement battu. C'était le quatrième en moins d'un mois. Comme les victimes précédentes, il avait été agressé par deux hommes dans la vingtaine qui portaient des cagoules, mais la chaleur étouffante de cette journée avait poussé l'un d'entre eux à enlever son masque sitôt assis dans la voiture, et l'employé avait pu apercevoir son visage avant que son complice appuie sur l'accélérateur.

— Ils ont volé cinquante-deux dollars, soupira Maud Graham. Ils ont failli tuer le pompiste pour cinquante-deux dollars.

— Les autres vols n'étaient pas plus payants, rappela Rouaix. Ils s'en foutent de ne pas ramasser le gros lot. Tabasser quelqu'un les excite davantage. Est-ce que le pompiste est assez en forme pour établir un portrait-robot? On pourrait emmener Dubois à l'hôpital avec nous pour qu'il entende la description du suspect?

— Je les préviens qu'on arrive.

En quittant l'Hôtel-Dieu, Lapointe offrit à Maud Graham de l'emmener jusqu'au garage, puisque Rouaix devait aller chercher sa femme à son travail.

— Tu es sûr? Ce n'est pas du tout dans ta direction…

— Je sais. C'est d'ailleurs bizarre que tu te rendes jusqu'à Bernières pour faire réparer ta voiture.

— Tu n'étais pas là quand j'ai mentionné qu'Alain va chez ce type depuis des années? Il paraît qu'il est très honnête.

— Tant mieux, ça ne court pas les rues.

— Avec tous ses allers-retours entre Québec et Montréal, Alain a dû changer deux pièces, cette année. Il jongle avec l'idée d'acheter une voiture neuve, mais as-tu vu les prix? C'est ahurissant! Ce ne sont que des roues avec un moteur et une carrosserie!

— Tu manques de poésie, la taquina Lapointe.

— Ça doit être mon côté « fille », de ne pas m'inté-resser aux bagnoles.

— Détrompe-toi, j'ai eu une blonde qui changeait plus souvent d'auto que de coiffure.

— Et maintenant ? Sors-tu avec quelqu'un ? Tu es discret sur ta vie privée...

— Parce qu'il n'y a rien à raconter.

Il ne pouvait pas avouer à Maud Graham qu'il ne restait jamais longtemps avec la même femme, parce qu'il avait peur de s'attacher et de souffrir si elle dis-paraissait comme l'avaient fait ses parents et sa sœur. De toute manière, tant qu'il n'aurait pas achevé sa mission, il n'était pas question de songer à lui-même. À son bonheur personnel.

Graham insista ; un aussi bel homme devait être très sollicité.

— Oui, c'est sûr, je suis tellement irrésistible. Mais quand je parle de mon travail, ça les refroidit. Tu dois avoir eu ce problème-là avant de rencontrer Alain ?

Maud Graham nota avec quelle habileté Lapointe avait esquivé sa question.

— Avant Alain, j'étais seule. Et avant d'être seule, j'étais avec Yves. Il me reprochait mon manque de disponibilité. Il m'a trompée, puis il m'a quittée. Et je l'ai pleuré. J'ai hésité longtemps à fréquenter Alain. Parce qu'il est plus jeune que moi.

— C'est un peu idiot.

— C'était très idiot. Mais ça m'ennuie. Tu sortirais avec une femme plus vieille que toi ?

— Voyons, vous devez avoir deux ans de différence ! Tu es ridicule.

La sincérité de Thomas flatta Maud et elle lui sourit.

— Tu n'as pas répondu non plus à cette question. Tu es très fort pour éluder les questions.

— J'ai eu une blonde qui avait dix ans de plus que moi. Es-tu contente ?

— L'aimais-tu ?

— J'imagine que oui. Est-ce que c'est moi qui rêve ou le pont Pierre-Laporte est de plus en plus encombré ?

— On arrive bientôt. Le garage Tremblay est tout de suite après la sortie du pont. Tu dois tourner à droite. Si le trafic t'énerve, c'est parce que tu circules souvent à vélo. Alain fait pareil à Montréal.

— Participera-t-il à la course de Bromont ?

— Non, il n'est pas en forme comme toi. Tu t'entraînes beaucoup ?

— Oui, je me suis rendu à Rivière-du-Loup, la semaine dernière.

— Rivière-du-Loup ? Tu devais être épuisé.

— Un peu, reconnut Thomas Lapointe.

Mais le soir, dans une petite auberge du Bas-du-Fleuve, il avait bien dormi, sans faire de cauchemars, et il s'était réveillé en pleine forme, prêt à reprendre la route pour rentrer à Québec. S'il pouvait avoir plus souvent des nuits aussi calmes… Son travail ne lui permettait pas, malheureusement, de rouler autant qu'il l'aurait souhaité. Et s'il se présentait régulièrement au stand de tir, il ne considérait pas cet exercice comme un sport qui l'aidait à évacuer des tensions.

— C'est là, dit Maud Graham. La sortie Saint-Nicolas Saint-Rédempteur.

Ils se garèrent quelques minutes plus tard devant le garage. Un employé héla Jean-Pierre Tremblay qui sourit en reconnaissant Maud Graham.

— On a joué dans le moteur, elle peut vous emmener où vous voulez. Ça lui prendrait une peinture, sinon elle finira par rouiller. Ce n'est pas une voiture neuve.

— J'y suis habituée. Si elle roule, je suis contente.

— Serge est un bon mécanicien, mais on ne fait pas de miracles. Hein, Serge ?

L'homme qui travaillait au fond du garage s'approcha, cligna des yeux dans la lumière du jour.

— Qu'est-ce qu'il y a ?

— La Fiat qu'on a réparée est prête ?

Serge Métivier allait s'avancer, s'essuyant les mains sur son pantalon, quand il reconnut Graham. Il baissa aussitôt la tête, se demanda s'il devait reculer ou non, s'immobilisa.

— Tu es rendu ici, Métivier ?

— Depuis que je suis sorti. Il y a une semaine. C'est beau, Québec. Non ?

— Ça dépend du monde que je rencontre. Toi, tu ne dois pas en voir beaucoup.

— Je reste en famille.

Jean-Pierre Tremblay tira sur sa cigarette ; qui était cette cliente qui s'adressait si familièrement à son beau-frère ? Leur attirerait-il encore des ennuis ? Il n'aurait pas dû céder à Christelle et accepter que Serge travaille pour lui. Même s'il devait reconnaître qu'il se débrouillait très bien en mécanique.

— Est-ce qu'il y a un problème ?

— Pas pour l'instant, admit Graham. Tant que Métivier respecte les conditions… Ton surveillant t'a rencontré cette semaine ?

— Hier soir. Avant que je rentre au centre. C'est correct ? Je peux retourner travailler ? Je veux finir ce que j'ai commencé sur le carburateur.

Métivier recula vers le garage, sourit à Lapointe en désignant Graham.

— C'est votre patronne ? Ça doit être plaisant d'obéir à ses ordres.

— Niaise-nous pas, Métivier.

— O.K. Je fais tout ce qu'on me dit de faire depuis que je suis dehors. Je ne veux pas retourner en dedans. Je vous le jure !

Jean-Pierre Tremblay attendit que le bruit d'un martèlement se fasse entendre, puis il se tourna vers Graham et Lapointe.

— Vous connaissez mon beau-frère ?

— J'ai déjà enquêté sur lui.

— C'est ma femme qui m'a forcé à l'embaucher. J'ai fait un *deal* avec lui. Il n'entre pas dans la maison. Il ne s'approche pas de nos enfants. Et je le mets à la porte si j'apprends qu'il n'a pas respecté une seule des conditions que son agent lui impose. Serge me connaît. Je ne le garderai pas s'il fait le cave. Je suis déjà trop bon d'accepter de le faire travailler ici. Ça fait partie des conditions, hein ?

— Oui. On ne vous reproche rien, monsieur Tremblay, affirma Lapointe. Et on ne reviendra pas ici si on n'y est pas obligés.

— À moins d'avoir de nouveaux ennuis avec mon auto, dit Graham. Combien je vous dois ?

Graham suivit Tremblay, laissant Lapointe derrière elle. Elle était persuadée qu'il observerait Métivier tout le temps qu'elle resterait avec le propriétaire du garage. Elle regretta de reprendre sa voiture; elle aurait voulu discuter avec Lapointe sur le chemin du retour. Pourquoi s'inquiétait-elle autant de savoir Métivier en liberté? De nombreux violeurs avaient été relâchés avant lui sans qu'elle songe à eux aussi souvent qu'à Métivier.

Parce qu'il était beau, peut-être. Très, trop beau avec sa chevelure blonde et ses yeux aux longs cils. Il pouvait si facilement séduire des gamines… Il n'avait même pas à les enlever, elles le suivaient bien gentiment.

— Eh? Lapointe? Je te paie une bière?

— Tu ne bois pas de bière, Graham. Juste du vin. C'est gentil, mais je veux faire du vélo. J'en profite pendant qu'il fait beau. Il faut que je m'entraîne. Bromont approche!

— On a annoncé de la pluie pour ce soir.

— C'est ce que j'ai entendu, mentit Lapointe qui se traita d'idiot d'avoir ajouté cette phrase; pourquoi se sentait-il toujours obligé d'en faire trop avec Maud Graham?

— Tant pis, je boirai seule.

— Et Alain?

— Il arrive jeudi. Ne t'inquiète pas pour moi, je suis habituée. Je voulais seulement discuter de la belle rencontre qu'on vient de faire. J'ai tendance à être trop zélée. C'est mieux que je rentre chez moi me servir un verre de blanc. Je devrais t'imiter et bouger un peu. Sauf que l'été, je ne suis bonne à rien, il fait trop chaud. Remarque, je perdrais quelques livres…

— Ah, les femmes ! Toujours obsédées par votre poids ! Vous êtes bien comme vous êtes !

— Tu as eu une blonde qui voulait maigrir ?

— Oui. Elle essayait toutes sortes de régimes.

— Est-ce qu'elle en a trouvé un qui est efficace ?

— Je ne sais pas, je ne l'ai pas revue depuis deux ans. Bon, il faut que j'y aille, j'essaie une nouvelle selle.

— Ah ! C'est pour ça que tu as hâte de rentrer ! Je ne te retiens plus. Et merci de m'avoir emmenée ici.

Thomas Lapointe s'éloigna vers sa voiture en faisant un geste de dénégation ; ce n'était rien du tout d'avoir accompagné Maud Graham chez le garagiste.

— Non, c'était très aimable, insista cette dernière. Tu es cool, comme dirait Maxime.

— Bonne soirée.

Maud Graham suivit la voiture de Lapointe durant quelques minutes, puis leurs chemins se séparèrent à la hauteur de l'autoroute du Vallon. Cool ? Est-ce que Thomas Lapointe était vraiment cool ? Était-ce l'opinion de ses blondes ? Ou plutôt, de ses ex-blondes ? Il avait eu plusieurs liaisons, mais Maud ne parvenait pas à l'imaginer en séducteur. Était-il très différent en dehors du travail ? Peut-être qu'il draguait toutes les fins de semaine. Non, bien sûr que non. Il faisait du vélo. Il participerait à la course de Bromont à la fin de juillet. Il ne serait pas trop loin de Montréal ; en profiterait-il pour voir les membres d'Entraide ? Les fréquentait-il encore ? Il n'en avait jamais reparlé.

Elle refrénait son envie d'en savoir davantage sur son implication à Entraide. Elle s'était documentée sur le groupe de soutien, savait que Pietro Ronzonni l'avait créé après l'assassinat de son fils, mais elle aurait aimé que Thomas lui confie ce qu'il retirait de ses rencontres avec ses compagnons d'infortune. Elle aurait voulu… mais refusait de le harceler, de ressembler à sa mère.

CHAPITRE 5

Léo miaula sous les branches du lilas japonais; une mésange le narguait depuis près d'une heure, sautillant, voletant d'une branche à l'autre, agitant les grappes odorantes dans un incessant va-et-vient. Le chat finit par se résigner à l'oublier et retourna se coucher aux pieds de Maud Graham qui relisait un dossier au fond de la cour.

— Tu ne l'attraperas pas, mon pauvre Léo. Tu es comme moi avec les criminels.

— Pourquoi dis-tu ça? s'insurgea Alain. C'est faux !

— Ah oui? C'est sûrement pour cette raison que je n'ai pas encore retrouvé Betty Désilets. Elle m'a envoyé un courriel ce matin. Elle s'amuse beaucoup, semble-t-il.

— Elle veut que tu t'occupes d'elle. Jusqu'à maintenant, tu es l'une des rares personnes à s'être intéressée à son sort. Qu'est-ce qu'elle t'écrit?

— Qu'il fait plus chaud. Qu'elle aime les bains de minuit et qu'il n'y a pas de piscine au centre où on l'a enfermée. Qu'on aurait dû y réfléchir avant de l'envoyer là-bas. Elle mentionne Marsolais. Elle espère qu'il fait très chaud à Cowansville pour qu'il cuise dans sa cellule.

— Ça prendra du temps avant qu'elle l'oublie.

— Elle ne l'oubliera pas. Elle aime trop le détester. Pour une fois qu'elle a un vrai motif d'en vouloir à quelqu'un. Personne ne peut contester la légitimité de sa haine. Marsolais l'a trompée, s'est servi d'elle. Et il aurait pu la tuer.

— Tu n'es pas responsable de Betty, fit Alain. Tu as assez de ton travail. Tu en fais déjà trop. N'oublie pas que tu m'as juré de nous réserver une semaine complète en août. On ne profite pas assez de mon chalet.

— Maxime a changé. Il préfère rester en ville avec ses amis du soccer. J'espère qu'il sera plus motivé à l'école, cette année. Il est intelligent, il réussirait mieux s'il consentait à fournir des efforts. C'est comme Betty ; elle est brillante, mais elle continue d'accumuler les conneries au lieu de se repentir…

— Arrête de penser à elle.

— Ce n'est pas aussi simple.

— Tu t'inquiètes pour elle ou pour celui ou celle qui croisera son chemin ?

— Les deux, évidemment. Est-ce qu'il reste du Petit Chaperon Rose ?

— Tu l'aimes bien, mon rosé, avec son goût d'orange confite ? J'ai été inspiré d'en commander une caisse.

— On n'en aura pas assez pour l'été. Il faudra en racheter. Le Château de Lancyre n'est pas mal non plus.

— J'aimerais que nous visitions le Languedoc ou la Provence avant… ta retraite. Je me contente d'une semaine au chalet pour l'instant, mais je veux vraiment qu'on prenne des vacances en France, cet automne. Rouaix gardera Maxime chez lui en notre absence.

— Tu en as parlé avec André ? s'étonna-t-elle. Au souper chez lui ? Quand il te montrait la fameuse bouteille de champagne qu'il a rapportée de son voyage ?

— La conversation s'y prêtait.

Graham eut un petit rire ; si tout le monde se liguait contre elle…

— On louera une voiture et on s'arrêtera dans les villages pour goûter à toutes les spécialités, tous les crus de la région.

— Je ferais mieux de me mettre au régime dès maintenant. Ou de pédaler autant que Lapointe. Il s'entraîne deux, trois heures par jour pour la course. Il prend ça vraiment à cœur. Il prend tout à cœur. Trop.

— Tu n'es pas très bien placée pour le lui reprocher.

— Si. Je jouis de nos moments d'intimité, je sais que je suis chanceuse de t'avoir dans ma vie. Thomas Lapointe n'a personne, lui. Tu n'as pas d'amies à lui présenter ?

Alain se leva en riant.

— Je ferais mieux de m'occuper du vin au lieu de me mêler de la vie de Lapointe.

Ils avaient prévu souper au Café du Clocher penché, mais ils avaient le temps de boire un dernier verre de rosé avant de quitter la maison. Alain se retourna pour sourire à Maud, goûtant la sérénité de cette fin d'après-midi, songeant qu'il se rappellerait longtemps cette image d'elle caressant Léo, après avoir arraché quelques mauvaises herbes, des reflets lumineux de sa chevelure rousse, de sa peau à peine dorée par le soleil. Il savait qu'elle appuierait le verre de vin contre sa joue pour se rafraîchir dès qu'il lui tendrait sa coupe, qu'elle tremperait ses doigts dans l'eau du seau en déclarant qu'elle ne comprenait pas les gens qui dédaignaient les rosés. Il aurait envie de l'embrasser.

Il lança que c'était lui qui était chanceux de l'avoir rencontrée, puis il se dirigea vers la cuisine. Un frôlement contre son mollet l'avertit de la présence de Léo qui l'avait suivi, toujours aussi gourmand ; Alain était moins strict que sa maîtresse et il pouvait compter sur lui pour lui donner quelque gâterie entre les repas.

— Maud nous chicanera si elle nous surprend, dit Alain au chat en lui tendant un morceau de jambon. Il s'essuyait les doigts au moment où Maxime entra.

— Laisse le jambon sorti, je me fais un sandwich. Est-ce que Biscuit a racheté de la mayonnaise ?

— C'est moi qui me suis chargé des courses.

— Cool ! Il ne manquera rien. Vous sortez ce soir ?

— Comme prévu.

— Cool, répéta Maxime. Moi, je joue au soccer. C'est vraiment tripant. Autant que le hockey. Est-ce que je peux goûter à votre vin ?

Maxime s'approcha, sortit un verre de l'armoire, le tendit à Alain qui y versa un peu de rosé. L'adolescent but une gorgée, reposa le verre.

— Cool. C'est mieux que du rouge. Du rouge, c'est bizarre.

— Tu changeras d'idée en vieillissant. Maxime grimaça, il en doutait.

— On en reparlera dans quelques années.

Maxime lui adressa un sourire d'une telle assurance qu'il en fut ému ; l'adolescent était persuadé qu'ils seraient encore ensemble, qu'ils formeraient cette étrange famille quand il aurait vingt ans.

* * *

Gabrielle Léger haletait, mais il n'était pas question qu'elle s'arrête alors qu'elle distinguait la pointe des sapins tout en haut de la côte. Dès qu'elle l'aurait gravie, elle reverrait ce paysage qu'elle aimait tant, qui lui avait manqué durant l'hiver. Et qu'elle avait négligé depuis le début de l'été. Elle était sotte de travailler autant ! Mais qui s'occuperait de la boutique de mode si elle préférait découvrir les charmes de la campagne québécoise ? Elle commençait à avoir une clientèle fidèle, elle ne pouvait s'absenter.

Elle serra plus fortement le guidon, se concentra pour un dernier effort. Elle jouirait ensuite de la longue descente, du sentiment de liberté jubilatoire.

Elle s'arrêta pourtant dès qu'elle vit Thomas Lapointe, au beau milieu de la pente, qui réparait son vélo. Pouvait-elle lui être utile ?

— C'est la deuxième fois que ma roue avant me laisse tomber.

— C'est le cas de le dire.

Gabrielle faisait allusion aux coudes et aux genoux écorchés de Lapointe.

— Ce n'est rien. Mais mon orgueil en a pris un coup.

— Il n'y avait personne pour te voir. Moi, ça m'est arrivé durant une compétition. Le pire moment de ma vie !

— Tu as participé à plusieurs courses ?

— Pas depuis celle-là. C'est stupide de ma part, mais j'ai peur que ça se reproduise. C'est de l'orgueil mal placé. Je ne m'étais même pas blessée. Toi, tu t'intéresses aux courses ?

— Je m'entraîne pour Bromont.

— Et là, tu t'en allais où ?

— Je rentrais à Beauport. Je vais téléphoner à…

Gabrielle Léger protesta aussitôt ; elle retournerait en vélo à sa voiture et reviendrait le chercher.

— J'en ai pour une demi-heure au maximum. Je ne suis pas partie de Québec en vélo, je voulais seulement profiter de la beauté du coin, mais je n'avais pas assez de temps. Tu n'as pas le choix, de toute façon. Si tu roules, tu vas abîmer ton vélo. Au prix qu'il t'a coûté, tu ferais mieux d'accepter mon offre.

Thomas Lapointe sourit, se rendant aux arguments de Gabrielle. Il lui tendit la main, se présenta.

— Tu sembles connaître les vélos. Le tien doit être performant.

— Ultra-léger mais bien balancé. Et la selle est la plus confortable que j'ai jamais eue. Ça compte ! Attends-moi, ça ne sera pas long.

Lapointe regarda la jeune femme enfourcher son vélo et s'éloigner. Elle aurait plu à Mélanie qui aimait les personnes décidées. Il agaçait tellement sa sœur quand il hésitait entre deux plats au restaurant. Mélanie était toujours pressée. Mais pas le soir du meurtre. Elle avait marché trop lentement en descendant de l'autobus. Donald Hébert avait pu l'enlever. Ou peut-être que non, peut-être qu'elle avait couru, qu'il l'avait rattrapée. Elle serait du même âge que Gabrielle aujourd'hui. Peut-être qu'elles seraient devenues amies. Non. Il ne draguerait pas cette jeune femme séduisante, joyeuse, sportive. Elle était trop gentille pour qu'il lui fasse perdre son temps. Pourquoi se lierait-il avec elle puisque tout était joué d'avance ?

Le bruit d'une voiture lui fit tourner la tête ; ce n'était pas Gabrielle qui conduisait mais un homme qui s'arrêta à sa hauteur.

— Vous avez besoin d'aide ?

— Merci, j'attends une amie.

L'inconnu siffla en voyant le vélo de Thomas.

— Bel engin !

— C'est du solide.

Il salua le bon Samaritain en reconnaissant qu'il y avait des gens bien intentionnés sur terre. Il doutait néanmoins que l'équilibre soit parfait entre les bons et les méchants. Il y avait trop de monstres en liberté pour qu'il puisse dormir tranquille. Une phrase de Pietro lui revint en mémoire ; alors que Jacinthe se plaignait de souffrir d'insomnie, il lui avait répondu que toutes les victimes d'actes criminels, directement ou indirectement, présentaient des troubles du sommeil. Il regrettait de ne pas savoir à quel moment exact un membre de leur groupe était éveillé ; ils auraient pu se téléphoner, discuter pour chasser l'angoisse de la nuit. Car tout semblait plus douloureux, plus grave, plus désespéré la nuit. Nadia avait déclaré qu'elle enverrait dorénavant des courriels pour signifier à ses amis qu'elle ne dormait pas. Peut-être que l'un d'entre eux serait aussi debout à trois heures du matin? Thomas avait applaudi à cette suggestion même s'il savait que, en consultant son ordinateur pour lire les messages, il ne pourrait s'empêcher de naviguer dans les sites pornographiques pour traquer les cyberpédophiles. Il savait aussi qu'il passait trop d'heures devant l'écran alors qu'il devait être en forme pour accomplir son travail. Il devait avoir les idées claires pour mener une enquête. Maud Graham avait parfois l'air fripé quand elle se présentait à la centrale du parc Victoria mais, dès qu'elle parlait, il constatait que son esprit était très vif, en alerte.

Un petit coup de klaxon avertit Thomas que Gabrielle était de retour. Elle souriait en descendant de sa voiture, désignait le support à vélo sur le toit du véhicule.

— Comme tu vois, je suis équipée.

Ils installèrent le vélo de Thomas à côté de celui de la jeune femme, puis ils rentrèrent à Beauport où Gabrielle avait déjà vécu.

— C'était avant d'avoir mon commerce. J'ai dû me rapprocher de mon travail, c'est moi qui ouvre et ferme la boutique. Toi, tu travailles près de chez toi?

— À la centrale de police du parc Victoria.

Comment allait-elle réagir à cette déclaration? La plupart des gens montraient des signes de curiosité et

commentaient les faits criminels les plus sensation-
nels, cherchant à savoir si Thomas Lapointe avait enquêté sur tel ou tel assassin.

— Aimes-tu ça ?

— Oui.

— Tant mieux. On passe tellement de temps à travailler, il vaut mieux être à la bonne place. Moi, je ne
compte pas mes heures. Je n'ai plus de vie sociale. Je
suis toujours à la boutique.

— Sauf ce soir.

— Il fallait que je m'aère un peu l'esprit. J'ai bien
fait, sinon tu serais rentré à pied.

— Je devrais t'offrir un verre pour te remercier,
mais je dois me lever très tôt demain matin.

Gabrielle haussa les épaules ; elle aussi devait se
lever à l'aube.

— J'ai reçu des nouveautés d'automne, je dois tout
mettre en place. J'aurais dû faire ça ce soir, mais il
faisait si beau !

— Où est ta boutique ?

— Sur Maguire. C'est une rue très animée, je ne
regrette pas de m'y être installée. Tu viendras faire un
tour. Emmène ta blonde.

— Je n'ai pas de blonde.

— Tes amies, ta sœur.

— Ma sœur est morte. Gabrielle s'immobilisa,
montrant un visage bouleversé.

— C'est arrivé il y a longtemps.

— Moi, j'ai perdu mon frère. Leucémie. Il avait dix
ans. On reste marqué par ça.

— Oui. Mais la vie continue.

— C'est ce que je répète à ma mère ; Julien n'aurait pas voulu qu'on s'enferme à la maison pour ressasser notre peine. C'était un petit garçon si joyeux !

— C'est de famille.

Elle sourit, alors que son regard demeurait grave.

— Je cultive la gaieté. Je n'ai pas le droit de ne pas profiter de la vie. Ce serait une insulte à la mémoire de Julien.

Thomas hocha la tête, espérant cacher son malaise. Est-ce que Mélanie lui en voudrait de ne pas mieux jouir de son existence ? Mais Julien était mort à la suite d'une maladie. Sa sœur, elle… Il respectait sa mémoire en la vengeant. Quand tous les responsables de l'assassinat de Mélanie seraient punis, il pourrait imiter Gabrielle et tourner la page.

— Bromont, c'est à la fin de juillet ? Je devrais m'inscrire. Je dépasserai peut-être ma hantise de tomber en public. Je me sens ridicule d'avoir peur d'être ridicule.

— C'est très humain.

— Toi, tu ne dois pas te ridiculiser souvent, avança Gabrielle.

Il sourit. Est-ce qu'on sait toujours quand on a l'air idiot ?

— Ce n'est pas ton genre, insista-t-elle. Tu dois vraiment réfléchir avant d'agir.

— C'est préférable dans mon métier. La moindre erreur peut avoir des conséquences dramatiques. Il y a des suspects qui sont relâchés parce qu'un enquêteur a oublié un élément dans la procédure. On a un tas de règles à respecter.

— Ça doit parfois être difficile. Si j'arrêtais un type qui a battu un enfant ou une personne âgée, j'aurais envie de le frapper.

Thomas acquiesça ; il ne pouvait nier qu'il méprisait les criminels qui agressaient des enfants. Il savait cependant se contrôler.

En empruntant le boulevard des Chutes, Gabrielle ralentit pour mieux voir le fleuve.

— Ça me manque, à Sillery. J'essaie de déménager sur le chemin du Foulon, près de la côte Gilmore. Je ne serais pas trop loin du travail ni du fleuve.

Thomas lui indiqua la route à suivre pour se rendre chez lui. Il déposa son vélo devant sa maison et remercia Gabrielle en lui promettant une visite à sa boutique.

— Quand tu veux, répondit-elle.

Elle lui tendit la main. Une main ferme, nette, franche. Une main comme les aimait son père. Jacques Lapointe soutenait qu'il fallait se méfier des mains molles qui trahissaient un manque de caractère. La poignée de main de Jacques Lapointe était celle d'un homme qui sait prendre des décisions. Il aurait sûrement approuvé sa croisade. En rentrant chez lui, Thomas sortit la boîte où étaient conservées les médailles de son père et les examina avec tendresse. Chacune témoignait de son courage. Il ne le décevrait pas.

* * *

Pourquoi ce garçon avait-il emprunté ce chemin au lieu de rester sur la piste cyclable ?

Serge Métivier repensait au corps de Jonathan sans réussir à se persuader qu'il l'avait tué. C'était absurde. Tout s'était déroulé beaucoup trop vite. Il n'avait pas eu le temps de réfléchir et, maintenant, il y avait une gamine qui pouvait le dénoncer.

Oui? Non? Peut-être que Morgane se tairait. Il l'avait repérée au mail Saint-Roch devant une boutique de bijoux de fantaisie. Il avait remarqué les boucles d'oreilles en argent, le bracelet qu'elle portait au poignet droit. Et le ventre nu. Il aimait cette mode qu'avaient adoptée les adolescentes, cette mode qui découvrait leur chair tendre, leur petit nombril, cette mode qui n'existait pas quand il avait été envoyé à La Macaza. Il avait bien feuilleté quelques magazines lorsqu'il était au pénitencier, mais de voir tous ces ventres offerts dans la vie réelle était très différent. Et délicieusement douloureux. Il aurait voulu posséder toutes ces filles qui le provoquaient, mais il devait freiner ses désirs. Ou se contenter des femmes plus âgées qu'il devait draguer dans les centres commerciaux puisqu'il n'avait pas le droit d'entrer dans les bars. Il n'était pas assez stupide pour tenter quoi que ce soit avec une des clientes du garage; son beau-frère était tellement *straight*. Il pourrait le congédier sur-le-champ. Et Métivier avait besoin de ce travail pour prouver à son agent des libérations conditionnelles qu'il était digne de confiance. Tant que durerait son assignation à résidence, tant qu'il devrait vivre au centre Marcel-Caron, il fallait qu'il soit très prudent.

Mais il y avait eu cette gamine au mail Saint-Roch. Elle avait cet air perdu d'une fugueuse qui se demande où elle passera la nuit. Il lui avait offert un café. Elle avait d'abord refusé, puis avait fini par le suivre dans un petit restaurant du boulevard Saint-Joseph. Un café, puis un gâteau. Elle l'avait dévoré, avait ri en disant qu'elle n'en mangeait presque jamais parce que c'était trop calorifique. Une autre fille qui se trouvait grosse! Qu'est-ce qu'elles avaient toutes à s'imaginer obèses? C'est à peine si Morgane avait des seins. Il était prêt à parier que son soutien-gorge était rembourré. Ça ne l'ennuyait pas qu'elle triche un peu, ça prouvait qu'elle voulait plaire. Il l'avait complimentée sur ses cheveux, sa peau bronzée. Lui n'avait pas l'occasion de s'exposer au soleil.

— Je travaille trop, c'est ça, mon problème. Je venais juste de souper quand je t'ai rencontrée.

— À huit heures?

— C'est ça quand on est le patron d'une agence de voyages. On a des clients qui veulent des billets d'avion à n'importe quelle heure. Il faut les satisfaire.

— Une agence de voyages?

— Oui, dans le Vieux-Québec. Je suis resté toute la journée devant l'ordinateur. J'avais besoin de respirer un peu! J'ai livré des billets à un gros client, puis je me suis dit que j'irais faire un tour au parc Maizerets. Si je n'en profite pas en plein été... C'est un des plus beaux coins de la ville, non? C'est romantique avec le petit pont, les étangs.

Morgane lui avait alors confié qu'elle s'y était rendue avec son ex.

— Il y a des gars assez fous pour se séparer de toi?

— Je n'étais pas son genre de fille.

— Et si on y allait ensemble ? Au parc Maizerets ? J'irais acheter une bouteille de vin et on se retrouverait là-bas. À l'entrée du parc. Dans une demi-heure ?

Il ne voulait pas monter dans un taxi avec elle, de peur qu'un chauffeur se souvienne de lui.

— Finis ton dessert tranquillement. Je vais chercher des verres au bureau. Puis on se rejoint. Ça te tente ? Il fait tellement beau, il y aura sûrement des étoiles. J'aime regarder les étoiles. Je voudrais être le premier agent de voyages à offrir des vols sur la lune.

Morgane avait ri, découvrant des dents toutes petites.

— Je te donne l'argent pour le taxi. À condition que tu viennes à notre rendez-vous… Tu ne me décevras pas ?

Morgane avait promis d'y être.

Et elle y était. Ils s'étaient enfoncés dans la partie la plus retirée du parc après avoir observé les canards qui glissaient paresseusement entre les lentilles d'eau. Métivier avait répété qu'ils devaient être discrets, car il était interdit de consommer de l'alcool dans les parcs publics. Morgane avait hésité un peu à le suivre, elle avait peur des insectes et des chauves-souris.

— Je te protégerai, avait-il promis. On doit être prudents à cause de ton âge.

Elle avait protesté ; elle avait surpris des gens à boire quand elle s'y était promenée avec son ex.

— Ils ont pris le risque. Tant mieux s'ils n'ont pas

eu de problèmes. Ils devaient être majeurs... Elle s'était tue. Comment nier qu'elle n'avait pas dix-huit ans ?

Et Métivier avait mis un comprimé de GHB dans le verre qu'il lui avait servi. Puis il l'avait violée, à demi consciente. Trop vite. Il avait joui trop vite, mais il avait dû attendre que la drogue agisse et maintenant il ne pouvait pas s'éterniser au parc. Même s'il faisait noir. Même s'il n'avait pas vu âme qui vive. Il avait repéré cet endroit quand il avait aperçu des ados se peloter près de la piste cyclable. Il était semblable à eux ; il n'avait pas d'endroit pour baiser. Lorsqu'il rencontrait une femme, il s'arrangeait pour aller chez elle. Avec une fugueuse, c'était impossible. Et le GHB. La drogue de l'oubli.

On ne l'appelait pas ainsi pour rien, non ? De l'oubli ! Les filles perdent la mémoire. Morgane se souviendrait très vaguement de lui. Ne saurait même pas ce qu'elle faisait au parc Maizerets.

Il remontait son pantalon quand il avait entendu un craquement sur la gauche. Il s'était redressé d'un bond, avait vu un gamin qui le dévisageait, qui s'apprêtait à s'enfuir sur sa bicyclette. Il s'était jeté dessus. L'enfant s'était débattu. Il avait crié qu'il ne dirait rien à personne. Métivier avait saisi une pierre et l'avait frappé. Le garçon était tombé, avait tenté de le repousser avec ses pieds. Il avait continué à le frapper jusqu'à ce qu'il cesse de bouger.

Tout s'était passé si vite. Tout. Que faisait ce garçon au parc à cette heure-là ? Métivier avait regardé le corps quelques secondes, avait failli trébucher sur le vélo. Un vélo neuf dont la selle sentait encore le plastique. Il l'avait enfourché pour sortir du parc et l'avait abandonné dans l'aire de stationnement entre deux voitures. Il s'était ensuite efforcé de marcher d'un pas égal jusqu'à l'avenue d'Estimauville où il avait attendu l'autobus qui le mènerait au centre Marcel-Caron. Il lui avait semblé que l'autobus mettait des heures à arriver. Et que tout le monde l'observait. Pourtant, il avait vérifié; il n'avait pas de sang sur son chandail. Et les empreintes. Il ne cessait de repenser aux empreintes. Il avait essuyé le guidon de la bicyclette. Il en était certain. Et il n'avait pas touché une seule fois au sac à main en vinyle de Morgane. De toute façon, elle serait tellement confuse. Les effets du GHB duraient des heures. Lorsqu'elle comprendrait ce qui s'était passé, elle... De quoi se souviendrait-elle? Remarquerait-elle le corps du garçon quand elle reprendrait conscience?

Il n'était qu'à quelques mètres d'elle. Non, elle serait confuse, elle n'aurait qu'un désir, fuir le parc au plus vite. Et si elle découvrait le cadavre? Elle raconterait tout aux policiers. Il aurait dû la tuer, elle aussi. Tout s'était déroulé trop vite! Et il ne pouvait retourner là-bas.

Avait-il laissé des empreintes? Il avait traîné le garçon par son chandail, mais peut-être que des fibres de son propre chandail s'étaient collées au coton ouaté de sa victime. Il se débarrasserait de ce vêtement même si c'était un modèle archi-courant. Les policiers avaient des outils de plus en plus sophistiqués à leur disposition.

Non ! Ils ne trouveraient pas d'empreintes. Il avait récupéré la bouteille et les verres. Il n'y aurait pas trop de traces de pas non plus, il avait tout balayé avec une branche d'arbre et le sol était si sec…

L'idéal serait maintenant qu'il pleuve.

Il arriva juste à l'heure au centre où Camille Tétreault l'interrogea sur ce qu'il avait fait durant la soirée avant de l'avertir que son agent de libération conditionnelle serait prévenu qu'il avait bu de l'alcool.

— Ton haleine te trahit.

— J'ai pris juste un verre. Je suis correct.

— La règle, c'est la règle. Où étais-tu ?

— Au Vieux-Port.

Il donna le nom de l'établissement où il avait bu une bière avant de traîner à Saint-Roch. La serveuse pourrait affirmer qu'il n'avait consommé qu'une Molson. Que son client était toujours sobre en quittant les lieux. Il raconta qu'il s'était ensuite promené dans les environs. Qu'il aimait les bateaux, les voyages.

— Si tu as tant envie de partir, conseilla Tétreault, arrange-toi donc pour ne pas retourner en dedans !

— J'ai pris juste un verre. Je ne recommencerai plus.

— Je suis obligé de le signaler dans ton dossier. Ce n'est pas à moi que tu dois en vouloir mais à toi. Tu ne dois pas consommer, c'est facile à comprendre.

— J'avais envie d'une bière. Je n'ai pas réfléchi. Il faisait trop chaud. Regardez-vous, vous êtes en nage.

Camille Tétreault venait de s'essuyer le front et savait que c'était la fièvre qui le faisait suer. Comment s'était-il débrouillé pour attraper la grippe en plein été, à la veille de ses vacances ?

— C'est ça l'ennui avec vous autres, vous ne réfléchissez pas. Ou trop tard. Tiens, voilà Morel. Tu es en retard de dix minutes.

— Juste dix minutes…

— On commence avec dix minutes, après c'est une heure, puis une journée.

Métivier laissa Morel argumenter avec Tétreault, s'éloigna vers la chambre qu'il partageait avec Paul Mattew. La banalité de sa conversation avec Tétreault l'avait apaisé. Comme si le quotidien avait repris ses droits. Comme s'il n'était rien arrivé d'extraordinaire au parc Maizerets.

Il avait pourtant violé une fille et tué un garçon. Qui ne devait pas avoir plus de douze, treize ans. À treize ans, on n'est pas censé traîner dans les rues à cette heure-là. Il n'avait qu'à rester chez lui s'il ne voulait pas d'ennuis. C'était un petit vicieux, de toute façon, pour s'être arrêté et l'avoir regardé baiser Morgane.

Est-ce qu'il avait laissé des empreintes, oui ou non ?

— Y a quelque chose qui va pas ? demanda Paul Mattew.

— Non, j'ai de la misère à digérer ma poutine. Il fait trop chaud pour bouffer ce genre d'affaire, mais j'en avais envie. Ça me manquait quand j'étais au pen, une vraie bonne poutine.

— Prends du peptobismol. Ma femme jurait que ça lui faisait du bien.

Métivier avait envie de savoir comment Mattew se sentait après avoir tué son épouse, mais il ne pouvait évidemment pas poser ce genre de question. Il s'allongea sur son lit en se répétant que les enquêteurs ne trouveraient pas d'empreintes. Et si le garçon n'était pas mort ? Et s'il témoignait ? S'il le décrivait ? Non, non, non. Il ne bougeait plus quand il avait quitté les lieux. L'embêtant, c'est que de nombreux Québécois aimaient observer les oiseaux au parc Maizerets. Il y en aurait sûrement un qui découvrirait le corps. Surtout avec cette chaleur. C'était cette chaleur qui était responsable de tout. S'il n'avait pas fait si chaud, Morgane ne se serait pas promenée avec le ventre à l'air, portant une camisole décolletée. Et sa ceinture blanche faite exprès pour souligner le haut de ses fesses. Comment aurait-il pu résister ? Il avait tenu bon durant des semaines, mais un homme est un homme, non ?

Avait-il laissé des empreintes ? Non. Des traces de pas, ça oui. Il ne pouvait pas voler tout de même ! Il avait bien balayé le sol avec une branche, mais il n'était pas certain d'avoir vraiment tout brouillé. Il avait essuyé les taches de sang sur ses LA Gear, mais il devrait pourtant s'en débarrasser. Avec le luminol, les bœufs pouvaient détecter les taches. Il mettrait les vieux souliers qu'il portait pour travailler et jetterait les chaussures dès l'aube. Ça tombait bien, c'était le jour du ramassage des ordures. Il fallait simplement quitter le centre sans se faire remarquer.

Des chaussures neuves. Ça l'écœurait de devoir les sacrifier. Tout ça à cause d'une fille. Si elle ne l'avait pas aguiché…

Devait-il fuir la ville dès le lendemain ? Morgane s'ouvrirait-elle la trappe ou non ? Non, elle serait amnésique. Au pen, il avait entendu plus d'un type vanter l'efficacité de ce produit.

* * *

L'humidité nimbait les arbres d'une brume opalescente qui jurait avec la cruauté de la scène du crime et Maud Graham songea qu'une pluie fine aurait été plus respectueuse du chagrin qui entourait la découverte du corps de Jonathan Dubois. Mais la pluie aurait nui au travail d'investigation, brouillé des pistes, et elle espérait que les techniciens récolteraient de précieux indices. Elle ne pouvait s'empêcher d'imaginer Maxime à la place de Jonathan, de ressentir la douleur qui briserait ses parents quand elle leur apprendrait qu'on avait retrouvé leur fils. Assassiné. Alain, qui n'était pas encore reparti pour Montréal, l'avait accompagnée au parc Maizerets et avait procédé à un premier examen ; un coup porté à l'arrière du crâne pouvait être la cause du décès, mais ce n'était pas un coup unique, il y avait des marques au visage et aux bras. Le chandail de Jonathan Dubois était maculé de terre.

— Il a probablement été frappé avec une pierre. On n'a pas de trace de sperme apparente ni de sang sur le pantalon. On te confirmera ça au plus vite. D'ici la fin de la journée.

— Elle sera longue, fit Rouaix. Qui a découvert le corps ?

— Une femme qui se promenait avec son berger allemand de l'autre côté du parc a été obligée de courir pour rattraper son chien. Il hurlait à mort. Elle est en état de choc. Elle a appelé au poste à six heures moins dix.

— Je n'aime pas ça. Ça me rappelle l'affaire Fortier.

— Le clown pédophile ? se souvint Alain Gagnon.

— Il est en prison pour des années, mais il y en a d'autres dans la nature. Il faut qu'on sache si c'est un crime sexuel. Et à quelle heure il a été commis.

— Tu devrais être fixée avant la fin de l'après-midi.

— On a de quoi s'occuper en attendant...

Elle s'interrompit, s'excusa du ton sec qu'elle avait employé. Alain Gagnon lui sourit ; il comprenait son angoisse.

— Moi aussi, je pense à Maxime. Il faut faire le plus rapidement possible. Mais il ne faut rien négliger. Au moins, vous avez eu la chance que le corps ait été découvert tôt, avant que des curieux aient contaminé la scène.

— On l'espère. Il faudra s'occuper des journalistes.

— Je m'en charge si tu veux, proposa André Rouaix.

— J'apprécierais. As-tu appelé Lapointe et Trottier ?

— Trottier est en vacances. J'ai demandé à Lapointe de nous sortir la liste des délinquants qui sont installés dans la région.

— Deux meurtres en trois mois. Fecteau doit être dans tous ses états.

— Ce n'est quand même pas nous qui commettons ces crimes. Je souhaite seulement qu'on ait autant de chance qu'avec le meurtrier de Jessica.

Maud Graham poussa un soupir qui exprimait bien son pessimisme ; elle détestait les meurtres qui avaient lieu dans des endroits trop vastes. Ils signifiaient trop souvent que le criminel avait profité d'une occasion pour commettre son délit. Il pouvait s'agir de n'importe qui. Même d'un touriste.

Mais qui assassinerait ainsi un gamin ? Pour quel motif si ce n'était pas un crime sexuel ? Si elle avait trouvé un homme avec les traces de coups qui marquaient le corps de Jonathan, elle aurait conclu à une bagarre qui avait mal tourné, à une dispute née de beaucoup de colère, de haine. Qui pouvait en vouloir à Jonathan au point de lui fracasser le crâne ?

Elle devait en apprendre davantage sur la victime. Elle avait pris connaissance de l'avis de recherche émis la veille à minuit trente. Peut-être que les parents de Jonathan auraient attendu au lendemain s'ils n'avaient pas eu un voisin qui était policier. Ils s'étaient adressés à Sébastien Paquette et celui-ci les avait crus quand ils avaient affirmé que leur fils n'était pas du genre à fuguer. Ils avaient peur.

Ils avaient raison. Maud Graham appela Paquette qui répondit à la première sonnerie. Était-il avec des parents rongés d'inquiétude, tentait-il de les rassurer avec des paroles auxquelles il ne croyait pas ? Graham n'avait croisé le jeune policier qu'une seule fois et n'était pas certaine d'associer le nom à la bonne personne.

— C'est Maud Graham, dit-elle.

— Graham ? Aux crimes contre…

— Vous savez pourquoi je vous appelle.

Il y eut un silence au bout du fil, elle entendit tousser Paquette qui lui revint.

— Je vous écoute.

— Est-ce que les parents de Jonathan Dubois sont près de vous ?

— Non.

— Il a été assassiné. Des coups portés à la tête. Connaissez-vous les Dubois depuis longtemps ?

— Depuis deux ans. Ce sont des gens formidables… Exceptionnels. Qu'est-ce que je…

— C'est à moi de le leur apprendre.

— Non, non, c'est juste que je ne pensais pas que…

Qu'il aurait à annoncer à des parents que leur enfant avait été tué ? Alors qu'il n'y avait que neuf mois qu'il était policier ?

— C'est toujours pénible, murmura Maud Graham. Même avec de l'expérience. On ne s'habitue pas à ça. Attendez-moi. Je serai avec vous dans quinze minutes. Et ne parlez à personne. Les journalistes débarqueront bientôt.

— M. Dubois les connaîtra. Il travaille au *Soleil*. Il faut que je me dépêche d'y aller avant que quelqu'un lui téléphone.

Sébastien Paquette raccrocha sans que Graham ait le temps de protester. Elle se tourna vers Rouaix.

— Il est courageux, Paquette. C'est un jeune qui est sérieux. Un bon élément.

— Comme Lapointe.

— Lapointe n'est pas jeune !

— Mais il est sérieux. Il a déjà sorti la liste de tous les criminels susceptibles de commettre ce genre de délit. Il a obtenu les noms des gars qui sont en liberté conditionnelle dans la région. Aucun n'a tué un gamin dans le passé, mais...

— Ça ne veut rien dire. Épluchez cette liste ensemble, apprenez-la par cœur. Lapointe te rejoint ici pendant que j'irai chez les Dubois ?

Rouaix acquiesça. Il restait beaucoup à faire sur place, même si les techniciens en scènes de crime s'activaient avec la meilleure volonté, déterminés à récolter les indices qui conduiraient au criminel. On avait pris de nombreuses photos des lieux, on chercherait des fibres, des traces au sol qui serviraient aux enquêteurs. Au moment où Maud Graham démarrait, un technicien héla Rouaix, lui faisant signe de le rejoindre.

— J'ai trouvé ça.

Il tenait avec une pince une boucle d'oreille en argent ciselé. Il la déposa dans un sachet en plastique et la tendit à Rouaix. Celui-ci était certain que le bijou n'appartenait pas à Jonathan Dubois, mais il téléphona tout de suite à Graham afin qu'elle s'informe auprès des parents de la victime. Il revoyait le cadavre avant que les ambulanciers l'emmènent ; Jonathan portait une casquette, un tee-shirt trop grand, un jeans tout à fait banal. Il n'avait pas de bracelet au poignet, qu'une montre. Les bijoux ne collaient pas à son style. Alors qui avait perdu cette boucle d'argent? Et quand? Elle paraissait très propre.

— Où était-elle exactement?

Le technicien indiqua l'endroit précis où il avait repéré le bijou. À quelques mètres du corps de Jonathan Dubois. Il précisa qu'il n'y avait pas de terre sur la boucle.

— On l'aurait perdue récemment?

«Est-ce qu'on égare facilement une boucle d'oreille?» se demanda Rouaix. Il faudrait vérifier si le fermoir était solide. Nicole, sa femme, prétendait que les papillons tenaient mal. Elle préférait les dormeuses ou les anneaux. Il examina l'endroit où le technicien avait déniché le bijou. L'herbe était tassée. On s'y était assis. Ou allongé? Quelqu'un voulant se dorer au soleil aurait choisi un autre endroit. Et une femme désirant lire aurait préféré le bord des étangs. Était-elle venue là avec une copine? Ou avec un amoureux. Avec qui elle avait eu envie de faire l'amour. Là? En plein jour? Pourquoi en plein jour? Elle avait peut-être perdu ce bijou durant la soirée. Et aperçu le meurtrier de Jonathan. Avant ou après le crime. Peut-être qu'elle était ce meurtrier...

Il fallait retrouver cette femme.

Pourquoi pensait-il que c'était une femme? Parce que la boucle était trop délicate pour appartenir à un homme? Que connaissait-il à la mode? La blonde de son fils Martin, Éloïse, avait cinq boucles à l'oreille gauche. Il n'avait pu s'empêcher de faire une remarque. Martin avait rétorqué qu'Éloïse était simplement cool. Rouaix détestait autant ce mot que Maud Graham qui s'était plainte qu'il résumait tout le discours de Maxime. Lapointe les avait taquinés ; ils se comportaient en vieux croulants ! C'était une chance que Maxime ou Martin soient justement si cool. Si peu violents. Ou désabusés comme ces *squeeges* qui se multipliaient dans la ville.

Est-ce que le petit Jonathan était cool ?

* * *

Maud Graham tenait la photo que les parents venaient de lui remettre ; il n'y avait aucun doute, c'était l'enfant qui avait été assassiné. Henri Dubois la regardait fixement, tandis que sa femme, affaissée contre lui, gémissait comme une bête prise au piège.

— Je veux le voir, dit Henri Dubois.

Maud Graham redoutait cette phrase tout en l'espérant ; il fallait que M. Dubois la suive pour identifier le corps avant qu'il soit transporté à Montréal pour l'autopsie.

— Je resterai ici avec Geneviève, fit Sébastien Paquette. J'ai appelé Ginette, notre voisine. Elles sont amies. Elle sera là dans quelques minutes. Je peux aussi appeler de la famille, si vous voulez.

Henri Dubois hocha la tête, puis détacha doucement sa femme de son épaule, approcha un coussin pour la soutenir. Elle ressemblait à un pantin désarticulé, une marionnette à laquelle on aurait coupé les fils. Et Henri Dubois, à un automate aux gestes saccadés. Il suivit Maud Graham, s'assit dans la voiture sans prononcer un seul mot. L'enquêtrice, elle, attendait le moment pour le prévenir que son fils avait des marques, du sang sur le visage. On devait conserver le corps en cet état jusqu'à l'autopsie.

— Une autopsie ?

— On n'a pas le choix. Ce sera fait avec beaucoup de respect. Je vous le jure.

Henri Dubois avait tellement blêmi en imaginant le corps de son fils sur la table d'autopsie que Maud Graham craignit un instant qu'il ne soit victime d'un malaise, mais son visage reprit lentement des couleurs. Il chuchota qu'il fallait, oui, il fallait que tout soit fait pour retrouver l'assassin de Jonathan.

— Rien ne sera négligé, monsieur Dubois.

Il dut percevoir la sincérité de Maud Graham car il réussit à l'interroger : avait-elle une idée de ce qui s'était passé ?

— Il est encore trop tôt pour le dire. On suppose que Jonathan a été agressé en fin de soirée. L'expert nous le confirmera.

— Vous devez vous demander ce que notre fils faisait dehors à cette heure-là ?

Non. Sébastien Paquette lui avait raconté que Henri et Geneviève Dubois étaient sortis, confiant Jonathan à sa sœur aînée. Celle-ci avait invité son copain à la maison et elle ne s'était pas rendu compte que Jonathan était sorti pour faire un tour de vélo.

— J'ai cru comprendre qu'il n'a pu résister à l'envie d'étrenner sa bicyclette.

— On n'aurait jamais dû l'acheter. Il serait encore... Si Myriam l'avait... Non, ce n'est pas sa faute.

Il est sorti par la fenêtre de sa chambre. Mais elle aurait peut-être pu l'entendre si la musique n'avait pas été aussi forte. Ou si elle n'avait pas profité de notre absence pour appeler son chum.

Si. Si. Si. Combien de fois Maud Graham avait-elle entendu cette maudite conjonction?

Les proches des victimes voulaient tous une machine à remonter le temps pour en corriger le cours. Si. Si j'avais su. Si j'avais été là. Si j'avais fait ça. Ils se sentaient coupables et Graham devait leur répéter qu'il n'y avait qu'un seul et unique responsable de leur malheur: le criminel. Eux, ils étaient des victimes. Pourtant, Myriam s'en voudrait jusqu'à la fin de ses jours, elle n'oserait plus regarder ses parents dans les yeux, elle ne croirait jamais à leur pardon s'ils arrivaient à lui pardonner, s'ils étaient assez forts pour refuser de la voir s'enfoncer dans la culpabilité, s'ils rejetaient l'idée de perdre leur fille après avoir perdu leur fils. Mais c'était humain de chercher un coupable. Réussiraient-ils à aider Myriam au lieu de la condamner? Sébastien Paquette avait mentionné que les Dubois étaient des gens exceptionnels; Graham espérait que ce soit vrai. Elle n'ignorait pas que les divorces étaient très fréquents chez les parents de victimes d'actes criminels. Comment rester ouvert à l'autre quand on a l'impression d'avoir été précipité au fond d'un ravin?

* * *

À midi, alors que Graham sortait pour acheter un sandwich, elle fut aveuglée par la réverbération du soleil sur les voitures garées près du café où elle devait rejoindre Rouaix et Lapointe, et elle se souvint du désespoir d'Henri Dubois ; Jonathan aurait dû partir avec des amis aux glissades de Valcartier. Il aurait été si heureux de s'amuser avec David et Mathieu. Il leur aurait montré son vélo.

— Avez-vous retrouvé la bicyclette ?

— Pas encore. Ça ne devrait pas tarder.

— Croyez-vous qu'on peut avoir tué Jonathan pour la lui voler ?

Peut-être. Des gens avaient été assassinés pour vingt dollars. Pour un vélo qui en valait dix fois plus, c'était possible. On n'écartait aucune hypothèse. Elle affirma à M. Dubois qu'elle pensait plutôt que Jonathan s'était trouvé au mauvais endroit au mauvais moment. Comme toutes les victimes d'actes criminels. Ça voulait tout dire. Et rien dire. Il y avait beaucoup de phrases creuses, absurdes et pourtant essentielles dans le guide de survie qu'elle servait aux proches des victimes. Elle devait les garder dans le monde avec des mots. Même misérables. Elle qui s'exprimait peu dans la vie quotidienne était presque bavarde quand c'était nécessaire.

— Si vous retrouvez le vélo, je…

Henri Dubois s'était tu ; il ne savait plus s'il devait récupérer le vélo de Jonathan pour le garder en souvenir de la joie de son fils quand il l'avait découvert dans le garage ou s'il valait mieux ne plus jamais revoir l'instrument maudit de sa mort.

— Vous avez le temps de réfléchir, monsieur Dubois, avait dit Graham. La seule chose qui presse, c'est de trouver le coupable. Et ça, c'est notre travail.

— Vous avez arrêté beaucoup de criminels ?

— Oui. On forme une bonne équipe. J'ai un partenaire, des collègues qui sont aussi déterminés que moi.

— Jonathan voulait devenir policier. À cause de Sébastien Paquette. Il l'aimait beaucoup. Mais la semaine dernière, il prétendait qu'il serait astronaute et que…

Henri Dubois s'était mordu les lèvres, avait détourné la tête. Maud Graham avait posé une main sur son épaule, perçu la douleur qui irradiait dans chaque muscle, chaque cellule du corps d'Henri Dubois. Elle avait attendu qu'il se calme pour le ramener à la voiture. En route vers le domicile des Dubois, elle avait appelé Sébastien Paquette pour lui demander si Mme Dubois avait besoin de quelque chose.

Puis elle était rentrée en s'étonnant d'avoir faim. Malgré les émotions, malgré la chaleur. Elle devait manger, être en pleine forme afin de travailler le plus tard possible, toute la nuit s'il le fallait. Elle relirait les rapports des agents des services correctionnels sur les détenus en liberté conditionnelle. Il faudrait aussi interroger tous les voisins des Dubois, les camarades de Jonathan, chercher à découvrir s'il avait rencontré un inconnu dernièrement, si son comportement avait changé. Elle avait l'intuition qu'elle ne récolterait pas grand-chose, mais elle n'oubliait pas que les criminels sont très souvent des familiers des victimes. Elle rencontrerait chaque voisin personnellement.

CHAPITRE 6

Une labyrinthite ! Wow ! Serge Métivier aurait dû rencontrer l'agent des services correctionnels, mais ce dernier avait repoussé leur entretien ; il souffrait d'une labyrinthite. Métivier n'avait jamais entendu parler de cette maladie, mais il aima tout de suite ce mot savant qui le libérait d'une grande angoisse. Il réussissait à se comporter normalement, même s'il avait lu les journaux et entendu les commentaires de tout un chacun au centre Marcel-Caron où on condamnait celui qui avait assassiné Jonathan Dubois, le lendemain de son anniversaire. Treize ans. Il venait d'avoir treize ans. Il avait entendu les mêmes propos au garage de son beau-frère. Celui-ci avait dit que c'était le pire du pire des crimes. Il l'avait questionné ; était-ce vrai que les tueurs d'enfants, au pénitencier, devaient être isolés des autres détenus ? En avait-il connu ? Avait-il une idée de l'identité du meurtrier ? Métivier s'était demandé si son beau-frère s'interrogeait à son sujet. Il s'était vite rassuré ; Jean-Pierre Tremblay aurait immédiatement appelé les bœufs s'il avait eu le moindre soupçon à son égard. Non, non, à ses yeux, il était un violeur. Pas un meurtrier.

Et il ne l'était pas non plus ! Il avait frappé Jonathan Dubois parce que celui-ci l'avait vu avec Morgane.

S'il n'avait pas traîné dehors ce soir-là, il ne l'aurait pas tué. Il risquait maintenant d'avoir de gros ennuis à cause de lui. C'était un accident, mais personne ne le croirait parce qu'il avait déjà été condamné pour deux viols. Il avait toujours été malchanceux. Non, ce n'était pas si vrai. On n'avait jamais su qu'il avait eu trois autres filles avant celles qui l'avaient envoyé à La Macaza. Les filles ne se précipitaient pas toutes au poste de leur quartier pour se plaindre d'avoir été agressées. C'était même une preuve qu'elles n'avaient pas tant détesté cela. Sinon elles l'auraient dénoncé. Morgane semblait s'être tue. En tout cas, personne n'était venu l'interroger à propos d'un présumé viol. Il commençait à respirer un peu mieux. Il plaisanta même avec son beau-frère au sujet de Christelle et de sa toquade d'avoir un spa dans leur cour. Jean-Pierre soutenait que ça causerait un tas de problèmes et il devait avoir raison, mais sa sœur était têtue ; si elle avait réussi à persuader son mari de l'embaucher, c'était garanti qu'elle aurait son spa avant la fin de juillet. Il l'envierait. L'été était si chaud. Peut-être qu'il supportait moins bien la chaleur parce qu'il était nerveux. Il quêtait une cigarette à son beau-frère lorsqu'il reconnut la Fiat de Maud Graham. Est-ce que ses mains tremblaient quand il alluma la Du Maurier ? Jean-Pierre le dévisagea, mais Métivier soutint son regard.

— As-tu quelque chose à te reprocher ? Quelque chose que je devrais savoir ?

— Non. Tabarnac, tu es toujours sur mon dos !

Ils restèrent sans bouger dans la cour tandis que

Maud Graham se garait. Elle était accompagnée du même enquêteur que la dernière fois.

— On a des questions à vous poser. Est-ce qu'il y a un bureau où on pourrait discuter ?

— Qu'est-ce que tu as fait ? s'écria Jean-Pierre Tremblay. Maudit baptême ! J'aurais donc dû…

Maud Graham l'interrompit ; on n'avait rien à reprocher à Métivier. On menait une enquête de routine, on l'interrogeait comme on le faisait avec tous les détenus.

— On est obligés d'entendre tout le monde, précisa Thomas Lapointe. On aurait pu vous rencontrer au centre, mais il paraît que votre couvre-feu est assez tard.

Lapointe était content que Graham lui ait proposé, plutôt qu'à Rouaix, de l'accompagner, sans savoir pourquoi elle l'avait préféré à son partenaire habituel.

— Qu'est-ce que vous voulez savoir ? s'enquit Métivier dès qu'ils eurent fermé la porte du bureau. J'étais ici tous les jours, au centre chaque soir.

— Avec Morel et Charpentier ?

— Puisque vous êtes au courant…

— Ils n'ont pas commenté le meurtre du petit Jonathan ?

— On n'est pas jasants, mentit Métivier. De toute façon, je ne connais pas trop Morel et Charpentier.

— Vous étiez pourtant ensemble à Archambault, Morel et toi, insinua Lapointe.

— Pas longtemps. J'ai été envoyé tout de suite à La Macaza.

— Et Charpentier, il était bien à La Macaza, lui ?

— Je me tiens pas avec des pédophiles.

— Et Morel ?

— Quoi, Morel ?

— Vous vous parlez au centre.

— Non, je bavarde le moins possible. J'ai appris ça au pen.

Il conservait un visage sombre alors qu'il avait vraiment envie de sourire ; est-ce que cette bonne femme pensait qu'un des deux gars pouvait avoir tué Jonathan ? Ce serait l'idéal…

C'était peut-être une ruse. Oui, ça devait être un piège. Elle lui parlait de Morel et de Charpentier, mais elle le testait. Et l'autre, à côté, qui le fixait constamment. Métivier se serait troublé s'il n'avait pas vécu cinq ans à La Macaza, mais il avait appris à rester de glace même s'il se sentait menacé. Les gars ne doivent jamais deviner ta peur. Les bœufs non plus.

— Si un détail te revient en mémoire, appelle-nous, dit Lapointe en lui tendant sa carte. Ce serait bon pour ton dossier.

— J'sais rien.

Maud Graham se leva, ouvrit la porte du bureau et sortit sans se retourner. Elle salua Jean-Pierre Tremblay avant de faire signe à son partenaire de monter dans la voiture qui démarra aussitôt. Si Métivier avait su plus tôt que la Fiat appartenait à Graham, il aurait… Mais non, il n'aurait rien fait. Il n'était pas assez stupide pour trafiquer la voiture d'un policier. Il avait envie d'une autre cigarette, mais il ne voulait pas que Jean-Pierre s'imagine qu'il avait besoin de se calmer.

Qu'il avait eu des raisons d'être inquiet en voyant débarquer la rouquine. Il revint vers la Volvo qu'il avait commencé à réparer, expliqua à son beau-frère qu'il s'occupait de remplacer le carburateur.

En s'emparant d'une clé à molette, il pensa à Morel qui avait frappé son voisin avec le même genre d'outil simplement parce qu'il n'appréciait pas sa musique. Lui était un vrai malade, un dangereux. Lui aurait tué le petit Jonathan parce qu'il n'aimait pas la couleur de sa bicyclette.

— Tu es certain que tu n'as rien à me dire ? fit Jean-Pierre derrière lui. Métivier sursauta, se retourna brusquement.

— Câlice ! Je t'ai déjà dit de ne pas parler dans mon dos. C'est dangereux ! Un gars surpris peut mal réagir.

— Es-tu en train de me menacer ?

— Ben non, voyons. C'est juste qu'on est sur le qui-vive quand on est en dedans. On est trop prompt.

— Tu n'as rien à me dire ? répéta Jean-Pierre.

— Ils sont restés cinq minutes. Ils ne m'ont même pas emmené au poste. Qu'est-ce que tu veux de plus ? Laisse-moi travailler, je veux finir la job avant ce soir.

Avait-il été convaincant ? Son beau-frère s'éloigna vers le bureau sans insister.

Et Graham, comment l'avait-elle perçu ? Est-ce qu'elle s'imaginait réellement que Morel ou Charpentier pouvaient avoir tué Jonathan ? Et l'autre, à côté d'elle, qui n'arrêtait pas de le fixer. En plein le genre de gars qui l'énervait. Il lui rappelait un des *screws* de La Macaza. Il ne voulait pas retourner là-bas et devoir l'endurer de nouveau. Non, il fallait que Charpentier soit accusé. Ou Morel. Ce serait mieux si c'était Morel, il avait souvent l'impression que ce dernier riait de lui. Avait-il deviné qu'il était dans un vrai merdier ? Non, il ne pouvait être au courant de ses déplacements. N'empêche, ce serait bien d'être débarrassé de lui. Qu'on l'arrête. Lui ou n'importe qui d'autre.

En tout cas, il avait raison de croire que Morgane ne s'était pas ouvert la trappe. Dans le cas contraire, Graham l'aurait arrêté. Garanti !

* * *

Avait-il mentionné Entraide trop tôt à Henri Dubois, s'interrogeait Thomas Lapointe en luttant contre le vent qui freinait sa course. Non. Henri Dubois n'avait pas réagi parce qu'on ne réagit à rien dans les jours qui suivent un assassinat, mais il y repenserait. Plus tard. Peut-être. Ou ce serait sa femme qui reviendrait sur le sujet. Et il en parlerait à Myriam. Cette dernière semblait encore plus dévastée que ses parents. Elle portait une tunique blanche quand il était allé chez les Dubois et il avait cru voir un fantôme lorsqu'elle avait ouvert la porte. Elle l'avait questionné, espérant qu'il y ait du nouveau et, comme il secouait la tête, elle avait fermé les yeux.

— Je sais que tu te sens coupable. Moi aussi, j'ai ressenti ça quand ma sœur a été tuée.

Il n'avait jamais parlé de sa propre tragédie à des

victimes lors d'une enquête, mais le désespoir de Myriam était si palpable que Thomas craignait qu'elle ne
perde la raison. Ou la vie. Les Dubois ne pouvaient
pas pleurer un autre enfant; il fallait que Myriam sur-
monte cette épreuve. Il lui avait avoué qu'il aurait dû
insister pour aller chercher Mélanie au restaurant; il
ne l'avait pas fait et elle avait été tuée.

— Elle était petite?

— Pas autant que Jonathan, mais bien plus jeune
que moi.

— J'aurais dû…

Les larmes avaient coulé sur ses joues, elle avait
porté la main à son cœur.

— Il a désobéi, Myriam. Jonathan est sorti par la
fenêtre de sa chambre. Tu ne pouvais pas le deviner.

— Je l'aurais entendu si je n'avais pas mis ma musique aussi fort.

— Moi aussi, j'aime ça mettre la musique à fond.

— Ça fait longtemps que ta sœur est…

— Quelques années. Je songe à elle tous les jours.
Ça me fait moins mal, maintenant.

Bien sûr, Myriam ne pourrait pas venger Jonathan.
Elle était trop jeune, trop inexpérimentée pour mener
ce genre de croisade.

Il lui avait expliqué le rôle d'une association telle
qu'Entraide avant de tout répéter pour Geneviève et
Henri Dubois qui l'avaient poliment écouté. Il leur
rendrait visite tous les trois jours pour les tenir au
courant de l'enquête. Il n'avait jamais agi ainsi avec
des victimes auparavant.

Il ralentit à la hauteur de Stoneham, hésita; mangeraitil sur place ou devait-il plutôt revenir chez lui pour souper ? Combien de minutes pour parcourir tous ces kilomètres ?

Est-ce qu'Henri Dubois pratiquait un sport ? Il l'espérait, ça l'aiderait à traverser les prochains mois. Les prochaines années. Du tennis, peut-être. Oui, Henri devait jouer au tennis. Lui-même n'aimait pas le tennis autant que le vélo, mais il n'était pas question de parler de cyclisme, évidemment. Henri lui avait confié qu'il ignorait ce qu'il devait faire du vélo de Jonathan après qu'on eut procédé à tous les examens pour découvrir des indices, et Thomas lui avait proposé de garder la bicyclette chez lui jusqu'à ce qu'il décide de son sort. Henri avait paru touché par cette suggestion. Il avait même avoué qu'il n'avait jamais imaginé qu'un policier puisse lui témoigner autant d'empathie.

— Vous êtes tellement habitués de voir des victimes. J'avais l'impression que vous deviez être blindés. Mais vous venez ici tous les…

— Je vous ai demandé de me tutoyer.

— Dans ce cas-là, tu dois me tutoyer aussi. Je t'ai entendu avec Myriam à propos d'Entraide. Tu sembles convaincu que ça pourrait nous aider.

Les deux hommes s'étaient assis au salon, à la place où il s'était installé la première fois qu'il avait rencontré les Dubois. Il avait parlé de Suzanne, Pietro et Damien qui avaient perdu un enfant. Bien sûr, le groupe se réunissait à Montréal, mais il accompagnerait les Dubois s'ils décidaient de rencontrer les membres d'Entraide.

— Réfléchissez-y. Ça ne peut pas vous faire de tort.

— Et l'empreinte de chaussure que vous avez relevée près de...

— On a identifié la marque. On a le nom du distributeur. On fait le tour des magasins. Notre chance, c'est qu'il s'agit d'une chaussure neuve ; la trace qu'on a relevée est assez nette. Une vieille chaussure montre justement des signes d'usure. La semelle est inégale. Moi, c'est le côté gauche de mon soulier qui est toujours plus usé. Je ne m'en rends pas compte, je n'ai pas l'impression de m'appuyer de ce côté, mais je le constate en observant mes traces de pas. On finira par trouver qui a acheté les LA Gear. On a aussi un ongle cassé. On cherche des témoins.

Une rafale ébranla le vélo de Thomas Lapointe, un nuage masquait maintenant le soleil. Pleuvrait-il ? Le ciel décidait pour lui : il rentrerait directement à Beauport et souperait devant la télévision. Puis il s'approcherait de la bicyclette de Jonathan dans la chambre d'amis et il réfléchirait à toutes les pistes qu'il explorait avec Graham et Rouaix. Pour l'instant, ils avaient peu d'indices. Une trace de pas, un bijou, un ongle cassé, des fibres. Des fibres qu'on avait soumises à différents examens. L'assassin de Jonathan portait peut-être un tee-shirt kaki. On avait retrouvé un fil accroché à la selle du vélo. Juste un fil. Pas d'empreintes de doigts ou de paume. Pas même les empreintes de Jonathan Dubois. Le criminel s'était appliqué à tout essuyer ; celui qui avait pris cette bicyclette pouvait l'avoir fait dans un moment de panique, mais il s'était vite ressaisi. Ce qui pouvait signifier qu'il n'en était pas à sa première agression, même si le rapport d'Alain Gagnon avait précisé que les coups avaient été distribués de manière incohérente. On avait surtout frappé l'adolescent à la tête, mais il avait également des marques aux épaules, aux bras. Son index droit était foulé, indiquant qu'il avait lutté contre son bourreau. Un bourreau qui ne l'avait pas violé. Qui ne l'avait pas volé. Il avait quarante dollars dans la poche de son jeans. Avec un chèque-cadeau du magasin Archambault, que Myriam lui avait offert pour son anniversaire.

Un appel à témoins diffusé deux jours après la mort de Jonathan avait permis aux enquêteurs d'apprendre qu'on l'avait aperçu près du centre commercial de la Canardière. Mais on perdait ensuite sa trace jusqu'à ce qu'on découvre son cadavre au parc Maizerets.

L'enquête piétinait et Lapointe ne savait plus quoi dire pour prouver à Henri et à Geneviève Dubois que tous les efforts étaient faits pour capturer l'assassin de leur fils. Il se rappelait la colère qui l'habitait quand Mélanie était morte ; il reprochait à ses collègues de se désintéresser trop vite de cette affaire. Puis il y avait eu ce délateur qui avait donné Donald Hébert. On l'avait arrêté, Lapointe avait assisté à son procès. Sans ressentir de réel soulagement en entendant sa condamnation à perpétuité sans possibilité de libération conditionnelle avant vingt-cinq ans. Dans vingt-cinq ans, Hébert n'aurait que cinquante ans. Sa vie n'était pas finie. Celle de Mélanie, oui. Et celle de Jonathan. Tout ça parce qu'on mesurait mal la dangerosité de certains individus. Thomas était persuadé que le meurtrier de Jonathan avait commis plusieurs délits avant de tuer l'adolescent. Qu'il l'ait assassiné ou non dans un moment de panique ne changeait rien à l'histoire ; il n'aurait pas agressé si sauvagement Jonathan s'il n'avait pas déjà fait preuve de violence. Graham et Rouaix avaient consulté avec lui la liste des délinquants vivant dans la grande région de Québec. Ils auraient volontiers parié sur Arnaud Morel, même si celui-ci n'avait jamais agressé d'enfant, cependant il avait un alibi. D'autres délinquants étaient aussi violents, mais on avait vérifié leurs faits et gestes. Si Charpentier, lui, pouvait être soupçonné — son alibi était fragile, il prétendait s'être promené au bord de la Saint-Charles le soir du meurtre —, les enquêteurs n'avaient pas, non plus, d'indices permettant de l'incriminer. Et Charpentier était un pédophile ; Jonathan n'avait pas été violé. À moins qu'il ne l'ait battu à mort parce qu'il lui avait résisté ? Charpentier n'avait jamais démontré une telle agressivité envers ses victimes. Son séjour à La Macaza l'avait peut-être changé. Morel, en revanche, lui avait paru égal à lui-même, souriant en le reconnaissant quand il s'était présenté au centre Marcel-Caron avec Graham et Rouaix. Il était toujours aussi arrogant, mais son agent de libération conditionnelle jurait qu'il se comportait comme on l'exigeait de lui.

Thomas Lapointe jeta un coup d'œil à son chronomètre après avoir rangé son vélo ; il avait gagné trois minutes sur le précédent parcours. Est-ce qu'il aurait un bon score lors de la course ? Il n'était pas encore allé à la boutique de Gabrielle ; elle devait déplorer son manque de savoir-vivre. Il aurait dû lui offrir des fleurs ou du chocolat pour la remercier de l'avoir ramené chez lui. Il entendait sa mère leur dire, à lui et à Mélanie, que trop de gens ne savaient pas témoigner leur gratitude. C'était pourtant si simple de remercier. Elle suggérait à ses enfants de faire de jolis dessins et de les envoyer à leurs grands-parents qui les emmenaient à La Ronde chaque année. Mélanie avait dessiné la grande roue. Elle adorait les manèges. Elle était retournée au parc d'attractions juste avant d'être assassinée et avait dit à son frère en rentrant à leur appartement qu'elle ne comprenait pas comment elle avait pu aimer la barbe à papa. C'était si sucré ! Il lui avait rappelé qu'elle lui avait collé les cheveux avec son nuage rose. Est-ce que Jonathan allait parfois à La Ronde ? Lui n'avait plus jamais remis les pieds sur l'île Sainte-Hélène. Et il était prêt à parier que Myriam n'irait pas non plus. Elle devrait plutôt le suivre à une rencontre d'Entraide. Pourquoi Thomas y tenait-il autant, lui qui se présentait si irrégulièrement aux réunions ?

Parce qu'il voulait absolument aider les Dubois. Il fallait que Myriam se ressaisisse ! Qu'est-ce qui était le plus difficile : vivre son deuil seul ou en famille ? La douleur bouleversait tout ; les Dubois étaient à fleur de peau. Ils devaient se soutenir, mais en étaient-ils capables alors que chacun se reprochait quelque chose ? Thomas, lui, serait devenu fou à ruminer sa culpabilité s'il n'avait pas eu sa mission à accomplir en mémoire de Mélanie. Ce qui était arrivé aux

Dubois l'avait ancré dans sa décision : il devait tuer René Asselin.

Le directeur de prison était peut-être même également responsable de la mort de Jonathan. C'était peut-être un pensionnaire de son pénitencier qui avait bénéficié d'une libération conditionnelle. Graham avait émis l'hypothèse que l'auteur du meurtre connaissait Jonathan.

— C'est souvent un signe de colère de la part de l'assassin quand la victime est frappée au visage, avait-elle précisé. Le criminel en veut à sa victime.

— Ou il se défoule, avait ajouté Rouaix. On peut avoir affaire à quelqu'un qui a voulu violer Jonathan, qui n'y est pas parvenu, qui a paniqué et qui l'a tué pour empêcher qu'il témoigne contre lui. À moins que Jonathan se soit trouvé sur le chemin du criminel par hasard.

Graham avait hoché la tête en même temps que Trottier et Lapointe ; ils pensaient tous que le meurtrier avait tué Jonathan pour le faire taire.

— Et n'oubliez pas l'ongle cassé verni rose. Il faut qu'on trouve la femme à qui il appartient. C'est peut-être la même personne qui a perdu la boucle d'oreille.

— C'est chercher une aiguille dans une botte de foin. À moins de mettre une annonce dans les journaux. Est-ce que la boucle d'oreille vaut assez cher pour qu'on la réclame ?

— Cette femme peut pourtant être un témoin important. Il faut la retrouver.

Oui, cette femme pourrait faire avancer l'enquête,

songea Thomas Lapointe en sortant de la douche. Comment pourrait-il découvrir l'identité de la propriétaire de cette boucle d'oreille? Combien y avait-il de femmes à Québec? Et si c'était une touriste? Graham et Rouaix avaient bien sûr envisagé la possibilité que Jonathan ait été tué par cette femme, mais la trace relevée sur les lieux du crime indiquait une chaussure d'homme. Il aurait fallu que la femme soit grande et forte pour porter des souliers de cette pointure. Et pourquoi aurait-elle assassiné Jonathan? Là, la question était la même, qu'il s'agisse d'un ou d'une criminelle. Jonathan avait été tué parce qu'il avait vu quelque chose qu'il n'aurait pas dû voir. Ou parce qu'il avait croisé le chemin d'un être en proie à une rage extrême et qui l'avait exprimée avec sauvagerie. Un crime gratuit.

Où était l'assassin aujourd'hui? Avait-il quitté Québec après le meurtre ou était-il rentré tranquillement chez lui? En constatant que ce n'était pas si compliqué de tuer quelqu'un.

Qu'avait pu voir Jonathan de si horrible?

Un meurtre? Un viol, même si aucune plainte n'avait été enregistrée dans les jours suivant l'assassinat de Jonathan? Comme tous les policiers, Thomas savait que les victimes de viol ne portent pas plainte systématiquement. Plusieurs vivent cette tragédie dans le silence. Est-ce qu'une jeune femme quelque part dans cette ville pleurait d'avoir été agressée? Ignorait qu'elle pouvait les aider à retrouver le coupable?

Léo s'étira avant de quitter la chaise longue où il avait dormi toute la journée. Des oiseaux l'avaient bien agacé un peu en début de matinée, mais il faisait vraiment trop chaud pour se lancer à leur poursuite. Maxime était rentré plus tôt, en nage pour avoir couru derrière un ballon de soccer.

— Il y a quatre couverts sur la table. Qui vient souper avec nous ? Greg ?

— Non, répondit Graham, il travaille le jeudi soir. C'est André et Nicole.

— Et Martin ?

— Il a une blonde. Tu verras quand ce sera ton tour. Maxime grimaça ; les filles n'étaient pas intéressantes.

— Tu changeras d'idée. En attendant, tu laves la laitue ou tu coupes les tomates, c'est au choix. Après t'être douché.

— Je me suis lavé ce matin ! protesta Maxime.

— Regarde tes coudes et tes genoux, ce n'est pas du luxe.

Maxime s'éloigna en marmonnant qu'elle était une obsédée de la propreté, qu'il ne se laverait pas sans arrêt lorsqu'il habiterait en appartement.

Est-ce que Jonathan Dubois ronchonnait aussi quand sa mère exigeait qu'il prenne une douche ? Geneviève avait dit que leur fils était un garçon plutôt sage. Que c'était pour cette raison qu'elle et son mari avaient rejeté l'hypothèse d'une fugue. Graham bénissait Sébastien Paquette de les avoir crus, d'avoir permis que les recherches commencent rapidement. Les Dubois ne pourraient pas leur reprocher d'avoir perdu du temps au tout début de l'enquête.

Mais ils pourraient leur reprocher de ne pas progresser. De ne pas avoir encore appréhendé le meurtrier de leur fils.

Une odeur de brûlé fit courir Maud Graham vers le four ; elle avait oublié les croûtons qu'elle faisait griller. Maxime, qui s'était changé, s'approcha du four en riant.

— Toujours aussi douée, persifla-t-il.

— J'étais distraite.

— Tu pensais à Jonathan Dubois ? Au soccer, il y a un gars qui le connaissait. Ils avaient été à l'école ensemble, au primaire. Il paraît qu'il était cool. Allez-vous arrêter celui qui l'a tué ?

— On progresse, marmonna Graham.

— Dans le journal, c'était écrit qu'on ne l'avait pas violé. Ni volé. Pourquoi est-ce qu'on l'a tué, Biscuit ? Je ne comprends pas.

Maud soupira ; elle devinait l'inquiétude de Maxime qui devait conclure que n'importe qui pouvait être assassiné par n'importe qui.

— Ça pourrait être moi, la prochaine fois, si c'est un maniaque.

— Lave donc la laitue. Nicole et André arrivent à dix-huit heures trente. On n'est pas prêts.

— Qu'est-ce qu'on mange ?

Maxime posait chaque jour cette question et Graham, chaque fois, songeait qu'elle n'avait jamais tant pensé aux repas que depuis qu'elle avait accueilli

Maxime chez elle. Quand elle vivait seule, elle mangeait des salades ou des sandwichs ; elle s'efforçait maintenant de bâtir des menus équilibrés pour Maxime. Mais lorsqu'il lui demandait au petit-déjeuner ce qu'elle avait prévu pour le souper, elle avait envie de lui répondre qu'elle avait besoin de toute la journée pour trouver une idée. Que les repas revenaient trop vite. Au moins, c'était l'été. Et c'est André Rouaix qui cuirait les steaks qu'elle avait piqués de morceaux de parmesan. Maxime se tiendrait à côté de lui, près du barbecue, comme il le faisait avec Alain ou Grégoire. Est-ce que Jonathan se tenait près de son père quand la saison des grillades revenait ?

Les Dubois ne devaient pas avoir beaucoup d'appétit depuis la mort de leur fils. Détesteraient-ils l'été à tout jamais ? Ils n'aimeraient plus les fêtes de Noël non plus. Ni les anniversaires. Peut-être que Myriam voudrait quitter la maison dès qu'elle aurait dix-huit ans pour fuir le regard de ses parents. Thomas Lapointe avait rapporté que la jeune femme se sentait extrêmement coupable de la disparition de son frère et qu'il lui avait suggéré de se confier aux membres d'Entraide. Graham avait été étonnée de l'entendre mentionner l'association.

— Je n'y vais pas souvent. Mais je suis prêt à emmener les Dubois à la prochaine réunion d'Entraide, si ça peut les aider.

— Oui. Ils doivent être découragés qu'on n'avance pas plus dans notre enquête. On arrêtera l'assassin…

— Tu penses à quelque chose ?

— Le meurtrier est encore en ville. J'en suis sûre.

— Qu'est-ce qui te fait croire que l'assassin est à Québec ?

Rien, sinon qu'elle n'avait pas voulu décourager Thomas Lapointe et tous les policiers qui vérifiaient et revérifiaient les alibis des détenus en liberté conditionnelle. Si les hommes se persuadaient que c'était un touriste qui avait commis le meurtre, ils se diraient qu'il devait déjà être reparti dans son pays, qu'ils avaient vraiment peu de chances de l'arrêter. Or, Graham n'oubliait pas que les meurtres sont souvent commis à proximité. On tue près d'un endroit qui nous est familier.

On. Qui, on ? Elle essayait d'imaginer ce que le tueur avait vécu ce soir de juillet. Il s'était promené au parc. Pour prendre l'air ? Parce qu'il étouffait chez lui ? Il habitait donc assez près des lieux du crime. Avait-il espéré rencontrer quelqu'un, l'entraîner au parc ? Au début de sa carrière, Graham avait dû arrêter quelques personnes pour grossière indécence. C'était presque toujours des jeunes qui n'avaient pas d'endroit où faire l'amour.

Comment agirait-elle avec Maxime ? L'autoriserait-elle à emmener sa petite amie à la maison ? Et si elle refusait, où irait-il ? Elle-même n'aurait jamais osé emmener un amoureux chez ses parents, malgré sa mère qui répétait qu'elle serait heureuse si elle plaisait aux garçons autant que sa sœur. Graham ne voulait surtout pas exciter la curiosité de sa mère. Elle se jurait d'être discrète avec Maxime. Elle avait encore quelques années pour y penser. Jonathan ne devait pas s'intéresser non plus aux filles. Il n'était pas sorti pour rencontrer une amoureuse ; Myriam était certaine que son frère n'avait pas de petite copine. Si ça avait été le cas, la gamine l'aurait accompagné et elle aurait été tuée. On aurait trouvé deux corps au lieu d'un. Non, Jonathan était sorti seul ce soir-là dans l'air parfumé de l'été. Jonathan avait été un témoin embarrassant. À cet endroit, à cette heure, ça ne pouvait être qu'un meurtre ou une agression. Mais qui avait été violé ? La fille qui avait perdu la boucle d'oreille en argent ou un garçon ? Si c'était un garçon, il y avait très peu de chances qu'il porte plainte.

La sonnette retentit. Léo qui dormait dans le corridor menant à la cuisine sursauta. Maxime l'enjamba pour accueillir les Rouaix avec Maud. Il aimait écouter André décrire la France, la Champagne où sa cousine le recevrait un jour pour les vendanges, comme elle le ferait pour Martin à l'automne. Maxime voulait s'y rendre pour ses seize ans. Pas dix-huit, comme le supposait Biscuit ; elle s'imaginait qu'il irait au cégep après son secondaire, mais il était décidé à aller travailler en France. Il ne s'inscrirait au cégep qu'en janvier, après avoir économisé. C'était vraiment ennuyeux de toujours devoir quêter de l'argent à Maud. Il l'avait entendue dire que Jonathan avait quarante dollars sur lui lorsqu'il avait été tué. Quarante dollars ! Il avait fait remarquer qu'il avait de la chance d'avoir autant d'argent de poche. Elle lui avait appris que c'était son anniversaire, la veille. Les quarante dollars faisaient partie de ses cadeaux. Il s'était senti minable d'avoir envié Jonathan. Même si Maud ne parlait pas de son enquête devant lui, il avait saisi quelques bribes de conversation quand elle téléphonait à Alain.

— On est bien chez vous, déclara Nicole en s'avançant vers Maxime. Il fait plus frais que chez nous.

Elle ébouriffa la chevelure de Maxime mais évita de l'embrasser, se souvenant combien leur fils Martin détestait ces manifestations d'affection lorsqu'il était adolescent.

— Peux-tu ranger ça dans la cuisine, demanda André Rouaix à Maxime en lui tendant une bouteille de Cros de la Mûre. On mange toujours des steaks ?

— Contre-filets farcis avec des pointes de parmesan. C'est Alain qui a eu cette recette du restaurant Il sole à Montréal. Tu connais ?

— Je ne vais pas aussi souvent que toi dans la métropole, protesta Rouaix. Tu nous sers un apéro tandis que je m'active au barbecue ?

Maud Graham s'était informée auprès d'Alain du vin qu'elle devait acheter pour faire plaisir à André et à Nicole. Elle avait préparé une entrée très simple ; des tomates, du basilic et de la mozzarella di buffala qu'elle arroserait de l'huile d'olive que lui avait offerte Grégoire.

— Toute la différence est dans la qualité des produits, avait-il dit en la lui remettant. Ça vaut la peine d'acheter une très bonne huile d'olive. Moi, j'adore la Santa Croce, la Tutta California ou la Planeta. Elles ont un goût herbacé, parfois d'artichaut, parfois de noisette.

Maud Graham avait été émue d'entendre Grégoire

employer le mot herbacé; il en ignorait la significa-tion, un an auparavant. Pour lui, de l'herbe, c'était du pot.

Qu'il consommait plus modérément, semblait-il à Maud. Et il jurait avoir renoncé à la coke. Elle n'allait pas jusqu'à croire que Grégoire était tiré d'affaire; on ne se prostitue pas durant des années sans garder quelques séquelles, mais le jeune homme était plus heureux, même s'il se plaignait de ne pas avoir des tâches très excitantes au restaurant. Elle lui répétait alors que tout le monde commence au bas de l'échelle.

— Pas dans la rue, rétorquait-il. Si tu es *cute*, tu es en haut de l'échelle. Et je ne suis pas trop mal. Il y en a qui voudraient encore de moi.

— Arrête tes niaiseries. Explique-moi plutôt où trouver ton fameux fromage di buffala.

Maud Graham apportait maintenant l'assiette où se chevauchaient joliment les tranches de mozzarella et de tomates parsemées de basilic finement ciselé. Elle avait apporté l'huile d'olive sur la table en citant les propos de Grégoire.

— Il est toujours content d'être au Laurie Raphaël? s'enquit Nicole.

— Il se lamente un peu de nettoyer du poisson et de couper des légumes, mais il sait qu'il a beaucoup de chance. Il rêve même d'aller à Montréal pour faire un stage chez Area.

— Dire qu'il était dans la rue quand tu l'as connu. Il aurait pu lui arriver n'importe quoi.

— Il lui est arrivé n'importe quoi, murmura Gra-ham. J'espère que c'est fini, ce temps-là.

— Il y a de plus en plus de jeunes dans la rue, non ? déclara André qui revenait avec les contre-filets.

— Oui. On en connaît…

Maud Graham ne souhaitait pas évoquer Betty Désilets devant Maxime, mais André et Nicole devinaient qu'elle aborderait le sujet dès que son protégé aurait quitté la table pour rejoindre ses amis.

— Maxime est gentil, dit Nicole après que celui-ci les eut salués.

— J'ai de la chance qu'il se passionne autant pour le sport.

— Contrairement à Betty Désilets ? Ça te tracasse autant qu'André ?

— Elle s'est volatilisée ! Je ne comprends pas qu'on ne l'ait pas encore repérée.

— L'été, plus de jeunes traînent dans la ville, soupira Rouaix. C'est plus compliqué.

— Pourquoi t'obsède-t-elle autant ? Ce n'est pas la première fugueuse que…

— Elle est dangereuse, l'interrompit Graham.

— Tu redoutes qu'elle agresse quelqu'un ?

— C'est déjà fait. André ne te l'a pas dit ? Betty a frappé une femme âgée et lui a volé son sac à main. La victime l'a reconnue tout de suite quand on lui a montré une photo. C'était à Sillery. Elle recommencera.

Nicole avait du mal à croire qu'une fille de quinze ans pouvait inquiéter autant Maud Graham, mais son mari semblait abonder dans le même sens.

— Ses parents doivent être vraiment…

— Contrariés. Pas horrifiés, embêtés. M. Désilets

nous a annoncé hier qu'il paierait un détective privé pour retrouver Betty.

— Ça t'ennuie ?

— Non. Pourvu qu'on la ramène à Cap-Rouge. Ce qui me navre, c'est que M. Désilets ne dépense pas son argent par inquiétude pour sa fille, mais plutôt parce qu'il a peur qu'elle fasse quelque chose qui le mettrait dans l'embarras. Et qu'il ne pourrait effacer avec son fric.

Nicole soupira ; comment pouvait-on mettre un enfant au monde et s'en foutre ensuite ? Qu'est-ce que les parents de Betty avaient dans la tête ? Dans quel univers pourri vivaient-ils ?

— Ils ont voulu Betty comme ils ont voulu un voyage à l'île Moustique ou une Rolex. Ils ont été déçus que ce soit si exigeant, si difficile. Ils auraient dû acheter un chien déjà dressé. En plus, Betty est grassouillette, elle a des boutons, ça déplaît à sa mère qui est si mince, si belle.

— Mais on a toutes été de vilains petits canards quand on avait quinze ans, dit Nicole. Moi, j'avais honte de mes seins. Ou plutôt, de mon absence de poitrine. Je me sentais si peu féminine.

— Moi, c'était l'inverse. J'étais gênée de mes formes. Betty aussi a une bonne poitrine. Et elle ne se gêne pas pour la montrer. Ça intéressera sûrement quelqu'un.

CHAPITRE 7

*Thomas Lapointe a chaud sous sa perruque noire.
Des gouttes de sueur coulent jusqu'au col de sa chemise, l'imprègnent. Thomas Lapointe n'aime pas
suer. Il a mis de l'antisudorifique, car il déteste les
odeurs de transpiration. Il aimerait prendre une douche avant d'aller à la réunion d'Entraide. Il doit renoncer à cette idée. Il n'en aura pas le temps. Il es-
suie son front, regarde sa montre pour la troisième
fois en dix minutes. Est-ce que René Asselin se déci-
dera à partir de chez lui ? Il ne peut pas modifier ses
plans ! 14 h 08. 14 h 11. Mais que fait donc Asselin ?
Il doit boire un autre café. La porte du garage s'ouvre
enfin. Lapointe voit la Chevrolet reculer, il reconnaît
la tête grise d'Asselin. Il le laisse rouler quelques secondes puis le suit. Même s'il est certain qu'il se rend
au terrain de golf pour l'après-midi. Asselin est un
homme d'habitudes. Il prend congé le premier et le
troisième jeudi du mois. Quand discute-t-il des détenus qui seront libérés avec les intervenants, les commissaires, les gardiens ? Parle-t-il souvent avec Marie-
Anne Lavoie ? Se sont-ils interrogés à propos du
meurtre de Jonathan Dubois ? Ont-ils pensé, ne serait-
ce qu'une seconde, que le criminel pouvait être un
des types qu'ils avaient relâché ? Non.
Lapointe est pourtant persuadé que c'est un*

récidiviste. À cause du manque de traces, d'indices.
Maud Graham croit que c'est possible. Ou que l'as-
sassin a paniqué. Non. Ne pas penser à Maud Gra-
ham. Maud Graham ne fait pas partie de son histoire.
Il doit penser à son père. Au terrain de golf, Asselin
serre la main de son partenaire. Asselin sourit. Asse-
lin est content de lui. Il imagine qu'il améliorera au-
jourd'hui sa moyenne au golf. Mais une forêt borde
le beau terrain de golf. C'est facile de s'y dissimuler.
Thomas Lapointe attend qu'Asselin s'éloigne suffi-
samment de son partenaire. Attend qu'il soit dans sa
ligne de mire. L'arme est lourde dans sa main, elle
glisse. Thomas Lapointe vient pourtant de l'essuyer.
Il recommence avec le bas de sa chemise, frotte ses
mains sur son jeans. Il a si chaud. Maudite perruque.
Il cligne des yeux. Suit Asselin qui s'avance pour ré-
cupérer sa balle. L'arme tressaute dans la main de
Lapointe. Le bruit de la détonation fait de l'écho, il
se répète à l'infini. Asselin s'écroule. Lapointe n'en-
tend pas les cris de son partenaire. Il est déjà loin. Il
pourra enlever sa perruque dès qu'il verra le pan-
neau indiquant l'autoroute. La voiture louée se mê-
lera au flot des autres automobiles.

* * *

Vanessa Asselin trouvait Québec encore plus jolie
que dans son souvenir, mais il est vrai qu'elle avait
visité la capitale avec ses parents qui l'avaient traînée
au musée et chez leurs amis. Les Lanctôt n'étaient
pas tellement intéressants et leur fils encore moins

avec sa fascination pour les jeux de rôles sur ordinateur. Il y avait tant de façons plus excitantes de se distraire !

Elle avait eu de la chance dès qu'elle était descendue du métro à Longueuil. Bien sûr, elle avait dû marcher pour se rendre jusqu'à la sortie de l'autoroute, mais dès qu'elle avait levé le pouce, une automobiliste s'était arrêtée. Elle lui avait fait un sermon sur les dangers de l'auto-stop, avait tenté de savoir si ses parents étaient au courant qu'elle voyageait ainsi, mais Vanessa lui avait répondu que son père était mort et qu'elle allait rejoindre sa mère à Québec où celle-ci cherchait du travail. Comme la femme détaillait ses vêtements avec un peu trop d'attention, elle avait ajouté que son père était joueur, qu'il s'était suicidé deux mois plus tôt, ruiné. Que sa mère avait dû vendre leur maison et qu'elle ne voulait plus vivre à Montréal à cause de ça. Puis Vanessa s'était intéressée à la conductrice, son métier, sa famille. Les gens sont toujours contents de parler d'eux. Son père prétendait que les criminels aiment se vanter. Lui-même n'échappait pas à la règle ; il était intarissable quand il s'agissait de golf. Son maudit golf ! Comment pouvait-on perdre des heures à frapper sur une ridicule petite balle ? N'empêche, le golf l'avait bien servie ce jour-là. Elle avait attendu que son père parte jouer avant de quitter la maison. Sa mère étant au travail, on ne s'apercevrait pas de sa disparition avant l'heure du souper. Elle avait amplement le temps de se rendre à Québec. De là, elle irait à Rimouski. Elle ne savait pas pourquoi elle avait envie d'aller à Rimouski, mais elle était décidée à suivre ses intuitions. Peut-être qu'un beau gars l'attendait là-bas ? La première nuit, elle dormirait à Québec, puis elle achèterait un billet d'autocar pour le Bas-Saint-Laurent.

Elle coucherait à l'auberge de jeunesse. Ses parents signaleraient certainement sa disparition à la police, mais elle n'avait pas dix ans ; les enquêteurs suggéreraient de parler à tous ses amis pour avoir plus d'informations sur sa fugue. Et aucun ne pourrait en donner ; elle n'en avait parlé à personne, sauf à Mélodie à qui elle avait emprunté sa carte d'identité. Elles se ressemblaient comme deux sœurs ; si on exigeait une carte à l'auberge, elle n'aurait pas de problèmes. Et ses parents chercheraient plus près avant d'admettre qu'elle était partie loin de Montréal. Elle leur avait laissé un mot ; elle reviendrait quand ils seraient persuadés qu'elle était capable de se débrouiller toute seule et qu'on accepterait de lui octroyer plus de liberté. Elle avait l'impression de vivre dans une prison comme celle que dirigeait son père ; elle en avait assez d'être contrôlée. Bon, c'était un peu exagéré de comparer la maison à un pénitencier, mais il fallait que son père finisse par comprendre qu'elle n'était plus un bébé.

Heureusement qu'il faisait beau, car elle avait oublié d'apporter un parapluie. Elle pourrait en acheter un si c'était nécessaire, mais elle ne devait pas gaspiller son argent. Elle s'autoriserait pourtant un sous-marin chez Subway pour son premier jour de liberté. Lorsqu'elle vit l'enseigne du casse-croûte, sans l'avoir vraiment cherché, ne marchant que depuis une dizaine de minutes, elle sourit: c'était un signe du ciel, elle trouvait ce qu'elle voulait sans faire d'efforts. Elle poussa la porte en salivant; elle choisirait le trio italien. Elle commanda, paya et se dirigea vers le fond du casse-croûte, ralentit en remarquant une fille blonde qui portait le même tee-shirt qu'elle. Celle-ci réagit en désignant leurs vêtements.

— Toi aussi, tu *tripes* sur les Respectables!

— C'est sûr, ils sont les meilleurs. J'ai failli assister à leur show à Montréal.

— Comment ça, failli?

— Mon père. Il m'a assez fait chier. Il disait que c'était trop tard, que c'était en semaine. Il ne veut pas que je sorte la semaine. Mais là, il va avoir l'air fou.

Betty Désilets indiqua la place devant elle.

— Assieds-toi. Je vois que je ne suis pas la seule à avoir un père *fucké*. Il va avoir l'air fou? Pourquoi?

— Parce que je suis partie de la maison. Et que je n'y retournerai pas avant longtemps!

— Cool! C'est pareil pour moi. Tu arrives d'où?

— De Montréal. J'ai fait du pouce. Et demain, je pars pour Rimouski.

— Pourquoi? C'est le fun, Québec. Je pourrais te présenter à ma gang.

Vanessa Asselin était aux anges; tout était si facile. Sa rencontre avec cette fille était un autre signe qu'elle avait pris la bonne décision en fuguant.

— Je m'appelle Vanessa. Es-tu partie de chez toi depuis longtemps?

— Moi, c'est Betty. Oui, ça fait quelques jours.

— Tu n'as pas eu de problèmes ?

— Je m'arrange. Personne ne va me ramener nulle part. Je suis libre, moi.

— Tes parents ne t'ont pas fait rechercher par la police ?

— Avant qu'on me trouve… J'évite de traîner au carré d'Youville. Et j'ai rencontré du monde cool au mail Saint-Roch. Je squatte avec une gang. J'ai aussi dormi dans un hôtel *cheap*. Ils ne sont pas le genre à te carter.

— Et pour l'argent ? J'en ai un peu, mais…

— Tu piques ce que tu veux dans les magasins. C'est facile. Les grosses compagnies exploitent le pauvre monde. Ça ne me dérange pas de les voler à mon tour.

L'air inquiet de Vanessa retint Betty de lui avouer qu'elle avait aussi volé deux sacs à main à des personnes âgées. Cette fille qui venait de Montréal comprendrait bientôt qu'il faut faire des tas de choses pour survivre. C'est la loi de la jungle ; les plus forts s'en sortent.

Et elle, Betty Désilets, était de ceux-là.

— Un jour, je changerai de nom, déclara-t-elle à Vanessa. Désilets, c'est trop ordinaire. Quand je serai chanteuse, j'aurai un nom qui *punche* !

— Tu veux chanter ? Moi aussi !

Les deux filles se tapèrent dans les mains, ravies de ce nouveau point commun.

— Dans la gang, il y a un gars qui joue de la guitare. Dan, c'est son nom. Il est hot !

— C'est ton chum ?

Betty secoua la tête ; Dan n'était pas son genre. Il était trop jeune pour elle. Il n'avait que dix-huit ans. Mais il jouait bien. Et elle, est-ce qu'elle avait un amoureux ?

— Non, sinon je serais restée à Montréal. Moi aussi, j'aime mieux les gars plus vieux. Ils sont plus intéressants.

— J'ai eu un chum qui avait vingt ans de plus que moi. L'an passé.

— C'est toi qui as cassé ?

— Non, il a eu des problèmes. Il est en prison aujourd'hui, à Archambault.

À Archambault ? Le pénitencier dont son père était le directeur ?

— Qu'est-ce qu'il y a ? T'es bizarre tout d'un coup. Ça te dérange que mon ex soit en prison ?

— Non, non, ce n'est pas ça. C'est juste que je connais quelqu'un là-bas.

Le visage de Betty s'éclaira ; un autre point commun ! C'était vraiment spécial ! Peut-être que Vanessa pourrait l'aider à en savoir plus sur Marsolais. Peut-être que ce détenu pourrait la renseigner sur cet homme qui l'avait trompée, qui s'était moqué d'elle ?

— On est pareilles, toutes les deux ! Crois-tu à la réincarnation ? On devait être des jumelles dans une autre vie. C'est trop hot ! On finit de manger, puis on va dans le parc.

— Sur les Plaines ?

— Non, c'est trop loin. Il y a un coin tranquille près de la bibliothèque Gabrielle-Roy. On fume un peu. On ne va pas rentrer maintenant, non ?

Vanessa approuva. Il faisait trop beau pour s'enfermer et elle voulait que Betty continue à lui décrire sa gang. Même si elle trouvait que Betty était vraiment cool, elle n'était pas assez imprudente pour la suivre sans en apprendre davantage sur ses amis. Elle avait entendu son père parler du scandale de la prostitution juvénile à Québec; elle ne se ferait pas piéger dans ce genre de réseau.

Elles marchèrent lentement, s'arrêtant pour commenter les vitrines des magasins. Heureusement, rien n'attira l'attention de Betty; Vanessa aurait été mal à l'aise de la voir entrer dans une boutique pour voler. Elles arrivèrent enfin au parc qui était aussi calme que l'avait prédit Betty. Il n'y avait qu'un couple qui se pelotait sur un banc. Ni le garçon ni la fille ne levèrent les yeux dans leur direction. Betty tira un joint de son sac, l'alluma, inhala profondément la fumée avant de le tendre à Vanessa. Celle-ci réussit à fumer sans tousser et, là encore, y vit un indice qu'elle avait bien fait de fuguer vers Québec. Betty reprit le joint, le lui repassa. Tout était vraiment cool.

— Eh! s'écria Betty. As-tu vu le beau gars qui vient de passer?

— Le blond?

— C'est en plein mon genre! On pourrait lui offrir de fumer avec nous.

— Tu ne le connais pas...

— Justement, on va le suivre, ça va être drôle! Comme si on était des espionnes.

Elle s'esclaffa, Vanessa l'imita; pourquoi pas? Pourquoi ne pas suivre ce gars-là? Au pire, il s'en apercevrait et il rirait avec elles. Et s'il se fâchait? Tant pis, il se fâcherait et elles sauraient qu'il était un imbécile sans humour. Elles s'élancèrent derrière lui puis ralentirent le pas, faisant mine d'admirer une robe dans une vitrine, reprenant leur filature en pouffant de rire.

— Il est vraiment *cute*! s'extasia Betty. Il ressemble à Brad Pitt. On devrait lui parler!

— Il va nous trouver trop jeunes. Il doit avoir au moins trente ans.

— Et après? On n'est pas des bébés! Les bébés restent à la maison mais, nous deux, on a fugué, on se débrouille toutes seules. Ça devrait l'impressionner.

— Il a peut-être une blonde...

Betty s'immobilisa; Vanessa avait raison. Un aussi bel homme n'était certainement pas célibataire. De plus, Vanessa était très jolie; si elles abordaient le beau blond après avoir continué à le suivre et constaté qu'il n'avait pas rendez-vous avec une femme, et s'il acceptait de fumer avec elles, il s'intéresserait peut-être davantage à Vanessa qu'à elle. Vanessa était plus mince.

— À quoi tu penses?

— C'est plate, finalement, il fait chaud. Il peut se rendre loin. Ou prendre l'autobus.

— Ou rejoindre un de ses amis.

Betty retrouva son sourire; si, effectivement, il avait un ami? Aussi mignon que lui? Elle choisirait celui qui lui plaisait le plus et laisserait l'autre à Vanessa. Ça valait la peine de continuer un peu à épier le beau blond.

— On dirait un ange avec ses cheveux clairs. C'est

rare les gars qui ont les cheveux si pâles. Suivons-le encore un peu. Il a une *date*, il a regardé deux fois sa montre.

Serge Métivier espérait qu'Arnaud Morel soit à l'heure à leur rendez-vous. Avec le hasch. Il s'était résigné à en demander à Morel, même s'il ne l'aimait pas avec ses airs supérieurs et son sourire permanent. C'est vrai que tout le monde le craignait. Lui compris. Morel vous regardait toujours comme s'il allait vous sauter dessus. Pour s'amuser. Mais Métivier avait vraiment besoin de fumer pour se détendre après la tension des derniers jours.

Il fallait que Morel soit à l'heure. Il ne pouvait pas traîner et être en retard au centre Marcel-Caron. Il ne devait plus y avoir de commentaires négatifs dans son dossier. Yves Dumas, l'agent des libérations conditionnelles qui remplaçait celui qui souffrait d'une labyrinthite, lui avait fait comprendre qu'il n'était pas du genre clément. Il avait renvoyé plusieurs gars en cellule. Métivier ne venait pas d'échapper à une accusation de meurtre et de viol pour se faire bêtement arrêter pour un bris de condition. Il arriverait avant le couvre-feu. Il devrait attendre au lendemain pour consommer, malgré son désir de fumer du hasch. Après avoir passé le test d'urine. S'il avait été capable de garder son sang-froid depuis la mort du gamin, il pouvait très bien faire preuve d'encore un peu de patience. Il pouvait même cacher le hasch et le goûter dans une semaine ou deux ; si Yves Dumas était aussi zélé qu'il le redoutait, il lui ferait passer deux tests coup sur coup. Oui, il serait prudent. De savoir qu'il avait du hasch à sa disposition le contentait déjà à moitié. Il aimait l'idée de narguer si facilement tous ceux qui l'embêtaient.

Métivier poussa la porte d'un McDonald's, paya son café et s'assit au fond de la salle, regarda de nouveau sa montre et but son café lentement. Il jeta le carton vide, sortit et tourna à gauche. Il rejoindrait Morel derrière l'ancienne gare d'autobus. Depuis qu'elle était désaffectée, l'endroit était souvent désert. Métivier espéra que ce soit le cas ce soir-là.

Il jeta un coup d'œil autour de lui avant de traverser la rue de la Reine. C'est alors qu'il remarqua les deux filles. Une grosse et une maigre. Ordinaires. Très ordinaires, mais elles le regardaient comme si elles le connaissaient. Comment était-ce possible ? Il ne les avait jamais rencontrées. Elles continuaient pourtant à le dévisager. Il n'avait pas besoin de ça ! La grosse lui adressa un sourire qu'il ne pouvait pas ignorer. Il devait parler aux gamines. Elles le confondaient sûrement avec quelqu'un d'autre. Il clarifierait la situation puis irait rejoindre Morel. Il devait être rue Sainte-Hélène dans cinq minutes.

— On se connaît ? dit-il en s'approchant de Vanessa et de Betty.

— Non, mais ça peut s'arranger, lança cette dernière.

Ah bon ! Elle se jetait carrément à son cou ! Il est vrai qu'elle était moche ; personne ne devait la *cruiser*. Et l'autre non plus, si osseuse. Il aimait les filles délicates mais avec des formes. La brunette n'avait même pas de fesses.

— Vous êtes gentilles, mais… Il sourit en précisant qu'il avait quelqu'un dans sa vie.

— J'avais raison ! fit Vanessa à l'adresse de Betty. On a l'air folles, maintenant !

Betty se renfrogna.

— J'ai un chum, mentit Métivier. Ce n'est pas parce que vous n'êtes pas mignonnes, c'est seulement qu'on n'est pas du même bord.

Le soulagement qu'il lut dans le regard des gamines était pathétique ; pensaient-elles vraiment qu'elles auraient eu la moindre chance avec lui ? Il les salua avant de s'éloigner, cessant de sourire aussitôt qu'il leur tourna le dos, hâtant le pas.

Morel arrivait de l'autre direction. Il lui remit le hasch, prit son argent. Tous deux convinrent de rentrer à dix minutes d'intervalle au centre Marcel-Caron.

— Je suis écœuré d'être là, dit Métivier. En plus, j'ai un nouveau sur mon cas. Un zélé ! Yves Dumas…

— Dumas ? Je suis pogné avec, moi aussi. Un crisse de maniaque. Il est pire que Verreault. En plus, avec le meurtre du petit gars, ils sont énervés. Ils m'ont posé cent mille questions. Tabarnac ! j'suis pas un ostie de pédophile !

— Il faut que je rentre. On a assez de problèmes sans se faire achaler parce qu'on est en retard.

— Attends une seconde, je voudrais te jaser de tes souliers.

Métivier jeta un coup d'œil à ses pieds avant d'interroger Morel du regard : son sourire n'annonçait rien de bon.

— Je parle des souliers que tu as jetés dans une poubelle le lendemain matin du meurtre de Jonathan Dubois. Il était vraiment de bonne heure. C'est à peine s'il faisait clair. Ça m'a intrigué.

— Pourquoi ?

— Je t'avais trouvé nerveux, la veille, quand tu t'obstinais avec Camille Tétreault pour la bière que t'avais bue. Je t'ai entendu te lever le matin. Je t'ai suivi. Tu avais l'air stressé. Ça m'intrigue toujours, les gars stressés. Et je t'ai vu t'arrêter pour jeter un paquet dans le *container*.

Je suis curieux, je suis allé voir ce que c'était. Une belle paire de chaussures ! Toutes neuves ! Pourquoi est-ce qu'un gars se débarrasserait d'aussi bons souliers ? Ensuite, les bœufs sont venus nous poser toutes sortes de questions. Et prendre nos pointures. T'es chanceux en calvaire que ce soit moi qui aie trouvé tes LA Gear. Un autre gars aurait pu te *stooler*.

Serge Métivier retenait son souffle. Chanceux ? Il redoutait déjà les exigences de Morel qui voudrait être payé pour son silence.

— Oui, merci. Il faut vraiment qu'on rentre au centre, sinon on va avoir des problèmes.

— Je voulais juste que tu saches que je suis correct. J'ai bien caché tes souliers. Dans un endroit où personne ne peut les découvrir. Tu peux dormir sur tes deux oreilles, les bœufs ne verront pas les taches de sang que tu as essayé d'essuyer. Avec leurs machines, ils ont seulement besoin d'une goutte pour prouver que c'est le sang du petit gars. Tu n'as pas à t'inquiéter, vu que c'est moi qui...

Ne pas s'inquiéter ? Alors qu'Arnaud Morel allait lui demander… Lui demander quoi ? Il n'avait pas tant d'argent à lui offrir.

— On s'en reparle, l'assura Morel. Rentre le premier rue Kirouac. Tu n'as pas de char, ce soir ?

— Non, mon beau-frère ne m'en prête pas tous les jours.

— C'est plate, l'autobus. Ça serait mieux si on avait un char. Tu ne penses pas ?

Métivier acquiesça ; est-ce que c'était ce que Morel exigerait de lui ? Une auto ? Il quitta les abords de l'ancienne gare et se dirigea vers le boulevard Charest. Il prendrait l'autobus pour gagner le centre.

C'est à cet instant qu'il revit les deux filles.

Qu'est-ce qu'elles faisaient là ? L'avaient-elles suivi ? Vu avec Morel ? Qu'est-ce qu'elles voulaient ? C'étaient des fugueuses qui avaient besoin d'argent ! Ou des putes. Qui attendaient un client. Elles travaillaient tout simplement dans le secteur. Il était paranoïaque à s'imaginer qu'elles s'intéressaient spécialement à lui. Il fit semblant de ne pas les avoir remarquées, gagna l'arrêt d'autobus. Il se mordit les lèvres quand il entendit, quelques minutes plus tard, la voix de la grosse derrière lui.

— C'est toujours long, à cette heure-ci, pour avoir un autobus. Il y en a moins. Vas-tu loin ?

— Et vous ?

— Nous, on est en vacances. On est libres. C'est ça qui est cool. Toi, es-tu en vacances ?

En vacances ?! Ce mot était banni de son vocabulaire depuis longtemps. Il secoua la tête.

— Tant pis, on aurait pu *triper* ensemble. Même si tu es gay. On n'a rien contre les gays, nous autres.

— Je dois rentrer.

Betty soupira alors que Vanessa la tirait par son chandail.

— C'est plate pour toi.

Elles s'éloignèrent enfin et Serge Métivier vit arriver l'autobus avec soulagement. Il n'aimait pas qu'on manifeste de la curiosité à son égard.

— Il est beau, dit Betty à Vanessa en regardant Métivier monter dans l'autobus. Beau, mais menteur.

Le ton de Betty, chargé d'agressivité, surprit Vanessa; ce n'était pas si grave que le blond ne se soit pas intéressé à elles.

— Il n'est pas gay, le maudit chien! Il nous a pris pour des tartes! As-tu vu le gars qu'il a rejoint? Ce n'est certainement pas une tapette avec tous ses tatouages sur les bras.

— Non, sûrement pas, fit Vanessa. Il me semble que c'était plus ton genre, lui. Ce gars-là était plus sexy, non? Plus viril.

La flatterie apaisa Betty.

— Oui, c'est vrai. C'est lui qu'on aurait dû suivre. On devrait retourner là-bas, peut-être qu'on pourrait le rattraper?

— On va perdre notre temps, protesta Vanessa. Je suis fatiguée. Il faut que je trouve une place pour coucher avant qu'il soit trop tard.

— Tu peux squatter avec nous, je te l'ai dit. C'est proche d'ici, c'est un immeuble qu'ils vont démolir.

— Les policiers ne vous ont pas délogés?

— Ils ont écœuré la gang, au début, mais on est tranquilles depuis quelques jours. Ils sont occupés à cause du meurtre du petit gars.

— Jonathan Dubois?

— Vous en avez entendu parler à Montréal?

— C'est sûr! Mon père dit que…

Vanessa se tut, haussa les épaules, marmonna que ce que son père disait ou croyait n'avait pas d'importance.

— Oui, tu as la paix, maintenant. Moi aussi. Ce qui me tanne, c'est mes affaires. J'aimerais ça avoir mes vêtements avec moi. Toi, tu as ce qu'il te faut dans ton sac à dos. Je suis partie trop vite et…

Betty claqua des doigts, elle venait d'avoir une idée! Une maudite bonne idée! Vanessa irait chez elle pour récupérer ses affaires. Ce qu'elle n'avait pas apporté au centre. Elle pourrait aussi prendre de l'argent dans le vase bleu. Pas tout ce qu'il y avait, juste ce qu'il fallait pour faire un beau party. Sa mère ne s'en rendrait pas compte. Et même si elle s'en apercevait? Elle se dirait que Betty était passée à la maison en son absence. Elle appellerait à L'Escale. Et alors? Elle se baladait depuis des jours et on ne l'avait toujours pas arrêtée. Elle ne pouvait pas se permettre d'aller elle-même à la maison, c'était trop risqué. Des voisins pouvaient la reconnaître, mais personne n'avait jamais vu Vanessa. Elle lui donnerait la clé, lui ferait un plan de la maison, lui expliquerait où était le vase bleu dans la chambre de ses parents, comment débrancher le système d'alarme, et voilà, elle pourrait remettre sa robe noire. Et son jeans perlé. Et sa veste de cuir.

— Quoi? Qu'est-ce qu'il y a? s'inquiéta Vanessa. Pourquoi me regardes-tu comme ça?

— Je vais t'expliquer…

Vanessa écouta Betty avec un malaise grandissant; il n'était pas question qu'elle s'introduise chez des gens qu'elle ne connaissait pas pour les voler.

— Tu ne les voles pas! Ce sont mes parents! Ce sont mes affaires!

— Tes affaires, oui, mais l'argent est à ta mère et à ton père. Et j'ai bien plus de chances de me faire remarquer que toi. Je suis une étrangère tandis que tes voisins trouveront normal de te voir là. C'est chez vous!

— Toi, tu n'as jamais piqué d'argent dans le portefeuille de tes parents? Même pas cinq dollars?

Vanessa rougit; oui, elle avait déjà emprunté dix dollars à sa mère. Mais seulement une fois.

— Je ne te demande pas de vider la maison. Juste une petite visite pour qu'on puisse avoir du fun avec la gang. Mes parents sont tellement riches qu'ils ne s'en rendront même pas compte. Ma mère est plus préoccupée par ses crèmes solaires ou les algues dans la piscine…

— Pourquoi es-tu partie de chez eux?

— Parce qu'ils ne voulaient pas que je sorte avec un homme, mentit Betty. Ils nous ont obligés à casser.

— Je pensais que c'était toi qui ne l'aimais plus.

— Tu es fatigante! Je te demande juste un petit service et…

— Si je me fais attraper, j'aurai de vrais ennuis.

— Tu ne peux pas avoir d'ennuis puisque tu auras la clé. Au pire, si ma mère est là, tu lui diras que tu viens de ma part.

— Elle trouvera ça bizarre.

— Elle ne sera pas là. On a juste à se pointer quand elle se fait coiffer. C'est le mercredi à midi. Je t'imaginais plus *game* que ça. De toute manière, tu sonnes avant d'ouvrir avec la clé. Si quelqu'un répond, tu prétends que tu ramasses de l'argent pour une association quelconque.

— Pourquoi tu n'y vas pas, toi ? Je pourrais sonner, vérifier s'il y a quelqu'un. S'il n'y a personne, tu entres, tu prends ce que tu veux. Je t'attends dehors et on repart ensemble. Ça, c'est correct.

Non, ce n'était pas correct. Si les voisins la voyaient, ils appelleraient ses parents qui informeraient le centre de sa présence dans les parages. Ou les policiers. Elle ne connaissait pas assez Vanessa pour lui révéler la vérité sur son passé. Lui raconter pourquoi elle était placée dans un centre pour délinquantes. Même si tout ce qui était arrivé n'était pas sa faute mais celle d'Armand Marsolais, elle n'était pas certaine de réussir à convaincre Vanessa qu'elle avait tué Judith par accident.

— Eh ! Betty ! Regarde, c'est le gars de tantôt. Il vient vers nous.

Arnaud Morel se dirigeait vers l'arrêt d'autobus d'où était parti Métivier quelques minutes plus tôt. Il ne prêta aucune attention aux adolescentes, espérant seulement ne pas patienter trop longtemps. Il devrait être rentré à l'heure au centre Marcel-Caron. C'est

Métivier qui aurait dû partir après lui. Pourquoi n'avait-il pas insisté ? Il s'avança dans la rue en espérant apercevoir l'autobus, consulta sa montre. S'il marchait d'un bon pas en descendant du bus, il gagnerait le centre correctionnel juste avant le couvre-feu.

— C'est bizarre qu'il ne soit pas monté dans l'autobus avec l'autre gars, s'étonna Betty. Puisqu'ils vont dans la même direction et qu'ils se connaissent. C'est comme si je partais cinq minutes avant toi pour me rendre à la même place.

Vanessa, soulagée que Betty ait changé de sujet, renchérit.

— Oui, ils auraient pu jaser ensemble. Peut-être qu'ils ne sont pas aussi amis qu'on le pense…

— Le tatoué a donné quelque chose au blond… Ça doit être de la dope ! C'est un *dealer* ! On devrait le suivre.

— Pour quoi faire ?

— As-tu d'autres propositions ?

— Il faut que je me trouve une place pour dormir.

— Tu peux venir squatter avec moi. Il y a toujours du nouveau monde. On n'est pas pour aller se coucher tout de suite ! De toute façon, on prend le même bus pour se rendre là-bas. On verra où le gars descend.

— Mais…

— Mais, mais, mais ! Tu connais seulement ce mot-là ?

Vanessa se tut. Devait-elle se séparer de Betty maintenant ? Elle n'aimait pas sa façon de tout décider, de tout contrôler. D'un autre côté, elle n'avait pas envie d'être toute seule.

— Tu es fâchée ? demanda Betty. Je veux juste avoir un peu de fun. On suit le gars et ensuite on ira au squat.

— Est-ce qu'il y a une douche ou…

— Évidemment. Je ne resterais pas dans une place où je ne peux pas me laver !

— L'Hydro n'a pas coupé le courant ? Si la maison est abandonnée, il me semble que…

— … qu'on peut se débrouiller pour se brancher sur les systèmes des voisins. Il y a des gars intelligents dans notre gang. Ramasse ton sac à dos, voilà l'autobus. On s'assoit dans le fond, on pourra surveiller le gars.

Vanessa attrapa son sac, fouilla dans les poches de son jeans pour trouver de la monnaie. Il faudrait qu'elle s'achète une lisière de billets si elle demeurait à Québec plus longtemps, ça lui permettrait d'économiser un peu. Mais peut-être qu'elle suivrait son plan initial, qu'elle monterait demain dans l'autocar pour Rimouski. Au fond, elle n'avait à endurer Betty qu'une nuit. Elle déciderait de ce qu'elle ferait en s'éveillant. N'était-elle pas libre d'agir comme elle le souhaitait ? Elle avait encore du mal à réaliser sa chance. En passant devant Arnaud Morel, elle remarqua le tatouage sur son avant-bras droit. Un jour, elle aussi se ferait tatouer. Sur l'épaule gauche. Un oiseau, symbole de liberté.

— Toi, aimerais-tu ça, te faire tatouer ?

Betty hocha la tête, sourit à Vanessa. C'était une

maudite bonne idée ; elles iraient dès le lendemain !

— Demain ?

— Pourquoi pas ? Ça serait cool !

— Ça coûte trop cher. Je ne veux pas dépenser mon argent pour n'importe quoi.

— Si on va chez mes parents, j'aurai assez d'argent pour te payer ton tatouage.

Vanessa haussa les épaules ; elle n'avait pas envie de contrarier Betty. Elle attendrait au lendemain pour lui annoncer qu'elle ne s'introduirait pas chez ses parents.

— J'ai envie de demander au gars si ça fait mal ? Est-ce que c'est long de tatouer un dragon comme le sien ?

— Des heures et des heures. En prison, il y a des gars qui sont spécialisés dans les tatouages et…

— Comment sais-tu ça ?

— J'ai vu un reportage, mentit Vanessa, et…

Elle s'interrompit en voyant Arnaud Morel se diriger vers la sortie arrière du véhicule, retint son souffle, pria pour que Betty modifie ses plans, mais elle la sentit s'agiter à côté d'elle.

— Suivons-le ! Juste quelques minutes, juste pour voir où il va.

Elles se turent dès qu'elles descendirent du bus, car Arnaud Morel marchait très vite. Vanessa regrettait d'avoir à porter son sac à dos. Elle était presque essoufflée quand Morel ralentit enfin. Il s'alluma une cigarette avant de pousser la porte du centre Marcel-Caron.

— Je n'en reviens pas ! C'est un délinquant ! Il

reste dans un centre correctionnel! Le blond aussi, j'imagine!

— Il travaille peut-être. Il rentre pour son quart de nuit.

— C'est un criminel, insista Betty.

— Comment sais-tu que c'est un endroit pour... ce genre de monde?

Betty soupira; Vanessa était agaçante avec toutes ses questions. Elle n'allait pas lui avouer qu'elle avait entendu, à L'Escale, mentionner plus d'une fois cet établissement.

— C'est évident, avec le tatouage sur son bras. C'est un *bum*. C'est sûr.

L'intérêt de Betty pour l'homme qu'elles avaient épié intrigua Vanessa. Elle aurait dû refuser de suivre l'inconnu.

— Il a peut-être tué quelqu'un, poursuivait Betty. C'est hot.

— Hot?

L'effarement de Vanessa alerta Betty qui atténua ses propos.

— C'est une façon de parler. Ça doit faire bizarre.

— On devrait partir. C'est sombre et je commence à en avoir assez de traîner mon sac à dos.

— O.K., on rentre. De toute manière, je sais où il habite. Le blond doit être là aussi. Lui, il doit avoir fraudé. Il est trop *cute*, il peut faire croire ce qu'il veut à n'importe qui. Il a volé des vieilles madames en les *cruisant*. Hein? Qu'est-ce que tu en penses?

— Que tu as de l'imagination, répondit Vanessa. Tu devrais écrire des livres.

Betty éclata de rire. C'était une bonne idée. Vanessa était parfois agaçante, mais elle avait de bonnes idées. Un livre. Elle raconterait sa vie, son histoire d'amour avec Armand Marsolais. On comprendrait qu'elle avait été trahie. Que ce n'était pas vraiment sa faute si elle avait dû tirer sur la femme de Marsolais. Des hommes liraient son histoire et voudraient la rencontrer. Elle serait célèbre ! Et si elle revoyait un des gars qu'elle avait suivis jusqu'au centre correctionnel, elle aurait des trucs très excitants à raconter.

— Es-tu bonne en français, toi ?

Vanessa hocha la tête. Oui, elle était une des meilleures de sa classe.

— Je pourrais te raconter ma vie et tu m'aiderais à l'écrire, proposa Betty. Plein de vedettes font ça. Je pourrais même te payer.

— Écrire ta vie ? Pas ce soir, en tout cas, je suis fatiguée. Est-ce qu'il faut reprendre l'autobus pour se rendre à l'appartement ?

— On saute dans un taxi. On arrivera plus vite et tu pourras te débarrasser de ton sac. Et je commencerai à te raconter ce que tu mettras dans notre livre.

Vanessa protesta ; elle ne voulait pas dépenser de l'argent pour un taxi.

— C'est moi qui paye, déclara Betty. Pour te remercier d'avoir eu une si bonne idée ! Pourquoi je n'y ai pas pensé avant ? Il n'y a pas beaucoup de filles qui ont vécu des choses aussi flyées que les miennes.

Vanessa dévisagea Betty ; celle-ci croyait vraiment qu'elle avait envie de rédiger sa biographie. Elle ne la contrarierait pas maintenant, mais qu'avait-elle vécu de si palpitant qui vaille la peine d'être raconté ? Et comment pouvait-elle s'imaginer qu'un éditeur serait intéressé par le récit d'une adolescente qui avait fugué ? Elles étaient des dizaines à le faire chaque année au Québec. Elle-même n'envisageait pas une seule seconde de raconter son expérience.

— À quoi penses-tu ? s'enquit Betty.

— À Québec, mentit Vanessa. C'est une belle ville.

— Tu as bien fait de venir ici ! On va s'amuser ensemble, je te le garantis. Et quand Betty Désilets dit quelque chose, il faut la croire ! Je me demande si le grand brun m'a remarquée ? Je devrais me faire tatouer. Il faut juste que je sois sûre du dessin.

— Il ne s'est pas retourné, en tout cas. Et c'est peut-être un violeur, c'est mieux qu'on ne lui ait pas parlé.

— Ce n'est pas un violeur. Il est trop beau pour ça. Il peut avoir toutes les femmes qu'il veut.

— Le blond aussi était *cute*.

— C'est vrai qu'il ressemble à Brad Pitt, mais l'autre est plus mâle… Peut-être qu'il m'a vue ?

Oui, Morel avait repéré Betty et Vanessa parce qu'elles portaient le même tee-shirt et qu'elles se trouvaient près de l'ancienne gare quand il avait vendu de la drogue à Métivier, mais il les avait aussitôt oubliées, regardant plutôt Métivier s'éloigner vers l'arrêt d'autobus, se remémorant son visage paniqué quand il lui avait appris qu'il avait récupéré ses chaussures. Il allait bien s'amuser ! Il mêlerait même Thomas Lapointe à ses jeux. Celui-ci regretterait de l'avoir nargué quand il l'avait arrêté. Et lorsqu'il était venu l'interroger au centre à propos de Jonathan Dubois. On verrait qui était le plus fort des deux. Lapointe lui avait dit qu'il s'occuperait personnellement de son cas.

Ce serait réciproque.

* * *

Même s'il était tard, le soleil brillait encore avec assez d'intensité pour incendier le fleuve, mais Thomas Lapointe réussit à distinguer les voiliers qui se dirigeaient vers le Vieux-Port. Il envia leurs propriétaires. Il aurait aimé partir au loin, s'embarquer pour une destination inconnue, s'installer dans un autre pays, loin de cette terre où Mélanie avait tant souffert. Mais il n'avait pas terminé sa mission. Y parviendrait-il ? Exécuter René Asselin l'avait épuisé. Il avait l'impression que son corps s'était vidé de toute substance quand il avait tué sa victime. Heureusement, il y avait eu cette partie de golf qui prouvait bien que l'homme était tout à fait capable de prendre du bon temps ; avoir relâché des délinquants dans la nature ne l'empêchait absolument pas de se distraire. Il ne pensait pas à Donald Hébert quand il choisissait un club de golf, quand il se concentrait sur la petite balle blanche. Il se foutait bien que Mélanie ne puisse jamais fouler un terrain de golf. Peut-être qu'elle n'aurait pas aimé ça, elle était souvent impatiente, mais peut-être qu'au contraire le golf l'aurait apaisée. On ne le saurait jamais. Ce qu'on savait en revanche, c'est que Mélanie avait été torturée, violée, tuée par

Donald Hébert. Et que René Asselin avait aujourd'hui payé pour ses erreurs. Il ne signerait plus jamais un formulaire de sortie pour un criminel dangereux.

Thomas Lapointe avait utilisé un Smith & Wesson acheté trois ans plus tôt dans la rue. Rien ne permettrait de le relier à cette arme. Les receleurs ne tiennent pas ce genre de comptabilité quand on écoule des « morceaux ».

Il y aurait assurément une enquête très sérieuse sur la mort de René Asselin ; les policiers interrogeraient des dizaines de personnes, reverraient les témoignages des gens qui avaient croisé Asselin au golf. Ils consulteraient la liste de tous les détenus du pénitencier qui avaient été relâchés au cours des dernières années. Ils se demanderaient si c'était une histoire personnelle ou un contrat. Si les Hell's étaient derrière tout ça. De quelle manière Asselin les avait gênés. Des criminels admettraient détester Asselin mais nieraient l'avoir assassiné, sachant tous que le meurtre d'un représentant de la justice entraînait la peine maximale. Les enquêteurs croiraient certains de ces témoignages. Ils essaieraient d'en savoir plus sur René Asselin, sur sa façon de diriger l'établissement. Ils insisteraient auprès de leurs sources pour qu'elles leur livrent une information, même mineure. Ils apprendraient qu'il était toujours aussi facile de se procurer un morceau. Mais personne ne mentionnerait un Smith & Wesson. Ce n'était pas l'arme la plus rare au monde.

Qui pourrait faire un lien entre Thomas Lapointe et l'homme qui lui avait vendu une arme trois ans avant le meurtre de René Asselin? Qui n'avait aucun lien direct, lui non plus, avec Lapointe.

N'empêche, ce dernier était soulagé de revenir à Québec. Il aurait voulu retrouver sa maison après avoir exécuté Asselin; il avait dû se contenter de regarder la photo de son père qui ne le quittait jamais. Il s'était ensuite obligé à aller rencontrer Francis et Pietro, à qui il avait raconté le drame que vivaient les Dubois. Francis et Pietro avaient proposé d'appeler Henri Dubois pour l'inviter personnellement à rejoindre Entraide. Ils lui avaient aussi confirmé que maître Durocher s'impliquait dans leur association. Il était présent lors de leur dernière réunion et il avait bon espoir d'un entretien avec le ministre de la Justice.

— Vous y croyez?

— Tu es trop pessimiste. Maître Durocher s'active beaucoup! Il y a certaines améliorations, plus de criminels sont déclarés délinquants dangereux. Des gars comme Paul Bernardo ne ressortiront jamais.

— Mais le système met trop de temps avant de déclarer délinquant dangereux un de ces sadiques. Après combien de récidives?

— Donald Hébert l'a été.

— Parce qu'il a torturé Mélanie, je sais, oui.

— Ce… ce n'est pas ce que je voulais dire, bredouilla Pietro. Mais…

— Lionel Durocher veut nous aider, on ne le rejettera pas! Il faut que tu sois présent quand on rencontrera le ministre. Tu es enquêteur, ça ajoutera du crédit à notre association.

— Obtenez d'abord un rendez-vous.

— Durocher connaît quelqu'un au Ministère, ce ne sera pas si long. Est-ce que votre enquête avance sur le meurtre du petit Jonathan ?

— Pas autant que je le voudrais.

Thomas avait admis qu'il lui était de plus en plus difficile de voir les Dubois sans avoir de bonnes nouvelles à leur rapporter.

— Tu penses vraiment que c'est un récidiviste ?

Thomas Lapointe voulait le croire même s'il n'avait aucune preuve.

— C'est quelqu'un de bien organisé qui a tué Jonathan. Si c'était son premier crime, on aurait plus d'indices. C'est un être habitué à la violence qui a battu Jonathan à mort.

Pietro avait soupiré.

— Dans quel monde vivons-nous ? Je me pose la question tous les jours et je ne trouve aucune réponse. J'ai parfois l'impression que tout m'échappe. Pas vous ?

Francis avait acquiescé. Thomas avait détourné la tête ; lui aussi avait le sentiment que rien n'était à sa place dans la vie et que la mort de René Asselin changeait peu de choses. Non ! Il ne devait pas déconsidérer son geste. Peu est mieux que rien. La mort d'Asselin ferait peut-être réfléchir d'autres directeurs de pénitencier ; ils se diraient qu'Asselin avait été tué par un ex-détenu et que si ce dernier n'avait pas été relâché, Asselin serait vivant. Ils repenseraient à tous ces hommes à qui ils avaient ouvert la porte de la cage et se demanderaient lequel d'entre eux les détestait le plus.

Il avait eu raison de l'exécuter ! Il ne devait jamais douter de lui. Il inspira en palpant la photo de son père dans la poche de sa chemise. Il la sentait contre son cœur. Elle avait empêché celui-ci d'exploser quand il avait tiré sur Asselin. Il avait senti son cœur battre si vite qu'il avait eu peur de mourir en même temps qu'Asselin. Mais son cœur était habitué à pomper grâce au vélo. Et Jacques Lapointe protégeait son fils. Lui insufflait sa force, sa volonté.

— Je rêve souvent que mon frère est vivant, avait dit Francis. Et quand je me réveille, je ne sais pas si je suis content d'avoir rêvé à lui ou si je suis frustré que ce soit un rêve, que je sois obligé de retomber dans la réalité.

— Moi, j'ai de la difficulté à prendre des décisions, avoua Damien Boileau. À trouver de l'importance à ce que je fais. Pourquoi travaille-t-on autant au lieu de jouir de la vie ? On peut se faire tuer à n'importe quel moment. En même temps, comme je n'en profite pas vraiment, je me sens coupable. J'ai une voisine dont la fille s'est suicidée qui soutient qu'au moins, moi, je ne suis pour rien dans la mort de Mylène alors qu'elle se demande à chaque instant ce qu'elle aurait pu faire pour empêcher ça. Ma fille adorait la vie. Et je me sens coupable de ne pas pouvoir vivre pleinement à sa place. Vous sentez-vous coupables ?

— Trop, avait lâché Francis.

— Ça dépend des jours, avait murmuré Thomas avant d'ajouter qu'il devait retourner à Québec.

Il choisit d'emprunter le boulevard Champlain pour rentrer chez lui. Maud Graham avait dit qu'un de ses amis prenait régulièrement le traversier qui menait à Lévis. Lui-même appréciait ces moments passés entre le port de Québec et Lévis. Surtout quand il faisait froid ; il y avait alors peu de monde sur le pont et il pouvait croire que le fleuve qui grondait sous la coque du bateau lui appartenait. Il éprouvait une sorte d'ivresse qu'il savait dangereuse ; n'avait-il pas eu plus d'une fois envie de sauter par-dessus bord ? Le Saint-Laurent l'attirait comme un aimant ; il devait être prudent. Terminer sa mission, respecter la mémoire de Mélanie.

L'honorait-il assez ? La disparition brutale de Donald Hébert empêchait d'atteindre la perfection dans sa mission ; c'était à lui que revenait le mandat de tuer l'assassin direct de sa sœur et il en avait été privé. On lui avait volé cette mort, le point d'orgue de sa croisade. Il ne devait pas réfléchir à toutes ces années où il s'était conditionné à patienter jusqu'en 2021 pour exécuter Hébert. Il devait oublier cette date. 2021. Songer que, avec la mort d'Hébert, tous les responsables du meurtre de Mélanie auraient disparu pour le dixième anniversaire. Oublier 2021. Où serait-il en 2021 ? Peut-être qu'il partirait sans la photo de son père quand il devrait abattre Marie-Anne Lavoie et Gilles Mercier afin que son cœur lâche au moment où il presserait sur la détente. À moins qu'il n'emprunte le traversier de Québec et succombe à l'appel du fleuve. Non. Il ne devait pas y rêver tout de suite. Il devait se calmer. Avoir l'air naturel quand il se présenterait au travail.

Il ralentit pourtant en gagnant le Vieux-Port puis

renonça à se garer, à se rendre jusqu'au traversier. Il était déjà tard, il devait s'entraîner avant de se coucher et il n'avait même pas soupé. Il eut un instant de découragement en visualisant son repas ; il mangerait encore des fruits, du yogourt, du pain au lieu de profiter de l'été et de faire un barbecue. Il était certain qu'André Rouaix faisait griller des steaks, du poisson ou des brochettes de poulet tous les soirs ; il l'avait entendu échanger des recettes avec Graham. Celle-ci lui avait dit qu'elle les testerait avec son amoureux. Avec cet Alain qui aurait pu autopsier Mélanie. L'aurait-il trouvée jolie avant d'inciser sa poitrine, avant de peser ses organes ? Oui, sûrement. Tout le monde admirait Mélanie. Elle respirait la santé et, chaque fois qu'on lui adressait un compliment devant lui, il était heureux. Il était convaincu que c'était un peu grâce à lui si Mélanie mordait dans la vie. Il avait réussi à lui faire surmonter le traumatisme de la mort de leurs parents. Elle aimait rire, s'amusait d'un rien, s'enthousiasmait pour mille choses.

Et puis Donald Hébert avait croisé son chemin parce que René Asselin l'avait laissé sortir du pénitencier.

Il était las, oui, de cette étrange journée. Mais il serait capable d'oublier l'impression qu'il avait ressentie en appuyant sur la détente s'il enfourchait son vélo et pédalait, pédalait jusqu'à ce qu'il ne voie même plus le paysage défiler devant lui. Il n'avait pas le choix de toute manière, il devait se rendre sur le bord du fleuve pour se débarrasser de l'arme. Les eaux du Saint-Laurent l'engloutiraient. Sa migraine s'atténuerait. Il avait hâte de se coucher. Il était fatigué de tous ces allers-retours à Montréal pour épier Asselin, Mercier et Lavoie. Toutes ces heures de voiture, ces heures d'attente interminables. Qui s'achèveraient bientôt. Oui, sa migraine diminuerait après la mort de Marie-Anne Lavoie.

CHAPITRE 8

Il pleuvait tellement lorsque Maud Graham sortit de sa voiture pour se rendre à son bureau qu'elle dut s'éponger les cheveux.

— Maxime avait une partie de soccer aujourd'hui, confia-t-elle à Rouaix et à Trottier. Il était découragé quand j'ai quitté la maison.

— Fecteau devait jouer au golf. Il sera déçu. Et de mauvaise humeur. J'espère qu'ils n'ont pas eu de pluie à Montréal... Je viens de m'entretenir avec Marcotte.

— Marcotte ? Qui travaillait avec nous ?

— Un directeur de pen s'est fait tuer dans son secteur.

— Pourquoi t'a-t-il appelé ? demanda Graham.

— René Asselin est natif de Québec. Il vit à Montréal depuis des années, mais Marcotte ne néglige aucune piste.

— Je plains Marcotte. Il peut y avoir tellement de suspects !

— Ce n'est pas tout, poursuivit Rouaix. La fille d'Asselin a disparu le même jour.

— Disparu ?

— Imagine la mère... Elle apprend que son mari vient d'être assassiné et que sa fille s'est volatilisée.

— On diffusera dès ce midi des photos de la fille à

173

la télévision. Les journaux suivront. Souhaitons qu'elle soit seulement en fugue.

— Moi, ça me fait peur, ces histoires-là, dit Trottier. On croit que les criminels qui nous menacent ne passeront pas à l'action. On a pourtant abattu René Asselin. Et on a peut-être enlevé sa fille.

— C'est quand même rare, protesta Rouaix.

— De moins en moins. Les motards ont commandité quelques contrats, ne l'oublie pas.

— C'est toujours à Montréal que ça a lieu, marmonna Graham.

— Toi, c'est sûr, tu es persuadée que ça ne pourrait pas survenir à Québec. Pas dans *ta* ville…

Maud Graham s'insurgea ; elle ne défendait pas la capitale, elle constatait seulement les faits. Québec avait ses torts. Graham n'était pas du tout fière du climat qui y régnait cet été, l'affaire Jonathan Dubois traînait en longueur. On n'avait pas encore trouvé à qui appartenait la boucle d'oreille découverte près du corps du garçon. Les parents étaient découragés, frustrés.

— Lapointe les visite souvent, précisa Rouaix. Il craint qu'ils s'imaginent qu'on a classé le dossier.

— On ne ferait jamais ça !

— Évidemment ! On a interrogé tous les voisins, tous les amis de Jonathan. On a vu tous les délinquants du coin sans recueillir d'indices. On a lancé des appels à témoins. Nous n'avons obtenu qu'une information. Il y avait un couple près des lieux du crime en début de soirée. Un grand blond avec une brunette. Mais on ne les a pas retrouvés.

— Ça devait être des touristes, soupira Trottier.

— Ou un homme avec une mineure, ajouta Graham.

Il paraît que la fille avait l'air jeune. Ils ne viendront pas jaser avec nous. On peut faire une croix là-dessus. Et pendant ce temps, un type se promène dans Québec en toute impunité.

— Crois-tu qu'il recommencera ?

— Aucune idée, avoua Graham. On a vérifié la feuille de route des gars qui sont en liberté conditionnelle, on a reçu les dossiers du fédéral. Il y en a pour tous les goûts, mais aucun n'a tué d'enfant. Ils ont été condamnés pour des voies de fait, ils ont battu des hommes, des femmes, mais pas de gamins. On a des prédateurs sexuels, mais Jonathan n'a pas été violé.

— On aurait donc un nouveau criminel dans Québec ? avança Rouaix. Ou quelqu'un qui a peut-être déjà commis des agressions et qui ne s'est pas fait arrêter ?

— Ou qui a été condamné pour une bêtise, du genre vol à l'étalage, mais qui a fait bien pire. Et sur lequel on n'a pas d'information. N'oubliez pas que, si le crime du détenu remonte à plus de cinq ans et que ce dernier ne s'est pas fait arrêter de nouveau, la machine administrative aura supprimé son dossier.

— C'est impensable que tout ne soit pas informatisé, se plaignit Graham.

— C'est toi qui dis ça ? la taquina Trottier. La crack de l'ordinateur ?

— Lapointe nous trouverait tout ce qu'on veut en

cinq secondes. Il n'est pas encore arrivé ? Moi, je file au centre Marcel-Caron. Je veux revérifier la liste des clients ; s'il y en a des nouveaux.

— On nous aurait avertis.

— «On» est débordé. Ils n'ont pas assez de personnel.

— C'est pareil partout, constata Trottier.

— Tu t'occupes comme prévu du dossier du centre commercial avec Poulain ? Trois agressions en deux semaines, c'est inquiétant. Les employées des boutiques ont peur d'aller travailler.

— Le portrait-robot devrait fournir des résultats. Il sera dans le journal aujourd'hui.

Maud Graham se demanda s'il serait à la même page que celui de Vanessa Asselin. Non. Vanessa ferait la une des journaux puisque son père avait été assassiné. Si elle était en fugue, comment réagirait-elle quand elle verrait sa photo ou celle de René Asselin en première page du quotidien ? Et si elle avait été enlevée, comment réagirait son ravisseur ? L'enquêteur Paul Marcotte ne dormirait pas beaucoup les prochains jours…

Graham récupéra le parapluie qu'elle avait oublié la veille et contourna son bureau sans faire tomber les photos d'Alain Gagnon qu'elle aimait tant regarder. Elle aurait bien voulu en mettre aussi de Maxime et de Grégoire, mais les criminels qui s'arrêtaient devant son bureau ne devaient pas connaître l'existence de ses protégés. Si elle ne vivait pas dans la crainte de représailles, malgré qu'on l'ait souvent menacée, elle était néanmoins sur ses gardes.

Qu'était-il arrivé à René Asselin et à sa fille ? Qu'un gang de motards fasse tuer Asselin était plausible, mais pourquoi aurait-on enlevé Vanessa ?

— C'est bizarre, murmura Rouaix alors qu'ils montaient dans la voiture. Il fallait qu'on en veuille énormément à René Asselin pour le tuer et kidnapper sa fille. Ce n'est pas simple d'avoir un otage.

— Elle est peut-être déjà morte.

— Si on voulait se venger d'Asselin, on aurait assassiné sa fille ou sa femme pour qu'il en souffre. Ou on l'aurait tué, lui.

— Marcotte n'est pas sorti de l'auberge ! J'espère vraiment qu'il n'a pas plu, qu'il ne pleuvra pas à Montréal. Il a besoin de tous les indices qu'on pourra recueillir. Tu te souviens de l'affaire Samson ? On pataugeait dans la boue…

Quand ils stationnèrent devant le centre Marcel-Caron, Maud Graham pensa qu'elle n'avait pas besoin de son parapluie et le laissa dans sa voiture ; évidemment, si elle l'avait oublié au bureau, ils n'auraient pas trouvé à se garer à moins de cent mètres. Ils ne reçurent que quelques gouttes avant de sonner à la porte principale. Graham se réjouit en constatant que Daniel Verreault était de retour à son poste. Elle le félicita de sa bonne mine. Il s'informa des progrès de l'enquête sur Jonathan Dubois.

— Rien de neuf, reconnut Graham. Et vous, de nouveaux venus ?

— Je vous aurais avertis. J'ai su que vous aviez interrogé tous les gars. Il y en a un qui vous intéresse particulièrement ?

— Il n'y a pas eu de bris de condition? demanda Rouaix.

— Deux. Michaud a pris la clé des champs et Métivier est rentré après le couvre-feu.

— Métivier? s'écria Graham. Quand?

— Hier.

— Hier?

— Tu as l'air déçue. Métivier serait un bon candidat pour vous?

— On a vérifié les pointures des chaussures, dit Graham. Il fait partie des gars qui chaussent du dix.

— Mais Métivier est un délinquant sexuel, objecta Verreault. Il paraît que le garçon n'a pas été violé. En plus, Métivier avait agressé des filles.

— Oui, c'est vrai. C'est vrai aussi qu'il était nerveux quand je l'ai interrogé sur Charpentier et Morel. Anxieux et plutôt silencieux.

— À sa place, je ne *stoolerais* pas Morel. Lui, c'est un vrai malade. Qui sera libre dans quelques semaines.

— Il a fait les deux tiers de sa peine, rappela Rouaix.

— Je sais. Et il doit se réinsérer dans la société… Sauf que j'ai toujours l'impression qu'il se retient d'exploser.

— Lapointe partage ton point de vue.

— Ce n'est pas moi qui décide qui doit être libéré. Tout ce que je peux faire, c'est le surveiller, lui faire passer les tests d'urine. À la première connerie, je le renvoie en dedans.

— Est-ce que les gars ont commenté le meurtre de

René Asselin ? Ce n'est pas encore sorti dans les journaux, mais on l'a annoncé à la radio et au téléjournal du midi.

Daniel Verreault eut un geste de dénégation ; les gars n'avaient pas dit grand-chose.

— J'avais déjà rencontré Asselin. Il était plutôt tolérant. Ça me surprend qu'on l'ait assassiné. Et la disparition de sa fille…

— Et Michaud ? Celui qui s'est poussé ?

— On l'a rattrapé à Montmagny six heures après sa fuite. Il s'est soûlé dans un bar de danseuses, il a piqué une auto, il s'est fait arrêter pour conduite en état d'ébriété. Ça doit faire la dixième fois. On devrait le lobotomiser, qu'il oublie ce qu'est un volant. Enfin… c'est une façon de parler. Il finira par tuer quelqu'un. Et on se demandera alors pourquoi on ne l'a pas empêché de conduire. Mais comment ? En l'attachant ? Il est à Orsainville, il y restera quelques mois puis il reviendra ici. Et il boira une caisse de bière, etc., etc. C'est comme ça. Ce n'est pas nous qui faisons les lois. Et ça ne serait peut-être pas mieux.

André Rouaix protesta ; il soutenait depuis trop longtemps que les politiciens ignoraient ce qui se passait sur le terrain. Dans la vraie vie.

— Ils devraient au moins nous consulter.

— On ne refera pas le monde aujourd'hui, déclara Graham avant de remercier Daniel Verreault pour les renseignements.

Celui-ci promit de l'appeler si un détail lui revenait à l'esprit. Si un des pensionnaires du centre contrevenait au règlement.

La pluie avait repris quand Graham et Rouaix regagnèrent la voiture.

— Au moins, les essuie-glaces fonctionnent correctement. J'ai un excellent garagiste.

— Celui qui a embauché Métivier ? Son beau-frère, c'est ça ?

— Oui. Jean-Pierre Tremblay a l'air d'un bon diable. Il ne doit pas trop aimer avoir un violeur dans sa famille. Il avait l'air inquiet quand je suis allée au garage avec Lapointe.

— Et Métivier était nerveux. Mais les gens sont toujours nerveux en présence d'un policier. Délinquants ou pas…

— J'irai quand même le revoir. Après avoir fini mon rapport sur l'affaire Trudel. Un autre cas qui traînera en cour.

Rouaix proposa à Graham d'acheter des cafés glacés avant de rentrer à la centrale du parc Victoria. Elle hésita un peu ; il y avait beaucoup de calories dans un café glacé, crémeux à souhait, mais comment résister ? Elle mangerait de la salade pour dîner. Et pour souper.

Avec du poulet grillé. Maxime adorait s'occuper du barbecue.

Elle venait d'écouter ses messages et s'apprêtait à insérer la paille dans le couvercle de la tasse en carton quand la sonnerie du téléphone l'obligea à déposer son café.

— Maud Graham. J'écoute.

— C'est Betty.

Betty Désilets ! Graham fit immédiatement signe à

Rouaix d'écouter leur conversation. Où était l'adolescente ? Que voulait-elle ?

— Contente de t'entendre, Betty. On s'inquiète pour toi.

— Pas tant que ça, il me semble ! J'ai vu les photos de Vanessa à la télé. Les crisses de photos de Vanessa Asselin et de son père ! Pas une photo de moi ! Ça ne fait même pas une semaine qu'elle est en fugue ! Je suis en fugue depuis plus longtemps qu'elle, mais il y a juste Vanessa qui passe à la télé ! Après ça, ne viens pas me dire que tu te stresses pour moi.

— On a mis une photo de toi dans le journal, protesta Graham qui se réjouissait pour Marcotte ; il serait si soulagé d'apprendre que Vanessa avait simplement fugué.

Graham aurait voulu questionner tout de suite Betty sur sa relation avec Vanessa, mais elle sentait qu'elle devait d'abord s'intéresser à elle, lui accorder de l'importance, discuter, tandis que Rouaix s'efforçait de retracer l'appel.

— Le père de Vanessa est mort. Il a été assassiné, Betty. C'est assez important pour que les médias en fassent état. Toi, comment vas-tu ? Es-tu à Québec ?

— Je ne paierais pas un interurbain juste pour placoter avec toi. Même si le cellulaire n'est pas à moi.

— Ça me fait plaisir que tu m'appelles. J'ai eu de bonnes nouvelles de Marsolais, mentit Graham. Si j'avais pu te joindre à L'Escale, tu l'aurais su plus vite.

— C'est quoi ?

— Son appel a été rejeté. Il t'a manipulée, mais il paye la note aujourd'hui.

— Tant mieux ! S'il peut crever !

— Je pourrais peut-être te procurer une copie du jugement. J'ignorais que tu étais amie avec Vanessa Asselin. Il me semble que tu es plus *game* qu'elle…

— Tu la connais ? s'étonna Betty.

— Non, mais tu es plus téméraire que tout le monde. Vanessa est toujours avec toi ?

— Elle n'arrêtait pas de pleurer. Je lui ai remis de l'argent tantôt pour qu'elle reparte en autobus pour Montréal. Elle m'énervait. Elle ne savait pas si elle voulait appeler sa mère ou pas. Elle est assez bébé.

— Vraiment ?

Tout en poursuivant sa conversation avec Betty, Graham entendait Rouaix donner des ordres ; qu'on envoie des équipes de toute urgence aux gares d'autobus de Québec et de Sainte-Foy pour retrouver Vanessa et la reconduire à Montréal. Dès qu'on l'aurait retrouvée, on appellerait Marcotte pour qu'il prévienne Mme Asselin.

— Elle ne voulait rien faire.

— Rien faire comme quoi ? Fumer de la dope ?

— T'es chiante. Je suis à jeun, là. Je ne dépense pas tout mon argent dans la dope. J'ai d'autres ambitions.

— Des ambitions ?

— Chanter. J'étais une des meilleures dans le cours de musique à l'école.

Maud Graham retint un soupir ; Betty devait avoir suivi des cours de solfège au primaire et rêvait maintenant de se produire sur scène. Elle avait trop regardé les émissions où on fabriquait des vedettes en quelques semaines.

— Je pourrais faire autant de cash que mon père. Peut-être plus.

La valeur suprême chez les Désilets, songea Maud Graham avec tristesse. L'argent avait pourri cette famille, Betty avait été sacrifiée à l'ambition paternelle, au snobisme maternel.

— Ça te rendrait heureuse ?

— C'est sûr ! Tout le monde veut faire de l'argent.

— Si j'ai bien compris, tu en as assez pour en avoir donné à Vanessa. Tu n'as pas peur de te faire voler ?

— Je sais me défendre. Personne ne peut m'écœurer. N'oublie pas que je suis sortie avec un tueur. Vanessa devait écrire ma vie, mais là ce sera plus compliqué. Ça me fait chier. On aurait eu du fun si elle n'était pas aussi *chicken*. Elle avait peur quand on a suivi les gars.

— Quels gars ? Des beaux gars ?

— Oui, les deux. Il y avait un blond qui ressemblait à Brad Pitt. Une face d'ange. L'autre était tatoué.

Une face d'ange ? Brad Pitt ? Se pouvait-il qu'elle ait croisé Métivier ?

— Brad Pitt ?

— Oui. *Cute* mais plate. L'autre qui était avec lui, par contre… C'est mon genre ! Et je suis le sien aussi, il avait une manière de me dévisager. En plus, il est grand. Moi, j'aime les grands gars. On peut mettre des talons hauts quand on sort avec eux. Sauf que ce sera un peu difficile de se voir.

— Pourquoi ? Il est marié ?

— Ce n'est pas ça le problème, pouffa Betty.

— Alors quoi ?

— Il ne peut pas faire ce qu'il veut.

Que signifiait cette allusion ?

— Je ne comprends pas.

— Toujours aussi rapide, hein, Graham ? persifla Betty. Puis tu es chargée d'enquêter sur des meurtres ! Le gars demeure au centre correctionnel de la rue Kirouac. Tu ne t'attendais pas à ça, hein ?

Non, elle ne s'y attendait pas. Le centre Marcel-Caron. Une figure d'ange ? Métivier ? Est-ce que Betty avait suivi Métivier ? Et l'homme tatoué ? Ça correspondait au profil de nombreux délinquants.

— Tu n'as pas eu peur ?

— Je n'ai jamais peur.

— Tu n'as aucune idée de ce que ce gars-là a fait. Ni celui qui l'accompagnait.

— Ils ont *dealé* ensemble. Ils ont échangé quelque chose.

— Où ça, Betty ?

— On dirait que je t'intéresse maintenant.

— Absolument.

Betty se tut durant quelques secondes puis déclara qu'elle rappellerait pour raconter la suite de sa soirée. Et qu'elle jetterait le cellulaire qu'elle venait d'utiliser.

— C'est dommage, je t'aurais proposé un marché.

— Un marché ?

— Tu me racontes tout ça en personne.

— Pour que tu m'arrêtes et me ramènes au centre ? Es-tu folle ?

— Ta photo sera bientôt diffusée à la télé.

— Tu mens.

— Non, c'est le délai après une fugue pour qu'on envoie la photo d'une disparue. Si Vanessa a eu sa photo si vite, c'est parce que son père est mort. Sinon, on aurait attendu le même temps que pour toi. Dès demain, des gens te reconnaîtront et nous appelleront. On te retracera. Mais ça ne doit pas te déranger puisque tu veux passer à la télévision, être célèbre.

— Pense ce que tu veux, crâna Betty.

— On peut aussi faire un marché.

Avait-elle tort ou raison de faire miroiter une amélioration de ses conditions de détention au centre ? Simplement parce que celle-ci avait vu deux délinquants ensemble ? Avait-elle tort de croire que, si Betty avait aperçu Métivier, elle tenait peut-être un moyen de pression pour le faire parler de Morel et de Charpentier ou de n'importe quel autre pensionnaire de la rue Kirouac ? Si Métivier savait quelque chose sur la mort de Jonathan Dubois, il devrait le lui dire sinon il retournerait au pénitencier pour bris de condition ; les criminels en liberté conditionnelle n'avaient pas le droit de rencontrer d'autres criminels dans leurs loisirs.

— Je pourrais m'arranger pour que tu regagnes certains privilèges.

Graham savait que Betty avait été sanctionnée pour son attitude négative ; les intervenants racontaient qu'elle pouvait leur obéir durant une semaine, leur mener ensuite la vie dure avant de redevenir sage comme une image. La douche écossaise. Elle s'entichait d'une pensionnaire du centre, ne jurait que par elle, puis la rejetait sans raison. Personnalité limite. Maud Graham n'aimait pas les étiquettes, mais celle-ci convenait à Betty. Elle avait tiré sur une femme. Les armes à feu lui étaient familières. Si elle affirmait qu'elle n'avait peur de personne, c'était peut-être parce qu'elle avait une arme avec elle. Où se l'était-elle procurée ? Avait-elle abordé l'homme qui ressemblait à Brad Pitt ? Était-ce Métivier ? Savait-elle déjà qui elle suivait ou avait-elle découvert que c'était un criminel en arrivant rue Kirouac ? Qu'y avait-il de vrai dans le discours de Betty Désilets ?

Qu'elle voulait un interlocuteur. Qu'elle l'avait choisie parce qu'elle avait envie de raconter ses exploits à quelqu'un. N'avait-elle pas dit qu'elle voulait écrire son autobiographie ?

La sonnerie du téléphone de Rouaix interrompit les pensées de Graham durant quelques secondes ; au sourire qu'il lui adressa tout en levant le pouce, elle comprit qu'on avait retrouvé Vanessa Asselin et rendit son sourire à son partenaire. Enfin, une bonne nouvelle. Si elle manœuvrait bien, Betty pourrait lui permettre de se réjouir encore davantage.

— À quoi ressemblait le gars qui t'intéressait le plus ?

— Tu me parlais de privilèges, protesta Betty.

— Excuse-moi, j'étais distraite.

Jouer le même jeu que Betty, se montrer indifférente. La désarçonner.

— Mes privilèges ? Ça marchera ?

— Je ne peux rien promettre. Je n'ai pas envie de te mentir. C'est juste une idée que j'ai eue. Je ne peux pas te garantir que ce sera accepté. Mais j'ai une certaine influence. Si tu nous aides, on t'aidera à notre tour.

— Pourquoi veux-tu savoir à quoi ressemble le gars qui jasait avec le clone de Brad Pitt ?

— Je ne peux pas te le dire.

— Il est dangereux, c'est ça ?

L'excitation dans la voix de Betty déplut à Maud Graham ; cette fille aimait toujours ce qui était glauque, malsain.

— Je ne peux pas te répondre.

— Je pourrais te dire la même chose.

— C'est vrai. La balle est dans ton camp.

— Je vais réfléchir.

Betty coupa si net la conversation que Graham ne put intervenir. Elle se tourna vers Rouaix, dubitative. Betty rappellerait-elle ou non ? Avait-on pu retracer l'appel ?

— Ça venait d'un cellulaire dans Sillery.

— Elle l'a déjà jeté. Elle en volera un autre. J'ai l'impression qu'elle a croisé Métivier. Avec un autre gars.

— Métivier ? dit Thomas Lapointe qui venait de déposer son parapluie.

— Ça correspond à la description qu'elle m'en a fait. Elle l'a suivi avec Vanessa. Il faut qu'on sache si c'est lui. Et avec qui il discutait. Si on pouvait mettre de la pression sur Métivier en évoquant le paquet qu'il a échangé avec l'autre homme...

— On doit parler à Vanessa Asselin avant qu'elle

parte pour Montréal! déclara Rouaix. Les policiers qui l'ont rejointe à la gare nous attendent.

— Vanessa Asselin? articula Lapointe, la gorge sèche. Il déglutit, s'efforça de continuer:

— C'est la fille que j'ai vue dans le journal.

— Oui, elle est à la gare d'autobus, se réjouit Graham.

Vanessa Asselin! Lapointe ne voulait pas entendre un mot sur elle. Elle ne devait même pas exister pour lui! Il avait réussi à oublier la femme et la fille d'Asselin, et voilà que cette dernière était à Québec. Pourquoi? Elle n'aurait pas dû se trouver à Québec, il ne voulait pas la voir! Il avait dû se remémorer les paroles de son père avant d'exécuter René Asselin, car il n'était pas un monstre dépourvu d'émotions, il n'ignorait pas qu'Asselin était marié et père, et que sa famille souffrirait de son absence. Mais il devait remplir sa mission; son père affirmait qu'il y avait toujours des dommages collatéraux dans un affrontement. On ne pouvait y échapper.

On ne devait pas reculer pour autant. Renoncer. Jacques Lapointe n'avait jamais failli à son devoir. Il devait être digne de sa mémoire. De celle de Mélanie. Faire abstraction de Chantale et de Vanessa Asselin. De Louise Tremblay-Ménard ou de Tristan Lavoie-Bourque. Une mission est une mission. Ne pas penser à Tristan qui avait le même âge que Jonathan. Heureusement, Gilles Mercier était célibataire, sans enfants.

— Vanessa a fugué, expliquait Graham. On la ramène à Montréal. Elle vient d'apprendre que son père s'est fait descendre. Au moins, elle est saine et sauve.

Mais j'y pense, ce serait mieux si c'était toi qui l'accompagnais. Tu connais Montréal comme le fond de ta poche.

Thomas Lapointe protesta aussitôt ; il y avait trop longtemps qu'il avait quitté la métropole. Dès qu'ils arriveraient à Montréal, les patrouilleurs de Québec confieraient Vanessa à des collègues qui iraient bien plus vite que lui. Il y avait toujours des rues fermées à cause des travaux ou des festivals. Il ignorait quel serait le meilleur chemin pour se rendre chez les Asselin.

Maud Graham avait-elle trouvé qu'il avait refusé sa proposition avec trop de véhémence ?

— Vas-y donc, toi, tu ferais une surprise à ton chum.

— Non, justement, il rentre tantôt à Québec. Je voulais t'offrir une occasion de revoir la gang d'Entraide. L'important, c'est que Vanessa rejoigne rapidement sa mère. Elle doit être en état de choc. Rouaix, toi qui as parlé aux patrouilleurs...

— Il paraît qu'elle tremblait de froid alors qu'il doit faire vingt-sept degrés aujourd'hui. Mais elle a répondu à quelques questions, elle a appelé sa mère. On ne s'éternisera pas. Pauvre petite fille, elle n'imaginait sûrement pas que sa fugue se terminerait ainsi. On y va ?

— Vous n'avez pas besoin de moi, fit aussitôt Lapointe. Je serai plus utile ici. Je tenterai de trouver des trucs sur Métivier. Si c'est lui, Brad Pitt... Il y a un ordinateur au garage de son beau-frère, il a pu entrer en contact avec n'importe qui. Des criminels. Ou des gamines.

— J'apporte tout notre scrapbook de personnalités attachantes, dit Rouaix. Vanessa pourra nous révéler où crèche Betty…

— Ce serait trop beau de la retracer elle aussi aujourd'hui.

Le hurlement de la sirène agressait toujours autant Maud Graham, mais pour une fois on ne l'avait pas actionnée pour accéder à une scène de crime.

Maud Graham dut répéter plusieurs fois à Vanessa Asselin ce qu'elle espérait d'elle. Quand elle comprit qu'elle devait tenter d'identifier des hommes parmi les photos qu'on lui présentait, elle demanda d'une voix sèche si c'était l'un d'eux qui avait tué son père.

— Probablement pas. Mais il peut connaître celui qui…

Vanessa s'empara des photos, les regarda attentivement et désigna Métivier et Morel parmi une vingtaine de délinquants.

— Ces deux-là. Ils ont jasé ensemble. Pas longtemps. Le plus grand a donné quelque chose au blond.

— Celui qui ressemble à Brad Pitt ?

— Oui. On l'a vu de face, il nous a parlé. Betty était tout excitée.

— C'est ton amie, Betty ?

Vanessa secoua la tête, expliqua comment elle avait croisé son chemin.

— Elle est bizarre, mais elle a été correcte avec moi. Elle m'a donné de l'argent pour que je puisse repartir.

Je lui disais que j'en avais assez, mais elle disait

que je pourrais prendre un taxi en arrivant à la gare d'autobus Berri, que je serais chez nous plus vite. Pouvez-vous lui remettre son argent?

— Si tu nous expliques où on peut la joindre.

Vanessa se mit à pleurer en secouant de nouveau la tête.

— Je ne sais pas.

— Tu te souviens du nom de la rue?

— C'est un immeuble en construction. Les travaux sont arrêtés. Rue de la Reine. Est-ce que c'est vrai que mon père est mort? Est-ce que c'est de ma faute? Si je n'étais pas partie…

Un des patrouilleurs qui devait raccompagner Vanessa à Montréal lui caressa l'épaule. Elle s'effondra contre lui.

Maud Graham et André Rouaix regagnèrent la voiture en silence, mais comme Rouaix se dirigeait vers le pont de Québec, Graham le pria d'emprunter la direction de Bernières.

— On va faire une belle surprise à Métivier.

Métivier avait l'air plus contrarié qu'étonné en voyant Maud Graham, et il s'efforça de respirer normalement lorsqu'elle lui montra la photo de Vanessa que Rouaix venait de prendre. Métivier avait vu le visage de cette fille à la télévision alors qu'il se préparait à luncher. Ça lui avait coupé l'appétit. Combien y avait-il de chances pour qu'il croise une gamine en fugue dont le père venait de se faire descendre? Un père directeur du pen où il avait été incarcéré? Cette fille attirait l'attention sur lui quand il souhaitait tout le contraire. C'était le pire moment pour qu'on s'intéresse à lui. Il aurait dû se méfier de la grosse, elle le regardait avec trop d'intensité.

— Tu reconnais Vanessa Asselin ? questionna André Rouaix.

— Oui, je l'ai croisée hier soir. Avant d'entrer au centre. Je me suis rapporté avant le couvre-feu, vous pouvez vérifier. Je n'ai rien à voir avec son père !

— Ce qui nous intéresse, c'est pourquoi tu as parlé à sa fille. Vanessa t'a reconnu. On lui a montré des photos d'un paquet de gars et c'est toi qu'elle a identifié. Elle a précisé que tu ressemblais à Brad Pitt. Peut-être que tu as profité de ta belle gueule ?

— C'est son amie qui voulait que je les invite à prendre un verre ! Mais je n'ai pas le droit de boire. Ni de sortir avec des mineures.

— Vanessa affirme que tu discutais avec Morel. Il me semble que les délinquants en liberté conditionnelle ne sont pas censés se fréquenter.

— On ne se tient pas ensemble ! C'est juste qu'on reste à la même adresse.

— De quoi jasiez-vous ?

Du meurtre de Jonathan Dubois ? C'est ce que la rouquine voulait entendre ? Elle serait contente d'apprendre que Morel le tenait par les couilles. Qu'il était piégé. Cent fois plus que si c'était Graham qui l'avait arrêté. Morel était fou. Il voulait maintenant qu'il tue quelqu'un pour lui rendre service. Il ne lui avait pas encore révélé de qui il s'agissait, mais il ne pourrait pas refuser.

— De quoi discutiez-vous ? De dope ? Les filles vous ont vus échanger…

— Une poignée de main. Je n'ai pas de dope, protesta Métivier, vous pouvez me fouiller…

— Oui, on peut mettre le garage à l'envers, si ça nous tente, dit Rouaix.

— Sauf que ça ne nous tente pas, fit Graham. Ce qui nous ferait plaisir, c'est que tu nous donnes tes impressions sur Morel.

Serge Métivier mordillait sa lèvre inférieure tout en tâtant ses poches; où avait-il mis son briquet? Morel? Il ne voulait surtout pas en parler! Il avait assez de savoir que Morel avait enfoncé un tournevis dans l'œil d'un détenu à Archambault. Il s'était réjoui de ne pas être au même pénitencier que lui quand les rumeurs du meurtre étaient parvenues jusqu'à La Macaza. Les *screws* n'avaient trouvé aucun témoin pour raconter comment s'était déroulée l'agression même si elle avait eu lieu en plein jour. Métivier avait aussi su que Morel avait tué Mario Clermont parce qu'il avait piqué un de ses disques compacts. Il imaginait sans peine ce qu'il pouvait faire à celui qui lui désobéirait. Mais comment pouvait-il assassiner quelqu'un pour le satisfaire?

— Morel? Que voulez-vous que je vous dise? On s'est croisés en rentrant au centre, c'est normal. On n'est pour rien dans le meurtre d'Asselin. On était à Québec tous les deux. J'imagine que vous l'avez vérifié.

— O.K. Décris-nous Asselin, suggéra Graham.

C'était l'enquête de Marcotte et elle doutait que Métivier lui apprenne quelque chose d'intéressant, mais elle cherchait à comprendre pourquoi il était si nerveux en sa présence. Qu'avait-il à se reprocher ? Elle n'oubliait pas qu'il avait été condamné pour viol ; avait-il pu en commettre un nouveau sans être inquiété ? Aucune plainte pour agression sexuelle n'avait été enregistrée à la centrale du parc Victoria durant les derniers jours. Et Métivier n'avait pas la possibilité de s'éloigner très longtemps de Québec. Mais toutes les victimes de viol ne portent pas plainte ; certaines ont peur de revivre leur cauchemar en le racontant à des policiers, des avocats, en cour. D'autres craignent que le violeur revienne se venger si elles témoignent contre lui. Certaines redoutent d'être stigmatisées, qu'on les considère uniquement en tant que victimes, que l'infamie leur colle à la peau, qu'on ne leur permette pas de l'oublier. Elles préfèrent le silence.

— Comment as-tu trouvé Betty ? demanda Maud Graham.

— La petite grosse ?

— La blonde.

— Elle était énervante.

— Est-ce qu'elle sait que tu t'intéresses aux jeunes filles ?

— Je ne m'intéresse plus à personne, protesta Métivier. Et surtout pas à une fille dans son genre.

— C'est quoi, ton genre ? Vanessa ?

— Non. Je ne veux pas de problème.

— Et Asselin ? reprit Rouaix.

— Je l'ai vu dix minutes dans ma vie. Je ne suis pas resté à Archambault, vous le savez. Il paraît qu'Asselin était moins pire que celui d'avant. C'est Sanchez qui prétendait ça ; lui est au pen depuis des années.

— Et le directeur de La Macaza ?

— Je n'étais pas ami avec lui, déclara Métivier. Et j'ai du travail.

— Betty m'a téléphoné. Elle avait l'air paniqué, mentit Maud Graham. Elle m'a raconté qu'un gars l'avait agressée. On a songé à toi.

Métivier secoua la tête ; il avait à peine échangé deux phrases avec Betty avant de monter dans l'autobus.

— Demandez à la fille d'Asselin, elle vous le dira.

— On montrera une photo de toi à Betty. On verra…

Métivier se racla la gorge, il avait tellement envie de cracher au visage de Maud Graham.

— Ce n'est pas juste ! Je n'ai rien fait ! C'est une petite pute.

— Les putes se font souvent violer. On pense que c'est sans importance quand il s'agit d'elles. Les risques ont pu te sembler moins élevés. En général, les putes ne portent pas plainte. Tu dois savoir ça.

Métivier jura ; il n'avait pas touché à Betty. Elle mentait si elle affirmait le contraire. Il n'allait tout de même pas avoir des ennuis, alors que l'affaire Jonathan Dubois semblait tomber dans l'oubli, simplement parce qu'il avait croisé le chemin d'une mythomane ! D'une nymphomane !

— Elle doit être partie avec un autre gars. Elle avait le feu au cul. Moi ou un autre, ça devait faire l'affaire. Tabarnac ! Son amie était même gênée pour elle ! Demandez-lui, à la petite Asselin, si sa copine n'a pas rencontré un autre homme après. C'est sûr et certain ! Moi, je me suis rendu direct au centre.

Puis là, j'ai du travail. Je ne voudrais pas perdre ma job…

Il tourna le dos à Rouaix et Graham et se dirigea d'un pas décidé vers le garage. Durant quelques secondes, il craignit que les enquêteurs le rappellent, mais ceux-ci retournèrent à leur voiture. Ils n'avaient rien sur l'affaire Dubois, sinon ils l'auraient arrêté.

Mais pourquoi avait-on montré sa photo à Vanessa Asselin ? On ne le soupçonnait certainement pas d'avoir tué son père. Est-ce que les bœufs montraient sa photo à toutes les fugueuses de Québec ? Est-ce que Morgane le reconnaîtrait ? Oui. Mais pourquoi l'accuserait-elle si elle n'avait rien dit jusqu'à maintenant ? De toute manière, elle n'avait aucune preuve contre lui. Elle pourrait raconter n'importe quoi, il jurerait qu'elle mentait. Ça ne vaudrait rien en cour.

Et il préviendrait Morel que Rouaix et sa partenaire s'intéressaient beaucoup à lui. Il n'était pas dupe ; Graham posait les questions parce que Rouaix le lui avait demandé, espérant qu'il se méfierait moins d'une femme. Il n'était tout de même pas aussi cave que ça ! Il saisit un outil avec rage ; il aurait donc aimé s'en servir pour taper sur Graham. Quand allait-on le laisser tranquille ? Métivier avait l'impression qu'il n'aurait plus jamais la paix.

* * *

— On reviendra voir Métivier, confia Graham à Rouaix. Il nous cache quelque chose. Il est incapable de nous regarder en face plus de cinq secondes.

— Ils nous cachent tous quelque chose, c'est notre karma, philosopha Rouaix.

— Il est inquiet. Pourquoi ?

— Daniel Verreault t'a dit qu'il était rentré hier soir après le couvre-feu. On peut le renvoyer en dedans pour bris de condition. Il doit être dans l'eau bouillante…

— Il finira par y retourner de toute façon. Il considère vraiment les femmes avec mépris. La manière dont il s'exprimait à propos de Betty…

— Crois-tu que Betty se prostitue ?

— Elle n'est pas du genre soumise. Il faudrait qu'elle ait rencontré quelqu'un de très manipulateur et qu'il l'ait séduite. Je ne l'imagine pas en train de coucher avec des clients pour amasser de l'argent pour un *pimp*. Elle le garderait pour elle. Elle a du fric, elle en a offert à Vanessa. Elle doit être entrée chez elle sans que personne s'en aperçoive.

— Vanessa ne nous a pas dit grand-chose.

— Betty a sûrement quitté la rue de la Reine à cette heure… En tout cas, il faut que sa photo soit dans le journal demain. Elle sera enragée si elle n'y est pas. Et Betty en colère peut faire n'importe quoi. Tu parles d'une idée : suivre Métivier et Morel ! Même sans le savoir, Betty court toujours vers les ennuis. Il y a des milliers d'hommes dans Québec et il a fallu qu'elle choisisse ces deux-là. Tant mieux pour nous.

Maud Graham fit claquer ses doigts. Elle enverrait des patrouilleurs surveiller les abords du centre Marcel-Caron. Betty voudrait probablement revoir Métivier. Ou Morel.

— Elle est du genre obsessionnel. Elle avait réussi à se persuader que Marsolais s'était entichée d'elle. Elle peut répéter la même erreur avec un de ces gars-là.

Si elle retraçait Betty, Graham aurait l'impression d'être utile. L'affaire Jonathan Dubois lui renvoyait une mauvaise image d'elle-même ; était-elle moins vive, moins efficace qu'avant ? Fecteau s'était plaint que l'affaire traînait et elle n'avait pu qu'acquiescer, l'assurer qu'on cherchait toujours, qu'on espérait que des témoins se manifesteraient bientôt.

Mais ces témoins tardaient à les aider. Trop. Graham se sentait vieille et lasse.

CHAPITRE 9

Les arbres se fondaient en une masse vert émeraude sous laquelle Thomas Lapointe fonçait à toute allure. Il ne remarquait ni les fleurs, ni les plantes indigènes qui bordaient la route de Tewkesbury, ni les oiseaux, ni le coucher de soleil. Il pédalait de plus en plus vite, son tee-shirt lui collait à la peau, ses cheveux étaient trempés de sueur, ses cuisses, son dos étaient douloureux, mais Thomas Lapointe ne s'arrêterait pas avant d'être au bord de l'évanouissement. Il devait dormir, ne pas rêver à Vanessa Asselin.

S'il avait fallu qu'il la rencontre... Heureusement que Maud Graham n'avait pas insisté pour qu'il la raccompagne à Montréal. Il n'avait jamais pensé qu'il pouvait la croiser. Ni elle ni sa mère. Il ne pouvait s'empêcher d'imaginer leurs retrouvailles, l'immense soulagement de Mme Asselin gâché, ruiné par la perte de son mari. Était-ce sa faute à lui si René Asselin avait libéré de dangereux criminels ? Sa disparition devait laver l'affront qu'il avait fait aux victimes de ces assassins qu'il avait laissés sortir du pénitencier. C'était Asselin qui avait ouvert la cellule de Juan Christos, qui lui avait permis d'assassiner la fille de Damien Boileau.

Asselin, Ménard, Baudin, Mercier et Lavoie. Lavoie... Lapointe répugnait à tuer une femme, mais il faudrait s'y résoudre. Et il terminerait sa mission avec Mercier. Ce serait le plus facile à exécuter, car il se retirait tous les week-ends à son chalet. Un beau chalet en pleine nature. Isolé.

Lapointe éprouva un léger vertige en descendant une côte, mais ne ralentit pas la cadence. Il rentrerait à Québec au même rythme. Et il serait dans les premiers à terminer le parcours à Bromont. Il ne fallait jamais se relâcher, c'était ça le secret. Il poursuivrait donc sa croisade. Il devait suivre la ligne directrice comme il suivait la route devant lui. Toujours tout droit. Et le téléphone de Francis, plus tôt dans la journée, l'encourageait à persévérer en ce sens. L'avocat du groupe de soutien avait annoncé que la rencontre avec le ministre de la Justice était reportée. On jouerait à ce jeu encore longtemps ? avait demandé Francis, extrêmement déçu. Pourquoi ne pouvait-on pas joindre ce maudit ministre ? Une heure, on ne souhaitait qu'une petite heure, et on refusait de la leur accorder. C'était l'été, tout le monde était en vacances, bref, il fallait patienter jusqu'à la rentrée pour organiser cette rencontre.

— Ils auront une autre excuse en septembre. Ils ont décidé de nous oublier. Ils ne pourront pas. On harcèlera le ministre jusqu'à ce qu'il nous voie ! Si sa femme était assassinée, il réagirait ! Là, le gouvernement bougerait. Nous, on n'est pas assez importants. Sais-tu qu'Henri Dubois m'a téléphoné ? Il assistera à notre prochaine réunion. On aurait aimé lui annoncer qu'on avait vu le ministre. Ce sera pour une autre fois.

C'est ça. Une autre fois.

Quand?

Et qu'est-ce que ça apportera de concret? Thomas Lapointe n'avait pas livré le fond de sa pensée à Francis; il doutait qu'une rencontre avec un politicien change quoi que ce soit. Graham avait beau soutenir que, au moins, avec la loi sur les délinquants dangereux ou à contrôler on pouvait garder indéfiniment des psychopathes en prison. Au départ, il fallait qu'ils soient déclarés irrécupérables et, ça, c'était une autre histoire. Pour mériter ce statut, un petit viol et même un meurtre étaient loin d'être suffisants; le criminel devait avoir commis plusieurs délits très violents.

Les arbres devenaient plus rares à mesure que Thomas Lapointe se rapprochait de la ville. Il emprunterait le boulevard des Chutes pour se rendre jusqu'à la pizzeria où il achèterait son souper. Il avait faim subitement. C'était la première fois depuis l'exécution de René Asselin. Il avait faim et soif, mais il résisterait à l'envie de boire une bière pour accompagner la pizza. Il s'en offrirait une après la course. Et même deux, trois, quatre. Il se soûlerait. Il redoutait la course maintenant qu'elle était imminente. Non, l'après-course. Lorsqu'il rentrerait chez lui. Quand la pression retomberait. Il éprouverait un grand vide. Et il devrait alors se motiver, chercher une autre course à laquelle participer, continuer à s'entraîner avec autant d'ardeur. Avaler des kilomètres pour assouvir sa rage, diluer son angoisse.

Francis aussi participerait à la course. Sa famille

était originaire de Bromont, elle serait là pour l'encourager. Enfin, ce qui restait de sa famille.

La pizza était très bonne avec sa croûte moyennement épaisse. Thomas n'aimait pas les pâtes trop minces ni trop gonflées. Celle de la Pizzeria Giffard était parfaite ; la sauce tomate n'était pas trop sucrée, les tranches de pepperoni assez minces, le fromage abondant. Maud Graham l'aurait dégustée avec plaisir, elle aimait tant la pizza ! Elle avait avoué qu'elle avait envie d'en manger en se levant le matin, mais qu'elle ne le faisait pas parce qu'elle se serait sentie trop coupable ensuite. Elle avait assez de raisons pour s'en vouloir sans en rajouter une aussi futile.

Elle ressentait certainement de la culpabilité quand elle songeait à l'affaire Jonathan Dubois. Pourquoi n'y avait-il pas de témoins plus fiables que ceux qu'ils avaient interrogés ? On avait parlé d'un couple d'amoureux, mais on les avait si vaguement décrits, ça ne menait à rien. Pourquoi ce couple aurait-il tué Jonathan ? Lapointe espérait que Graham et Rouaix aient réussi à faire pression sur Métivier, qu'il les informe enfin de ce qu'il entendait au centre Marcel-Caron. Car il y avait des rumeurs, il y a toujours des rumeurs. Et les délinquants sont bien informés. Souvent mieux que ceux qui sont censés les contrôler. Mais si l'assassin de Jonathan était un nouveau venu dans le monde du crime, Métivier n'aurait rien à leur apprendre.

Si Métivier avait entendu quelque chose, il savait qu'il devait leur parler s'il ne voulait pas être pénalisé ; n'avait-il pas enfreint le règlement en rentrant après le couvre-feu ? C'était mince, car il n'était arrivé que peu de temps après l'heure autorisée, mais on devait utiliser cette faute contre lui, l'obliger à collaborer. Il y avait un risque qu'il invente n'importe quoi pour satisfaire Graham. Des trucs qu'elle ne pourrait pas vérifier. Il parlerait pour parler. Mais elle avait affirmé qu'il s'était troublé quand elle avait prétendu que Betty avait été agressée. Avait-il peur de porter le chapeau ou avait-il autre chose à se reprocher ? Heureusement, Yves Dumas et Verreault s'occupaient maintenant de son cas. Si Métivier avait acheté de la drogue à Morel, comme l'avaient laissé entendre Vanessa et Betty, il ne pourrait pas la consommer ; les tests d'urine étaient trop fréquents. Morel devait l'avoir dit à Métivier. Après lui avoir vendu ce qu'il avait à lui vendre.

— Ce n'est peut-être pas de la drogue que Morel et Métivier ont échangé, avait dit Rouaix. Métivier est conscient de ce qu'il risque s'il consomme.

— Betty et Vanessa étaient formelles. Il y a eu échange entre eux. Et Vanessa a identifié nos deux zouaves. J'espère que Betty ira rôder autour du centre Marcel-Caron.

— Les chances sont faibles. Elle n'est pas idiote.

Irait-elle ou pas ? s'interrogeait Lapointe en ajoutant des piments séchés à sa pizza. Betty se doutait bien que Graham tenterait de la piéger. Il y avait d'autres hommes dans la ville de Québec, il s'en trouverait un qui lui plairait ; si Métivier n'avait pas menti, Betty était prête à coucher avec le premier venu. Pourquoi Métivier n'en avait-il pas profité ?

Pour respecter les conditions de sa libération conditionnelle ou parce que c'était trop facile, donc peu excitant ? Il fallait que la fille résiste pour qu'il prenne son pied ? Donald Hébert ressemblait-il à Métivier ? Il n'avait jamais avoué les autres viols dont on le soupçonnait, mais Thomas Lapointe était persuadé qu'Hébert avait agressé plusieurs femmes avant d'enlever Mélanie. Mais avec elle, il était allé jusqu'au meurtre. Par sadisme ou pour faire disparaître un témoin ? Un peu des deux, probablement. Métivier, lui, n'avait pas encore tué. Mais Morel présentait toutes les qualités requises pour devenir un meurtrier : violent, imprévisible et cruel. Rien pourtant ne le reliait au meurtre de Jonathan.

Thomas Lapointe était content qu'Henri ait téléphoné à Francis et à Pietro. Ceux-ci l'avaient persuadé d'assister à une réunion d'Entraide. Lapointe avait mis Francis en garde contre son impatience ; il ne devait pas immédiatement interroger Henri Dubois sur ses contacts avec la presse. Henri était éditorialiste, oui ; il connaissait des journalistes, mais ce n'était pas une raison pour le bousculer afin qu'il utilise ses compétences et ses relations pour attirer l'attention sur le groupe. Henri était avant tout une victime.

— On attendra, avait promis Francis. Ça nous rendrait service si quelqu'un écrivait sur Entraide, sur ce qu'on veut obtenir de la Justice. Mais on respectera Henri.

Ils avaient évoqué la course de Bromont. Francis avait promis d'y participer.

Thomas Lapointe termina la pizza en repensant à

Maud Graham; elle l'aurait envié de l'avoir mangée au complet, alors qu'elle se contentait toujours d'une seule pointe quand il leur arrivait de dîner ensemble.

Tout rentrait dans l'ordre, il avait dévoré la pizza avec plaisir. L'exécution d'Asselin était derrière lui. Et il ferait une pause afin de réfléchir au sort qu'il réservait à Marie-Anne Lavoie et à Gilles Mercier. C'est Francis qui avait raison; pour faire réagir les politiciens, il fallait que l'un d'entre eux soit touché de près, que son épouse ou un de ses enfants soient victimes d'un délinquant.

Il ne pouvait tout de même pas assassiner le fils d'un député ou d'un ministre! Ce serait diablement efficace! Mais il ne pouvait pas, il ne voulait pas. De toute manière, c'eût été une opération beaucoup trop risquée. Exécuter un directeur de prison était déjà très périlleux; l'enquête sur la mort de René Asselin était menée avec sérieux, on fournissait les effectifs nécessaires, des policiers de la Sûreté interrogeaient sans relâche les détenus du pénitencier.

Mais on ne penserait pas à lui. Pourquoi penserait-on à lui? Il n'avait jamais proféré de menaces contre René Asselin.

La sonnerie du téléphone fit sursauter Lapointe; il regarda machinalement sa montre. Il reconnut la voix d'Henri Dubois; celui-ci avait appelé Francis et Pietro, ils avaient été très chaleureux avec lui.

— J'irai à la prochaine réunion.

— Je serai content de t'y emmener. Personne ne pourra te comprendre mieux que les membres d'Entraide. On est tous très différents et pourtant pareils.

On sait ce que tu vis. On a été emporté par un cyclone, on a l'impression d'être dévasté.

— Je n'ai plus le goût d'écrire. Comme si ce qui se passe dans le monde m'était indifférent. Mais le monde n'arrête pas de tourner parce que j'ai perdu Jonathan.

— Non, il tourne sans lui. Et ça ne devrait pas être.

— J'ai peur chaque fois que Myriam sort de la maison. Je ne peux tout de même pas l'enfermer ! Elle a seize ans. Geneviève exige qu'elle nous appelle toutes les heures. Et elle le fait. Elle veut tellement se faire pardonner… On lui répète sans cesse qu'elle n'est pas coupable. Avant, elle s'entêtait, discutait à propos de chaque permission de sortie, sur son allocation, ses vêtements. Elle dit oui à tout, aujourd'hui. Ce n'est pas normal qu'une fille de son âge ne contrarie pas ses parents. Elle nous inquiète. Elle consulte une psychologue, mais…

— Ça prend du temps.

— Quand revient-on à peu près à la normale ? Je me fous de ce qui se passe sur la planète, c'est vrai. Et c'est faux. Je me suis mis à pleurer, l'autre soir, parce qu'on annonçait qu'une bombe avait tué des enfants en Irak. Je pensais aux parents de ces enfants-là, je les voyais quand on leur a appris la nouvelle, j'absorbais leur choc. Tout me touche trop ou pas assez. Je ne me reconnais plus.

Thomas Lapointe discuta avec Henri Dubois des repères disparus et, surtout, il l'écouta. Il lui était reconnaissant de ne pas lui en vouloir de n'avoir pas encore arrêté l'assassin de Jonathan. L'appel d'Henri

Dubois avait eu un effet apaisant sur lui et il s'endormit peu de temps après pour s'éveiller en sursaut à l'aube. Il avait rêvé que la fille du premier ministre avait été enlevée.

Non. Il ne pouvait pas faire ça.

Mais il pouvait enlever le fils de Marie-Anne Lavoie. Non. Pas un enfant. Sa sœur ? Marie-Anne Lavoie suivait aveuglément, depuis des années, les directives des ministres de la Justice. L'heure avait sonné pour elle : elle devrait s'interroger sur son rôle dans toutes ces tragédies. Éprouver ce que les victimes ressentaient.

Les médias s'en mêleraient, car la liste des ravisseurs potentiels serait longue. Quoique... Marie-Anne Lavoie ne semblait pas avoir nui à la libération des détenus. Peu importe, on soupçonnerait des tas d'hommes, sauf lui.

Et Métivier pourrait être soupçonné. Comme Lamontagne qui avait aussi été condamné pour viol. Et Trudel. Ou Ouellet. N'importe qui, sauf lui.

Lapointe sourit à son image en se rasant. Il devait s'organiser afin que tout se déroule parfaitement. On ne peut pas garder un otage chez soi sans prendre cent mille précautions. Heureusement, c'était l'été. Ses voisins immédiats étaient presque toujours au chalet et Mme Frémont était partie en Europe.

Combien de temps devrait-il cacher cette fille ? Était-ce vraiment une bonne idée ? Il déjeuna en vitesse, enfourcha son vélo pour se rendre à la centrale du parc Victoria où Maud Graham était déjà arrivée. Elle lisait un document qu'elle lui tendit.

— C'est Verreault du centre Marcel-Caron qui nous l'a envoyé. Il paraît qu'il y a eu une petite erreur dans le dossier de Morel. Il a violé le couvre-feu le soir où Jonathan a été tué.

— Comment se fait-il qu'on ne nous en ait pas parlé? Ça n'a pas de sens! Morel est dangereux, je n'oublierai jamais son regard quand je l'ai arrêté. Son attitude…

— Camille Tétreault était fiévreux, complètement étourdi. Il s'est trompé dans les dates en faisant son rapport. Morel avait le droit d'être dehors quand Jonathan a été tué, il n'était pas si tard. Mais il est pourtant rentré après son couvre-feu. Avait-il des traces à effacer? N'oubliez pas qu'il chausse du dix. On n'a pas retrouvé les LA Gear, mais il peut les avoir jetés après le meurtre.

— Il se serait présenté pieds nus au centre? L'agent l'aurait remarqué!

Lapointe saisit le document en secouant la tête; pourquoi n'avait-on pas su que…

— Je ne sais pas si je suis furieuse ou si je suis contente, fit Maud Graham. Attends que Rouaix apprenne ça! Il a pris la peine de relire les dossiers de tous les délinquants et ex-détenus qui vivent à Québec.

Rouaix réagit avec résignation à l'information que lui livra Graham.

— Ce sont des choses qui arrivent.

— Si c'était mieux informatisé… avança Lapointe.

— Les machines aussi peuvent tomber en panne.

— Tu es bien pessimiste, aujourd'hui!

Rouaix fixa Graham un moment avant d'admettre

que la chaleur l'empêchait de dormir depuis plusieurs nuits.

— Je manque de sommeil. Nicole m'a convaincu de faire installer l'air climatisé. Bon, allons revoir Morel.

— Reste donc ici, proposa Graham, j'irai avec Lapointe. On ramènera Morel avec nous, de toute manière.

— Mais oui, ne bouge pas, dit Lapointe.

Il se dirigeait déjà vers la sortie. Il avait hâte d'interroger Morel ; il croisait les doigts pour qu'il ne puisse justifier son retard au centre Marcel-Caron le soir du meurtre de Jonathan. Qu'il n'ait pas d'alibi, mon Dieu, faites qu'on tienne enfin le coupable !

— Morel travaille le bois, précisa Graham en bouclant sa ceinture de sécurité. Il est employé chez Natura dans Vanier.

— Il doit s'ennuyer à scier des planches au lieu de fabriquer des meubles. C'est ce qu'il faisait avant d'entrer au pénitencier. Avec un peu de chance, il y retournera…

— Ne mets pas la charrue devant les bœufs. Pour l'instant, il a seulement manqué le couvre-feu.

Arnaud Morel ne prononça pas un mot quand Graham et Lapointe lui expliquèrent pourquoi ils devaient l'emmener à la centrale du parc Victoria. Il les suivit avec une telle nonchalance que Graham y lut un signe de provocation. Il faudrait que Rouaix l'interroge en premier. Puis ce serait son tour. Rouaix et Morel n'étaient pas enfermés dans la salle d'interrogatoire depuis plus de dix minutes quand Rouaix ressortit, l'air dépité. Morel se trouvait chez un ébéniste au moment du meurtre de Jonathan ; cinq personnes pouvaient en témoigner.

— Il se fait un peu d'argent en travaillant chez ce type qui le paie au noir. C'est pour cette raison qu'il se taisait. Quand j'ai mentionné une accusation de meurtre, il a tout déballé.

— Il faut rencontrer tous les témoins, on doit s'assurer que...

— Je suis sûr qu'il dit la vérité sur ce soir-là. Et qu'il a autre chose à cacher. Tant qu'à l'avoir ici, on poursuit l'interrogatoire. On lui dit que Vanessa l'a vu remettre quelque chose à Métivier. Il niera, mais je ne le lâcherai pas.

— Je te relaie quand tu veux.

Maud Graham retourna s'asseoir, se releva, alla chercher un café avant de se résigner à rédiger un rapport. Elle comprenait que les procureurs avaient besoin du maximum d'information pour étayer leur accusation, mais elle détestait écrire ces rapports qui rendaient toute enquête si fastidieuse. Elle n'aurait jamais accepté de grimper dans la hiérarchie et de rester clouée à son bureau. Elle préférait nettement être dans l'action. Quand elle parcourait les rues de Québec, elle avait l'impression de saisir toute la beauté et toutes les failles de sa ville, d'en connaître l'intime essence, d'entendre son cœur battre, d'être celle qui était désignée pour la protéger. L'impression était toujours fugitive ; elle repensait aux affaires non résolues et se moquait d'elle-même. Non, elle n'était pas si douée pour empêcher qu'on vole, qu'on fraude, qu'on viole, qu'on tue dans sa ville.

Lapointe s'approcha d'elle, fit un signe de tête en direction de la pièce où Rouaix questionnait Morel.

— J'ai appelé tous ceux qui sont sur sa liste de témoins. Il n'a pas menti. Son employeur ne tarit pas d'éloges à son sujet. Évidemment, il s'inquiétait que je le dénonce aux services financiers. Il m'a répété vingt fois que c'était juste pour l'été qu'il avait embauché Morel. Pour offrir une chance à un gars prêt à travailler.

— Un peu plus et il te disait qu'il l'a engagé par charité alors qu'il le paie moitié moins cher qu'un autre travailleur. Je déteste les fraudeurs. Ils ont toujours une bonne raison d'être malhonnêtes. Et ils ont l'air d'y croire.

— Comme les violeurs qui affirment que la fille les a provoqués, renchérit Lapointe.

— Oui, surtout si c'est une fugueuse ou une prostituée. Ils ont tous les droits. J'espère qu'on rattrapera Betty Désilets avant qu'il lui arrive quelque chose. Heureusement qu'on a pu renvoyer Vanessa Asselin avant qu'elle fasse une mauvaise rencontre. Pauvre petite fille ! Elle doit se sentir tellement coupable d'avoir fugué après s'être disputée avec son père. Elle ne pourra jamais obtenir son pardon. Avez-vous vu sa photo dans le journal ? Elle ressemble à un petit chat perdu. C'est vraiment le genre de gamine qui…

— Et Betty ? C'est quel genre ? coupa Lapointe qui refusait d'entendre le nom de Vanessa. Refusait de se souvenir qu'il avait aussi rêvé d'elle. Elle ne devait pas l'influencer.

— Le genre à avoir de gros ennuis. Québec n'est pas si grand, je ne comprends pas qu'elle soit toujours en fugue.

— Peut-être que la photo dans le journal donnera des résultats.

— Je suis certaine qu'elle m'appellera cet après-midi pour me parler de sa photo. Elle était jalouse de Vanessa Asselin ! J'ai appelé Marcotte, hier. La mère et la fille sont sous le choc. Asselin devait quitter son poste en janvier. Il venait de terminer son doctorat en criminologie et devait enseigner. C'est bête, non ?

— Ça n'aurait rien changé pour celui qui lui en voulait, finit par dire Lapointe. Marcotte a une piste ?

— Non. Dix. Cent. Mille. Trop de possibilités. Trop d'hypothèses. Trop, c'est comme pas assez. L'as-tu connu, toi, Asselin, quand tu vivais à Montréal ?

— On ne croise pas souvent les directeurs de prison. Notre travail s'arrête quand le leur commence et, entre les deux, il y a le procès, les avocats.

— Oui, mais comme Asselin a étudié en criminologie et que tu as suivi des cours, je pensais que…

— Veux-tu un café ?

Graham secoua la tête, montrant sa tasse à moitié pleine, mais Lapointe lui tournait déjà le dos. Elle voulait lui demander s'il avait toujours l'intention de participer à la course de Bromont. Elle avait décidé d'y assister avec Alain et Maxime pour observer Lapointe en dehors du travail. Le cerner davantage. Par sympathie ou par méfiance ? Elle n'oubliait pas comment Marsolais l'avait manipulée quelques mois auparavant. Ni Berthier qui avait commis l'irréparable. Elle se reprocherait jusqu'à la fin de ses jours de ne pas avoir été plus attentive, plus à l'écoute de cet enquêteur. La grande discrétion de Lapointe sur sa vie privée la mettait mal à l'aise. Elle avait l'impression que sa vie sociale était inexistante. Il ne racontait jamais rien sur lui. Il ne parlait que de ses excursions à vélo, des routes qu'il sillonnait. Jamais des gens qu'il rencontrait. Mais peut-être que ça le satisfaisait ? Qu'il n'avait pas envie d'avoir des amis ? Non, tout le monde veut avoir des amis. Comment réagirait-il quand il la verrait à Bromont ? Maud Graham cessa d'écrire, songeuse ; devait-elle tâter le terrain avant de s'imposer ? Ce ne serait plus une surprise.

La sonnerie du téléphone lui permit d'oublier ce dilemme. Betty se plaignait au bout du fil. Pourquoi avait-on choisi la photo où elle était si peu à son avantage ?

— On me l'a fournie à L'Escale, dit Graham.

— Je suis sûre que c'est la grosse Boily qui t'a remis cette photo-là ! Elle me déteste. C'est à cause d'elle que je suis partie.

— Pourquoi ?

— Elle me prend pour une imbécile. Je voulais lui montrer qu'elle se trompait. Elle doit commencer à changer d'idée sur moi. Si j'étais une idiote, ça ferait longtemps qu'on m'aurait arrêtée. Il paraît que vous vous êtes rendus au squat ? Pis ? Ça manque un peu de décoration, mais j'ai eu du fun avec la gang.

— Quelle gang ?

— Du monde comme moi, qui *tripent*.

— Tu as un chum dans cette gang-là ?

— J'en aurais si je voulais. Mais j'aime mieux les gars plus vieux, dans le genre de ceux de la rue Kirouac. Je les comprends, je sais ce que ça fait d'être enfermé.

— Tu as eu la chance d'être trop jeune pour qu'on te condamne à aller à Joliette, Betty. Tu devrais t'en souvenir au lieu de multiplier les bêtises.

— Tu me fais chier avec tes crisses de conseils !

Maud Graham se tut, Betty voulait certainement quelque chose, elle voulait toujours quelque chose.

— Avez-vous des nouvelles de Van ? Vanessa…

— Elle m'a priée de te rendre l'argent que tu lui avais prêté.

— Donné. Je ne prête pas, moi, je donne. Qu'elle le garde pour s'acheter des kleenex. Elle doit brailler, ces jours-ci.

— Elle a dit que tu étais extraordinaire. Que tu remarquais tout, que tu ferais une bonne enquêtrice parce que tu es capable de surveiller des gens sans qu'ils s'en aperçoivent. C'est vrai, ça ?

Betty rit de nouveau avant de déclarer qu'elle ne serait sûrement pas acceptée dans la police avec un passé comme le sien. Elle serait chanteuse.

— Comment tu décrirais la relation entre les deux gars que vous avez suivis ? Tu les as bien observés…

— Si tu penses que je vais les *stooler*, tu te trompes. Ce n'est pas mon genre ! De toute façon, je dois raccrocher avant que tu envoies quelqu'un me chercher. Je te rappellerai.

Et elle raccrocha. La porte de la salle d'interrogatoire s'ouvrit. Rouaix sortit en se passant la main dans les cheveux.

— J'en perds de plus en plus. C'est la faute des types comme Arnaud Morel. Un coriace. On n'a rien de solide contre lui. Ce dont il est parfaitement conscient. On ne pourra pas le garder longtemps.

— Et ce qu'il a échangé avec Métivier? On a des témoins?

— Il admet qu'il a croisé Métivier, mais il prétend que c'est par hasard. Je l'ai énervé un peu en lui annonçant qu'il ne pourrait plus travailler au noir...

— À mon tour.

— Je te remplacerai ensuite, fit Lapointe. En tout cas, Morel n'a pas changé, toujours aussi arrogant.

— Et fuyant, ajouta Rouaix. Il sera peut-être moins méfiant avec toi. Il semble assez macho.

Une heure plus tard, lorsque Graham quitta la salle d'interrogatoire, Rouaix comprit qu'elle n'avait rien obtenu du criminel. Lapointe prit le relais et resta avec Morel jusqu'à la fin de l'après-midi. Il sortit à son tour de la pièce en jurant: Morel se tairait tant qu'on n'aurait pas de preuves formelles contre lui.

— Et comme on a seulement le témoignage de Betty... Et on n'a même pas Betty sous la main. Encore moins un lien entre Morel et Jonathan Dubois.

— On le ramène rue Kirouac.

— Il m'a tout de même dit qu'il avait appris la nouvelle avec plaisir. Comme tous les autres détenus.

— Il ment. Ils ne sont pas tous ravis de l'assassinat d'Asselin. Ils auront un nouveau directeur qui aura sa manière à lui de faire régner l'ordre au pénitencier.

Ils devront s'habituer à lui. Comme les gardiens. Ils sont tous très tendus actuellement. On les interroge, on change leurs habitudes. Ça ne peut pas leur plaire... On a peut-être supprimé des activités, des privilèges, même si aucun des détenus n'a pu tuer Asselin. Ils crieront bientôt à l'injustice. Si ce n'est déjà fait.

— L'un d'entre eux connaît sûrement celui qui a fait le coup, dit Lapointe. Les détenus en savent toujours plus que les gardiens. Que les enquêteurs.

— Probablement, admit Rouaix, mais Morel ne dira rien à moins que sa vie soit menacée au pen. Si on réussit à le renvoyer là-bas. Je plains vraiment Marcotte d'avoir à fouiller dans un tel merdier !

— On a chacun nos problèmes, soupira Graham.

Elle retourna à la salle d'interrogatoire, fit signe à Morel de se lever, lui remit les menottes et le poussa vers Lapointe. Ils se dirigèrent en silence vers le stationnement, montèrent dans la voiture sans un mot. C'est Morel qui rompit le silence le premier, alors qu'ils rejoignaient le boulevard Charest.

— C'est ici qu'on a vu les deux pitounes. Et c'est à cause d'elles si j'ai perdu une journée de travail. Mon salaire d'aujourd'hui, qui va me le payer ?

— Tu voudrais qu'on emprunte dans la caisse de retraite des policiers pour te rembourser ? Tu ne nous as rien appris d'intéressant.

— Et si mon patron me met à la porte parce que je ne me suis pas présenté à la scierie ?

— On lui expliquera. Ne joue pas à la victime, ce n'est pas un rôle qui te convient. Ça va mieux à un petit garçon comme Jonathan Dubois. Lui, c'est une vraie victime. On l'a battu à mort.

— Je n'ai jamais touché à un enfant. Adressez-vous donc aux pédophiles qui sont surprotégés! Ils m'écœurent, ces gars-là!

Lapointe, assis derrière à côté de Morel, le fixa intensément; est-ce que ses propos étaient plus lourds de sens qu'ils ne le laissaient croire? Est-ce que Morel avait changé d'idée et leur suggérait de revoir les dossiers des délinquants sexuels ou s'amusait-il à semer le doute dans leur esprit? Il souriait quand Lapointe lui ôta ses menottes, puis il se dirigea vers la cafétéria du centre Marcel-Caron sans se retourner.

— Ça n'a rien donné? s'enquit Daniel Verreault.

— Il faut qu'on revoie tous les dossiers des délinquants sexuels.

— Ils avaient tous un alibi le soir du meurtre. J'ai relu personnellement les rapports d'activité. Tout vérifié. Je t'ai tout photocopié.

La température avait légèrement baissé quand Maud Graham et Thomas Lapointe revinrent à la centrale du parc Victoria; l'air semblait même plus sec.

— Ce serait parfait s'il faisait ce temps-là pour la course.

— On va prier pour toi, blagua Graham.

D'un ton plus grave, elle interrogea Lapointe; était-il croyant?

— Pas vraiment, répondit Lapointe.

— Moi non plus. Je pense à toutes les victimes qui ont prié avant de mourir sans qu'il y ait de miracle, sans qu'on les sauve. Personne ne s'est adressé à

Dieu avec plus d'intensité qu'elles, non ? Si ça n'a rien donné pour ces victimes, ça ne marchera pas non plus pour moi. J'ai lu que les proches des victimes d'actes criminels perdent la foi ou vivent complètement l'inverse, ils recherchent une certaine spiritualité. Ça doit dépendre de bien des choses…

Lapointe acquiesça d'un mouvement de la tête. Il modifia la position du rétroviseur pour faire diversion ; il ne voulait pas entendre parler des victimes qui imploraient Dieu de diriger la main de leur bourreau sur quelqu'un d'autre qu'elles. Comme l'avait fait René Asselin. Mais non, il n'avait pas eu le temps d'invoquer Dieu. Mais Mélanie, elle, avait eu le loisir de prier pour qu'on la délivre de Donald Hébert, pour que la foudre s'abatte sur lui et la libère de son tortionnaire avant qu'il applique de nouveau une cigarette sur sa peau. Et personne n'avait entendu ses supplications. Dieu n'existait pas.

Il aurait préféré enlever Marie-Anne Lavoie plutôt que sa demi-sœur mais, après le meurtre de René Asselin, on songerait immanquablement à une conspiration contre les représentants de l'ordre. De plus, en kidnappant Catherine Dion, il plongerait Marie-Anne dans une angoisse épouvantable, l'obligerait à considérer d'un autre œil les rouages de la justice. Elle ne pourrait pas s'empêcher de se demander si elle avait libéré le criminel qui avait enlevé sa demi-sœur.

L'idéal serait que l'un de ces criminels commette le rapt, mais c'était impossible. Thomas Lapointe ne pouvait charger un ex-détenu de ce travail. Catherine Dion aurait de la chance d'être enlevée par un homme intègre qui ne toucherait pas à un seul de ses cheveux. Qui ne la violerait pas. Qui la terroriserait, ça oui, c'était inévitable. Mais Catherine Dion aurait toute la vie pour s'en remettre. Elle serait à peine traumatisée, alors que lui était amputé de Mélanie pour l'éternité. Comme Henri Dubois l'était de Jonathan. Jonathan... L'affaire était au point mort. Il s'était excité inutilement en ce qui concernait Arnaud Morel.

— Non, on n'a pas perdu notre temps avec Morel, affirma Graham.

Lapointe lui jeta un regard oblique ; comment pouvait-elle lire dans ses pensées ? Avait-elle *tout* lu ? Voyons, il délirait. Graham n'était pas un médium. Ce n'était pas la première fois qu'elle le surprenait ainsi ; il détestait cela, tandis que Rouaix, lui, semblait priser ce genre d'intuition. N'avait-il pas dévoilé que Graham le devinait mieux que sa femme ?

— Peut-être pas, se contenta-t-il de répondre.

— Les autres apprendront qu'on a interrogé Morel. Il se vantera sûrement de nous avoir menés en bateau, mais les délinquants sauront qu'on ne baisse pas les bras, que le dossier Jonathan est loin d'être fermé. Sais-tu si Geneviève Dubois est retournée au travail ?

— Depuis le début de la semaine. Son patron est très compréhensif, il lui a dit de se ménager, mais elle préfère être occupée.

— Tu as mis combien de temps à t'habituer à l'absence de ta sœur ? demanda Graham.

— Des années.

La réponse était trop brève. Lapointe évitait encore de parler de sa propre tragédie.

— J'ai lu l'éditorial d'Henri Dubois, hier soir. C'est un homme très perspicace, avec une vision très nette des rapports de force. Ce sont ses articles qui m'ont amenée à m'intéresser à la politique. Au moins un peu…

— Je lui en ferai part. Il sera content.

— Vous vous voyez souvent?

Le ton était neutre, mais Lapointe se demanda si Graham ne réprouvait pas cette amitié; peut-être croyait-elle que les enquêteurs ne devaient pas s'impliquer émotivement, développer des liens trop étroits avec les parents des victimes ou les victimes elles-mêmes? Non, non, Graham avait recueilli le fils d'un dealer rencontré au cours d'une enquête.

Thomas Lapointe leva les yeux au ciel. Quelques nuages s'étiraient sans voiler le soleil; il joindrait l'utile à l'agréable. Il avait un projet pour la soirée: Catherine Dion.

CHAPITRE 10

Elle est vêtue d'une robe rose avec des bretelles très fines et de sandales beige et doré. Elle s'arrête devant la boutique d'un joaillier, hésite à entrer, y renonce. Est-ce que Catherine Dion serait sage ? Elle a dû beaucoup dépenser pour s'installer à Québec, quelques semaines plus tôt. On dépasse toujours son budget quand on déménage. Thomas Lapointe n'a pourtant pas décoré somptueusement la maison qu'il loue à Beauport. La déco, c'était le domaine de Mélanie. Lui se doit d'être fonctionnel. Opérationnel.

Catherine Dion sort un objet cylindrique de son sac à main, mais Thomas Lapointe est trop loin pour distinguer ce que c'est. Il ne peut pas utiliser en public les jumelles dont il s'est souvent servi pour épier Asselin, Mercier, Baudin, Ménard et Lavoie. Et Catherine Dion lorsqu'il la suit en voiture. Il a fait plusieurs fois le trajet entre sa nouvelle maison et son bureau pour vérifier si Catherine Dion observe un horaire précis ou s'il est variable. Comme il suppose qu'il enlèvera cette femme un vendredi soir, il doit savoir où elle se rend après son travail. Si elle sort avec des collègues. Si oui, lesquels. Elle n'a pas d'amoureux, il n'a vu aucun homme sortir de chez elle durant les dix jours où il s'est posté, à l'aube, tout près de sa maison, pour guetter son départ. Elle quitte son domicile du lundi au vendredi à sept heures trente. Il n'a pas pu être présent plus de deux fois quand elle rentre le soir, mais l'important c'est qu'elle soit toujours rentrée seule. Et qu'elle soit lasse de cette solitude. N'a-t-elle pas répondu très rapidement à son premier message ? Peut-être qu'il préférera le samedi matin. Elle sort toujours très tôt pour acheter Le Soleil.

Catherine Dion déambule rue Saint-Paul, insouciante. Elle ressemble en cela à Marie-Anne Lavoie. Elle se dirige vers le port ; elle veut voir le paquebot qui mouille dans les eaux du Saint-Laurent. Elle rêve d'une croisière. Ce n'est pas cet été qu'elle la fera. Non. Elle s'arrête devant le Musée de la civilisation, pousse la porte. Elle verra le paquebot plus tard. Thomas Lapointe a envie d'entrer au musée même si c'est imprudent. Il veut s'approcher de Catherine Dion, se familiariser avec sa proie. Il n'aime pas sa manière de repousser sans arrêt ses mèches de cheveux ; elle n'a qu'à porter une barrette au lieu de secouer la tête pour se faire remarquer. Un homme sort du musée, le dévisage, fait un pas vers lui, recule. Thomas Lapointe lui sourit même s'il ne reconnaît pas cet homme. Celui-ci s'éloigne sans le regarder de nouveau. Il l'a pris pour quelqu'un d'autre. Cette erreur ramène Thomas à la raison ; il rebrousse chemin. Il est préférable de ne pas se trouver dans un périmètre trop rapproché de Catherine Dion.

Le soleil plombe. Thomas Lapointe a chaud malgré le vent qui charrie les parfums bruts du fleuve, les mêle aux odeurs de crème solaire des touristes, aux *effluves de café qui embaument la terrasse voisine. Des amoureux goûtent leur cappuccino, se sourient. Thomas Lapointe se sent seul, si seul parmi la foule de curieux venus admirer le paquebot. Jacques Lapointe considérait qu'une croisière était une folle dépense, mais il avait promis à sa femme de l'emmener aux îles Canaries pour leur vingt-cinquième anniversaire de mariage. Laure Lapointe n'avait pas vu les îles exotiques. Elle n'avait pas vu non plus le cadavre de Mélanie. C'était la première réflexion que Thomas s'était faite alors qu'il était tétanisé de douleur devant le corps de sa sœur : leurs parents ne vivraient pas cette souffrance. Ils avaient échappé à l'horreur de découvrir les brûlures de cigarette, les incisions sur la peau de Mélanie. Il avait ensuite songé qu'il était seul au monde. Il était déjà orphelin, mais il n'existait pas de mot pour décrire la perte d'un frère ou d'une sœur. Il était orphelin de Jacques et de Laure, pas de Mélanie. Elle lui manquait pourtant encore plus qu'eux. Non. Il a besoin de son père pour réussir sa mission.*

Catherine Dion répondra sûrement au courriel qu'il lui a envoyé d'un cybercafé. Elle sera ravie qu'un homme s'intéresse à elle. Il ne sera pas le seul. Thomas Lapointe écrit à Catherine Dion sous plusieurs noms. Quand elle disparaîtra, les enquêteurs apprendront qu'elle avait des correspondants. Et que ceux-ci rédigent toujours leurs messages d'un cybercafé. Pas d'ordinateur personnel pour les soupirants de Mme Dion.

Il repère d'abord la robe rose. Catherine Dion

plisse les yeux, éblouie au sortir du musée. Elle ouvre
son sac, cherche ses lunettes de soleil et se mêle à
l'animation joyeuse du port.

* * *

Les lys roses embaumaient le jardin de Pietro Ronzonni, se mêlant au parfum de la lavande qui bordait
la terrasse, dominant les jeunes hydrangées qui poussaient près du potager où Pietro avait planté des tomates, des poivrons, des concombres, de la laitue, du
persil plat, des fines herbes et des citrouilles. Sur le
mur du fond, une vigne s'épanouissait, joyeusement
tentaculaire. On pouvait déjà compter les nombreuses grappes de raisin.

— Est-ce qu'on peut le manger? demanda Henri
Dubois à son hôte.

— Bien sûr, il est très sucré. En septembre, c'est un
vrai délice. Mon fils adorait ça.

— Jonathan aussi aimait le raisin. Il en mangeait en
rentrant de l'école.

— Il était au secondaire?

— Il devait entrer cette année à Saint-Charles-
Garnier. Je ne peux pas croire qu'il n'ira jamais.

— La réalité nous paraît si étrange. Je me surprends
encore à penser que je dois dire telle ou telle chose à
David. Ça m'arrive plus souvent durant l'été, car notre fils partait toujours chez ses grands-parents en
Toscane. Il revenait à la fin des vacances. J'ai l'impression qu'il rentrera pour faire du skate avec ses
amis et leur raconter son été en Italie.

— J'ai voyagé en Italie avec Mélanie, se rappela Thomas Lapointe. C'est vraiment beau ! Et ici aussi. C'est gentil de nous accueillir chez toi.

— C'est ma faute, fit Francis, à cause des travaux au restaurant qui n'en finissent plus. Tout devait être terminé rapidement, mais avec les vacances de la construction… La prochaine réunion aura lieu au resto comme d'habitude. On sera contents de t'y voir.

Il s'adressait à Henri Dubois qui acquiesça. Oui, il reviendrait à ces réunions et emmènerait sa femme et sa fille. On l'avait écouté avec tellement d'empathie qu'il se sentait un peu moins seul, pour la première fois depuis longtemps.

— Oui, on sera heureux de te revoir, insista Damien Boileau.

Il but un verre de thé glacé avant de se tourner vers Lionel Durocher.

— Qu'est-ce qu'il y a de neuf ?

— On a fixé un rendez-vous avec le ministre pour la mi-septembre, annonça Lionel Durocher. Et, d'après mes sources, il y aura des changements au Ministère. Marie-Anne Lavoie a de bonnes chances d'être nommée sous-ministre.

Thomas Lapointe qui saisissait un verre pour se servir à son tour ralentit son mouvement. Marie-Anne Lavoie ? Sous-ministre ? On la remerciait de ses bons et loyaux services ? Il remplit son verre à ras bord, se sentant la gorge très sèche, des pulsations affolées à ses tempes. La migraine ne le lâcherait plus. Il avait de plus en plus souvent mal à la tête. Tout rentrerait dans l'ordre quand il aurait achevé sa mission. Il retrouverait la paix et pourrait ranger l'uniforme de son père avec la robe de mariage de sa mère qu'il avait conservée dans du papier de soie bleu ciel. Mélanie regardait souvent cette robe après le décès de leurs parents.

— Marie-Anne Lavoie n'a pas été présidente de la Commission des libérations conditionnelles ? s'enquit Jacinthe Tremblay.

— C'est même elle qui a fait libérer Donald Hébert, répondit Francis. Je ne me trompe pas ?

Thomas Lapointe confirma.

— Elle a tellement harcelé les commissaires qui étaient en poste que deux d'entre eux, qui ne libéraient pas assez de prisonniers au goût de madame, ont démissionné. Ceux qui les ont remplacés étaient plus dociles. Six mois après avoir été embauchés, ils signaient le bon de sortie de Donald Hébert.

— Comment peut-elle être nommée à ce poste ?

— Tu es naïve, Ghislaine. Elle a tout simplement obéi aux directives. Il faut faire de la place dans les prisons, elle y est parvenue. Elle est récompensée. Bingo !

— On doit s'opposer à sa nomination ! s'écria Francis Dufour. Il faut qu'on nous entende cette fois !

Thomas Lapointe lui jeta un coup d'œil, cherchant à lui rappeler qu'il avait promis de ne pas solliciter Henri Dubois sur cette question, mais ce dernier proposa lui-même d'appeler une de ses collègues. Thomas jura intérieurement ; tout se déroulait encore trop vite, il n'avait pas prévu la nomination de Marie-Anne Lavoie.

— Hélène Deslauriers est une femme intelligente, assura Henri Dubois. C'est elle qui a déterré le scandale des faux chèques au ministère des Transports.

— Sauf que, ici, il n'y a pas de scandale à proprement parler, précisa Lionel Durocher. Vous êtes choqués, à juste titre, d'apprendre que Mme Lavoie poursuit sa carrière, mais il faudrait qu'elle ait fait preuve de graves manquements, aux conséquences dramatiques, pour intéresser une journaliste. Je me trompe ?

Henri Dubois haussa les épaules ; Hélène Deslauriers en jugerait. Si on pouvait démontrer clairement que Marie-Anne Lavoie avait influé sur les décisions des commissaires aux libérations conditionnelles, on tenait un bon sujet.

— Hélène Deslauriers pourrait aussi parler d'Entraide, dit Jacinthe. Il faut que les victimes soient au courant de l'existence de notre groupe. Les gens frappés par un malheur ne savent pas tous qu'on est là pour les aider. Ne serait-ce qu'à faire face aux médias... Je n'aurais jamais permis à un journaliste d'entrer chez maman si je n'avais pas été aussi déboussolée.

— Oui, renchérit sa sœur, on était assommées, perdues. Le problème, c'est que certains journalistes s'intéressent à nous quand on sort de la morgue, en état de choc. Après, ils nous oublient jusqu'au procès. Là, ils veulent de nouveau nous interviewer. Mais qu'est-ce qu'on peut dire ? Qu'on est contentes que le meurtrier de notre mère soit condamné à vingt-cinq ans de pénitencier ? On ne peut pas être contentes. Ce mot-là ne signifie plus rien pour nous.

Ghislaine regardait Henri Dubois, lui expliquait que l'assassin de leur mère avait été arrêté puis libéré trois fois avant de commettre ce meurtre; il s'était rendu coupable de vol, d'extorsion et de violence conjugale.

— Est-ce qu'on pensait vraiment qu'il était indispensable à la société? Contentes? Non. On sera contentes si on finit par nous entendre…

— Ça se fera! promit Lionel Durocher. En septembre. C'est sûr que si on parle de vous dans les journaux avant, ça ne nuira pas.

Henri Dubois répéta qu'il s'entretiendrait avec sa collègue. On le remercia chaleureusement avant de discuter du rendez-vous avec le ministre. Qui s'adresserait à lui au nom du groupe au tout début de la rencontre? Comment réussir à le toucher? Quels points seraient abordés en premier? Comment obtenir un référendum pour modifier les lois?

— Certains détenus pourraient faire des travaux communautaires au lieu d'être emprisonnés.

— C'est le principe des libérations conditionnelles, marmonna Francis. Si ça fonctionnait correctement…

— On relâche des individus dangereux par manque de place, déclara Pietro. On n'aurait plus ce problème d'espace si on réinsérait les voleurs, les fraudeurs, les toxicomanes en les faisant travailler pour le bien de la communauté. Je ne comprends pas que les dirigeants négligent cet aspect-là. Ils économiseraient de l'argent.

— Ce n'est pas si simple, plaida Lionel Durocher.

Il faut engager des gens pour surveiller les détenus qui purgent leur peine en faisant ces travaux.

— Je suis certain que ça coûterait moins cher que de garder tout ce monde en prison. Ils ne représentent pas une menace pour la société. C'est sûrement grave de frauder l'État, mais les crimes contre la personne font tellement de dégâts. Et pour si longtemps !

— Les policiers qui traquent les prostituées devraient être affectés à la surveillance des délinquants en liberté conditionnelle. Ces filles-là ne sont pas dangereuses, qu'on les laisse tranquilles et qu'on s'occupe des psychopathes !

Thomas Lapointe se leva en tapotant sa montre ; il était temps de rentrer à Québec.

— J'ai promis à ma femme d'être à la maison pour souper, précisa Henri Dubois. Elle s'inquiète si j'ai cinq minutes de retard.

Il suivit Thomas en remerciant les membres d'Entraide de l'avoir si bien accueilli et s'assit dans la voiture en continuant à les saluer.

— Tu avais raison, Thomas. Je me sens à l'aise avec eux. Je ne peux pas reprocher à mes amis de ne pas comprendre ce que je vis, mais… Ils ne savent pas comment se comporter avec nous. Ils s'excusent s'ils prononcent le nom de Jonathan. Comme si on n'en parlait jamais à la maison ! Comme s'ils réveillaient un souvenir ! Mais Jonathan n'est pas un souvenir, il est toujours présent à notre esprit.

Henri Dubois désigna le pont Jacques-Cartier, raconta que Jonathan rêvait de faire du bungie, de s'élancer du haut d'un pont ou d'une falaise.

— Il était à la fois sage et téméraire. Il avait une énergie incroyable. Et il n'était jamais malade !

— Jamais ?

— Non. C'était un enfant en santé. En parfaite santé. Jusqu'à ce qu'il meure. Comme ta sœur ou le fils de Pietro. Est-ce que Pietro vit à Montréal depuis longtemps ? Ce sont ses parents qui ont émigré ? Ses grands-parents ?

Thomas avoua son ignorance ; Pietro se livrait peu, alors qu'on savait tout de son épouse.

— J'ai remarqué qu'Anna se déplace difficilement.

— Elle a des problèmes de dos. C'est une femme très généreuse. Et très croyante. Tant mieux pour elle.

— Oui, j'imagine que ça peut aider. Moi, je ne sais plus si j'ai la foi.

— Tant qu'Anna ne nous bassine pas avec des idées de pardon…

— Tu en veux à Marie-Anne Lavoie.

C'était dit sur le ton de l'évidence et Thomas n'avait pas envie de mentir à Henri Dubois.

— Oui. Ce n'est pas elle qui a tué Mélanie, mais elle a accepté qu'un psychopathe quitte le pénitencier aux deux tiers de sa peine.

— C'est la norme… Mais ils auraient pu garder Hébert en dedans, j'imagine…

— Oui. Et il n'aurait jamais rencontré Mélanie.

Un accident de la route les força à ralentir près de Trois-Rivières et Henri Dubois téléphona aussitôt à son épouse pour la rassurer. Thomas envia celle-ci d'avoir un mari si attentionné. Quelqu'un qui se souciait d'elle. Personne ne s'inquiétait pour lui ; il rentrerait à Beauport, trouverait une maison vide après s'être arrêté à l'épicerie pour acheter des œufs. Il mangeait souvent des œufs parce qu'il n'avait pas envie de cuisiner pour lui seul. Ou du jambon. Des sandwichs au jambon. Des fruits, des légumes. Son alimentation était équilibrée. Et ennuyante. Jamais il n'entrait chez lui pour sentir une odeur de soupe qui mijote, de rôti qui cuit au four.

Mais s'il habitait avec une femme, il ne pourrait kidnapper Catherine Dion et l'emmener chez lui. Chez lui… C'était si risqué ! Mais il n'avait pas de chalet où il aurait pu enfermer Catherine Dion. Quoique… il devrait s'informer. S'il dénichait quelque chose dans les environs de Québec… Il faudrait qu'il loue par une agence ou par Internet, que le propriétaire du chalet ne le rencontre jamais. Non, c'était idiot. Il ne devait pas attirer l'attention sur lui. De toute manière, on était à la fin de juillet ; qu'aurait-il pu louer d'assez isolé et tout de même près de Québec ? C'était trop compliqué. Il fallait qu'il enlève Catherine Dion avant que ses voisins soient revenus en ville.

Le claquement du portable d'Henri Dubois lui fit tourner la tête.

— Tout va bien ?

— La sœur de Geneviève a passé tout l'après-midi avec elle. Heureusement qu'elle est là ! Elle nous aide beaucoup. Elle est psychologue. La collègue qu'elle nous a recommandée est très compétente. Elle fait vraiment ce qu'elle peut. Dans la mesure où il y a quelque chose à faire, évidemment… Toi aussi, tu as été suivi, non ?

Thomas Lapointe acquiesça sans préciser qu'il n'avait eu que trois rencontres avec le psychologue attaché aux services de la police. Qu'il ne l'avait pas revu ; on se méfie toujours d'un partenaire qui consulte un psychologue. La fragilité mentale est une tare dans son métier.

— Ça fait déjà longtemps.

— Le temps n'a plus la même dimension pour moi, murmura Henri Dubois. Damien m'a dit qu'il avait l'impression d'avoir vieilli très vite, que les années ont compté en triple, mais que le monde autour de lui demeurait inchangé. Comme s'il était un vieillard dans un univers au ralenti. Je pensais à la maison aux miroirs, tantôt, quand on est passés devant La Ronde.

— Aux miroirs ?

— Il y a des glaces qui déforment votre image. J'ai la sensation que tout est mouvant autour de moi. Que tout est trouble.

Thomas Lapointe aurait voulu rassurer Henri Dubois, mais il aurait dû lui avouer qu'il ne s'était débarrassé de cette impression de distorsion qu'en décidant d'exécuter les responsables de la mort de Mélanie. Il ne pouvait pas proposer à Henri de l'imiter. On ne savait pas encore qui avait tué Jonathan. Peut-être que le meurtrier n'avait jamais fait de prison avant de commettre son crime et qu'il n'y avait eu aucune négligence dans son cas.

— Je vais téléphoner à ma collègue dès demain matin, énonça Henri Dubois.

— Attends un peu…

— Non, je veux faire quelque chose ! Ça me permettra de me sentir moins impuissant…

Moins impuissant. Henri Dubois voulait être utile. Agir. Bouger. Puisque les enquêteurs n'arrivaient à rien, le citoyen devait prendre la relève.

— On n'oublie pas Jonathan, je te le jure !

— Je sais que tu ne baisses pas les bras. Tes collègues sont découragés de n'avoir aucune piste, mais vous vous entêtez, je le sens.

Lapointe renchérit ; Maud Graham et André Rouaix, tout comme Trottier, étaient aussi obsédés par cette affaire. Et leur patron s'informait chaque jour des progrès de l'enquête. Il avait promis qu'il ne réduirait jamais les effectifs.

— Tant mieux. Et tant mieux si Hélène Deslauriers découvre des informations pertinentes sur Marie-Anne Lavoie. Elle ne semble pas mériter une promotion. Si tout ce que vous m'avez dit est vrai… Ou plutôt, vérifiable. Et légalement condamnable.

Qu'entendait-il par « légalement » condamnable ? Marie-Anne Lavoie était responsable de la mort de Mélanie. Point final. Lapointe ne souhaitait pas, cependant, qu'Hélène Deslauriers enquête maintenant sur Marie-Anne Lavoie. Si elle révélait que cette dernière avait sa part de responsabilités dans plusieurs dossiers criminels, ceux qui enquêteraient sur le kidnapping de Catherine ne manqueraient pas de s'intéresser aux parents des victimes… On le questionnerait. Il fallait convaincre Dubois d'attendre pour s'entretenir avec Hélène Deslauriers.

— Ça me paraît un peu précipité…

— Si les membres d'Entraide veulent attirer l'attention du ministre avant la rencontre prévue, je dois m'entretenir avec Hélène dès cette semaine. Elle a besoin de temps, elle est rigoureuse, honnête. On ne peut pas écrire n'importe quoi dans un reportage. Ça prend des preuves pour étayer une hypothèse. Il faut savoir ce que Marie-Anne Lavoie a fait entre la fin de son mandat comme présidente et aujourd'hui. C'est la même chose qu'avec vos enquêtes.

Sauf que la journaliste n'aura pas vu les cadavres des victimes des assassins libérés grâce aux bons soins de Marie-Anne Lavoie. Lapointe serra les dents ; Henri Dubois était encore bien naïf. Il changerait d'idée quand on aurait découvert l'assassin de son fils. Maud Graham avait demandé qu'on revérifie tous les alibis des détenus en libération conditionnelle le soir du meurtre de Jonathan.

Elle voulait revoir tous les employés du centre, avoir leur avis sur tous les hommes qu'ils surveillaient. Elle avait été aussi déçue que lui d'apprendre que Morel avait un alibi en béton. Lapointe avait vu Maud Graham se crisper en écoutant Rouaix, repousser brusquement ses cheveux, les plaquant derrière ses oreilles. Il avait perçu la sécheresse de sa voix quand elle avait répondu au téléphone après qu'on eut ramené Morel au centre Marcel-Caron. Elle avait déclaré qu'il avait un alibi, certes, mais qu'il avait quelque chose à se reprocher ; elle découvrirait de quoi il s'agissait.

— Marie-Anne Lavoie a dû obéir à des directives, reprit Henri Dubois. Ce ne sera pas facile de prouver qu'elle avait tort en agissant ainsi. C'est l'histoire du militaire qui se défend d'avoir tué parce qu'il obéissait aux ordres de ses supérieurs.

— Ce n'est pas la même chose !

Comment pouvait-il comparer Marie-Anne Lavoie à son père ? Les militaires étaient des hommes courageux qui affrontaient le danger au péril de leur vie pour assurer la paix ! Lapointe avait hâte, subitement, de déposer Henri Dubois chez lui. Il pourrait ensuite s'entraîner. Plus que quatre jours avant la course. Il s'était promis de terminer parmi les cinq premiers. Il espérait que le grand air chasserait son mal de tête.

— Je ne prétends pas que les militaires ne doivent pas obéir aux ordres qu'on leur donne. C'est la base de leur système. Mais des exactions ont été commises au nom de ce principe, parce que des soldats avaient renoncé à leur libre arbitre. Je suppose que c'est comme notre système de justice, avec ses règles. Qu'on doit parfois reconsidérer.

— Une société ne peut pas fonctionner sans règles ! s'écria Thomas Lapointe. Tu ne diras pas la même chose quand tu sauras que Marie-Anne Lavoie a exercé son libre arbitre en relâchant le meurtrier de Jonathan.

Il n'avait pu retenir ses paroles et il les regrettait maintenant, mais Henri l'avait provoqué en réduisant les militaires à des pantins qui agissent sans discernement. Était-il allé, lui, défendre des opprimés dans des régions dévastées, coupées du monde ? Il n'était jamais resté des semaines sans avoir de nouvelles de son père comme ils l'avaient été, Mélanie, sa mère et lui, quand Jacques Lapointe partait en mission. Il s'excusa pourtant, car le silence d'Henri Dubois se prolongeait, il tenta de s'expliquer.

— Marie-Anne Lavoie a fait carrière sans se soucier des conséquences de ses décisions. Elle est responsable du malheur de trois femmes. Je le sais, j'ai vérifié tous les dossiers sur lesquels elle a travaillé. Elle a permis à Donald Hébert, Antonio Fernandez et André Dumont de sortir du pénitencier. Hébert a tué ma sœur, Fernandez et Dumont ont commis des viols quelques semaines après avoir été remis en liberté. Je pense que ces femmes qui ont été agressées croient, elles aussi, que Mme Lavoie aurait dû démissionner de son poste après la mort de Mélanie. Hélène Deslauriers doit le révéler au grand public. Mais pas tout de suite. Il vaut mieux attendre que Lavoie ait été nommée. Ça montrera aux gens qu'on place des irresponsables à des postes importants. C'est ça qui pourra ébranler la justice. Si elle est nommée sous-ministre, ça donnera davantage de crédit à la thèse de ta collègue. Ça prouvera que quelque chose est pourri dans notre système.

— Pourquoi ne t'es-tu pas exprimé à la réunion ?

— Parce que ça ne m'a pas paru si évident mais, en analysant la situation, je suis persuadé que tu dois discuter plus tard de tout ça avec Hélène Deslauriers. De plus, les gens s'informent moins durant l'été. Ils sont au chalet, en vacances. Si on doit dénoncer la faiblesse de notre système, il faut le faire quand il y a le maximum de lecteurs. À la rentrée. Pour avoir de l'impact !

Avait-il réussi à persuader Henri Dubois de différer son appel à sa collègue ? Il regrettait d'avoir emmené Henri Dubois à la réunion. C'était la faute de Francis qui avait promis de ne rien demander à Dubois et qui avait failli à sa parole. On ne pouvait se fier à personne.

Il fallait qu'il s'entraîne. Qu'il se vide l'esprit. Il n'avait pas du tout aimé qu'Henri s'interroge sur les gestes « légalement » condamnables de Marie-Anne Lavoie. Comment pouvait-il douter de sa responsabilité ? S'étaitil trompé sur Henri ? Le repousserait-il s'il savait qu'il agissait, lui, au lieu de palabrer ? Les réunions avaient leur utilité et également leurs limites ; rencontrer un ministre était louable, mais il fallait plus qu'une entrevue avec un politicien pour changer les choses. Il devait donc enlever Catherine Dion. Il avait été frappé par sa ressemblance avec sa demi-sœur quand il les avait vues ensemble pour la première fois. Il avait suivi Marie-Anne Lavoie jusqu'au restaurant où sa demi-sœur l'avait rejointe. Même front, même bouche large, même nez mutin. Les regards différaient, mais elles n'auraient jamais pu nier leur parenté. Il aurait du mal à respecter Catherine Dion qui lui rappellerait tant Marie-Anne Lavoie. Il y parviendrait pourtant, il resterait courtois avec cette étrangère. Il se répéterait que ce n'était pas elle qui était coupable, mais son aînée, même si les femmes lui avaient semblé très complices. Peut-être que Catherine approuvait ce que faisait Marie-Anne.

Peut-être lui avait-elle même dit qu'elle n'avait pas à se sentir coupable des gestes qu'avait posés Donald Hébert. Ce n'était pas elle qui avait martyrisé une jeune fille, c'était un psychopathe. Et elle ne pouvait pas deviner qu'il était dangereux. Oui, elle devait lui avoir susurré toutes ces conneries. Avec un petit sourire pareil à celui de sa sœur, sournois, détestable. Elles puaient l'hypocrisie ! Il aimait les sourires francs. Il appréciait ceux de Maud Graham. Sincères. Rares. Graham n'était pas du genre à embrasser des inconnus comme on le faisait trop souvent pour être à la mode. Elle n'essayait pas de se montrer gentille, n'était jamais servile. Même avec leur patron ; il l'avait entendue plusieurs fois tenir tête à Robert Fecteau. Elle avait son franc-parler, ne se gênait pas pour critiquer un système social qui ne pensait pas assez aux enfants ; comment pouvait-on expliquer que, au Québec, tant de gamins partent pour l'école sans manger ? Thomas Lapointe avait failli lui exposer sa théorie ; en abolissant les postes de sénateur et en récupérant les salaires de ces gens grassement payés pour… pour quoi au juste, personne ne le savait, on pourrait nourrir plusieurs enfants. Il était presque certain que Graham l'aurait approuvé, mais il ne devait pas mentionner les sénateurs. Ne jamais être associé à Gilles Mercier dans le souvenir de Graham.

* * *

Les organisateurs du Mondial Cyclotour de Bromont n'auraient pu rêver d'une plus belle journée pour l'événement. Le soleil brillait, mais il ne faisait pas plus de vingt-trois degrés et un vent léger qui ne freinerait aucunement les coureurs s'était levé une heure avant le départ. Les spectateurs étaient nombreux, joyeux et admiratifs devant la masse de cyclistes, souriants eux aussi quoique moins détendus. Ils avaient mis leur dossard et Maud Graham tentait de voir quel numéro portait Thomas Lapointe.

— Il y a trop de monde, se plaignit-elle à Alain Gagnon et à Maxime.

— S'il n'y en avait pas, tu te désolerais. Tu te lamenterais que la course est un échec et que c'est triste pour tous ces bénévoles qui ont tant travaillé.

Maxime rit comme chaque fois qu'Alain taquinait Maud. Il avait un peu rechigné à les suivre à Bromont parce qu'il ratait un match de soccer mais, maintenant qu'il était là, il s'enthousiasmait qu'il y ait autant de spectateurs et se disait qu'il participerait un jour à cette épreuve d'endurance. Il s'informerait auprès de Thomas Lapointe sur le nombre d'heures d'entraînement auxquelles il s'astreignait chaque semaine. Et comment il faisait, l'hiver, pour garder la forme. Pédalait-il sur un vélo d'exercice dans un gymnase ? En avait-il un chez lui ? Selon Maud, il s'entraînait énormément, refusait de boire de la bière après le travail. Il fallait qu'il aime vraiment les compétitions pour accepter tous ces sacrifices.

Et si son ami Olivier, qui avait un frère maniaque de cyclisme, avait raison ? Il prétendait que les coureurs qui pédalent très vite ressentent une sorte d'euphorie.

Maxime aurait aimé goûter à cette sensation. Ou savoir, au moins, si c'était vrai ou non. Il observerait Thomas après la course ; il verrait s'il avait l'air vraiment de bonne humeur, s'il *tripait*.

Thomas Lapointe était plutôt surpris. De voir Gabrielle Léger se diriger vers lui pour le féliciter de s'être classé troisième. Et d'apercevoir Maud Graham, Alain Gagnon et Maxime qui hésitaient à s'avancer vers lui. Il était dubitatif, mais heureux de constater qu'on s'était déplacé de Québec pour l'applaudir et contrarié en pensant que Maud lui prêterait une aventure avec Gabrielle. Il resta immobile tandis que cette dernière vantait l'organisation de l'événement, la beauté du circuit.

Gabrielle s'effaça pour permettre à Maud Graham de saluer Thomas et attendit qu'il la présente à ses amis. Comme il se taisait, elle tendit la main.

— Gabrielle Léger.

— Maud Graham. Je travaille avec Lapointe… Thomas. Et voici Alain et Maxime.

Thomas Lapointe s'excusa aussitôt de ne pas avoir fait les présentations.

— Je suis crevé. Il faut que je mange un peu. Ça ira mieux ensuite.

— Il y a ce qu'il faut à l'aire de ravitaillement, dit Gabrielle. J'y suis allée pour me désaltérer.

— Tu as participé à la course ? s'étonna Maxime. Tu n'as pas de numéro.

— J'étais pressée de l'enlever, je n'ai pas terminé la course, car mon vélo m'a lâchée. C'était mon tour, aujourd'hui.

Elle adressa un clin d'œil à Thomas qui s'efforça de sourire. Puis elle expliqua à Maxime que Thomas avait eu les mêmes ennuis qu'elle un peu plus tôt, cet été, que c'était grâce à cela qu'ils s'étaient rencontrés. Et qu'elle aurait préféré que son vélo se brise à un autre moment.

— Attendez-moi ici, ordonna Lapointe. Je vais me chercher un fruit et je reviens.

Gabrielle le regarda s'éloigner, tout comme Graham à qui Thomas avait paru soudainement pressé. Elle se tourna vers Gabrielle qui la dévisageait.

— Vous vous êtes rencontrés à vélo? Vous en faites autant que lui?

— Non. Je l'ai dépanné près de Tewkesbury, mais je ne le connais pas beaucoup. Je suppose qu'il est très occupé.

— En tout cas, ce n'est pas parce qu'il a une blonde, fit Maxime. Gabrielle lui sourit.

— Tu es futé, toi. Qu'est-ce que tu sais d'autre sur Thomas?

— Il s'entraîne beaucoup. C'est vrai, Thomas? Combien d'heures par semaine?

Thomas Lapointe s'approchait en essuyant le jus de poire qui coulait sur son menton.

— Autant que je peux! lança-t-il.

Il épplucha ensuite une orange tout en s'adressant à Maud Graham.

— Tu ne m'avais pas dit que tu venais à Bromont. Quand as-tu décidé ça?

— Il y a un mois, répondit Maxime. On voulait te faire une surprise. C'est la première fois que je vois une course. C'est cool! Surtout que tu es un des meilleurs!

Ça fait combien d'années que tu t'entraînes? As-tu commencé à mon âge? Ta bicyclette doit t'avoir coûté cher. Elle a l'air légère, mais elle doit être solide. Non?

La rafale de questions de Maxime détendit l'atmosphère et Thomas lui donna tous les détails désirés. L'adolescent était ravi de cette attention.

— On pourrait dîner ensemble! Manger de la pizza! Dis oui, Maud…

— Ça nous ferait plaisir, mais je ne sais pas si Thomas a du temps…

Elle avait remarqué qu'il semblait chercher quelqu'un dans la foule des cyclistes qui arrivaient, épuisés mais heureux d'avoir terminé la course.

— Tu attends des amis? finit-elle par lui demander.

— Un copain de Montréal, je l'ai aperçu au départ.

— Attendons-le, proposa Gabrielle. Il aura faim, lui aussi. Il pourra se joindre à nous.

Thomas secoua la tête; non, Francis viendrait avec sa famille, ce serait trop compliqué. Il voulait seulement le saluer. Ils iraient ensuite au restaurant.

Il s'étonnait d'avoir accepté la proposition de Maxime; il était touché que Maud Graham se soit déplacée pour l'encourager, le féliciter, mais il craignait aussi qu'elle soit là pour en apprendre davantage sur lui. Et la présence de Gabrielle ne l'aidait pas à surmonter ce malaise. Paradoxalement, il était content qu'on décide pour lui, content de manger une pizza comme n'importe qui l'aurait fait; il désirait mener, pour quelques heures, une existence normale.

— Installons-nous là-bas, il y a moins de monde, fit Graham. Tu verras ton ami arriver.

Ils durent attendre Francis durant une demi-heure et Graham se félicita d'avoir emmené Maxime avec eux, car il était le seul du groupe à être naturel. Elle devait se détendre; si Lapointe avait été si mal à l'aise, il n'aurait pas accepté l'invitation au restaurant. C'était peut-être Gabrielle qui le gênait. Ils se connaissaient manifestement très peu. Et il était évident que la jeune femme espérait que les choses changent. S'ajouterait-elle à la liste des conquêtes de Thomas Lapointe? Il ne faisait pourtant rien pour la séduire; il n'y avait aucune coquetterie dans son attitude. Et c'était probablement ce qui attirait les femmes, une aimable réserve avec un soupçon de mystère. Aurait-elle été intéressée par un homme dans son genre si elle n'avait pas connu Alain? Elle l'ignorait; Alain lui avait plu parce qu'il était totalement ouvert. Il ne lui cachait rien, alors qu'elle était incapable d'autant de transparence avec lui. Elle s'y efforçait néanmoins. Thomas Lapointe, lui, était opaque. Était-il né aussi secret ou avait-il changé après la mort de Mélanie? Elle aurait tellement voulu savoir ce qui se cachait derrière ce front auquel restaient collées quelques mèches de cheveux.

Elle vit Thomas s'étirer le cou, lever le bras, se diriger vers son ami. Celui-ci était en nage et il saisit avec reconnaissance la bouteille d'eau que lui tendait un homme âgé.

— Mon père, Raymond Dufour. Thomas Lapointe.

— Vous êtes le policier, c'est ça ? Ça fait longtemps que vous êtes arrivé ? Thomas haussa les épaules, mais Maxime claironna qu'il s'était classé troisième.

Francis se tourna vers son père ; ne lui avait-il pas dit que Thomas s'entraînait avec beaucoup de sérieux ?

— C'est vrai, mais tu n'as pas le temps, toi, avec le resto, le bar.

— Tu as un restaurant ? s'écria Maxime. C'est ce que je veux faire plus tard, avoir un restaurant. Grégoire sera chef et, moi, je m'occuperai des clients. Connais-tu le Laurie Raphaël ? C'est à Québec. Mon ami travaille là. C'est un très grand restaurant.

— J'y ai déjà soupé et c'était exceptionnel, confirma Francis avant de poser brièvement sa main sur l'épaule de Thomas Lapointe. Avait-il des nouvelles d'Henri Dubois ? Avait-il pu parler à la journaliste ?

— Je ne l'ai pas vu récemment, mentit Thomas.

— J'espère qu'Hélène Deslauriers enquêtera sur Marie-Anne Lavoie. S'il fallait qu'elle soit nommée sous-ministre… Après ce qu'elle a fait !

— C'est qui, Marie-Anne Lavoie ? demanda Maxime. Une criminelle ?

— Non, dit Francis tandis que Thomas répondait oui.

— C'est oui ou non ? insista Maxime. Qu'est-ce qu'elle a fait ?

Maud Graham, qui s'étonnait que l'adolescent parle autant alors qu'il s'exprimait par monosyllabes à la maison, se réjouissait de son nouvel aplomb. Il posait les questions qu'elle avait envie de poser.

— Elle n'a tué personne, expliqua Francis. Elle...

— Elle a été présidente de la Commission des libérations conditionnelles, dit Graham, si ma mémoire
est bonne...

— Changeons de sujet, la coupa Thomas. Ce n'est
pas une journée pour discuter de tout ça.

— Je voulais seulement savoir si Henri Dubois
avait contacté Hélène Deslauriers...

— Il le fera. C'est un homme de parole, ne t'inquiète pas. Maxime, peux-tu aller nous chercher de
l'eau ? Il fait vraiment chaud.

Oui, mais l'atmosphère n'était pas lourde à cause
de l'humidité, songea Graham. Thomas Lapointe
était ennuyé par cette discussion.

— Voulez-vous manger avec nous ? s'enquit Maxime. Aimez-vous la pizza ?

— Si tu continues à inviter tout le monde, on rem-
plira le restaurant, dit Alain sentant que Francis et son
père hésitaient à accepter.

Ils finirent toutefois par les suivre.

Graham aurait juré, en gagnant la voiture d'Alain,
que Thomas Lapointe était mécontent que Maxime
ait invité Francis et son père à les rejoindre au restaurant. Ou était-il toujours contrarié qu'il ait mentionné
cette Marie-Anne Lavoie ? Elle s'informerait à son
sujet dès qu'ils rentreraient à Québec.

* * *

Il ventait si fort lorsque Serge Métivier quitta le garage pour regagner le centre Marcel-Caron qu'il balaya plusieurs fois les mèches de cheveux qui lui tombaient sur les yeux. C'était agaçant ! Ça, et tout le reste. Tout l'énervait. Tout le monde. Et surtout Arnaud Morel. Pourquoi avait-il fallu qu'il récupère ses chaussures ? Il était pourtant certain de n'avoir pas été suivi quand il les avait jetées. Morel l'avait assuré qu'il ne parlerait pas des LA Gear, mais Serge Métivier ne se fiait plus à personne depuis longtemps. Il était vraiment malchanceux ! Morel aurait pu être envoyé dans n'importe quel centre et il avait fallu qu'il échoue à Québec. Et, maintenant, il le regardait comme un chat regarde une souris. Il n'avait pas rediscuté du meurtre avec lui, mais Métivier devinait que ça ne tarderait plus.

Il était piégé, il devrait lui obéir alors qu'il ne voulait tuer personne ! Il n'était pas un assassin ; le garçon était mort par accident. Il n'était pas tordu comme Morel, lui.

Dans l'autobus qui le ramenait à Québec, Serge Métivier se répétait qu'il rentrait au centre pour la dernière fois. Il ne pouvait plus rester là à attendre que Morel le force à faire n'importe quoi. Il fallait qu'il choisisse un bon coin pour se cacher et ne pas attirer l'attention. Il se raserait les cheveux, laisserait pousser sa barbe.

Mais s'il prenait la fuite, Maud Graham s'énerverait. Et ferait tout ce qu'elle pourrait pour le rattraper. Et Morel lui en voudrait de s'être échappé, il montrerait les maudites chaussures aux enquêteurs.

Mais s'il rentrait, il verrait le câlice de sourire de Morel.

Et les regards soupçonneux de Daniel Verreault qui avait remarqué que Morel lui souriait souvent. Métivier avait été assez idiot pour reprocher à Morel de lui sourire de cette façon devant Verreault. Morel s'était moqué de lui : en quoi ça le dérangeait que Verreault les observe ? Il ne savait rien des chaussures, pas vrai ? Qu'est-ce que ça faisait qu'il les surveille ? Ça faisait que Verreault bavasserait à Maud Graham qui reviendrait fouiner au garage. Qui lui poserait cent mille questions avec l'autre enquêteur. Son beau-frère finirait par le mettre à la porte.

Câlice ! Il n'y avait qu'une solution : tuer Morel pour s'assurer de son silence. Mais comment ? Il avait dû frapper plusieurs fois Jonathan Dubois avant qu'il tombe. Et personne, au pen, n'avait jamais réussi à battre Morel. Ni même à l'approcher. On l'appelait « La mouche » parce qu'il avait des yeux tout le tour de la tête.

Il était vraiment malchanceux. Tout ça, parce que Morgane l'avait provoqué avec sa minijupe. Au moins, cette petite conne n'avait pas porté plainte pour viol. Il l'aurait su, ça faisait déjà des semaines qu'il avait baisé avec elle au parc Maizerets. Il pouvait être tranquille sur ce point-là. De toute manière, Morgane était un détail, maintenant que Morel s'intéressait à lui.

CHAPITRE 11

Il était presque minuit quand Thomas Lapointe rangea les tournevis et le marteau dans la boîte à outils. Il avait bien travaillé, sécurisé toutes les fenêtres de la maison et s'était assuré, en mettant la chaîne stéréo à plein volume, que tout était vraiment insonorisé ; on n'entendrait jamais les cris de Catherine Dion. Elle pourrait s'égosiller tant qu'elle le voudrait. Il ne la bâillonnerait pas en permanence, il n'était pas un tortionnaire. Simplement un homme qui réclamait justice. Qui voulait que Marie-Anne Lavoie sache ce que c'était que de s'inquiéter pour un proche. Il aurait pu la tuer comme il l'avait fait avec les trois autres. Et il le ferait peut-être, même si c'était une femme et que son fils Tristan était de l'âge de Jonathan. Ça dépendrait de sa réaction à l'enlèvement de sa demi-sœur. Elle devrait être folle d'angoisse, alerter les journalistes, admettre publiquement qu'elle redoutait qu'un délinquant en liberté conditionnelle n'ait commis l'irréparable.

Thomas Lapointe était ennuyé de devoir agir aussi vite mais il craignait qu'Henri Dubois ne contacte Hélène Deslauriers. Il ne fallait pas que Marie-Anne Lavoie soit déjà sous les projecteurs quand il enlèverait sa demi-sœur. Si elle était montrée du doigt par la journaliste au moment où Catherine était enlevée, on établirait un lien entre ce rapt et le travail de Marie-Anne Lavoie. On se demanderait, dans un premier temps, à qui elle avait nui, à quels détenus elle avait eu affaire. Puis on découvrirait qu'elle pratiquait un laxisme très apprécié des criminels lorsqu'il s'agissait de libération conditionnelle. On songerait alors aux proches des victimes des hommes qu'elle avait fait libérer.

La brise souleva les stores du salon, faisant claquer le bois contre le cadre de la fenêtre. Il ferait chaud quand toutes les fenêtres seraient fermées, mais il ne pourrait pas se permettre de les ouvrir tant que Catherine serait chez lui. Peut-être que le temps serait plus frais en août. Il aurait aimé prendre une semaine de vacances, mais il ne devait rien changer à sa routine. Il irait travailler, discuterait tout naturellement de l'enlèvement avec Graham, Rouaix et Trottier. Il était habitué de mentir.

Il rangeait le coffre à outils dans un garde-robe et réfléchissait à la route qu'il parcourrait dans la matinée, son dernier samedi en paix. Il aurait aimé que Gabrielle se joigne à lui, mais le moment était mal choisi. Avant tout, il devait régler le cas de Marie-Anne Lavoie. Il vivrait donc cette fin de semaine en solitaire, sa dernière fin de semaine de plein air ; il ne pourrait pas quitter Québec, se rendre à Montmagny ou à Saint-Siméon lorsque Catherine Dion serait chez lui. Il devrait rester à la maison pour la surveiller. Il s'arrangerait pour rentrer à l'heure du dîner. Il avait acheté des produits surgelés. Il lui préparerait aussi des salades avec des produits frais. Elle ne pourrait pas se lamenter sur son sort quand il la relâcherait. Ce n'était pas elle qui était visée, ce n'était donc pas à elle de souffrir, mais à son aînée. Celle-ci devait périr d'angoisse. Et de culpabilité. Ne pas dormir durant des jours.

La sonnerie du téléphone le fit sursauter. Qui pouvait l'appeler si tard?

— C'est Morel, il ne s'est pas présenté au centre ce soir, lui apprit Graham. Comme c'est toi qui l'avais arrêté, je me suis dit que tu voudrais être au courant. Verreault vient juste de m'appeler.

— Je te retrouve à la centrale.

— Tu n'es pas obligé, tu es en congé. Ne t'en fais pas, le rassura Graham, on fera ce qu'il faut pour le rattraper.

— Je vous rejoins au poste, insista Lapointe.

— On sera au centre pour discuter avec Verreault, fouiller dans les affaires de Morel, jaser avec les autres pensionnaires. Même si Morel n'a sûrement pas mentionné ses projets à quiconque. Qu'est-ce qui l'a poussé à disparaître?

— C'est curieux, s'inquiéta Lapointe. Il ne lui restait que quelques semaines à passer au centre. Son alibi est en béton pour la nuit où Jonathan a été tué. On n'a rien contre lui. Pourquoi s'est-il enfui? Ça ne tient pas debout. À moins qu'il n'ait voulu boire un verre et n'ait pas su s'arrêter.

— Non, Verreault m'a juré que Morel n'a pas de problème de consommation. C'est ça qui est dérangeant, il est à jeun quand il agresse quelqu'un. Comme s'il voulait bien en profiter.

— Je te rejoins.

Thomas Lapointe se doucha avant de s'habiller. Il ne s'était jamais présenté au travail sans des vêtements propres et repassés, et rasé de près. Il se souvenait de l'allure impeccable de son père qui soutenait qu'il ne pouvait en être autrement ; n'était-il pas un représentant de l'armée ? Son image devait refléter celle du groupe auquel il appartenait. Il devait en être digne. C'était une question de fierté.

La circulation était fluide et il espéra qu'il pourrait conduire dans les mêmes conditions quand il enlèverait Catherine Dion. Aurait-il pensé à la kidnapper s'il n'avait pas réussi à la joindre par Internet ? Il avait mis du temps à se décider à lui envoyer un message mais, par elle, il pourrait en savoir un peu plus sur Marie-Anne Lavoie. Il ne pouvait se rendre fréquemment à Montréal pour épier cette dernière. C'était fastidieux, épuisant. C'était une des raisons pour lesquelles il attendrait au moins jusqu'en mars ou en avril pour tuer Gilles Mercier ; les séances de guet étaient vraiment fatigantes. Le fait que Catherine Dion déménage à Québec lui avait facilité les choses. Ramener quelqu'un contre son gré de Montréal était trop compliqué mais, depuis que Catherine habitait Québec, il avait songé à elle plus souvent. Inconsciemment. Puis consciemment. En toute lucidité. Il s'était réjoui qu'elle ait commencé à faire du jogging sur les Plaines, empruntant toujours le même trajet. Descendant la côte Gilmore.

Il rejoignit Graham qui s'entretenait avec Métivier. Celui-ci répétait qu'il ignorait tout des projets de

Morel. Celui-ci ne lui adressait la parole que pour quémander des cigarettes.

— Il m'a pourtant semblé plus près de toi, ces jours-ci, le contredit Daniel Verreault. Morel te sourit toujours quand il te voit. Il t'a même donné des petites claques dans le dos.

Métivier haussa les épaules, espérant parvenir à dissimuler sa rage ; n'avait-il pas prédit à Morel qu'il attirerait l'attention de Verreault en lui souriant constamment ?

Pourquoi avait-il été assez stupide pour s'entêter à le narguer ? Verreault n'était pas un cave, il savait que des années de pénitencier modifient les rapports physiques chez les détenus. Le moindre geste est révélateur d'une intention et il s'était interrogé sur les sourires de Morel.

Là, la rouquine était de nouveau sur son dos. Elle voulait comprendre pourquoi Morel était parti. Il n'arrêtait pas de se poser cette question ! Cette fugue était bizarre ; Morel lui sauterait dessus au moment où il s'y attendrait le moins.

— Ton chum se pousse et tu ne sais pas pourquoi ? reprit Verreault.

— Ce n'est pas mon chum. Je n'ai pas de chum ici ni ailleurs. Je travaille au garage, je rentre au centre sans écœurer personne. Tout ce que je veux, c'est la câlice de paix !

— C'est embêtant que les filles t'aient aperçu avec Morel, fit Graham. On ne peut pas s'empêcher d'imaginer que vous êtes plus liés que tu l'admets. Que vous partagez un secret.

Serge Métivier jeta un coup d'œil à sa montre.

— On t'ennuie ? railla Thomas Lapointe.

— Je travaille demain.

— Va dormir. La nuit porte conseil. On espère que la mémoire te reviendra.

Alors que Métivier se dirigeait vers sa chambre, Graham déclara, assez fort pour qu'il l'entende, qu'elle était persuadée qu'il lui mentait. Elle évoqua Lamontagne et Provencher, demanda à les rencontrer de nouveau malgré l'heure tardive. Si elle pouvait s'intéresser à eux… Il rêvait. Graham finirait pas l'emmener au poste où ses partenaires se relaieraient pour le faire parler. Mais il n'aurait rien à dire sur Arnaud Morel. Pour une fois, il serait sincère ; il ignorait tout de cette fugue. Et il mit du temps à s'endormir, s'interrogeant sur les raisons qui avaient poussé Morel à agir ainsi. Il était certain qu'il s'amusait follement à le narguer. À lui rappeler par un simple sourire qu'il avait bien caché ses chaussures. Il lui avait même dit, la semaine précédente, qu'il les avait réexaminées et que les taches de sang lui paraissaient plus apparentes sur les lacets.

* * *

L'animation qui régnait au Vieux-Port durant la journée avait fait place à une rumeur agréable quand Maud Graham et Alain Gagnon se présentèrent à L'Échaudée, et ils s'installèrent à la terrasse à côté d'un couple de touristes visiblement ravis d'avoir aussi bien choisi le restaurant où ils passeraient leur dernière soirée de vacances. Leur accent du sud de la France fit dire à Alain qu'il aimerait découvrir la Provence à l'automne, boire sur place du Bandol et du vin de Cassis, visiter le domaine de Régine Sumeire, goûter au Pétale de rose à l'endroit où il était produit.

— En Provence ?

— Ou ailleurs.

— On va au chalet à la fin d'août...

— Où on pourra te joindre, me joindre si quelque chose de grave se produit à Québec. J'ai envie qu'on ait de vraies vacances ensemble.

Maud Graham acquiesça ; elle aussi souhaitait partir avec son amoureux, mais quitter Maxime durant l'année scolaire l'inquiétait un peu. Il chercherait à profiter de son absence pour étudier encore moins.

— André et Nicole ont élevé Martin, ils sont au courant. Ne m'as-tu pas déjà dit qu'il n'y avait personne au monde en qui tu avais plus confiance qu'André Rouaix ?

Maud hocha la tête. L'amitié, l'estime qu'elle portait à son partenaire ne s'étaient jamais démenties au cours des ans. C'était, à ses yeux, le seul avantage de vieillir : les amitiés étaient plus profondes, plus riches, plus rassurantes. Elle lissa son cou, espéra que la crème raffermissante tiendrait ses promesses. Elle portait une robe de lin vert émeraude et se demandait, même si Léa lui avait dit que le lin pouvait se porter froissé, si elle était à la mode ou si elle avait l'air négligé.

— J'aime bien cette robe, fit Alain. La couleur met ton teint en valeur.

— Elle est surtout confortable. J'en achèterai d'autres cette semaine, tout est en solde.

— Et j'imagine que tu iras à la boutique de Gabrielle.

Maud sourit ; elle ne pouvait rien cacher à son amoureux. Oui, elle voulait revoir cette femme, tenter d'en savoir davantage sur sa relation avec Thomas Lapointe.

— Tu t'inquiètes toujours pour lui ?

— Il est trop.

— Trop ?

— Trop gentil, trop zélé, trop secret, trop entraîné, trop impliqué…

— Parce qu'il voit souvent Henri Dubois ? C'est ça qui t'embête ?

Maud Graham fit une moue ; elle appréciait que son collègue montre de l'empathie envers les proches des victimes, mais il semblait obsédé par l'affaire Jonathan.

— Toi aussi ! Nous en discutons chaque fois que tu me téléphones. Quelle est la différence ?

Le ton d'Alain était absolument neutre, comme celui d'un psychiatre qui aide un patient à formuler une impression, à mettre des mots sur une émotion. Maud Graham lui avait souvent dit qu'exprimer ce qu'elle ressentait à propos d'une enquête lui permettait d'y voir plus clair.

— Moi, je suis exaspérée par la lenteur de notre enquête et j'y travaille chaque jour. Mais Lapointe, lui, en fait une affaire personnelle. Une croisade. J'imagine que c'est à cause du drame qu'il a vécu, mais je sens que…

Maud Graham se tut, observant ses voisins de table, souriants, insouciants ; ils n'étaient certainement pas enquêteurs pour être aussi détendus. Elle doutait de réussir à profiter totalement du voyage en France. Où elle n'irait pas tant que l'affaire Jonathan Dubois ne serait pas résolue. Cette affaire qui lui donnait l'impression de vieillir encore plus vite et d'oublier l'été, ses bonheurs odorants, ses jours si lumineux. Comment jouir de la belle saison quand un prédateur hante la ville ? Elle n'y parvenait pas. Elle se répéta cependant qu'elle devait se montrer plus attentive avec Alain qui penchait un peu la tête sur le côté avant de l'inciter à préciser le fond de sa pensée.

— On choisit ce qu'on mange et tu m'expliques tout ensuite ?

Alain fit signe au serveur qui nota leur commande.

— Encore le tartare ? Tu pourrais essayer un autre plat !

— Je plaide coupable. C'est le meilleur au monde… Et j'ai droit aux frites une fois par semaine. J'y pense depuis trois jours…

Elle but une gorgée d'eau avant de regarder autour d'elle comme si elle craignait qu'on n'entende ce qu'elle avait à dire. Mais il n'y avait que les Français à la table voisine qui parlaient des achats qu'ils avaient faits durant la journée. Un peu plus loin, des touristes américains commandaient des dry martinis.

La nuit tombait doucement, la rue étroite se teintait d'une nuance bleutée, la rumeur de la ville feutrée n'était plus qu'un souvenir de l'agitation diurne et les passants qui s'arrêtaient pour lire le menu avaient tous l'air d'être en vacances. Maud Graham se pencha vers son amoureux.

— J'ai fait un peu de recherche sur cette Marie-Anne Lavoie que Francis a évoquée lors de la course. Elle était déjà présidente de la Commission des libérations conditionnelles quand Donald Hébert a quitté le pénitencier.

— C'est donc normal que Francis ait parlé de Marie-Anne Lavoie à Thomas. Il connaît sûrement toute son histoire.

— Thomas était furieux qu'il en discute devant nous.

— Francis a mentionné qu'elle pouvait être nommée sous-ministre. C'est évident que ça ne peut pas faire plaisir à Thomas si elle a contribué à la libération d'Hébert. Qu'il en soit fâché…

— Non, il était contrarié par ma présence, que je sois là pour entendre ce que disait Francis. J'ai aussi découvert que Lavoie a croisé le chemin de René Asselin. Je n'aime pas les coïncidences…

— Quel rapport avec Lapointe ?

— Je me demande s'il le savait. Je te répète qu'il était mécontent que Francis évoque cette femme.

— Tu exagères. Il ne voulait pas gâcher l'atmosphère de fête de la course, c'est tout. Il était d'ailleurs de bonne humeur quand nous nous sommes attablés à la pizzeria.

— Tu as peut-être raison. Mais je vais continuer à m'intéresser à Marie-Anne Lavoie.

— Et à Thomas Lapointe. Tu te fais vraiment du souci pour lui… À cause de Marsolais et de Berthier ?

— Je m'en veux encore de ne pas avoir deviné qui était Marsolais et ce que vivait Berthier. Ces gâchis auraient pu être évités. Je sens que Lapointe est de plus en plus nerveux, plus stressé depuis que Donald Hébert a été assassiné à Bordeaux. Il aurait dû être soulagé qu'il soit mort, mais c'est l'inverse qui se produit. Ajoute à ça qu'on a enquêté sur deux morts d'enfant… C'est toujours difficile. Pour n'importe qui. Et lui, je le devine fragile. J'aimerais savoir comment quelqu'un qui n'est pas du métier le perçoit.

— Tu reverras donc Gabrielle.

— C'est aussi parce que je l'ai trouvée vraiment sympathique. Si j'étais aussi belle qu'elle, je pense que je serais prétentieuse.

— Mais tu es aussi belle ! Arrête de te dénigrer.

— Tu n'es pas difficile.

— C'est moi que tu insultes maintenant, plaisanta Alain en dépliant sa serviette de table pour la déposer sur ses genoux.

Le serveur présentait une bouteille de Paulliac et Alain anticipait déjà le plaisir de la déguster. Dès qu'il huma les effluves du vin, percevant une note de poivron vert, il sut qu'il avait fait le bon choix.

Graham sourit en entendant le soupir de satisfaction d'Alain ; qu'il était doué pour le bonheur ! Et comme elle était sotte de ne pas avoir accepté de le fréquenter plus tôt. Elle claqua des doigts.

— C'est ça ! C'est la même chose pour Thomas Lapointe.

— Encore Thomas ? Il t'obsède…

— À Bromont ! J'ai bien vu comment il regardait

Gabrielle. Elle lui plaît, c'est sûr. Mais il est comme j'étais avec toi. Il se retient d'aller plus loin avec elle. Pourquoi? Il n'a pas de raison! Moi, je suis plus vieille que toi, mais ce n'est certainement pas pour ça qu'il est si réservé.

— Il prend peut-être son temps…

— Je devrais lui avouer que je regrette d'en avoir tant perdu par mon indécision.

— J'ignorais que tu avais l'âme d'une marieuse… Et Morel? Du nouveau?

— Rien de neuf. Lapointe est persuadé qu'il nous mijote une surprise. Et moi je n'aime pas les surprises… On a envoyé sa photo dans tous les commerces de la région. Les employés des dépanneurs sont tous avertis de sa dangerosité. Est-ce qu'ils le reconnaîtront s'il se pointe à leur comptoir? Auront-ils le temps de faire le 911 ou le numéro qu'on leur a donné? On ne peut pas mettre un agent en faction devant tous les dépanneurs de la région de Québec.

— Il peut être plus loin.

— Lapointe nous a rappelé qu'il y avait une progression dans son dossier. Les crimes étaient plus graves d'une fois à l'autre. Il fera pire que d'attaquer un commerçant. On nous reprochera de n'avoir pas agi assez vite s'il y a des victimes. Mais on n'a pas assez de moyens. C'est toujours le même maudit problème!

Le retour du serveur à leur table lui changea les idées et elle décréta, en goûtant le tartare parfaitement assaisonné, qu'elle ne parlerait plus de Morel, Métivier ou autres délinquants de la soirée.

Et elle parvint à tenir sa promesse, même si elle pensa souvent au fugitif. Où était-il ? Elle retournerait dès le lendemain au centre Marcel-Caron ; le dimanche était un jour différent des autres pour les détenus. Certains restaient au centre, d'autres avaient le loisir de pratiquer un sport, de rejoindre un membre de la famille, de se promener, à condition de respecter le couvre-feu.

* * *

L'orage qui avait débuté tôt se poursuivit toute la matinée, et Graham se sentit coupable de délaisser Alain Gagnon pour quelques heures, mais il déclara qu'il ferait les courses avec Maxime pendant qu'elle tenterait de recueillir des éléments sur Arnaud Morel.

Le premier pensionnaire qu'elle croisa en poussant la porte était Serge Métivier, qui eut un mouvement de recul en la reconnaissant.

— Content de ma visite ?

— Qu'est-ce que vous voulez ?

— Jaser de Morel.

— Il s'est poussé, tant mieux pour lui.

— Tu voudrais l'imiter ?

— Pour aller où ?

— Quels sont tes projets aujourd'hui ?

— Je dîne avec ma sœur. Leurs enfants sont dans un camp de vacances, ce qui fait que j'ai le droit d'entrer dans la maison. Êtes-vous contente ? Voulez-vous m'accompagner ?

— Pourquoi pas ? Elle fouilla dans ses poches, sortit les clés de sa voiture.

— Vous n'êtes pas sérieuse, là…

Il la dévisageait, tentant de deviner si Graham le menait ou non en bateau. Elle lui souriait comme si elle lui faisait une bonne blague. Est-ce que ce qui l'amusait était de le faire marcher ou de le suivre pour continuer à l'interroger ?

— Ça t'évitera d'attendre l'autobus.

— Si mon beau-frère vous voit, il me tombera dessus ! Vous allez gâcher notre dîner.

Maud Graham rangea ses clés et lut, une fraction de seconde, un soulagement très net dans le regard de Métivier. Elle reviendrait le voir. Tous les jours. Il lui cachait quelque chose.

— Comme j'aime bien ton beau-frère, je resterai ici. Passe une belle journée.

Il lui tourna le dos mais s'efforça de marcher d'un pas égal jusqu'à la sortie. Il détestait cette rouquine qui fourrait son nez partout ! Elle n'avait rien d'autre à faire la fin de semaine ? Il entendit la porte se refermer derrière lui en se demandant qui elle harcèlerait de questions. Lamontagne ? Charpentier ? Ouellet, le nouveau, ce malade mental de Ouellet ? Si stupide que personne ne comprenait comment il avait pu commettre trois vols par effraction avant de se faire arrêter. Certains avaient vraiment de la chance. Alors que lui… Devait-il partir maintenant ? Pour que son beau-frère avertisse aussitôt le centre ? Le seul moment où il pouvait fuir sans que l'alerte soit donnée trop vite, c'était en revenant du travail. En se cachant à Bernières au lieu de rentrer au centre, en attendant que Jean-Pierre ait fermé le garage pour emprunter une voiture qu'il devrait vite se résigner à abandonner, car dès que Jean-Pierre devinerait qui l'avait volée, les policiers se mettraient à ses trousses. Jusqu'où pouvait-il se rendre sans être repéré s'il roulait toute la nuit ? Il ne comprenait toujours pas pourquoi Morel s'était enfui… Ça n'augurait rien de bon pour lui. Il n'avait pas apprécié le message que Ouellet lui avait remis de sa part. Où il disait qu'il pensait souvent à lui. Qu'il ne l'oublierait jamais. Ces mots, dans une carte avec des fleurs, auraient pu être écrits par un amoureux. Morel pratiquait l'ironie. Morel savait que Ouellet était un idiot qui finirait par tout raconter aux enquêteurs, par leur apprendre que Morel lui avait confié un message pour Métivier. Et la rouquine devinerait bien que Morel ne lui écrivait pas pour lui donner rendez-vous pour boire du thé. Il l'aurait encore plus sur le dos, si c'était possible.

Oui, c'était possible. Elle le ferait suivre constamment. Il ne pourrait pas remplir son contrat. Et Morel enverrait ses chaussures à Maud Graham.

Mais si elle ignorait l'existence de cette carte de vœux ? S'il l'empêchait de discuter avec Ouellet aujourd'hui ? Il rebroussa chemin. Il avait été idiot de refuser son offre de l'accompagner.

Graham s'entretenait avec Camille Tétreault quand il la héla.

— Finalement, j'accepte votre offre.

Elle ne montra aucune surprise et se contenta de sourire avant d'avertir le surveillant qu'elle reconduirait Métivier chez sa sœur et son beau-frère. Elle se rendit à sa voiture en plaisantant ; si l'auto tombait en panne, elle aurait quelqu'un de qualifié à ses côtés pour la réparer.

— Je suis en congé aujourd'hui.

— Espérons donc que je te mène à bon port.

— Oui, merci. Il n'y a pas beaucoup d'autobus le dimanche, dit Métivier. J'aurais mis une heure pour me rendre chez eux.

— Christelle est ta sœur aînée ou ta cadette ?

— Aînée. Mais vous le savez déjà. Qu'est-ce qu'on attend pour partir ?

— Je n'ai pas le droit d'être seule avec un délinquant. Tu pourrais me menacer.

— Câlice, vous me faites perdre mon temps !

Il cracha avant de s'éloigner. Graham le rattrapa, lui fit signe de s'asseoir à l'intérieur de la voiture.

— Je suis sérieuse. Sébastien Paquette sera ici dans cinq minutes. Ne reste pas sous la pluie. Tu peux fumer si tu veux, ça ne me dérange pas.

Métivier s'abstint, même s'il en avait envie. L'écouta préciser à Paquette de la rejoindre rue Kirouac. Qui dérangeait-elle, un dimanche matin, qui n'avait pas le choix d'accepter ses ordres ? Elle avait un grade plus élevé qu'il ne l'avait cru. Ça l'ennuyait. Il l'avait appris par Dumas. Qui lui avait aussi révélé qu'elle avait arrêté le pédophile qui avait tué un garçon sur les Plaines d'Abraham deux ans plus tôt. Il haïssait Dumas avec ses petits yeux noirs qui le faisaient ressembler à une marmotte, qui le guettaient sans cesse.

— Pourquoi voulez-vous me reconduire ?

— Parce que je suis gentille. J'aime ça rendre service au public.

— Je ne fais pas partie du public. Nous autres, on est en dehors du public.

— Ça dépend des gars. Il y en a qui se réinsèrent.

Métivier eut un rire rauque ; ah bon ? C'était ça ? On était dimanche et elle voulait lui faire un sermon sur la réhabilitation des criminels ?

— Peut-être que tu regrettes d'avoir violé les deux filles. On n'en a jamais parlé.

— Je n'ai rien à dire là-dessus.

Il y eut un long silence et le martèlement des gouttes d'eau sur le capot de la voiture leur parut plus sonore. Métivier finit par froncer les sourcils, penchant la tête à droite, puis à gauche.

— En fin de compte, j'attendrai l'autobus.

— Tu te ferais mouiller.

— C'est vrai qu'*elle* ne passe pas souvent.

— *Il*. Autobus est masculin.

Métivier se renfrogna ; Maud Graham voulait l'humilier. Voilà pourquoi elle lui avait offert de l'accompagner. Pour rire de lui. Il eut une envie terrible de l'attraper par les cheveux et de l'envoyer dans le pare-brise. On verrait si elle allait continuer à sourire avec le nez cassé, les lunettes pétées. Il se mordit les lèvres, chercha son paquet de cigarettes. Il n'en restait qu'une seule.

— Il faut que j'en achète d'autres. Il y a un dépanneur au…

— On s'y arrêtera avant d'arriver chez ton beau-frère. Il est vraiment sympathique, cet homme-là. Et honnête.

— Pas comme moi. C'est ça ? Là, je suis tanné. Vous n'avez pas le droit de me garder ici pour me poser des questions.

— Quelles questions ? Je t'ai seulement demandé si ta sœur était plus vieille ou plus jeune que toi.

Serge Métivier alluma sa cigarette ; Maud Graham l'exaspérait, mais il ne devait pas oublier que, tout le temps qu'elle le retiendrait, qu'il ferait semblant de vouloir la quitter, était du temps qu'elle ne passerait pas avec Ouellet. Si elle retournait au centre après l'avoir conduit chez sa sœur, il serait absent, parti au cinéma pour l'après-midi.

— Qu'est-ce que tu penses de Ouellet ? questionna Maud Graham. Pourquoi lui parlait-elle de Ouellet tout à coup ?

— C'est un vrai cave. Il a oublié son sac à dos au dernier McDo qu'il a cambriolé. C'est lui-même qui nous l'a raconté. Un maudit épais.

— Pas comme d'autres qui laissent seulement les empreintes de leurs chaussures sur les lieux du crime, hein ?

Métivier inspira longuement ; il ne voulait pas entendre le mot chaussure ! Il n'aurait jamais dû revenir sur ses pas. Mais Graham aurait parlé à Ouellet. Ou non.

Il était dans la merde jusqu'au cou. À cause de cette fille qui l'avait aguiché. À cause de Morel. Et maintenant il fallait qu'il se méfie de Ouellet. Daniel Verreault devait avoir remarqué que Morel lui avait parlé plusieurs fois. Il avait tout raconté à Graham et voilà pourquoi elle débarquait un dimanche matin avec ses maudites questions. Tout ça par la faute d'une fille qui se promenait à moitié déshabillée. Au moins, Morgane n'avait rien dit de l'incident du parc. Elle avait peut-être vraiment tout oublié. C'était efficace le GHB. Il aurait voulu en donner à tout le monde autour de lui. Aux enquêteurs. Et à Morel en particulier ; qu'il l'oublie. Qu'il ne sache plus ce qu'il avait fait de ses souliers. Qu'est-ce qu'il planifiait à cette heure ? Il ne s'était pas enfui sans avoir un excellent motif ; Métivier était persuadé que Morel, où qu'il soit, le contacterait d'une manière ou d'une autre.

Un coup de klaxon le fit sursauter. Maud Graham ouvrait sa portière, saluait un type aux cheveux aussi blonds que les siens.

— Sébastien Paquette est patrouilleur. C'est lui qui a signalé la disparition de Jonathan Dubois. Il connaît bien les parents du gamin. Des gens vraiment bien…

Serge Métivier esquissa un bref salut sans quitter Sébastien Paquette des yeux. Il marmonna qu'il arriverait en retard pour dîner chez sa sœur.

— On t'emmène tout de suite. On s'assoit ensemble derrière. Paquette va conduire. Moi, je déteste ça. Toi ?

— J'aime ça.

— As-tu toujours été bon en mécanique ou as-tu suivi des cours au pénitencier ?

— Les deux.

— Tu aurais pu être pilote de course, comme Jacques Villeneuve. Avec tes cheveux si clairs… Tu n'aurais pas besoin de les faire éclaircir pour lui ressembler. Quoique… Betty et Vanessa ont raison, c'est plus à Brad Pitt que tu ressembles.

Comment devait-il réagir à toutes ces niaiseries ? Elle ne pouvait pas être aussi idiote qu'elle en avait l'air ; on ne lui aurait pas confié des enquêtes.

— Oui, Brad Pitt, reprit Graham. C'est ce que m'ont raconté les filles. Celle de René Asselin était secouée quand je l'ai rencontrée, elle venait tout juste d'apprendre l'assassinat de son père, mais elle t'a bien décrit.

— Oui, vous me l'avez déjà dit. Et je vous ai répondu que oui, c'est vrai, je les ai croisées. Et que la grosse m'a *cruisé*. Qu'est-ce que vous voulez que j'y fasse ? Je leur ai parlé deux minutes. Même pas. Une. Comme si je pouvais m'intéresser à elles.

— La fille, penses-tu que Morel la connaissait ? C'est une fugueuse, une fille dangereuse. Peut-être qu'ils s'étaient déjà rencontrés avant ? Vanessa Asselin en avait l'impression.

Graham pensait-elle qu'il tomberait dans ce piège pour l'entendre dire ensuite qu'elle avait tout inventé ? Morel ne pouvait pas avoir discuté avec les deux filles, il était rentré au centre immédiatement après lui. À moins qu'elles n'aient pris l'autobus avec lui. Mais il les aurait rabrouées. Métivier était certain que personne ne s'assoyait jamais à côté de Morel dans les transports en commun. Est-ce qu'on s'assoit à six pouces d'un serpent si on n'est pas dresseur ? Personne n'avait jamais dompté Morel.

— Parle-moi un peu de Morel, insista Graham. Qu'est-ce qui lui plaît dans la vie ?

— Vous faire chier.

— Il réussit. J'aimerais mieux être chez moi au lieu d'être obligée de poser des questions sur lui un dimanche matin. Et Paquette préférerait rester avec sa blonde. Pas vrai, Paquette ?

Le patrouilleur hocha la tête pour toute réponse ; il ignorait pourquoi Maud Graham avait fait appel à lui, mais il s'en félicitait. Il admirait ses états de service et il espérait travailler un jour pour elle. Avec elle. Qui était cet homme qui se mordait trop souvent les lèvres ? Il était capable de soutenir un regard, mais ce tic trahissait sa nervosité.

— Est-ce que ta sœur est mariée à Jean-Pierre Tremblay depuis longtemps ?

— Quatorze, quinze ans. Ils se sont mariés quand elle est tombée enceinte.

— As-tu pensé à ça, lorsque tu violais les filles ? Qu'elles pouvaient tomber enceintes ?

Maud Graham avait gardé un ton uni, presque aimable pour poser cette question. Un ton traître. Il n'aurait jamais dû monter dans cette voiture. Il se tut. Qu'aurait-il répondu ? Que les filles qui le provoquaient n'étaient pas des saintes ; Morgane avait eu un chum, elle avait déjà baisé dans sa vie, ce n'était pas à lui de s'inquiéter de savoir si elle prenait la pilule ou pas.

— C'est un avantage pour nous, poursuivait Maud Graham, quand le violeur ne met pas de capote. Ça nous permet d'analyser son ADN. On a des résultats de plus en plus rapidement. Avant, ça prenait des jours. C'est long quand on a besoin de savoir si le gars qu'on soupçonne a violé une femme. Moi, je ne suis pas patiente. Toi? Es-tu capable d'attendre long-temps? Es-tu du genre pressé? C'est vrai que ça doit dépendre des circonstances…

— J'ai été arrêté, j'ai fait mon temps. Qu'est-ce que vous voulez de plus?

— J'essaie de découvrir si Morel et toi avez parlé de viols ensemble. S'il peut en commettre, lui aussi. À quoi on peut s'attendre de lui.

À tout, avait envie de répondre Métivier. Il se contenta d'entrouvrir la vitre pour mieux respirer. Il reconnaissait enfin le quartier où habitait sa sœur, il serait délivré de Maud Graham. Pour quelques heures.

— Je t'avais promis qu'on s'arrêterait pour que tu achètes des cigarettes. Je sais ce que c'est, j'ai déjà fumé. Tu dois trouver que ça coûte cher. En prison, il me semble que ce n'est pas le même tarif.

— C'est le seul plaisir qui est autorisé, je ne m'en prive pas.

— Il te reste combien de semaines au centre?

— Pourquoi posez-vous des questions dont vous avez les réponses? Vous devez vous ennuyer pour passer votre dimanche à…

Il passa une main dans ses cheveux; il avait failli perdre son calme. Il aurait besoin de fumer deux ou trois cigarettes avant d'entrer chez Christelle. Sinon il s'emporterait dès que Jean-Pierre lui ferait la moindre remarque. Car il lui en ferait. Et il boirait sa bière devant lui pour le narguer. Christelle croyait que son mari était très généreux de l'avoir embauché, mais elle ne s'apercevait de rien. Elle ne voyait pas qu'il s'amusait à siroter sa Molson. Il s'amusait avec lui comme le faisait Morel. Et Graham. Il était une distraction pour tout le monde.

Il fallait qu'il parte.

Où ?

Il se retint de claquer la portière lorsque Graham lui souhaita de passer un bon dimanche en famille. Au moins, elle avait tenu parole ; elle l'avait déposé à une rue de chez Christelle pour éviter d'alarmer Jean-Pierre Tremblay. Au dépanneur, il y avait une fille brune qui feuilletait des magazines ; elle portait un jeans qui permettait de voir son string. Elles disaient ensuite que ce n'était pas leur faute si les hommes s'excitaient !

CHAPITRE 12

La table était garnie de mezzés ; taboulé, baba gannouj, salade fattouch, kebbe naye, hummus, et Maud Graham saliva en s'approchant des plats.

— On aurait dû inviter les Rouaix à souper avec nous. Tu en as fait pour dix.

— Tu en remangeras cette semaine.

— Mais tu ne seras pas là pour trinquer avec moi… Qu'est-ce qu'on boit ?

— Un vin libanais, évidemment. J'ai eu de la difficulté à en trouver. C'est un Ksara. J'avais bien aimé quand j'en avais bu là-bas. J'espère qu'on ira ensemble, un jour… J'ai adoré Beyrouth. Les gens sont tellement gentils, ouverts, cultivés. J'imagine que ce sera comme pour le reste, on ira quand tu prendras ta retraite.

Le ton d'Alain était badin, mais Maud sentait qu'il commençait à perdre patience et qu'il lui reprocherait son manque de disponibilité si elle n'acceptait pas de s'envoler avec lui pour la France à l'automne. Elle devait se décider, réserver les billets d'avion, lui montrer ainsi qu'elle appréciait tout ce qu'il faisait pour elle. Et comme Rouaix avait promis de s'occuper de Maxime, elle n'avait aucune raison de tergiverser. Le seul motif qui pourrait l'empêcher de partir serait l'affaire Jonathan Dubois. Mais elle serait résolue avant l'automne. Elle l'avait promis à Henri Dubois l'après-midi même. Pourquoi s'était-elle arrêtée chez lui en revenant du centre Marcel-Caron où Paquette avait récupéré sa voiture ? Parce qu'elle avait pensé que le dimanche devait être la pire journée quand on vivait un deuil. Il régnait un calme particulier sur la ville qui accentuait l'impression d'absence, de vide, et le souper dominical qui était auparavant un instant privilégié devait être dorénavant une épreuve. Maud Graham avait ralenti devant la maison des Dubois, elle ne s'arrêterait que si elle apercevait Henri ou Geneviève dehors. En train de jardiner. Elle avait remarqué à quel point leur parterre était soigné lors de sa première visite ; ils devaient consacrer de nombreuses heures à l'entretenir. Elle espérait que le contact avec la terre les soulageait de leur angoisse.

Henri Dubois arrosait les cléomes qui bordaient la clôture séparant leur terrain de celui du voisin. Il y avait tant d'interrogation dans son regard que Maud Graham s'était sentie coupable de lui donner de faux espoirs par sa seule présence. Il était habitué à voir Thomas Lapointe, mais si elle s'amenait chez lui, c'est qu'il devait y avoir du nouveau, non ? Non. Elle avait reconnu qu'elle ignorait pourquoi elle s'imposait ainsi.

— Je n'aurais pas dû vous déranger, mais je voulais que vous sachiez qu'on ne lâche pas. Vous devez vous demander pourquoi on n'a pas encore retrouvé le meurtrier de Jonathan. On lance cette semaine un autre appel à témoins. Il est impossible que personne ne sache rien de ce qui s'est produit au parc Maizerets. Je vais faire paraître de nouveau la description de la boucle d'oreille. L'anneau d'argent est de qualité, le bijoutier à qui je l'ai montré l'estime à une quarantaine de dollars. Quelqu'un peut le réclamer.

— C'est ce que ferait Geneviève ou Myriam...

«Et moi aussi, songea Graham, à condition que le bijou m'appartienne.»

— Et les chaussures? Le meurtrier peut les avoir achetées des années avant qu'il...

— Non, l'empreinte indiquait une chaussure neuve.

— Mais il est possible que ces traces aient été laissées par quelqu'un d'autre que l'assassin. Avant le meurtre.

— On y a pensé. On trouvera. Je ne lâcherai jamais.

— Pourquoi? Il y a sûrement des enquêtes qui sont classées sans être résolues.

— Pas des cas comme celui-là. Pas avec moi. Pas avec Rouaix. Ou Lapointe. Vous connaissez Lapointe, vous savez qu'il s'entêtera. Il veut que les choses avancent. C'est pourquoi il tient à cette enquête de la journaliste Hélène Deslauriers.

Henri Dubois avait inspiré longuement sans cesser d'observer Maud Graham qui avait compris qu'il ne la regardait pas ainsi sans raison. Elle était restée silencieuse, lui renvoyant un regard attentif, ouvert et calme. Cet homme hésitait à se confier; en quoi le fait de mentionner le nom d'Hélène Deslauriers avait-il pu troubler Henri Dubois? Il lui avait fait signe de le suivre à l'intérieur de la maison, lui avait proposé un thé glacé.

— Jonathan adorait le thé glacé.

— Votre épouse est absente ?

— Elle est chez Ginette. Heureusement qu'on a Ginette près de nous. Présente sans être envahissante. La voisine parfaite. Non, plus qu'une voisine. Une amie. C'est important d'être bien entouré. Ça me rassure que Ginette soit si proche de Geneviève. C'est d'ailleurs sa recette de thé.

— Il est bon, parfumé et pas trop sucré. Vous vouliez m'entretenir d'Hélène Deslauriers… Francis en a discuté à la course avec Thomas Lapointe. Francis est un de ses amis…

— Je l'ai rencontré, avait précisé Henri Dubois. Il fait partie du groupe Entraide. Qu'est-ce qu'ils se disaient exactement ?

— Francis voulait savoir si vous aviez contacté Hélène Deslauriers. Lapointe a répondu qu'il ne vous avait pas vu récemment, mais qu'il vous relancerait. Vous relancer pour que vous persuadiez votre collègue d'écrire sur Marie-Anne Lavoie ?

Maud Graham avait fait une pause avant d'ajouter que Lapointe avait changé très vite de sujet. Qu'il avait paru ennuyé que son ami mentionne Marie-Anne Lavoie. Et qu'elle-même avait, depuis, fait des recherches sur cette femme.

— Vous aviez entendu ce nom ?

— Thomas m'a expliqué qu'elle avait été présidente de la Commission des libérations conditionnelles, avait répondu Dubois. Il a insisté pour qu'Hélène

Deslauriers n'écrive rien sur elle avant qu'elle soit nommée sous-ministre. Il est convaincu que l'article aura plus d'impact plus tard. J'en ai néanmoins discuté avec Hélène qui a d'autres sources. Elle n'est pas du tout certaine que Marie-Anne Lavoie obtienne ce poste et elle s'est étonnée que Thomas préfère qu'elle enquête sur cette femme après son éventuelle nomination. S'il y a quelque chose de moche à déterrer sur elle, à révéler au public, ce sera valable en tout temps. J'ai l'impression que Thomas ne sait pas ce qu'il veut.

— C'est curieux.

Henri Dubois avait bu une gorgée de thé, avait reposé son verre avant d'ajouter que sa collègue avait été assez intriguée pour s'informer sur Marie-Anne Lavoie. Et elle avait découvert qu'elle avait travaillé avec René Asselin.

— Le nom l'a frappée, évidemment, avec ce qui lui est arrivé. C'est une drôle de coïncidence. Hélène s'est demandé si elle ne devait pas en faire part aux enquêteurs, mais…

— Elle s'est dit qu'ils connaissaient déjà ce lien, qu'ils avaient rencontré tous ceux et celles qui avaient bossé avec Asselin pour tenter de savoir qui pouvait lui en vouloir au point de le tuer. C'est une bonne déduction. Vous avez parlé à Thomas Lapointe de ce lien qu'elle avait établi entre Asselin et Lavoie ?

Henri Dubois avait secoué la tête ; il s'était tu à ce sujet et il ignorait pourquoi. Et ça l'embêtait.

— Je crains qu'il ne soit fâché que je n'aie pas attendu pour discuter du groupe Entraide et de Marie-Anne Lavoie avec ma collègue.

— Alors qu'il devrait être content…

— Je ne comprends pas son attitude. Il est plus stressé depuis quelques jours. Avez-vous de nouveaux développements à propos de Jonathan ? Que vous m'auriez cachés ?

Maud Graham avait agité la main. Non, non, rien de nouveau. Elle le lui aurait appris aussitôt. Elle avait prié Henri Dubois de garder le silence sur son entretien avec Hélène Deslauriers jusqu'à ce qu'elle-même l'ait rencontrée, puis elle avait terminé son verre de thé glacé.

— Je ne sais pas pourquoi je bois plus souvent du café que du thé. Je préfère pourtant le thé, avait avoué Graham. Parce qu'on a une cafetière au poste… Par facilité. Par paresse. Vous devez croire qu'on est un peu paresseux.

Dubois avait paru surpris par cette remarque.

— Thomas Lapointe est ici trop souvent. Si vous aviez négligé quoi que ce soit, il m'en aurait fait part. Il est très impliqué dans notre histoire.

— Trop ? Vous avez dit que Ginette est parfaite parce qu'elle n'est pas envahissante. Est-ce que Thomas vous dérange parfois ?

— Non, je m'étonne seulement qu'il vienne si souvent alors qu'il n'a aucune nouvelle à nous annoncer. Bonne ou mauvaise. Mais qu'est-ce que vous pourriez m'annoncer de pire que ce que j'ai déjà entendu ? Vous ne pouvez que m'annoncer de bonnes nouvelles, m'apprendre que vous avez retrouvé l'assassin…

Maud Graham avait acquiescé, se refusant à contredire son hôte, même si elle pensait qu'il serait choqué en apprenant que le meurtrier de Jonathan était un récidiviste qu'on n'aurait jamais dû libérer. Mais peut-être qu'il en était à son premier crime. Un crime de panique.

Un crime de panique ou un crime de colère ?

Elle était rentrée à la maison après s'être arrêtée rue Maguire pour acheter du thé chez Eddy Laurent. Elle avait hésité longuement entre le thé des Pharaons et le Montagne de Jade et avait fini par acheter les deux.

— J'ai bu un excellent thé chez Henri Dubois, dit-elle à Alain.

— Tu es allée chez lui ? Pourquoi ?

— Je ne sais pas.

Alain Gagnon écarta une mèche de cheveux qui tombait sur le front de Maud ; elle ne changerait jamais. Elle avait rendu visite à Henri Dubois parce qu'elle se sentait coupable de ne pas avoir encore arrêté l'assassin de son fils.

— Tu prends cette enquête très à cœur…

— Moins que Lapointe. Il s'est investi d'une mission. Il veut sauver le monde.

— Toi aussi. Tu as la foi !

Croyait-elle vraiment à l'utilité de son métier ou avait-elle besoin, comme Lapointe, d'avoir une bonne image d'elle-même ? Elle pouvait se regarder dans le miroir avant de se coucher et se dire qu'elle avait fait tout ce qu'elle pouvait pour éloigner le mal. Elle avait souvent l'impression que sa contribution à la lutte contre le crime était dérisoire, mais elle n'abandonnerait jamais. Elle voyait le territoire où elle enquêtait comme un immense damier où chacun devait faire sa part pour protéger son lot, l'embellir, en faire un lieu de vie agréable. Malgré les autoroutes en béton, les lampadaires, les centres commerciaux, elle décrivait sa ville telle une courtepointe où chaque quartier avait sa personnalité, ses joies, ses peines et ses secrets. Le mal, bien sûr, tirait souvent sa force de ces secrets, mais si les habitants les dénonçaient, on avançait un peu vers la lumière.

Elle tendit son verre à Alain qui venait d'ouvrir la bouteille de Blanc de blancs. Elle huma le vin qui lui parut frais, chercha une remarque à faire à Alain qui s'émerveillait du parfum miellé du Ksara.

— Du miel ? Comment peux-tu déceler tout ça ? J'essaie pourtant de…

— Tu ne dois pas vouloir capturer l'âme du vin, tu dois l'apprivoiser. Tu es toujours trop pressée.

Toujours pressée ? Alors que l'enquête sur Jonathan traînait ? Elle avait juré à Henri Dubois d'arrêter le meurtrier. Comment pouvait-il la croire ? Elle n'avait rien appris de nouveau depuis des jours.

— Tu étais confiante que tu appréhenderais l'assassin avant l'automne.

Maud Graham but une gorgée, puis deux, gardant le silence.

— Les pièces du puzzle finissent par se mettre en place, commenta Alain.

— Pas dans toutes les enquêtes.

Alain déchira un morceau de pain pita, le trempa dans l'hummus et l'approcha des lèvres de Maud.

— Mange, ordonna-t-il, au lieu de te fustiger. Tu

trouves toujours le coupable. Depuis que je te connais. Et tu as toujours peur de ne pas y parvenir alors que tu fais tout pour cela. Avec une équipe qui est aussi motivée que toi. Dans ce cas-ci, ce n'est pas un mal que Lapointe soit zélé, il ne compte pas ses heures…

— Il peut se brûler. Ce ne sera pas mieux s'il fait un *burnout*.

— Lapointe pourrait être déprimé ? Pour quelles raisons ?

— La liste est longue dans notre métier.

— Il était pourtant souriant à la pizzeria. À cause de Gabrielle, peut-être ?

* * *

Thomas Lapointe avait disposé deux tranches de poulet cuit, un petit pain, une poire et du raisin sur un plateau avec une grande bouteille d'eau. Catherine Dion devrait bientôt se réveiller ; peut-être aurait-elle faim ? Les chances étaient minces, car l'éther devait l'avoir rendue nauséeuse, mais il voulait qu'elle comprenne bien qu'il ne l'affamerait ni ne la maltraiterait. Il devait simplement la garder chez lui pour quelques jours. Il se dirigea vers sa chambre pour revêtir le sarrau et enfiler un passe-montagne. Il crèverait de chaleur. Tant pis. De toute manière, il ne discuterait pas des heures avec sa prisonnière. En décrochant le sarrau, il effleura celui de son père, saisit une manche entre ses doigts, la serra pour y puiser de l'assurance et sortit de la pièce avec le sentiment qu'il faisait son devoir.

Catherine Dion était éveillée et le regarda s'approcher vers elle en roulant des yeux effarés, en serrant les poings. Elle ne criait même pas sous son bâillon. Il s'avança lentement en l'assurant qu'il ne lui voulait aucun mal, qu'il lui retirerait le bâillon si elle promettait d'être sage et silencieuse. Il détestait entendre crier. Elle frémit de tout son corps quand il glissa une main sur sa nuque pour délier le bâillon, mais accepta la bouteille d'eau qu'il lui tendit pour la repousser aussitôt. Et si elle était empoisonnée ?

— Vous avez peur. C'est normal. Je vais en boire une gorgée pour vous rassurer. Il n'y a aucun produit toxique dans l'eau.

Il avala deux gorgées avant de rendre la bouteille à Catherine Dion qui but à son tour avant de se mettre à pleurer.

— Non, non, ne pleurez pas. Ce n'est pas la peine. Vous n'êtes ici que pour quelques jours.

— Pourquoi ? Qu'est-ce que je vous ai fait ?

— Vous ? Rien.

— Pour qui travaillez-vous ?

— Pour personne. Et pour tout le monde. Je devais vous enlever, je n'avais pas le choix.

— Ça n'a pas de sens !

Il lui tendit un mouchoir qu'elle saisit, mais il s'écarta d'elle aussitôt ; il devinait qu'elle redoutait les contacts physiques. C'était normal, il était un inconnu. Elle ignorait qu'il tiendrait parole et ne lui ferait subir aucun sévice.

— Ça n'a pas de sens, répéta-t-elle.

— C'est vrai, ça n'a pas de sens. C'est pour ça que

j'ai dû agir. À cause d'un manque de sens. De bon sens.

Il se tut, il en avait déjà trop dit. Il ne devait aux tenir des propos qui mettraient la puce à l'oreille aux enquêteurs lorsqu'elle serait libérée. Tout ce qu'il voulait, c'était que Marie-Anne Lavoie se meure d'angoisse, qu'elle ne puisse plus dormir, ni manger, ni boire. Qu'elle pense sans cesse à sa demi-sœur. Que tous les détenus en liberté défilent dans sa tête, qu'elle imagine ce qu'un psychopathe ferait à sa cadette. Qu'elle admette ses erreurs. Qu'elle se repente.

— J'ai mal au cœur, gémit Catherine.

Il tendit la main pour l'aider à se relever, mais elle la dédaigna dans un premier temps. Elle dut pourtant accepter son aide, victime d'un étourdissement en se redressant. Il la guida vers la salle de bain où il avait mis des serviettes propres à sa disposition. Il avait toutefois pris la précaution d'enlever le verrou; il ne devait pas avoir à s'inquiéter pour elle, même s'il avait vidé les tiroirs de la commode de tout objet coupant. Et des médicaments. Il avait rangé les aspirines dans la cuisine, au cas où Catherine se plaindrait de maux de tête. Il l'entendit uriner, puis l'eau coula dans le lavabo durant quelques minutes. Puis le silence.

— Tout va bien ?

Elle ouvrit enfin la porte; pensait-il vraiment que tout pouvait bien aller pour elle ?

— Je vous jure que je ne vous ferai aucun mal.

— Pourquoi ? Ce n'est pas une manière de régler le

problème ! Le projet sera déposé de toute façon et lorsqu'on saura comment Armtrack a agi, ça vous desservira. Il y aura une plainte au criminel…

Thomas Lapointe se délectait des propos de Catherine Dion ; elle supposait que son enlèvement était lié à son travail. S'il savait qu'elle était avocate en droit civil, spécialisée dans les problèmes environnementaux, il ignorait ce que représentait Armtrack, mais il ferait une recherche informatique dans un cybercafé dès qu'il en aurait l'occasion.

— Je vous ai préparé un plateau repas. Je ne peux pas vous autoriser à jouir de toute la maison, à regarder la télévision ou à écouter la radio. Je vous ai donc choisi quelques livres.

— Des livres ?

— Je me suis fié à ce que lisent mes collègues. Il y a un Harry Potter, tout le monde aime Harry Potter.

— Pas moi. La fiction ne m'intéresse pas. Et vous ?

— Moi non plus. Je vous ai mis aussi la biographie de Churchill.

Elle paraissait étonnée mais n'émit aucun commentaire. Elle tenta de voir les autres pièces, de repérer les lieux où on la confinait, mais Thomas la poussa vers la chambre où elle devait rester enfermée. Elle résista, il accentua alors la pression dans son dos.

— Je… je ne veux pas retourner là-dedans.

— Il ne vous manque rien. Si vous avez un besoin urgent en mon absence, j'ai mis une bassine en plastique. Je ne serai pas parti très longtemps. Essayez de vous détendre.

Catherine Dion eut un rire rauque ; se détendre ? Il était fou pour penser qu'elle pouvait y parvenir.

— Je ne suis pas fou, protesta-t-il.

Le ton de sa propre voix surprit Thomas Lapointe qui l'adoucit pour préciser qu'il reviendrait rapidement. Fou ? Elle pouvait évaluer si quelqu'un était fou ou non ? Elle n'était pourtant pas psychiatre. Elle ressemblait bien à sa demi-sœur qui s'arrogeait des compétences quand elle manquait du plus élémentaire bon sens. Il quitta sa prisonnière sans prononcer un mot après avoir verrouillé la porte de la chambre, fit ensuite claquer une autre porte afin que Catherine croie qu'il était parti et demeura immobile, guettant les bruits qui lui indiqueraient comment elle réagissait quand elle était seule. Il ne fut pas surpris de l'entendre crier, appeler à l'aide avant de s'acharner contre la porte. Ce manège dura quasiment une heure, puis il perçut des gémissements ; elle abandonnait provisoirement l'idée de s'évader de cette pièce. Elle tenterait sûrement autre chose, plus tard. L'amadouer, probablement.

Elle n'aurait aucune chance. Catherine Dion n'était vraiment pas son type de femme. Il l'avait observée quand elle était au restaurant avec Marie-Anne. Il détestait les coquettes. Tout le contraire de Gabrielle Léger.

Non, il ne devait pas penser à elle. Pas maintenant. Il devait oublier ses sourires le jour de la course, son regard frais, juvénile et pourtant si grave. Il n'aurait pas dû lui donner son numéro de téléphone après le repas à la pizzeria, mais Maud Graham qui était assise près d'eux aurait remarqué son refus et se serait posé des questions. Il avait inscrit son numéro sur le coin de la nappe en papier, l'avait déchiré et tendu à Gabrielle qui avait promis de l'appeler. Elle n'en avait encore rien fait.

Que lui dirait-il ?

Il devait terminer sa mission avant tout. Mais comment s'achèverait cette mission ? Devrait-il tuer Marie-Anne Lavoie ou l'aurait-il suffisamment traumatisée pour qu'elle renonce à travailler dans le secteur de la justice ? En l'épargnant, cependant, c'était lui qui faisait preuve d'injustice envers ses complices. Il avait exécuté Baudin, Asselin et Ménard. Mercier et Lavoie devaient subir le même sort. Pourquoi était-il à ce point gêné parce que cette dernière était une femme ? Sa condition et son intuition féminines ne l'avaient pas empêchée de suivre de stupides directives. S'il n'avait pas vu la photo de Vanessa Asselin, il n'aurait pas songé à Tristan Lavoie. Il ne devait pas y penser.

À cette heure, on s'était peut-être aperçu de la disparition de Catherine Dion ; quels collègues s'activeraient sur cette affaire ? Il n'y avait aucune chance que Graham soit en charge de cette enquête, puisque leur patron avait ordonné qu'elle se consacre à l'affaire Jonathan Dubois. Elle suivrait malgré tout le déroulement de l'enquête comme Rouaix, comme Trottier. Comme lui-même. Ils offriraient tous leurs services aux collègues à qui reviendrait l'affaire. Et Graham maugréerait contre les journalistes.

Ou peut-être que non. Elle avait changé d'attitude à

leur égard avec l'affaire Jonathan Dubois. Elle prétendait qu'ils étaient plus circonspects qu'à leur habitude, plus respectueux. André Rouaix avait fait remarquer qu'elle était moins intraitable depuis l'affaire Jessica, depuis qu'un journaliste avait écrit, dès l'arrestation du meurtrier, que Maud Graham avait brillé par son flair. Celle-ci avait contredit son partenaire ; elle n'était pas si orgueilleuse ! Elle se moquait bien de ce qu'on pensait d'elle ; elle espérait seulement que les propos des journalistes servent l'enquête. C'était pour cette raison qu'elle avait souhaité qu'on rediffuse la photo de la boucle d'oreille trouvée au parc Maizerets. Elle était persuadée qu'elle retracerait la personne qui avait perdu ce bijou à quelques mètres de l'endroit où avait été tué Jonathan. Elle poursuivrait sa quête tandis que ses collègues chercheraient Catherine Dion. Ils fouilleraient sa maison pour tenter d'en apprendre plus sur elle. On saurait vite qu'elle vivait seule. On imaginerait alors une rencontre avec un inconnu qui aurait mal tourné. Les femmes qui faisaient confiance aux types avec qui elles avaient échangé quelques courriels étaient nombreuses ; Maud Graham avait assez pesté contre leur imprudence. On pourrait supputer que Catherine Dion était du nombre. Ou, si elle vivait seule tout en ayant quelqu'un dans sa vie — Thomas n'avait pu le savoir, même s'il l'avait surveillée plusieurs fois depuis qu'elle s'était installée à Québec —, on voudrait avoir plus d'information sur cet homme. On explorerait toutes les pistes.

Aucune ne mènerait les enquêteurs à Beauport.

La douceur de l'air surprit Thomas Lapointe quand il enfourcha son vélo ; l'humidité quasiment omniprésente en juillet disparaissait enfin. Le temps sec était idéal pour les cyclistes et il regretta de devoir renoncer pour quelques jours à son entraînement. En longeant le fleuve, il respira à pleins poumons afin de se détendre ; il devait se concentrer sur l'odeur d'ozone du vent, sur l'or qui dansait à la surface de l'eau, sur la route. Se détendre ; il avait réussi son coup, il avait enlevé Catherine Dion et elle s'était montrée moins hystérique qu'il ne l'avait craint. Il roula à vive allure jusqu'à ce qu'un camion le déporte sur la droite, risquant de le faire chuter. Il regarda le monstre s'éloigner ; il était prêt à parier que le conducteur ne l'avait même pas vu. On pouvait écraser des gens sans s'en rendre compte. Comme Marie-Anne Lavoie qui avait détruit des vies sans s'en apercevoir. Il consulta sa montre juste avant de revenir vers la route ; il devait parcourir les quelques kilomètres qui le séparaient de la centrale du parc Victoria en moins de dix minutes. S'il n'y parvenait pas, c'est qu'il avait perdu un peu de sa forme depuis la course ; il espéra qu'il n'aurait pas à garder Catherine Dion chez lui trop longtemps.

Il aurait bien contourné un accident qui lui avait d'abord semblé mineur afin de maintenir sa cadence, mais il avait dû faire son devoir et s'arrêter pour discuter avec les deux conducteurs qui étaient sortis de leurs véhicules, s'informer de leur état, utiliser son téléphone cellulaire pour avertir les patrouilleurs du lieu exact de l'impact. Il se présenta au parc Victoria avec vingt-deux minutes de retard et s'en excusa auprès de Graham et de Rouaix.

— Tu n'as pas à t'excuser, avec toutes les heures supplémentaires que tu as faites cet été !

— Je déteste le manque de ponctualité. Pas de nouvelles de Morel ?

— Rien.

— Il n'a pas cherché à entrer en contact avec moi, dit Lapointe. J'aurais pourtant cru qu'il prendrait plaisir à me narguer, qu'il enverrait un courriel ou téléphonerait d'une cabine publique. Juste le temps de me menacer avant de raccrocher. Il ne veut vraiment pas qu'on découvre où il se cache.

— Tu aurais pris ces menaces au sérieux ? s'enquit Maud Graham.

Thomas Lapointe secoua la tête ; non, bien sûr que non. Morel était certes déjanté. De là à s'en prendre à un policier... Les criminels y pensaient à deux fois avant d'agresser un représentant de la justice ; la peine serait très lourde si on les arrêtait.

— On a cependant tué René Asselin, fit remarquer André Rouaix. J'ai eu Marcotte au téléphone hier soir, ils ont un témoin. Plus ou moins fiable. Il paraît qu'une voisine aurait vu un étranger rôder autour de chez les Asselin. La dame est âgée, hésitante, mais sa vue est bonne. Marcotte ne néglige rien.

— Il est vraiment fiable, dit Graham. J'ai regretté qu'il parte de Québec. Même si on n'a pas perdu au change.

Elle souriait à Thomas Lapointe qui avait été muté à la centrale du parc Victoria après le départ de Marcotte. Il n'avait pas travaillé tout de suite aux crimes contre la personne avec Graham et Rouaix, mais ceux-ci avaient vite réclamé ses services en tant que crack en informatique.

— On est chanceux de t'avoir.

Thomas Lapointe esquissa un sourire ; Graham ne tiendrait pas ce discours si elle apprenait que c'était lui qui avait enlevé Catherine Dion. Et tué Asselin, Ménard et Baudin. Elle le condamnerait sûrement si elle savait qu'il exécuterait le sénateur Gilles Mercier juste avant le dixième anniversaire de la mort de Mélanie.

Mais ça n'arriverait pas.

Quand signalerait-on la disparition de Catherine Dion ? Qui s'apercevrait qu'elle n'était pas rentrée chez elle ? Il était à la fois frustré et soulagé qu'on ignore encore que Catherine Dion avait disparu. Il était content d'avoir pu revenir au poste et retrouver la routine habituelle durant quelques heures. Il ne fallait pas, toutefois, que la situation s'éternise.

— Avances-tu dans tes travaux d'Hercule ? interrogea Graham.

— Je me doutais que ce serait long... Il est nécessaire de faire le ménage dans tous les dossiers, restructurer la manière dont ils ont été informatisés. On peut être plus performants. Il faut créer des liens plus étroits avec les services correctionnels du Québec, du pays. Morel est né à Saint-Boniface. Si on avait pu avoir accès à son dossier, on aurait appris des détails intéressants.

— Il pourrait être retourné là-bas ? Ça fait une trotte en partant de Québec.

— Qui sait où il est à cette heure ?

— Peut-être Métivier. Il était très nerveux, hier matin. Il nous cache quelque chose. Je suis décidée à le harceler. J'irai faire un tour au garage aujourd'hui. Ça te tente ?

— Je suis obligé d'aller témoigner en cour, gémit Rouaix. J'échangerais volontiers ma place avec vous. Au moins, on a fini de rédiger le dossier pour le procureur. J'espère qu'il servira.

Thomas Lapointe fit une moue éloquente ; le criminel serait condamné à une peine qu'il ne purgerait qu'à moitié. Ou au tiers. Il serait remis en liberté conditionnelle. Et agresserait quelqu'un.

— Arrête ! s'écria Graham. Ce n'est pas systématique ! Il y a des ex-détenus qui s'amendent réellement. Et pour le reste, on fait notre travail. Ce n'est pas notre faute si le système a parfois des ratés.

— Tu n'es pas frustrée ?

— Évidemment. La frustration fait partie de notre boulot.

— Tu es joliment optimiste aujourd'hui, nota André Rouaix. Tu as eu une belle fin de semaine avec Alain ?

Elle acquiesça, faillit parler du voyage en France, mais elle attendrait le dîner pour en discuter avec Rouaix. Elle irait d'abord interroger Métivier au garage de son beau-frère.

— Je consulte Fecteau, annonça-t-elle à Lapointe. Termine ton café. On file ensuite à Bernières.

Elle expliqua à son patron qu'elle s'entêtait à questionner Métivier parce qu'elle était persuadée qu'il leur mentait.

— Je mets de la pression. S'il a des trucs à se reprocher, je le saurai. Et s'il a des plans pour l'avenir, je dois les découvrir !

— Métivier, c'est le violeur ?

— Qui a *dealé* avec Morel. Et qui n'aime pas du tout qu'on lui parle de lui. On n'a pas trouvé la drogue, il ne devrait donc pas être si inquiet qu'on mentionne Morel devant lui.

— Ton intuition ?

Robert Fecteau observait Maud Graham, il connaissait ce regard déterminé, sa façon de froncer les sourcils, de respirer un peu plus lentement alors qu'elle cherchait les termes exacts pour préciser son intuition, pour la lui faire partager. Il exigeait des détails sur les éléments qu'elle lui exposait afin de l'obliger à affiner ses hypothèses.

— Quand j'étais avec Métivier dans ma voiture, une fille a traversé la rue. Sous la pluie, chandail archimoulant. Il l'a regardée deux secondes avant de détourner les yeux. Juste assez pour que je comprenne qu'il la désirait tout en étant en colère contre elle.

— Contre elle ou contre nous ? On le surveille, il n'a pas le droit de s'approcher d'une gamine.

— C'était plus que ça. Il a du ressentiment envers les femmes.

— Il pense que ses victimes n'auraient pas dû porter plainte contre lui, qu'elles l'avaient provoqué. Il ne serait pas le premier violeur à nier sa responsabilité. Mais si tu penses qu'il y a autre chose…

— Métivier me rappelle les lièvres, toujours sur le qui-vive, prêts à détaler au moindre bruit.

Elle claqua des doigts. Voilà ce qui la gênait avec Métivier : il aurait dû être un aigle prêt à fondre sur sa proie, mais elle le comparait à un lièvre qui craint le renard.

— Ce n'est pas normal que je l'imagine ainsi. Je dois deviner qui est le renard qui l'angoisse autant.

Lapointe attendait Graham devant l'escalier, prêt à partir pour Bernières. Elle lui tendit les clés de sa voiture. Lorsqu'ils s'engagèrent sur le pont Pierre-Laporte, elle désigna le pont de Québec, mentionna la catastrophe de 1937.

— J'ai toujours un frisson quand je pense à l'écroulement du pont. Ça devait être horrible de chuter d'aussi haut. Je ne comprends pas que des gens se suicident en se jetant d'un pont. Je préférerais les pilules. Je ne sauterais jamais dans le vide.

— Mais si tu es déjà vide à l'intérieur…

— Tu as ressenti ça quand Mélanie est morte ?

Lapointe cessa de respirer ; il n'aimait pas le tour que prenait la conversation. Il savait que Graham évoquait sa sœur en l'appelant par son prénom pour bien la personnaliser, créer un climat d'intimité entre eux. Mais elle était si loin de lui, elle ne le rejoindrait jamais.

— Oui. Tout le monde vit avec un trou, un précipice dans l'âme. C'est normal.

— Henri Dubois m'a confié qu'il éprouvait ce vide.

— Henri ? Maud Graham avait rencontré Henri Dubois ?

— Je me suis arrêtée chez lui, un peu par hasard. Je roulais dans le coin, hier.

Elle roulait ? Elle se promenait dans les environs ? Coucou, c'est moi ? Alors qu'elle détestait conduire ?

— Tu les aides beaucoup, continuait Graham.

— Ce qui les aiderait, c'est qu'on arrête l'assassin de leur fils.

— On y arrivera.

Elle fit cette déclaration d'un ton si calme que Lapointe la dévisagea ; avait-elle un nouvel élément dont elle ne lui aurait pas encore parlé ?

— Non, tu aurais été informé, voyons. Il me semble que l'affaire est reliée à l'été et se terminera avant la chute des feuilles.

— Avant l'automne.

— Oui.

Graham était certaine que l'été jouait un rôle dans cette histoire ; l'assassin ne serait pas allé au parc Maizerets s'il n'avait pas fait si chaud ce soir-là. Et Jonathan ne serait pas parti à vélo s'il avait plu. Et s'il avait plu, la trace des LA Gear n'aurait pas été si nette. Et elle n'aurait pas su que Lamontagne, Chabot, Charpentier et Métivier chaussaient du dix. Aucun ne portait des LA Gear. Mais quel assassin serait assez idiot pour conserver ses chaussures après avoir commis un meurtre ? Maud Graham glissa sa main hors de la voiture, écarta les doigts pour sentir la résistance du vent. L'enquête aussi avait sa propre force de résistance. On aurait pu la qualifier d'inertie. Elle devait la secouer.

CHAPITRE 13

La pénombre empêchait Catherine Dion de voir la grande pièce devant laquelle elle était passée en revenant de la salle de bain, mais elle avait cru distinguer un vélo ; est-ce que son ravisseur en faisait ? Elle s'était demandé durant des heures qui l'avait enlevée et pourquoi. Si l'homme avait voulu la violer ou la tuer, il l'aurait déjà fait. Elle se raccrochait à cette idée, refusant d'imaginer qu'il la garderait jusqu'à ce que… Non. Il l'aurait agressée s'il en avait eu envie. Que voulait-il ? Elle l'avait vainement interrogé. Il répétait qu'elle ne pouvait pas comprendre. Qu'elle et sa sœur avaient vécu dans leur petite bulle bien protégée sans se soucier du mal qu'elles faisaient. Elle ? Du mal ? Elle s'était rebiffée ; qui était-il pour la juger ? De quel mal parlait-il ? Oui, elle avait eu le poste que convoitait Monique Bernier parce qu'elle avait les compétences requises. Il n'y avait pas eu de passe-droit. Et elle ne renoncerait pas au projet du Nord. Elle ne céderait pas aux pressions que tentait de lui imposer la société Armtrack. Il les accusait de faire le mal, elle et sa sœur. Que savait-il de Marie-Anne ? Pourquoi les jugeait-il ainsi ? Et lui ? Comment agissait-il en la kidnappant pour le compte d'Armtrack ?

— Je me fous d'Armtrack !

— Qu'est-ce que je fais ici ?

— Vous ne le saurez jamais.

Elle avait frissonné en entendant le mot jamais. Jamais parce qu'il ne lui révélerait pas pourquoi il l'avait enlevée ou jamais parce qu'elle ne sortirait pas vivante de chez lui ? Pourquoi ne l'avait-il pas assassinée si c'était ce qu'il souhaitait ? Elle ne comprenait rien à ce qu'elle vivait et cette incompréhension décuplait son angoisse ; elle était habituée à tout planifier, tout organiser, tout prévoir. C'était ce qui avait permis à son ravisseur de la kidnapper ; il avait étudié ses allées et venues et constaté qu'elle faisait son jogging tous les jours à la même heure en empruntant le même parcours. Elle aurait tellement eu besoin de courir pour se ressaisir, mais il la confinait dans une pièce aux fenêtres condamnées. Elle manquait d'air. Elle aurait voulu boire plus d'eau pour contrer cette impression d'étouffement, mais si elle buvait trop de liquide, elle aurait envie d'uriner. Elle devrait utiliser la bassine qu'il avait disposée à cet effet dans un coin de la chambre ; elle se sentirait humiliée. Sans oublier qu'il avait pu dissimuler une caméra dans la pièce. Elle avait inspecté la chambre, n'avait rien remarqué, mais que connaissait-elle à la surveillance électronique ?

Qu'est-ce qu'elle faisait là ?

— Vous aimez le vélo ? dit-elle à Thomas Lapointe qui acquiesça. Moi, c'est la course à pied. Vous le savez. Ça faisait longtemps que vous me guettiez ?

— Assez.

— Pourquoi me gardez-vous ici ?

— J'ai mes raisons.

— Je ne comprends rien à ce que je fais là !

— Évidemment.

Allait-il faire une phrase de plus de trois mots ? Ce laconisme effrayait Catherine, lui donnait l'impression d'être prisonnière d'un androïde. Même la voix de son ravisseur avait des tonalités métalliques. Qu'est-ce que cette espèce de robot lui voulait ?

— Qu'est-ce que vous attendez de moi ?

— De vous ? Rien.

— De qui ? De mon patron ? Il ne changera pas d'idée sur le projet. Et on l'emportera sur Armtrack.

Thomas attrapa Catherine par un poignet, la secoua ; elle l'énervait avec cette maudite compagnie Armtrack. Comme s'il avait pu enlever une femme pour des motifs bassement matériels ! Elle le prenait pour un minable bandit alors qu'il remplissait sa mission. Elle cria, tenta de se libérer, de distribuer des coups de pied. Il raffermit sa poigne en lui ordonnant de se taire.

— Arrêtez ! On ne parle plus d'Armtrack. C'est clair ? Catherine se tut, resta sans bouger.

— Combien de temps me garderez-vous ici ?

— Ça ne dépend pas de moi.

De qui ? Pour qui travaillait-il ? S'il avait été engagé par Armtrack pour retarder ou empêcher la signature du contrat, il devrait la garder…

— Quel jour sommes-nous ?

— Ça n'a pas d'importance.

— Qui vous a engagé ?

Engagé ? Lui, Thomas Lapointe ? Comme un

vulgaire mercenaire ? Il avait envie de lui jeter la vérité au visage. Heureusement, il savait se contrôler. Et saisir la chance qu'il avait d'avoir une prisonnière qui s'imaginait que la terre arrêtait de tourner parce qu'un gros contrat devait être signé par son patron.

— Je ne peux pas vous le dire. Souhaitez-vous que je vous achète un livre en particulier ?

Elle soupira ; s'il proposait de lui acheter des bouquins, c'est qu'il projetait de la garder quelques jours… Quelques semaines ?

— Vous ne pourrez pas me retenir indéfiniment.

— Ce n'est pas dans mes projets.

— Qu'attendez-vous ? Je peux vous offrir le double d'Armtrack !

— L'argent. Vous êtes obnubilée par l'argent. Si je m'arrête dans une librairie tantôt, quels livres voulez-vous ?

— Je réfléchis… Merci.

Dans l'immédiat, elle pensait plutôt à l'accent de son ravisseur qu'à ses lectures. Il avait prononcé « arrêter » à la montréalaise. Depuis qu'elle s'était installée à Québec, elle avait noté que les habitants prononçaient différemment ce mot. Et « poteau » et, chez certaines personnes, les mots qui se terminaient en « ise ». Est-ce que son ravisseur vivait à Québec depuis longtemps ? Pourquoi avait-il déménagé ? Que faisait-il dans la vie ?

Est-ce que sa sœur avait déjà rencontré des kidnappeurs dans son métier ? Des assassins et des violeurs, des fraudeurs et des voleurs, oui, mais avait-elle écouté le plaidoyer d'un détenu qui avait enlevé quelqu'un ? Les rapts étaient plutôt rares. Catherine tentait de se remémorer les kidnappings qui avaient fait la manchette des journaux au cours des dix dernières années et rien ne lui venait à l'esprit, hormis les enlèvements d'enfants par les pères qui refusaient que leurs ex-femmes aient la garde de leurs fils, de leurs filles. Les femmes de son âge qui avaient disparu avaient été tuées. Violées et tuées. On avait découvert leur corps dans les jours suivant leur enlèvement.

Catherine Dion se mit à trembler, s'efforça de respirer calmement ; elle ne devait pas céder à la panique. Elle devait se rappeler qu'elle avait survécu à une avalanche dans les Alpes trois ans auparavant. Elle éprouvait la même impression de noirceur et de suffocation, mais elle verrait bientôt la lumière. Elle devait croire à cette lumière libératrice. Résister au Montréalais qui la retenait chez lui. Elle se montrerait soumise, tenterait d'en apprendre plus sur lui. Il ne pourrait pas toujours s'exprimer par monosyllabes. Elle se souvint de Marie-Anne qui se plaignait des phrases trop courtes de son fils adolescent. Il est vrai que Tristan était renfermé et s'exprimait très peu mais, en tant que marraine, elle rappelait à Marie-Anne que ce n'était pas facile d'avoir treize ans. Et des boutons. Tristan... Elle essaierait de susciter des confidences quand il la visiterait à Québec. N'avait-il pas promis de l'appeler dès son retour de New York ? Mon Dieu ! Il ne tenterait pas de la joindre avant plusieurs jours... Et si on cherchait à parler à Marie-Anne, on tomberait sur sa boîte vocale. Sa sœur et son neveu étaient à Broadway tandis qu'elle était enfermée chez un malade ! Non. Ne pas paniquer ! On s'interrogerait au bureau. Jocelyne Théberge réagirait, elle ferait part de ses inquiétudes à leur directeur, on signalerait son absence. Demain ? Est-ce qu'on était mardi demain ? Oui. Non. On était mercredi. Non, mardi. Elle avait si mal dormi depuis qu'on l'avait enlevée qu'elle perdait ses repères temporels. Il fallait qu'on soit mardi. Et si on n'était pas mardi, ça ne changeait rien, Jocelyne Théberge avait sûrement alerté la police. Peut-être qu'on lui répondrait que les personnes majeures et vaccinées s'éclipsent parfois sans prévenir pour réapparaître plus tard, mais sa secrétaire affirmerait que ce n'était pas son genre. Une femme qui occupe un poste aussi important ne s'évanouit pas dans la nature ! Jocelyne déclarerait qu'elle était ponctuelle, archi-ponctuelle, quasiment maniaque, qu'elle appelait au moindre retard et qu'elle n'en tolérait aucun, sans motif valable, de la part de ses collègues. Les enquêteurs poseraient des questions sur sa vie privée ; Jocelyne n'aurait rien à raconter. Les enquêteurs iraient chez elle, on constaterait que le courrier n'avait pas été retiré de la boîte aux lettres et que *Le Soleil* avait été livré chez elle sans qu'elle le ramasse. Ils appelleraient Marie-Anne s'ils ne l'avaient pas encore fait. Non. Non. Marie-Anne était à New York. Quand devait-elle rentrer ? Mercredi ? Jeudi ? Jocelyne devait persuader les enquêteurs de la prendre au sérieux !

Elle n'avait plus longtemps à patienter avant d'être libérée.

Quelle direction choisiraient les enquêteurs ? Jocelyne ou son patron mentionneraient-ils le contrat qu'ils devaient signer dans la semaine ? De ce marché fabuleux où ils avaient devancé Armtrack ? Ou préféreraient-ils garder le silence sur le contrat ?

Se lancerait-on aussitôt à sa recherche ?

* * *

La pleine lune teintait d'argent les feuilles bleutées de l'olivier de Bohême qui poussait au fond de la cour de Maud Graham et elle compara cette nuance à la couleur des yeux de Grégoire. Elle distingua son sourire dans la pénombre qui feutrait la terrasse où ils avaient soupé avec Maxime. Grégoire venait de s'étirer les jambes et les posait sur la vieille chaise en osier où Léo s'était entêté à faire ses griffes. Graham se réjouissait ; Grégoire était aussi confiant, aussi détendu que Léo qui était couché près des pots de fines herbes.

— Tu as vraiment de drôles d'idées, Biscuit ! Mes yeux ne sont pas de la couleur d'un arbre ! Même si c'est sûr que j'ai poussé tout croche comme ton olivier. Est-ce que tous ces arbres-là sont délinquants ?

— Ils ne sont pas délinquants mais particuliers. Ce tronc sinueux fait partie de leur charme. Je ne voudrais pas d'un olivier droit comme un « i ». Il est très gracieux, mon arbre.

— Comme moi, fit Grégoire.

— Exactement !

L'air sentait la camomille et le gazon frais coupé.

Graham goûtait son tête-à-tête avec Grégoire. Il y avait longtemps qu'ils n'avaient pas été seuls tous les deux, mais elle n'allait pas le lui reprocher ; elle était si contente qu'il travaille au restaurant.

— Ça sent meilleur que ça goûte, la camomille, déclara Grégoire. Pour les fromages, c'est l'inverse.

— Ou le poisson.

— Non, si le poisson est frais, il ne doit pas puer. Les pétoncles fraîchement pêchés sentent le sucre.

Devant l'air dubitatif de Graham, il insista.

— Je te jure. Quand les pétoncles Princesse sont livrés au Laurie Raphaël, ils ont un parfum sucré, avec une pointe d'iode. Le goût de la mer.

— Tu as déjà vu la mer, toi ?

— Ça fait longtemps.

Maud Graham attendit des précisions qui ne vinrent pas ; soit Grégoire lui avait menti et n'était jamais allé à la mer, soit on l'y avait emmené alors qu'il était enfant. Peut-être était-ce cet oncle Bob qui avait abusé de lui et avait trouvé amusant de le traîner à Wildwood. À moins que Grégoire se soit rendu dans les Keys avec un ami.

— Moi, j'y suis allée avec mes parents quand j'étais petite. J'aimais ça, les vagues, le goût salé de l'eau.

— Tu devais trouver que ça goûtait les chips…

— Ne parle pas de chips ! J'en ai eu envie toute la journée ! Lapointe en a mangé devant moi. Est-ce qu'il fait exprès pour me provoquer ?

— Pourquoi serait-il baveux avec toi ? Tu as joué au boss ?

— Mais non. C'est seulement que je l'énerve.

— C'est plutôt le contraire.

Maud Graham admit que Grégoire avait raison.

— Pourquoi te tape-t-il sur les nerfs, Biscuit ? Il ne t'a pas remerciée d'avoir assisté à la course à Bromont ?

Grégoire savait à quel point Graham était pointilleuse lorsqu'il s'agissait de politesse. Elle répétait que la vie serait plus facile si les gens montraient davantage de courtoisie en société. Et en privé. Elle-même ne manquait pas de le rappeler pour le remercier lorsqu'il préparait le souper chez elle. Au début, il avait considéré cette manie un peu démodée, puis il y avait pris goût.

— Non, il nous a remerciés. Il a même beaucoup parlé avec Maxime.

— Quel est le problème ?

— Il est trop réservé.

— On a tous nos secrets. Dis-tu tout à Alain ? Non. C'est pareil pour tout le monde.

Elle faillit protester, se ravisa ; elle n'avait pas avoué à son amoureux qu'elle avait fumé une cigarette. Elle se sentait honteuse d'avoir allumé une Player's et de l'avoir caché à Alain, mais elle ne voulait pas le décevoir. Et elle ne recommencerait pas. Elle avait suffisamment de motifs pour alimenter sa culpabilité sans ajouter des cachotteries puériles. Elle s'en voulait de n'avoir toujours rien de concret à annoncer à Henri Dubois, même si elle espérait que le troisième appel à témoins, qui devait être publié dans les journaux le lendemain, donne cette fois des résultats.

Grégoire s'étira, révélant un phénix vert et bleu qui s'épanouissait sur son épaule droite. Il s'était fait faire ce dessin au cours de l'hiver et Graham avait voulu y lire la preuve qu'il adoptait vraiment un nouveau style de vie, qu'il renaissait de ses cendres. Tapotait-il parfois son épaule pour se rappeler le symbole qui l'ornait ? Pour y puiser une certaine énergie lors des corvées qui l'ennuyaient au restaurant ? Il s'était plaint de ne pas avoir des tâches plus excitantes à exécuter, mais les récriminations avaient été courtes ; il était trop fier d'annoncer qu'il avait été accepté à Charlesbourg. Il serait étudiant à la rentrée.

— On boira du champagne avec Alain pour fêter ça.

— Fêter quoi ?

— Tes débuts prochains à l'école d'hôtellerie. C'est fantastique !

— On ne va tout de même pas mettre une annonce dans les journaux, Biscuit.

— Non, demain, c'est un autre genre d'annonce qui sera publiée.

Elle expliqua à Grégoire qu'il y aurait une photo de la boucle d'oreille dénichée à quelques mètres du corps de Jonathan Dubois.

— Tu espères que la fille réclame sa boucle d'oreille parce qu'elle vaut cher ?

— C'est un anneau en argent ciselé qui vaut à peu près quarante dollars.

— Tant mieux, ça augmente les chances qu'on t'appelle pour la récupérer. Sauf que... les gens n'aiment pas se donner du trouble. Ça serait quoi, son avantage, à cette fille, de vous appeler ?

— Aucun. Elle nous aiderait, c'est tout.

— Il faut qu'elle y trouve son compte. Les gens ne font rien gratuitement.

— En tout cas, Betty ne nous appellera pas pour se plaindre qu'on n'a pas mis une photo d'elle. On l'a arrêtée cet après-midi en train de voler une veste de cuir rue du Petit-Champlain.

— Tant qu'à piquer, autant piquer un truc cher. Elle a raison…

— Grégoire !

Il cessa de rire quand Graham lui raconta l'arrestation de Betty. Elle avait sorti un couteau quand les agents de sécurité s'étaient approchés d'elle.

— Il me semble pourtant que c'est une fille intelligente.

— Elle est *fuckée*. Elle cherche à vous provoquer, ça lui donne le sentiment d'exister. Il y en a qui sautent en parachute. Elle, elle s'amuse avec vous.

— Elle ne s'amusera plus pour un bon moment…

Maud Graham remplit son verre, avala une gorgée de vin, sortit la bouteille du seau à glace pour la montrer à Grégoire.

— Alain adore ce vin. Et moi aussi. C'est un vin de Provence. Les Terres de Méditerranée. Nous en boirons sur place cet automne. On rencontrera des gens qui ne sont pas obsédés par le profit. On ne choisit pas ce métier si c'est seulement l'argent qui nous intéresse. Il faut être passionné. Aimer la terre qui ne vous le rend pas toujours. Les gens ne sont pas tous calculateurs.

C'était du moins ce qu'elle s'entêtait à croire.

Grégoire huma le vin et avoua qu'il l'aimait de plus en plus.

— Avant, j'avais du cash pour me payer de bonnes bouteilles. Je le dépensais en dope et, maintenant que j'aimerais ça boire du bon vin, je n'ai plus d'argent.

— Alain sera toujours content de partager ses découvertes avec toi. Il vante la justesse de ton palais. Il en est même un peu jaloux. Quant à moi...

— Tu t'améliores...

Elle sourit, souhaitant qu'il ait raison et qu'elle puisse savourer pleinement tous les crus dont Alain rêvait quand ils voyageraient en France. Elle en doutait néanmoins. Si elle se souvenait des moindres détails d'une enquête dix ans après l'arrestation du coupable, elle était incapable de retenir le nom des vins qu'Alain lui faisait découvrir. Elle devait les noter pour pouvoir en discuter avec Rouaix.

— Je me mets au régime la semaine prochaine. C'est sûr que je grossirai durant mon voyage.

— Alain t'aime comme tu es...

— Lui, oui. Pas moi. Tu ne peux pas comprendre, toi, tu es comme Lapointe. Tu peux manger n'importe quoi, tu ne grossis pas. Et c'est encore plus injuste dans ton cas, car tu ne t'entraînes pas. Lapointe, lui, pédale des heures et des heures.

— Question pédale, j'ai tout ce qu'il faut.

— Tu dis des bêtises.

Elle n'aimait pas quand il se désignait comme « fif », « moumoune » ou pédé, même s'il utilisait ces termes pour l'asticoter. Elle savait que Grégoire

304

n'avait plus honte d'être gay. Il s'était demandé long-temps si les abus auxquels l'avait soumis son oncle Bob avaient décidé de son orientation, comme ils l'avaient poussé à se prostituer.

Puis il s'était dit qu'il s'en fichait. Que c'était probablement génétique. On naît avec les yeux bleus ou noirs, gay ou *straight*. L'admiration sans bornes de Maxime pour Grégoire avait beaucoup contribué à restaurer son estime de soi, et Maud se félicitait, à chacune des visites de Grégoire, de s'être chargée de Maxime ; ils étaient si complices qu'elle croyait quasiment au rêve de l'adolescent. Peut-être que Grégoire deviendrait un bon chef et qu'il s'associerait avec Maxime pour ouvrir un restaurant. Dans une dizaine d'années. Où serait-elle à ce moment-là ? Tenterait-elle encore d'arrêter des assassins ? Rouaix lui avait confié qu'il pensait à une retraite anticipée. Elle s'imaginait mal travailler au parc Victoria sans lui. Personne ne pourrait le remplacer. Si elle pouvait interroger des suspects, confier certains aspects d'une enquête à d'autres collègues, c'était avec Rouaix qu'elle échafaudait les premières hypothèses. C'était en formulant tout haut les théories qui se présentaient à elle qu'elle pouvait les trier. Elle n'avait qu'à regarder l'expression de Rouaix pour juger de la pertinence d'une idée. Ils partageaient leurs intuitions tout au long de l'enquête. Elle n'avait cette complicité qu'avec Rouaix. S'en sentait parfois coupable, même si personne n'aurait pu l'accuser de dissimuler quoi que ce soit de concret. Elle aurait dû livrer le fond de sa pensée, tout ce qui n'était qu'esquissé, mais seul Rouaix avait sa confiance absolue. Comme si elle avait craint qu'en exprimant ce qu'elle ressentait devant tous ceux avec qui elle travaillait, elle diluerait ses intuitions et serait ensuite incapable de préciser l'une d'entre elles.

Qu'avait-elle ressenti au début de l'enquête sur la mort de Jonathan Dubois ? Qu'il avait été assassiné par quelqu'un qui avait paniqué. Un gamin de son âge n'apeure personne, c'est donc en qualité de témoin qu'il avait inquiété son agresseur. Lapointe avait affirmé qu'un type comme Morel aurait battu Jonathan à mort par pure cruauté, mais Maud Graham croyait qu'il fallait un élément particulier pour déclencher un passage à l'acte. Le meurtre de Jonathan n'était pas prémédité.

Morel. Morel se baladait toujours dans la nature et il avait un alibi en béton. Alors qui ? Elle en rêvait la nuit. Elle termina son verre de vin, faillit se resservir, résista à l'envie de boire davantage ; elle devait se lever très tôt le lendemain. Pour espérer un appel de la propriétaire de la boucle d'oreille.

— Boirais-tu une verveine ?

— Une verveine ? Biscuit, m'as-tu regardé ? Est-ce que je suis le genre à boire de la tisane ?

— O.K., finis le vin. Moi, je serai sage.

— Ce n'est pas parce que tu bois de l'eau chaude que la sagesse va te tomber dessus. Tu ne seras jamais sage, Biscuit, fais-toi à l'idée. Alain est sage, pas toi.

— Qu'est-ce que la sagesse ?

— Être capable de s'arrêter, par exemple. Toi, tu te

couches en pensant à tes bandits, tu ne lâches jamais.

Elle ne pouvait le contredire ; tant qu'une enquête n'était pas bouclée, elle était incapable d'oublier le criminel qui rôdait dans sa ville.

* * *

Kim Nguyen avait vingt-trois ans, même s'il en paraissait seize. Il travaillait au dépanneur de son oncle les fins de semaine et révisait les notes qu'il avait prises à l'université au cours de chimie lorsqu'il vit Grégoire pousser la porte du commerce. Il était presque une heure du matin et il le taquina ; il serait fatigué le lendemain matin quand il se présenterait au restaurant.

— Tu dormiras toi aussi sur ta chaise à l'école.

— J'espère que non ! Toi, tu commences bientôt en hôtellerie ? As-tu hâte ?

— Oui. Non. On verra. Ce qui me tanne, c'est que c'est à Charlesbourg. Pour me rendre là en partant d'ici, ce n'est pas évident. Et je n'ai pas envie de déménager pour me rapprocher de l'école, je serais trop loin du Laurie Raphaël.

— Et des bars du quartier Saint-Jean-Baptiste.

— Je ne sors pas autant qu'avant.

— Moi non plus, j'ai pris trop de cours cet été. Je voulais m'avancer pour en avoir moins durant l'année, mais je ne suis pas certain que c'était un bon calcul. On est rendus sages, hein ?

Grégoire sourit, se remémorant sa discussion avec

Maud Graham sur la sagesse. Est-ce que c'était la pleine lune qui les rendait tous philosophes ? Il se dirigea vers l'allée du fond pour chercher une boîte de céréales tout en répondant à son voisin.

— Pas si sages que ça. Je sors après-demain ! Tu devrais venir avec moi. On pogne plus quand on est ensemble. Nos différences les excitent. Avec tes beaux yeux si noirs, tu es tellement exotique.

— J'aimerais ça intéresser vraiment quelqu'un. Je veux un chum, je suis tanné de *cruiser*. Pas toi ? Je veux quelqu'un qui serait fin avec moi, avec qui je ferais de la randonnée, qui…

Il s'interrompit, fit un signe de tête au client qui entrait. Il ne l'avait jamais vu. Il espéra qu'il n'était pas ivre et n'insisterait pas pour acheter de la bière même si l'heure légale de vente était depuis longtemps dépassée.

Non. L'homme ignora les réfrigérateurs et se dirigea vers lui en souriant. Et ce sourire glaça Kim qui n'eut pas le temps de saisir le bâton de baseball que son oncle dissimulait sous le comptoir. Arnaud Morel avait déjà contourné le comptoir, l'avait attrapé par les épaules et le serrait contre lui. Kim tentait de se dégager quand il entendit Grégoire interpeller son agresseur. Celui-ci se retourna tout en resserrant sa prise sur Kim. Il réussit à fouiller dans la poche de son jeans, tira cinq dollars qu'il déposa à côté de la caisse enregistreuse. Il ne semblait pas du tout inquiet de la présence de Grégoire.

— Veux-tu que je l'étouffe ? Ils sont fragiles comme des petits poulets, les Jaunes.

Grégoire dévisagea Arnaud Morel avant de se jeter sur lui, mais celui-ci projeta Kim contre lui et saisit le bâton de baseball, les obligeant à reculer. Il se dirigea ensuite vers les réfrigérateurs, saisit une Molson, sortit en criant à Kim de garder la monnaie et disparut dans la nuit. Il n'avait pas cessé de sourire durant tout ce temps.

La porte grinça, puis on n'entendit plus que les respirations hésitantes de Kim et de Grégoire. Ils fixaient, sidérés, la rue où s'éloignait lentement leur agresseur.

— Ça va ? demanda Grégoire à Kim.

— As-tu vu comment il nous souriait ? Il a même regardé la caméra de surveillance. Il s'en sacrait qu'on le reconnaisse ! Il est fou. M'attaquer juste pour une grosse bière. Je ne me serais pas obstiné à refuser.

Kim eut un étourdissement, se laissa glisser sur le sol.

— Je vais appeler le 911.

— Non, c'est correct, c'est le choc. J'ai eu plus de peur que de mal…

— Il y a des tarés partout. En plus, il t'a payé ! C'est trop bizarre. J'appelle Biscuit.

— Biscuit ?

— Maud. Mon amie qui est dans la police, je t'en ai parlé. Elle ne s'occupe pas des petits vols, elle enquête sur les crimes majeurs, mais comme on se connaît… Qu'est-ce que je ferais, moi, sans un dépanneur à côté de chez nous ?

Le ton de la plaisanterie qu'avait adopté Grégoire ne trompait personne. Kim eut la gentillesse de sourire.

Grégoire ouvrit son cellulaire, téléphona à Maud Graham qui répondit à la première sonnerie. Il fut soulagé de ne pas l'avoir réveillée. Elle s'alarma. Il la rassura avant de lui raconter l'incident.

— Vous n'êtes pas blessés ?

— Non, juste choqués. On peut te décrire le gars et il apparaîtra sur les bandes vidéo. Il prenait son temps, Biscuit. Il a agressé Kim pour une bière. Il riait.

— Il devait être dopé.

— Non. Il s'amusait. C'est ce qui m'a poussé à te téléphoner, ce type-là est trop bizarre. Il souriait. Comme s'il nous jouait un bon tour. Il aurait pu partir avec la caisse. Eh non, il voulait juste une bière. Qu'il a payée.

— Je vous envoie les patrouilleurs. Fermez le dépanneur, ne touchez à rien. On pourra peut-être relever ses empreintes.

— Oui. Il a pris le bâton de baseball. Et on a la caméra vidéo.

— Les caméras ne fonctionnent pas toujours. Tu es sûr que vous êtes…

— On est corrects, Biscuit. On t'attend.

Kim avait verrouillé la porte du commerce et revenait vers le comptoir. Ils parlèrent du Vietnam auquel Kim rêvait, et cette conversation était tout aussi bizarre que la soirée ; comment pouvait-on évoquer les rizières, la mousson et les temples bouddhistes quand on vient d'être victime d'un incident si étrange ? C'est avec soulagement que Grégoire vit les patrouilleurs se garer devant le commerce. Il leur ouvrit aussitôt la porte.

— On a reçu un appel. Qu'est-ce qui s'est passé ?

— Un gars bizarre.

Grégoire relatait les événements quand Maud Graham les rejoignit. Elle posa une main sur l'épaule de Grégoire avant de s'adresser à Kim.

— Aviez-vous déjà vu cet homme ?

— Non. Je vous montre les bandes vidéo.

L'exclamation de Maud Graham fit sursauter Grégoire et Kim. Elle serra les poings en reconnaissant Arnaud Morel, à la fois furieuse devant tant d'impudence et toutefois ravie d'apprendre qu'il était à Québec. Et dubitative. Pourquoi avait-il agi avec une telle négligence ? Sans masque, sans gants. Ce n'était pas dans ses habitudes. Et ce n'était pas non plus normal qu'il n'ait blessé personne ; Grégoire et Kim ignoraient à quoi ils avaient échappé... Morel aurait dû les battre avec le bâton de baseball, leur fracasser le crâne avant de tout détruire dans le commerce. Pourquoi avait-il changé son modus operandi ? Lapointe avait pourtant mentionné une escalade dans la gravité des crimes dont Morel se rendait coupable.

Où était Morel maintenant ? À qui avait-il volé cette voiture ?

Mais pourquoi n'avait-il pas eu recours à sa violence habituelle ? Elle avait hâte de visionner les bandes avec Rouaix, Trottier et Lapointe. Ils devaient comprendre ce qui avait motivé Morel à pousser la porte du dépanneur.

Elle offrit à Grégoire et à Kim de venir dormir chez elle, mais ils refusèrent ; ils boiraient une bière pour se calmer pendant que les patrouilleurs effectueraient certaines vérifications. Graham exigea que les techniciens produisent des copies des bandes vidéo pour huit heures le lendemain matin, puis elle rediscuta de l'attitude de Morel avec Grégoire et Kim.

— Il n'avait pas bu, l'assura Kim. Il ne sentait pas l'alcool.

Que signifiait cette soudaine envie d'une Molson? Pourquoi Morel n'avait-il pas agressé plus sauvagement les deux jeunes hommes? S'il avait fallu qu'il blesse Grégoire… Elle l'aurait étranglé de ses propres mains!

En rentrant chez elle, Maud Graham songeait aux parents des victimes de meurtre; pourquoi n'étaient-ils pas plus nombreux à sauter à la gorge du bourreau de leur enfant quand ils le voyaient à la cour dans le box des accusés?

Parce qu'ils s'imaginaient qu'on leur rendrait justice? Est-ce qu'Henri Dubois aurait envie de tuer l'assassin de Jonathan s'il l'avait devant lui?

CHAPITRE 14

La boutique Fantaisies plut immédiatement à Maud Graham, lui rappelant Les hauts et les bas où elle était allée avec Alain lors de son dernier séjour à Montréal. Elle sentait le même côté intimiste, chaleureux, raffiné et la même gaieté. Jusqu'à l'utilisation de l'espace qui était semblable. Elle en fit la remarque à Gabrielle qui déclara qu'elle s'arrêterait rue Fabre pour visiter cette boutique.

— Je dois rencontrer des fournisseurs à Montréal, la semaine prochaine. Je joindrai l'utile à l'agréable.

Maud Graham tâtait un tissu, effleurait une robe, une chemise.

— Cherches-tu un vêtement en particulier ?

— Un chandail, chic mais sans être trop sophistiqué. Dans ce genre-là, en noir.

Elle désignait un pull turquoise au col dégagé, surpiqué en bleu foncé. Les poignets s'ornaient du même motif.

— Et pourquoi pas en turquoise ? Avec tes cheveux, ce serait superbe !

— C'est trop voyant, trop vif. Je ne porte pas ce genre de couleur. Je n'ai pas envie qu'on me regarde.

— Et pourquoi pas ? Tu es une belle femme.

Maud Graham rougit. Belle ? Elle ? Alain le lui répétait parce qu'il était amoureux d'elle, son jugement était biaisé. Léa aussi le lui disait, mais Léa était sa meilleure amie… Et Gabrielle tenait un commerce… Elle était idiote de rougir comme une gamine. Elle était la seule femme à occuper un poste aussi élevé au sein des forces policières dans tout le Québec, mais elle bafouillait si on lui faisait un compliment sur son apparence.

— Je suis certaine que ton Alain aimerait ça ! C'est un type bien, ton Alain. J'aimerais ça qu'un homme me regarde avec autant de tendresse.

— Peut-être que Thomas… Gabrielle Léger soupira, avoua que Thomas lui plaisait.

— Je ne suis pas trop optimiste… Est-ce que tous les policiers travaillent autant que vous deux ?

— Thomas est trop zélé, il devrait garder du temps pour sa vie privée. Je ne peux pas le lui reprocher, je lui ressemblais avant de rencontrer Alain. C'est lui qui m'a forcée à ralentir. Et je n'y parviens pas complètement. Il y a des enquêtes qui nous mobilisent… Thomas travaille sans arrêt depuis le début de l'été et il s'entraîne durant des heures !

— Pas surprenant qu'il soit tombé malade… Je pensais que c'était une excuse pour ne pas me voir quand je l'ai appelé, hier soir. C'est peut-être le genre de gars qui n'aime pas qu'une femme prenne des initiatives. Je ne sais pas comment agir avec lui. Il est si… secret. En tout cas, j'espère qu'il va se remettre de son intoxication alimentaire. J'aimerais que Thomas ait le goût de me revoir, mais je n'ai aucune idée de ce qu'il pense de moi. Toi qui travailles avec lui, le trouves-tu compliqué ?

Maud savait que Thomas Lapointe n'était pas souffrant, qu'il avait menti à Gabrielle. Elle décrocha un pull noir pour éviter de répondre.

— Passe aussi le turquoise pour me faire plaisir !

Maud Graham sortit de la cabine, se dirigea vers le miroir et s'étonna de son image ; Gabrielle avait raison, le turquoise lui convenait très bien. Elle était persuadée que cette couleur la ferait paraître plus grosse, mais il n'en était rien.

— J'essaie l'autre.

Elle perdit une boucle d'oreille en ôtant le chandail, dut écarter le rideau pour avoir plus de lumière pour la retrouver. Elle pensa à la boucle d'argent de l'inconnue ; se manifesterait-elle enfin ? Les journaux avaient publié une photo du bijou. Qui le reconnaîtrait ? Elle cueillit son anneau sous le petit banc où elle avait déposé son tee-shirt de coton bleu, le fixa à son oreille avant d'enfiler le pull noir. Elle se planta devant le miroir, secoua la tête.

— Ça me surprend, mais je préfère le turquoise. Quand Léa me verra ! C'est ma meilleure amie. Elle m'avait déjà parlé de ta boutique. Je reviendrai avec elle.

Maud Graham paya, quitta la boutique avec la sensation d'avoir fait preuve d'une grande audace. Un chandail si coloré ! Elle commencerait par le porter chez Léa. Pour s'y habituer. Chose certaine, elle ne le mettrait pas pour travailler.

Elle déposa le paquet dans le coffre de sa voiture après l'avoir garée dans le stationnement du parc Victoria, se trouva un peu ridicule de prendre cette précaution; il faudrait être idiot pour fracasser une voiture garée à côté du poste de police. Mais les criminels ne sont pas tous intelligents. Et même ceux qui sont intelligents finissent par commettre des erreurs.

Dans le cas de Morel, ce n'était pas un oubli de sa part que de s'être présenté au dépanneur sans cagoule. Il voulait qu'on voie son visage.

— Pourquoi? avait demandé Rouaix quand elle avait raconté, au briefing du matin, la scène dont Grégoire avait été témoin.

— Toi qui le connais mieux que nous, Lapointe, qu'est-ce que ça signifie?

— Morel aurait dû battre les témoins. Et piquer la caisse. Il ne s'est pas dominé sans raison. Il a un plan, c'est clair.

— Sur la bande, on le voit de face serrer Kim. Comme si c'était un ami. Quand il menace de l'étrangler, il est dos à la caméra. Il n'a rien volé, a déposé de l'argent à côté de la caisse. Si on l'arrête, on ne pourra l'accuser que d'avoir acheté une bière en dehors des heures légales. Et de s'être enfui du centre, évidemment, d'avoir bu. Ce n'est rien de grave, de violent.

— Ce n'est pas normal, avait commenté Lapointe. Il poursuit un but précis. Il faut le retrouver au plus vite.

— On retourne au centre Marcel-Caron, avait déclaré Graham. Je commence à avoir moins de patience. Morel nous nargue, Métivier nous mène en bateau, Charpentier m'énerve, Lamontagne m'exaspère.

Et Lapointe l'intriguait. C'est pourquoi elle avait

choisi de se rendre rue Kirouac avec lui. Elle avait reparlé de la course tandis qu'il conduisait ; est-ce qu'il s'entraînait autant ? Il avait répondu qu'il y avait d'autres courses, qu'il ne rangeait jamais son vélo.

— On ne verra pas grand monde au centre à cette heure-là, avait fait Lapointe en se garant rue Kirouac. Les gars sont partis travailler.

— Je veux visiter à nouveau leurs chambres. Questionner Verreault et Dumas. Il est impossible que personne ne sache rien sur Morel. Tu as dit qu'il te regardait droit dans les yeux quand tu l'as arrêté, il y a quelques années.

— Oui, comme sur la vidéo. Sauf qu'il était fou de rage alors qu'au dépanneur il s'amusait. Il a un regard d'alligator, un peu fixe. Il n'a peur de rien, c'est pour ça qu'il est aussi dangereux.

— Il doit pourtant craindre de retourner au pénitencier !

— Il n'y restera pas longtemps pour un bris de condition. Avec un bon avocat, l'incident du dépanneur apparaîtra comme une bêtise sans importance.

— J'espère que Verreault a une idée sur le changement de comportement de son client.

Non, Daniel Verreault s'était montré aussi surpris qu'eux de l'attitude de Morel. Cet homme suait la violence, les gars du centre lui témoignaient beaucoup de respect et personne ne l'avait provoqué depuis qu'il habitait rue Kirouac. Pourquoi n'avait-il pas agressé Kim et Grégoire ?

— J'imagine qu'on n'a pas trop commenté sa fugue.

— À part Ouellet. Qui a un quotient intellectuel médiocre. Il jure que Morel a promis de lui rapporter un cadeau, un beau cadeau. Un cadeau !

— Morel l'aura niaisé, avait fait Lapointe. Juste pour le plaisir de décevoir Ouellet qui doit espérer un cadeau.

Verreault avait protesté ; Morel ne perdait pas son temps avec des types comme Ouellet. Ni avec personne d'autre, d'ailleurs. Il se plaçait au-dessus de tout le monde, y compris des agents de libération conditionnelle et des surveillants.

— Et Métivier ? avait insisté Graham. Des filles l'ont vu échanger…

— Vous n'avez rien pu prouver. Il n'y avait pas de dope ici ni au garage. Et rien au test d'urine. Métivier est *clean*. À part un soir où il a bu une bière, il respecte les consignes. Êtes-vous sûrs du témoignage des adolescentes ?

— Pourquoi auraient-elles inventé cette rencontre entre Métivier et Morel ?

Maud Graham s'était demandé durant quelques secondes si Betty avait pu tout imaginer et convaincre Vanessa de leur raconter la même fable, puis elle s'était rappelé le visage dévasté de l'adolescente avant de quitter Québec. Elle n'aurait pas menti dans un moment pareil. Mais peut-être devait-elle reparler à Betty Désilets.

— Où peut être Morel ? avait lancé Verreault. Son frère est comptable et ne veut plus rien savoir de lui. Ni ses parents. Ce n'est pas chez eux qu'il se réfugiera.

Où était-il maintenant ? Il fallait pourtant qu'il dorme, qu'il mange quelque part ! Il devait acheter des aliments pour se nourrir où qu'il soit. Avec sa photo affichée dans tous les commerces des environs, il y aurait bien une personne pour le reconnaître.

« Morel ne pourra pas continuer longtemps à cavaler », avait déclaré Maud Graham à Daniel Verreault avant de s'éclipser. Et elle l'avait répété à Lapointe : Morel devait avoir une bonne planque pour s'être permis de les narguer avec autant d'impudence sur la bande vidéo.

Maud Graham s'installait à son bureau et s'apprêtait à distribuer les sandwichs qu'elle avait achetés à l'Épicerie européenne pour Rouaix, Lapointe et Trottier, quand Norbert Boutet surgit devant eux, l'air anxieux.

— Qu'est-ce qu'il y a ?

— Avez-vous entendu parler d'un enlèvement, vous autres ?

— Un enlèvement ? fit Rouaix. L'enlèvement de qui ?

— Une femme dans la trentaine. On a reçu à l'instant un appel d'une collègue de travail. Jocelyne Théberge prétend que ce n'est pas normal que sa supérieure ne se soit pas présentée au bureau depuis lundi, qu'elle aurait dû téléphoner.

— Il te faut une vraie plainte, répondit Trottier. Elle peut être partie avec quelqu'un. Il n'y a rien d'illégal à s'absenter du bureau.

— Illégal, non, parfois bizarre, répliqua Rouaix. Rappelle-toi la fille de Rimouski qui *chatait* sur

Internet durant des heures avec des inconnus. On ne l'a jamais revue. Ça fait onze mois de ça. Il faut être folle pour accepter de rencontrer un étranger ailleurs qu'en public.

— Est-ce qu'elle est connue? questionna Trottier. Non, bien sûr que non, tu le saurais. Si c'était quelqu'un d'important ou une vedette, on exigerait une rançon. Ou on ferait une revendication. Est-ce que des journalistes ont été contactés?

— Je ne pense pas, la secrétaire m'expliquait qu'elle appelait parce qu'elle était inquiète pour Catherine Dion.

— Cette Mme Dion a pu rencontrer un correspondant dans un lieu public et le suivre, reprit Graham, lui faire confiance après une belle soirée en sa compagnie. Il y a des femmes qui sont très seules, qui voudraient vraiment avoir quelqu'un dans leur vie.

Maud Graham se désolait qu'elles fassent preuve d'autant d'imprudence, mais elle se rappelait combien elle s'ennuyait avant de rencontrer Alain. Après sa rupture avec Yves. Elle travaillait toutes les fins de semaine parce qu'il n'y a rien de pire que les samedis soir et les dimanches midi; tous les gens sont occupés, ont des projets. On les voit s'activer, faire des courses, ralentir dans les allées d'une Société des alcools en choisissant le vin qu'ils boiront avec l'agneau ou le canard. Ils se rappellent qu'ils ne doivent pas oublier d'acheter une baguette. Et si on allait au cinéma avant le souper? Ou demain après-midi? Et si on invitait les Tanguay à manger avec nous? Léa la conviait régulièrement à souper quand elle était seule, mais Graham acceptait rarement ; elle éprouvait un sentiment de décalage lorsqu'elle se retrouvait dans cette famille qui lui paraissait idéale. Léa avait des problèmes, certes, mais elle avait un mari aimant, des enfants charmants, en santé. Elle l'enviait. Elle le lui avait avoué, plus tard, après avoir accepté d'aimer Alain. Léa avait ri, confessé qu'elle jalousait, elle, la liberté totale dont elle disposait en tant que célibataire. Elles avaient conclu qu'il y avait des femmes qui vivaient mieux que d'autres la solitude ; Graham ne savait pas dans quel clan se situer. Elle aimait être seule, était individualiste, devait faire des efforts pour travailler en équipe, pour déléguer, et elle bénissait le ciel d'avoir Rouaix pour partenaire, mais les samedis soir, les maudits samedis qui faisaient d'elle la meilleure cliente du club vidéo, elle s'en souvenait comme si c'était hier. Est-ce que cette femme qui avait disparu avait rencontré quelqu'un samedi dernier ?

— Elle vit avec quelqu'un ?

— Pas d'après Jocelyne Théberge.

— Il n'y a pas eu d'autres déclarations à propos de sa disparition ?

— Non, juste sa collègue. Je l'interroge dans une heure. Je dois discuter avec elle avant de lancer des opérations de recherche.

— Dion peut avoir disparu depuis vendredi après le travail, dit Trottier. Sa collègue est peut-être la dernière personne à l'avoir vue.

Norbert Boutet soupira ; il avait l'impression que cette histoire serait compliquée. Heureusement, il travaillait avec Provencher. Ils recueilleraient ensemble la déposition de la collègue de Catherine Dion, tenteraient de joindre sa famille, même si Jocelyne Théberge ignorait le nom de la sœur de la disparue. Il ne figurait pas dans les dossiers de son employeur. Tout ce qu'elle savait, c'est que Catherine Dion vivait à Montréal avant d'accepter un poste à Québec.

— On vérifie actuellement les registres d'état civil. On doit retracer la famille.

— Si on peut t'aider, avança Maud Graham, compte sur nous.

Boutet fit un petit signe de la tête pour la remercier en avouant qu'il redoutait d'avoir à repousser ses vacances prévues pour la semaine suivante ; sa femme l'étriperait si elle devait partir seule avec les enfants pour le chalet qu'ils avaient loué.

— Dans quel coin ? s'informa Thomas Lapointe. Ça me plairait de me trouver un chalet pour le début de septembre. Il fait encore beau…

— À Tadoussac. L'eau est froide, ça dérange ma femme, mais les enfants se baignent toute la journée. Si tu veux que je me renseigne pour le mois de septembre…

— Je vais réfléchir, répondit Lapointe avant que Boutet s'éloigne.

— Y croyez-vous, à l'enlèvement ? demanda Rouaix.

Trottier soupira en même temps que Graham, tandis que Thomas Lapointe pianotait sur l'ordinateur pour éviter la discussion.

— Quelqu'un veut du café ? offrit Rouaix.

— Avec trois crèmes et deux sucres, lui rappela Trottier.

— Ce n'est pas bon pour toi, lui reprocha Maud Graham.

— Arrête, j'ai assez de ma femme qui surveille tout ce que je mange à la maison. Je n'ai pas fait une vraie crise cardiaque. Ma femme s'énerve pour rien.

Il protestait, mais son ton était tendre. Il répétait souvent qu'il avait de la chance d'avoir une femme compréhensive, qui acceptait ses horaires déments, ses absences, ses sautes d'humeur quand certaines enquêtes l'obsédaient. Evelyne, comme Nicole Rouaix, était infirmière ; est-ce que des heures de garde dans des conditions difficiles rendaient ces femmes plus patientes ou était-ce de côtoyer des gens malades qui leur rappelait que le plus important était la santé ? Elles ne se plaignaient pas d'un retard, d'un souper raté ou d'une soirée manquée tant que leurs enfants n'en faisaient pas trop les frais. Il n'y a qu'un point sur lequel Evelyne insistait : que son mari l'accompagne aux visites scolaires. Il n'en avait manqué que deux en dix ans.

Est-ce que la femme qui avait disparu avait des enfants ? Boutet avait déclaré qu'elle vivait seule. Seule sans personne dans son existence ou seule comme mère monoparentale ? Ou à temps partiel ? Peut-être que les enfants étaient chez leur père pour la semaine. Elle aurait dû poser plus de questions à Norbert Boutet. Si personne n'avait revu cette femme depuis qu'elle avait quitté le bureau vendredi dernier, elle pouvait être n'importe où. Vivante ou morte. On avait trouvé très vite le corps de Jonathan Dubois, mais peut-être qu'on ne découvrirait le cadavre de Catherine Dion que dans trois ou quatre jours, une semaine, un mois, jamais…

— Elle doit avoir des amies. Si elle a rencontré quelqu'un, elle a dû leur en parler.

— Oui, vous êtes fortes là-dessus, entre filles, dit Rouaix.

— Boutet en saura plus après avoir vu la femme qui a signalé la disparition.

— C'est curieux qu'elle se soit volatilisée en même temps que Morel, souligna Lapointe. C'est sûrement une coïncidence, quoique ce serait son genre de nous narguer ainsi.

— L'incident du dépanneur ne serait qu'une étape dans son plan ? réfléchit Graham. Je n'y comprends rien.

— Il n'y a pas de délits sexuels dans son dossier, avança Rouaix. Tu l'as arrêté pour agression à main armée, non ?

— Oui, fit Lapointe. Je le soupçonne d'avoir tué un détenu au pénitencier.

— Il serait assez idiot pour nous provoquer s'il avait enlevé cette femme ? s'insurgea Rouaix. Il ne voudrait pas qu'on sache qu'il est toujours à Québec. Attendons avant d'imaginer le pire. Pour l'instant, on a seulement une collègue de bureau qui s'inquiète un peu. Boutet n'a rien de très concret.

— Nous non plus, conclut Graham, hormis un curieux détail. Morel a promis un cadeau à Ouellet, celui qui est un peu demeuré. C'est bizarre, non ?

Elle se tournait vers Lapointe qui soutint que Morel avait seulement voulu se moquer de Ouellet.

— Verreault nous disait que Morel ne parlait quasiment à personne au centre. Pourquoi aurait-il perdu son temps avec Ouellet ? C'est bizarre.

Rouaix jeta un coup d'œil à Lapointe et à Trottier ; ce n'était pas la peine de s'obstiner avec Graham quand elle se butait ainsi. Il se pencha sur le dossier qu'il rédigeait, imité aussitôt par Trottier qui releva la tête, cinq minutes plus tard ; il venait de recevoir par courriel la confirmation des dates du procès de Brunet.

— J'espère que le procureur sera en forme ! Et qu'on tombera sur un bon juge ! Que Brunet prenne le maximum ! Un *hit and run*, c'est tellement lâche ! Il a traîné la bicyclette de la fillette sur cinquante pieds. Pelchat ne nous fera pas croire qu'il n'a rien entendu, rien vu !

Alors que l'assassin de Jonathan avait laissé son vélo intact après le lui avoir emprunté. Il avait pensé à essuyer ses empreintes sur toute la bicyclette. Henri Dubois devait maudire ce vélo qui avait entraîné Jonathan au parc Maizerets. Il devait avoir envie de le détruire. Écraser le vélo à défaut de l'auteur du crime. Même si Maud Graham savait parfaitement que les parents des victimes n'attaquent pas les meurtriers de leur enfant, elle ne pouvait s'empêcher de croire qu'elle serait incapable, elle, de ne pas sauter à la gorge de quiconque maltraiterait Maxime. Et Grégoire. Si Morel au dépanneur avait... Mais Morel n'avait rien fait. Que sourire à la caméra vidéo.

Pourquoi ?

Elle devait revoir Métivier. Et Ouellet. Et aussi Lamontagne, qui partageait la chambre de ce dernier. Avait-il entendu Morel promettre un cadeau à Ouellet ?

Elle s'apprêtait à retourner au centre Marcel-Caron, lorsque la sonnerie du téléphone interrompit son élan.

C'était Henri Dubois qui lui demanda aussitôt de ne pas prononcer son nom s'il y avait des gens autour d'elle. Maud Graham se redressa ; qu'est-ce que ça signifiait ? Elle écouta Dubois, lui répondit par monosyllabes et raccrocha en préparant le mensonge qu'elle servirait à ses coéquipiers. Tant que Lapointe était présent dans la grande salle, elle ne pourrait discuter avec Rouaix. Elle se replongea dans la rédaction du rapport et dut faire de réels efforts pour se concentrer ; l'appel d'Henri Dubois avait généré en elle un profond sentiment de malaise même s'il lui avait seulement dit qu'Hélène Deslauriers, son amie journaliste, avait découvert certains liens entre René Asselin, Marie-Anne Lavoie, Marcel Ménard et Thomas Lapointe.

Elle prétexta un souci avec Maxime et quitta le bureau. Rouaix l'appellerait plus tard chez elle, elle l'avait deviné à son regard quand il avait levé la tête alors qu'elle attrapait son sac à main.

En traversant le terrain de stationnement, elle remarqua que le vert des feuilles changeait, ternissait légèrement, annonçant la fin des chaleurs. La température était douce, beaucoup plus confortable depuis qu'un vent du nord-ouest avait dissipé l'humidité, et Graham espéra qu'elle verrait les Perséides avec Maxime, cette année.

Elle se gara à deux rues de chez Henri Dubois. Paranoïa ou prudence ? Était-elle sotte d'imaginer que Lapointe pouvait s'être douté de quelque chose ? Pourquoi devait-elle se méfier de lui ? Elle avait pourtant la bouche sèche en sonnant à la porte des Dubois. Elle s'humecta les lèvres en espérant que... Que quoi ?

Henri Dubois lui offrit un café qu'elle accepta. Une femme aux cheveux crépus, assise au salon, se leva et tendit la main à Maud Graham.

— Hélène Deslauriers.

— Je vous lis toujours avec plaisir.

— Il y aura peut-être une exception.

Elle désigna une enveloppe sur la table du salon, la poussa vers Maud Graham.

— Attendons seulement qu'Henri revienne avec nos cafés.

Ils le buvaient noir tous les trois. Graham dit qu'elle avait commencé à prendre son café sans lait ni sucre quand elle avait arrêté de fumer. Elle avait besoin du goût de torréfaction du café qui lui rappelait un peu la fumée. Et, à sa grande surprise, elle s'y était habituée.

— On s'habitue à beaucoup de choses. Mais pas à tout. Pas aux mauvaises surprises. Je suppose que...

Maud Graham s'interrompit, observa Hélène Deslauriers et Henri Dubois, aussi graves l'un que l'autre.

— Je n'ai pas de bonnes nouvelles, fit Hélène.

Elle sortit une liasse de documents de l'enveloppe et montra quelques dates qu'elle avait inscrites, des noms de personnes et d'établissements pénitentiaires. Elle expliqua qu'elle avait fait des recherches sur Marie-Anne Lavoie, appris qu'elle avait croisé plusieurs fois René Asselin. Elle avait obtenu la liste des commissaires qui avaient travaillé pour Mme Lavoie et lu le nom de Marcel Ménard. Ce dernier avait été assassiné quelques années auparavant.

— Vous êtes certaine qu'ils se sont tous rencontrés ?

— Lavoie venait tout juste d'être nommée présidente de la Commission des libérations conditionnelles et René Asselin dirigeait l'un des établissements où Ménard rencontrait les détenus pour les évaluer.

— Qui a tué Ménard ?

— On n'a pas arrêté l'assassin. Ce que j'ai appris, en revanche, c'est que Ménard était l'un des trois commissaires qui avaient approuvé la libération de Frank Poitras, Jeff Miller, Antonio Fernandez et Donald Hébert. Que René Asselin dirigeait le pénitencier où était enfermé Hébert. Seulement Hébert. Les autres étaient à Kingston. Donald Hébert avait été condamné à trois ans de prison pour avoir agressé sauvagement son ex-femme après l'avoir violée. On l'a libéré après vingt-trois mois.

— Et il a tué Mélanie Lapointe peu de temps après sa sortie, c'est ça ?

Hélène Deslauriers acquiesça avant de poursuivre ; elle avait fait des recherches sur les autres commissaires et les employés des services correctionnels canadiens qui travaillaient à cette époque-là. Elle avait découvert que Jean-Paul Baudin avait eu à évaluer Donald Hébert.

— Et qu'est devenu Jean-Paul Baudin ?

— Un accident de chasse. Une balle perdue. On n'a jamais retrouvé celui qui avait tiré.

— Qui d'autre était sur le cas Hébert ?

— Isabelle Lemay. Elle a démissionné quand Hébert a obtenu sa libération malgré son avis défavorable. Je lui ai parlé.

Hélène Deslauriers consulta ses notes, les lut à haute voix.

— Mme Lemay m'a dit ceci : « Même si Hébert avait purgé les deux tiers de sa peine, je voulais le garder en dedans. Mais Marie-Anne Lavoie faisait des pressions et ils l'ont laissé sortir avec l'approbation d'Asselin. »

— Vous êtes arrivée à la même conclusion que moi, murmura Maud Graham.

— J'aimerais me tromper mais, hormis l'ex-femme d'Hébert, je ne vois qu'une personne pour en vouloir autant à ceux qui l'ont libéré, et c'est Thomas Lapointe. Même si je peux imaginer qu'une victime de viol s'informe sur ce qu'il est advenu de son agresseur et se révolte en apprenant qu'il a été relâché aux deux tiers de sa peine, je crois assez peu à ses possibilités de découvrir le nom des responsables de la libération d'Hébert, où ceux-ci demeuraient et quelles étaient leurs habitudes. Si une victime avait eu peur ou avait été outrée du traitement d'Hébert, elle aurait plutôt porté plainte en cour. Ou parlé à des journalistes.

— Et quand Thomas m'a répété qu'il était préférable qu'on attende encore un peu pour s'intéresser à Marie-Anne Lavoie, intervint Henri Dubois, alors que tous les autres membres du groupe de soutien m'y poussaient, je… J'apprécie son dévouement concernant l'enquête sur le meurtrier de mon fils…

— Vous avez l'impression de le trahir. Vous avez pourtant raison d'avoir aiguillé Hélène dans ses recherches. Je dois enquêter de mon côté pour savoir si Thomas Lapointe est mêlé à tous ces meurtres.

— On doit se tromper !

— Je dois néanmoins prévenir mon patron. J'avais établi de mon côté le lien entre Asselin et Lavoie. Si on ajoute Ménard… On jugera de ce qu'on doit apprendre à Marie-Anne Lavoie.

— J'ai rédigé la première partie de mon article sur elle. J'attendrai votre accord pour le donner au journal.

Maud Graham prit l'enveloppe qu'Hélène Deslauriers lui tendait.

— Je vous ferai signe rapidement. Vous pourrez probablement le publier jeudi. Merci de votre aide.

Elle posait la main sur la poignée de la porte quand elle s'adressa à Henri Dubois ; il ne devait pas se sentir coupable de l'avoir informée de ses soupçons sur Thomas Lapointe. Il n'avait fait que son devoir.

— Je dois me tromper. Je l'espère. Et pourtant, si quelqu'un peut comprendre des désirs de vengeance, c'est bien moi…

Il soupira, regarda le parterre avant d'expliquer que, en cautionnant une idée de vengeance, il renierait tout ce qu'il avait tenté d'inculquer à Jonathan, à Myriam. Il fallait des règles dans l'existence, il avait élevé ses enfants afin qu'ils puissent se comporter avec intelligence dans cette société, même si elle était imparfaite. Il n'avait pas cédé à leurs caprices, les avait éduqués afin qu'ils deviennent des adultes responsables.

— J'aurais envie d'étrangler le meurtrier de Jonathan si je l'avais devant moi. C'est sûr et certain. Mais ça ne me ramènerait pas mon fils. Et si j'agis avec violence, je dérape de l'autre côté, du côté du mal, du côté des assassins. Je ne veux pas, je ne peux pas être un criminel. J'ai davantage foi en l'information. Il faut conscientiser les gens.

— L'information ? dit Graham.

— Si Hélène écrit une série d'articles sur Entraide, si elle explique à la population comment vivent les parents des victimes et comment plusieurs drames pourraient être évités par de meilleures lois, nous aurons progressé. Ce n'est pas si simple, mais je veux croire que des hommes et des femmes changeront les lois. Les politiciens finiront par écouter la voix du peuple si elle est assez forte. Ce sera long. J'ai perdu beaucoup d'illusions cet été. Je ne veux pas perdre encore plus. Je veux que Myriam et mes futurs petits-enfants vivent dans une société mieux protégée. Je n'ai rien pu empêcher pour Jonathan, mais je dois servir sa mémoire…

Maud Graham acquiesça, même si elle pensait

qu'Henri Dubois était encore bien naïf malgré les épreuves qu'il avait traversées. En regagnant sa voiture, elle comprit pourtant qu'elle avait tort, il ne s'agissait pas de naïveté mais de survie. De dignité. De fidélité. Henri Dubois refusait de renoncer à tout ce à quoi il avait cru jusqu'à la mort de Jonathan. Il refusait que le meurtrier de son fils les contamine, lui, Geneviève et Myriam, que la violence remplace la douleur qui les habitait, qu'un sentiment aussi malsain que la vengeance les hante dorénavant. Il préférait tenter de changer le monde en alertant ses voisins et tous ces inconnus qui habitaient le Québec et qui pouvaient, un jour, pleurer la mort d'un de leurs proches. Par Hélène Deslauriers, il espérait qu'on entende sa voix et celle des membres d'Entraide. Qu'on les écoute. Les lois ne changeraient pas aussi vite qu'il le souhaitait; on ne déclarerait pas délinquants dangereux autant de criminels qu'il l'espérait. Mais le temps à prendre pour modifier une situation faisait partie du processus, s'opposait précisément à l'attitude des assassins qui agissaient par impulsion, qui s'appropriaient ce qu'ils convoitaient, qui violaient ou tuaient à leur gré.

Grégoire dirait sûrement qu'Henri Dubois était un sage.

Plus qu'elle, en tout cas. Elle ne pouvait s'empêcher de songer à ce qui aurait pu arriver à Grégoire si Morel... Mais Morel avait changé de comportement.

Pourquoi ?

Elle fouilla dans l'enveloppe que lui avait remise Hélène Deslauriers, nota le numéro de téléphone de

Marie-Anne Lavoie. Elle devrait prendre rendez-vous avec elle après avoir discuté avec Rouaix et Fecteau. Elle s'ouvrirait à contrecœur à son patron ; soupçonner Lapointe la bouleversait. Mais elle ne pouvait plus nier la force de son intuition.

CHAPITRE 15

Le ciel était d'un bleu si pur qu'il ressemblait à ceux de janvier dont l'arrogante clarté annonce aux Québécois une journée glaciale, implacable. L'hiver reviendrait vite, regretta Thomas Lapointe. Et, même si le soleil brillait, il éprouvait un sentiment de malaise en songeant à la fin de l'été, à l'automne qui s'approchait. Il détestait l'automne. Et il honnissait par-dessus tout la fête de l'Halloween qu'il avait tant aimée du vivant de Mélanie. Elle adorait se déguiser, fabriquait elle-même son costume. Adolescente, elle accompagnait des tout-petits afin d'avoir une raison pour continuer à sonner aux portes et lire l'admiration, la surprise dans le regard des gens en découvrant son déguisement. Thomas espérait quitter le Québec à la fin d'octobre. Il irait n'importe où. N'importe quelle destination ferait l'affaire pourvu qu'on n'y célébrât pas l'Halloween. Il respira profondément. L'air était plus frais et il aurait aimé faire du vélo, mais il avait dû permettre à Catherine Dion de se laver, de manger, de boire un café. Elle avait cessé de se plaindre. Il s'en était réjoui peu de temps ; il n'aimait pas les monologues qui avaient succédé aux récriminations. Sa prisonnière parlait constamment, le harcelait de questions même s'il n'y répondait que par monosyllabes. Il n'était pas question de l'encourager à établir un lien entre eux. Il connaissait le syndrome de Stockholm et il refusait toute intimité avec Catherine Dion. Elle devait rester à sa place.

Pour combien de temps ?

Pourquoi sa sœur ne s'était-elle toujours pas manifestée ? Il avait hâte d'arriver au bureau pour savoir si Norbert Boutet avait du nouveau sur l'enlèvement de Catherine Dion. En tout cas, rien n'avait encore transpiré dans les médias. Évidemment, Catherine Dion était une totale inconnue. S'il avait enlevé la fille du premier ministre, une meute de journalistes aurait couvert l'événement.

Thomas Lapointe détestait les journalistes, ces chacals qui reniflaient l'odeur du sang avec tant d'avidité. Henri Dubois faisait exception à la règle parce qu'il était éditorialiste ; il ne courait pas les faits divers dans l'espoir de rédiger un article qui ferait sensation. Il avait juré qu'Hélène Deslauriers était sérieuse. Tant mieux. Elle découvrirait tous les ravages que le laxisme de Marie-Anne Lavoie avait causés. Bien sûr qu'on plaindrait cette femme quand on apprendrait que sa demi-sœur avait disparu. Mais ça ne durerait pas quand Hélène Deslauriers révélerait qu'elle avait relâché des criminels endurcis. Elle serait punie par où elle avait péché.

Hélène Deslauriers s'intéresserait à Marie-Anne Lavoie dès qu'on saurait que c'était sa cadette qui avait disparu. Henri Dubois lui reprocherait d'avoir voulu retarder la parution d'un article sur Marie-Anne Lavoie. Comme les autres membres d'Entraide. Ils diraient que c'était plus délicat, maintenant, de

s'acharner sur une femme accablée par un enlèvement. Dans un premier temps, oui, mais Thomas Lapointe croyait que le public ne serait pas dupe si Hélène Deslauriers prouvait que Marie-Anne Lavoie
avait peut-être relâché le criminel qui avait enlevé sa
sœur. Plusieurs penseraient que c'était elle qui aurait
dû être kidnappée ; ils plaindraient Catherine Dion de
payer pour les bêtises de son aînée.

Et ils auraient raison d'une certaine manière. Mais
Marie-Anne Lavoie n'aurait éprouvé que de la peur
s'il l'avait enlevée. Tandis que, en lui ravissant sa
sœur, il lui faisait ressentir de la peur *et* de la culpabilité. Il la forçait à s'interroger sur tous ces détenus
qu'elle avait aidés à sortir de prison. Elle devait prendre conscience de ses fautes.

Il entendit le bruit de la chasse d'eau, se dirigea
vers la salle de bain pour raccompagner Catherine. Il
la poussa devant lui, la guida jusqu'à la chambre où il
la gardait prisonnière. Elle se laissa faire sans protester même si elle eut un mouvement de recul en sentant sa main sur son bras.

— Je m'ennuie, ici. Est-ce que vous allez me garder encore longtemps ?

— Ça ne dépend pas de moi.

— De qui ? Vous n'allez pas me séquestrer indéfiniment. Je vais finir par vous coûter cher en bouquins.
Et en nourriture.

Elle avait dit cela avec un petit rire, et Thomas Lapointe devait admettre que sa prisonnière avait du
cran. Elle avait paniqué, crié, pleuré les deux premiers jours, mais elle semblait décidée à attendre la

suite des événements en conservant un certain calme. Pour mieux l'abuser? Pour le séduire? Elle n'avait pourtant rien tenté en ce sens. Heureusement. Et il savait parfaitement qu'elle ne pouvait trouver aucune arme pour l'agresser, pour tenter de s'opposer à lui et de fuir.

— J'ai l'impression d'être inutile, reprit Catherine Dion. Ce n'est pas mon genre. J'avais seize ans quand je suis partie au Nicaragua pour un projet de coopération. Je n'aime pas être inactive. Achetez-moi au moins de la laine, que je puisse tricoter.

— Tricoter? Avec des aiguilles? Qui pourraient devenir des armes contre moi?

Il n'avait pu cacher son étonnement et en avait été agacé. Il n'aimait pas être surpris. Est-ce que Catherine Dion avait fait cette requête pour le désarçonner? Il aurait dû pousser plus loin l'enquête qu'il avait menée sur elle. La jeune femme était différente de ce qu'il s'était imaginé. Il avait cru qu'elle ressemblerait à son aînée, qu'elle serait du genre à obéir aveuglément aux consignes, qu'elle aurait trop peur pour réagir.

Elle l'avait déjà étonné en commentant les sushis qu'il avait achetés chez un traiteur en se disant qu'il était stupide de traiter sa prisonnière comme une invitée. Mais son père ne lui avait-il pas enseigné à se comporter en gentleman en toutes circonstances? Quand même, des sushis… Il avait prévenu Catherine d'en profiter, que ça ne se reproduirait pas. Elle l'avait remercié en lui racontant qu'elle avait visité le Japon, les fameux marchés aux poissons. Elle regrettait qu'on ait un peu trop adapté la cuisine asiatique aux goûts occidentaux. On dénaturait les saveurs, avait-elle dit avant de déguster un maki au thon rouge. Elle aurait aimé qu'on respecte davantage les cultures étrangères, mais celle des Américains déteignait sur tout ; elle avait été effarée de constater à quel point les Français cherchaient à les imiter. Les Allemands semblaient faire preuve de plus de discernement. Elle avait beaucoup apprécié son voyage en Allemagne ; c'était un peuple très intéressant. « En quoi ? » avait-il demandé, regrettant aussitôt d'avoir montré de l'intérêt. Il devait demeurer impassible en toutes circonstances. Il avait dû écouter ses impressions sur l'Allemagne puisqu'il l'avait questionnée. Et admettre que Catherine Dion avait un sens de l'observation et de l'analyse très juste. Il avait eu la même perception quand il vivait là-bas, malgré son jeune âge.

— Je voudrais m'occuper, répéta Catherine Dion. Je pourrais recoudre vos vêtements…

— Mes vêtements sont impeccables.

— Parce que vous ne pouvez pas vous autoriser à être décontracté ?

Elle le trouvait coincé ! Se permettait de faire des commentaires sur lui !

— Votre travail exige que vous soyez impeccable, c'est ça ?

Ah bon, elle allait à la pêche, elle cherchait à en savoir plus sur lui. Elle ferait chou blanc ; il avait été formé aux techniques d'interrogatoire. Elle n'apprendrait rien sur lui. Quand il la relâcherait, elle n'aurait rien à révéler aux enquêteurs. Elle ne pourrait que parler des livres qu'il lui avait achetés. Il avait été prudent dans le choix de ses titres, n'avait choisi que des bouquins très populaires ; pas un libraire ne pourrait se souvenir qu'il avait vendu un exemplaire d'*Harry Potter*, du *Code Da Vinci* ou du dernier Yves Beauchemin.

Comme si elle avait lu dans ses pensées, Catherine Dion le pria de lui procurer un guide de voyage sur l'Espagne et une méthode Assimil, car elle séjournerait prochainement à Barcelone et à Madrid.

— J'étudie l'espagnol avec cette méthode et je ne voudrais pas interrompre les leçons trop longtemps. C'est la régularité qui nous permet d'avancer. Ordre, méthode et persévérance.

Thomas dévisagea sa prisonnière : comment pouvait-elle savoir que son père répétait souvent ces trois mots ?

— Qui vous a dit ça ?

— Qui a dit quoi ? répondit Catherine en s'étonnant du ton si brusque de son geôlier. Qu'est-ce qui l'avait contrarié ? Elle avait mentionné la méthode Assimil. Avait-il quelque chose contre les Espagnols ? Ou une Espagnole ? Qui lui aurait fait du tort, qui l'aurait rendu fou ? Parce qu'il fallait l'être pour enlever une femme et la garder durant des jours sans raison.

Pourquoi cet homme la détenait-il s'il ne voulait ni la violer ni la tuer ? Il ne l'avait pas enlevée par hasard, il s'était renseigné sur elle. Il savait donc qu'elle n'était pas fortunée, même si elle vivait confortablement, et qu'elle n'était pas issue d'une richissime famille. Ni elle ni Marie-Anne n'hériteraient de millions à la mort de leurs parents. Et s'il s'était renseigné sur elle, c'est qu'il le pouvait. Ce n'est pas à la portée de n'importe qui de pouvoir s'informer sur les allées et venues d'une personne, son travail, ses habitudes, ses amis, ses loisirs.

C'était bizarre. Catherine ne comprenait rien à ce qu'elle faisait là. Commençait à perdre la notion du temps, ses repères, certains souvenirs. Pourtant, ça ne devait pas faire si longtemps qu'elle était chez son ravisseur. Mais était-elle chez lui ou avait-il loué cet appartement juste pour la cacher ?

— Que me voulez-vous ?

— Nous n'allons pas reprendre cette discussion inutile. Je vous apporterai une méthode Assimil. Quand devez-vous partir pour l'Espagne ?

— Je ne sais pas encore.

Est-ce que l'homme lui avait demandé cela pour éviter qu'elle rate ce voyage ? Voyons ! Elle était ridicule ! Elle devenait folle à son tour. Elle avait rêvé qu'elle était une souris blanche dans une cage qui courait dans une roue sans jamais avancer. Courir et courir encore dans le vide, de plus en plus vite jusqu'à ce que tout devienne noir.

Il y avait sûrement une raison pour laquelle elle intéressait l'homme. À moins qu'il se soit trompé ? Qu'elle soit le sosie d'une autre femme ? Qu'il les ait confondues ? Non, il l'appelait par son prénom. Mais si l'autre femme s'appelait également Catherine ? Ce prénom n'était pas rare.

— Est-ce que vous savez qui je suis ?

— Pardon ?

— Il est possible que vous me preniez pour quelqu'un d'autre. À qui je ressemblerais beaucoup. Mon nom, c'est Catherine Dion.

— Je le sais.

— Vous êtes certain que je suis la bonne Catherine Dion ? Que ce n'est pas une autre Catherine Dion qui vous intéresse ?

— Non. Vous êtes celle qui…

— Mais je ne vous intéresse pas vraiment. Ce n'est pas moi qui…

Qui quoi ? Pourquoi aurait-il enlevé une femme qui ne l'intéressait pas ? Elle avait cependant exprimé ce qu'elle ressentait ; il n'éprouvait rien pour elle, ni haine ni passion. Elle était une sorte d'objet pour l'homme. Un objet qui devait lui servir. À quoi ? À quoi ?

— Je deviens folle. Je ne sais plus qui je suis. Si vous me disiez ce que je fais ici, on pourrait arriver à une entente. Je suis habituée à négocier, à comprendre les conditions d'un vis-à-vis.

— Oui, c'est de famille, la négociation.

De famille ? Avait-il bien dit de famille ? De qui parlait-il ? Que savait-il de sa famille ? Son père était ingénieur ; il ne négociait rien. Et sa mère travaillait au ministère de la Santé. À la comptabilité. Et sa sœur s'occupait des libérations conditionnelles. Ce n'était pas elle qui négociait les condamnations et les remises de peine, mais les avocats, les juges, ceux qui font la loi. Marie-Anne ne faisait que l'appliquer, transmettre les directives du ministère aux commissaires qui évaluaient les détenus.

Les détenus !

Mon Dieu ! Cet homme la gardait en otage pour l'échanger contre un prisonnier, pour forcer Marie-Anne à libérer un criminel ! Comment pouvait-il espérer que ça marcherait ? Il était fou ! Marie-Anne n'était plus présidente de la Commission depuis au moins quatre ans. Et même si…

— C'est Marie-Anne, c'est ça ? Vous voulez marchander avec Marie-Anne ? L'obliger à faire libérer un de vos amis en échange de ma liberté ? Avez-vous communiqué avec elle ?

Thomas Lapointe eut un geste de mépris. Lui, marchander ? Il n'ajouterait pas un mot. Cette Catherine finissait par l'énerver.

Et toutes ces heures où il demeurait à la maison au lieu de faire du vélo. Il avait l'impression que sa peau rétrécissait, qu'elle n'était plus assez grande pour son corps, qu'il se transformerait en Incroyable Hulk. Qu'il exploserait.

Non.

Il devait se ressaisir. Tout n'allait pas aussi vite qu'il l'aurait souhaité, mais Marie-Anne Lavoie se manifesterait sûrement le lendemain. Des nouvelles tomberaient sur le bureau de Norbert Boutet qui ferait le lien entre les deux sœurs, même si elles portaient des noms différents. Les journalistes suivraient de près cette affaire. Hélène Deslauriers pourrait alors publier son article. Et le public conclurait que c'était un criminel libéré trop tôt qui avait enlevé Catherine Dion.

* * *

La pluie fouettait le visage de Maud Graham et elle
releva le capuchon de son imperméable Kanuk ; elle
ne voulait pas avoir les cheveux trempés et se mettre
à friser à cause de l'humidité, même si Alain disait
que les mèches qui couraient, désordonnées, sur sa
nuque étaient charmantes. Elle avait essayé devant
lui le chandail turquoise acheté chez Fantaisies et il
avait déclaré que Gabrielle l'avait bien conseillée,
que le pull lui allait à ravir. Ravir. Maud Graham
s'étonnait chaque fois qu'elle entendait ce mot ; y en
avait-il d'autres dans la langue française qui avaient
des significations si opposées ? À ravir était un compliment, ravir était un acte criminel. Qui avait songé
la première fois à détourner le sens du mot ? Et quel
était le sens premier ? Positif ou négatif ? Alain l'avait
taquinée ; elle avait un don pour poser des questions
qui demeuraient sans réponse. C'était la déformation
professionnelle, avait-elle rétorqué, on pose cent
questions inutiles pour une qui vous éclairera. Comment ferait-on la lumière sur l'implication de Thomas
Lapointe dans l'affaire Asselin ? Quand ? Maud Graham avait fait part de ses craintes à son patron, qui
avait approuvé sa suggestion de prier Hélène Deslauriers de faire paraître l'article sur Marie-Anne Lavoie.
Lapointe devrait réagir d'une manière ou d'une
autre.

Fecteau avait rappelé à Maud Graham que c'étaient
des enquêteurs étrangers à leur bureau qui se charge-
raient dorénavant de Lapointe. Elle avait acquiescé,

ignorant si elle était soulagée de ne pas avoir à confronter Lapointe ou si elle se trouvait lâche. Elle était contente d'avoir une bonne raison de ne pas retourner au bureau dans l'après-midi, un rendez-vous chez le médecin qu'elle avait déjà reporté plusieurs fois mais qu'elle ne pouvait plus repousser. Elle savait qu'elle passerait quelques heures dans la salle d'attente ; elle apporterait des dossiers à consulter et relirait l'article du *Soleil*.

Avec un mélange de satisfaction et d'appréhension ; la journaliste relatait les diverses étapes de la carrière de Mme Lavoie, rapportait les propos d'Isabelle Lemay, qui avait démissionné après que Mme Lavoie lui eut conseillé d'être moins sévère dans ses recommandations. Selon Mme Lemay, Marie-Anne Lavoie était favorable à l'élargissement de Donald Hébert et d'Antonio Fernandez qui avaient tous deux récidivé. Hélène Deslauriers mentionnait aussi Frank Poitras et Jeff Miller qui, eux, n'avaient plus jamais attiré l'attention des autorités, prouvant que la réhabilitation était possible pour certains détenus. Même pour ceux qui avaient commis des actes violents.

La journaliste s'interrogeait sur le système judiciaire canadien, le comparait à celui des États-Unis où le taux de récidive était plus élevé. Elle avançait que, au Québec, il y avait beaucoup à faire pour corriger les failles du système, mais qu'il était plus rassurant de vivre à Montréal qu'à Washington, même si elle déplorait que les évaluations des détenus soient parfois bâclées par manque de moyens ou par négligence. Elle demandait au gouvernement de réviser les budgets alloués au ministère de la Justice ; il fallait injecter de l'argent dans le système, multiplier les expertises avant d'autoriser la libération des détenus. Les membres d'Entraide, victimes ou parents de victimes, avaient tous vu leur vie bouleversée par les actes de criminels récidivistes.

Hélène Deslauriers ajoutait qu'il était appréciable que ces victimes puissent témoigner lors des audiences pour les libérations, mais que c'était normal et que cela aurait dû exister bien avant. Pas une faveur. Elle suggérait qu'on tienne compte des exigences d'Entraide qui espérait que les experts déclarent davantage de délinquants dangereux et qu'ils explorent, comme le faisait la justice française, le terme « sérialité » : les crimes sexuels étaient rarement uniques, leurs auteurs prêts à recommencer à violer. Il fallait mieux les contrôler. L'écouterait-on ? Elle concluait son article par cette phrase : *que feriez-vous si votre femme, votre mari, votre mère ou votre enfant était assassiné par un récidiviste ?* Cela ferait réfléchir les lecteurs quand ils refermeraient le journal.

Et Thomas Lapointe. Quelle serait sa réaction ? Graham était partie plus tôt de la maison pour être certaine de se présenter à la centrale de police avant Thomas Lapointe ; elle ne voulait pas qu'il soit déjà plongé dans un dossier, en train d'échanger avec un collègue ou installé devant l'ordinateur pour éviter son regard. Elle l'aborderait directement, lui demanderait s'il était content de l'article et tenterait de savoir s'il lui mentait ou non. Il y aurait ensuite la réunion du matin où elle prierait Lapointe de l'accompagner au centre Marcel-Caron.

En arrivant au bureau, elle secoua son imperméable, le suspendit à la patère et sortit l'exemplaire du *Soleil* de sa mallette. Elle allait l'ouvrir en page neuf quand le téléphone sonna. Le patrouilleur Sébastien Paquette l'avertissait qu'on avait arrêté Arnaud Morel en face d'un dépanneur à Vanier.

— Le propriétaire l'a reconnu d'après la photo qu'on lui avait envoyée. Il a appelé le 911.

— Morel était toujours là? Quelqu'un a été blessé?

— Non, il n'a pas résisté, il est dans l'auto-patrouille, tranquille. Vous nous aviez prévenus qu'il était violent. Ce n'est pas le cas aujourd'hui. On vous l'amène.

— O.K. Beau travail, Paquette.

— Franchement, on n'a pas de mérite. Si c'était toujours aussi facile…

— Méfiez-vous. Morel a une idée derrière la tête. Surveillez-le!

Elle reposait l'écouteur quand Lapointe qui secouait son parapluie lui lança un regard interrogatif. Graham était contente de lui annoncer que Morel avait été arrêté, mais cet événement l'empêchait de guetter la réaction de Lapointe à propos de l'article dans *Le Soleil*. Il avait sûrement vu le quotidien sur son bureau lorsqu'elle était au téléphone, mais elle avait dû lui parler de l'arrestation de Morel au lieu de mentionner tout de suite l'article d'Hélène Deslauriers. Thomas Lapointe avait eu quelques secondes pour se composer une attitude. Et même plus, s'il avait lu le journal chez lui, il s'était préparé à répondre aux questions que ne manqueraient pas de lui poser ses collègues.

— Morel devrait être ici dans une dizaine de minutes, dit Graham. Il restera dans la cellule durant notre meeting, puis on l'interrogera. Il n'a opposé aucune résistance quand on l'a arrêté. Ce n'était pas du tout le même scénario avec toi, non ? Tu racontais qu'il t'avait insulté, menacé, avait cherché à s'enfuir. Il doit avoir une maudite bonne raison pour se montrer aussi docile.

— Oui, ce n'est pas son genre. Et ce n'est pas au pénitencier qu'il a changé.

— À moins qu'il n'ait réglé ses problèmes de violence quand il était incarcéré. Il a peut-être suivi des cours de croissance personnelle, parlé avec le psychologue. Peut-être que ça marche.

— Pas avec un type comme Morel.

— Ou Donald Hébert, ajouta Rouaix en déposant son café sur son bureau. Avez-vous lu l'article d'Hélène Deslauriers ? Es-tu content, Lapointe ?

Rouaix abordait le sujet comme il en avait convenu avec Graham, il insistait.

— C'est bien qu'elle mentionne votre groupe de soutien. Et qu'elle révèle le rôle de Marie-Anne Lavoie dans l'affaire Hébert.

Thomas Lapointe hocha la tête sans répondre ; Graham et Rouaix comprirent qu'il ne commenterait pas l'article d'Hélène Deslauriers. Il devait pourtant être furieux en constatant qu'Henri Dubois avait parlé à son amie journaliste sans le prévenir. Il se mit à pianoter sur son ordinateur, évitant de croiser le regard de ses collègues.

— J'ai promis à Nelson, aux Fraudes, de lui sortir

un document avant la réunion. C'est un vrai bordel, son histoire. Il n'est pas au bout de ses peines.

Il se pencha vers l'écran pour montrer qu'il devait se concentrer, et Graham et Rouaix lui dirent qu'ils l'attendaient dans la salle de réunion.

— Plus vite se termine le briefing, plus vite on jase avec Morel. J'appelle Daniel Verreault pour l'avertir qu'on garde son pensionnaire ici pour la journée.

— De toute manière, il ne retournera pas au centre Marcel-Caron, déclara Rouaix. C'est vraiment idiot, il ne lui restait que cinq ou six semaines à faire en liberté conditionnelle.

Graham secoua la tête; non, Morel n'était pas un imbécile. Même s'il les prenait pour des imbéciles.

— Il veut être renvoyé en prison. Pour une niaiserie. L'affaire de quelques mois.

— Pourquoi?

— Pour avoir un alibi incontestable. Il prépare un coup et il doit se mettre à l'abri.

— Quoi? Avec qui? fit Lapointe en relevant la tête.

— On le saura d'ici la fin de la journée.

— Si on est chanceux, marmonna Rouaix. Morel n'est pas du genre causant.

— Moi, je suis du genre obstiné, laissa tomber Graham avant de sortir de la pièce, suivie par Rouaix.

Ils gagnèrent la salle de réunion où étaient installés la plupart des policiers, des enquêteurs. Maud Graham se dirigea vers le grand tableau où étaient notées les affaires en cours, le lut, le relut avant de se tourner vers Robert Fecteau.

— Vous êtes au courant pour Morel ?

Le patron esquissa un sourire ; enfin une bonne nouvelle à annoncer aux journalistes.

— Venez me voir après l'avoir interrogé.

— Il est décidé à nous mener en bateau. C'est un pervers. Il a un plan, je suis prête à mettre un cent sur la table.

Des mains se levèrent, des doigts claquèrent, des policiers firent mine de sortir leur portefeuille pour parier avec Maud Graham.

— Un cent ? Tu es sûre de toi, Graham.

— Sûre à mille pour cent. Arnaud Morel est un vrai vicieux.

Robert Fecteau frappa dans ses mains. Le silence se fit au moment où Thomas Lapointe entrait dans la pièce. Il tendit une enveloppe à Nelson puis s'assit à l'avant.

— O.K., dit Fecteau. Regardons ce qu'on a aujourd'hui. Où est Boutet ?

— Il arrive, répondit Marc Provencher, son partenaire. Il est au téléphone pour notre affaire. Ça suit son cours, même si on n'a pas grand-chose. On n'a rien qui nous prouve que cette femme a disparu contre son gré. On n'a reçu aucune demande de rançon. Et de votre côté ?

Il s'adressait à Maud Graham, Rouaix, Lapointe et Trottier, expliquait que Boutet et lui avaient craint qu'Arnaud Morel soit mêlé à la disparition de Catherine Dion.

— S'il avait enlevé Mme Dion, dit Trottier, il ne se serait pas pointé à un dépanneur.

— Il a peut-être fait le coup avec un autre gars, avança Lapointe, ils se sont disputés et il a voulu se dissocier de lui… Comme ça, quand vous arrêterez le gars avec Catherine Dion, il ne sera pas mêlé à cet enlèvement. C'est moins pire d'être condamné pour une agression mineure dans un dépanneur et un bris de condition que pour un kidnapping.

— Je suis d'accord, dit Provencher. Mais c'est tiré par les cheveux.

— Morel aime les situations tordues.

— On l'interroge tantôt, déclara Graham. On vous voit après !

On s'attaqua aux autres points à l'ordre du jour ; deux vols à main armée à Neufchâtel, un viol au mail Saint-Roch. Et la surveillance qu'on accentuerait autour de Frank Fournier, un trafiquant d'héroïne soupçonné du meurtre d'un autre *dealer*.

— C'est pour ça que Justin Bérubé assiste à notre meeting ce matin. Dresse-nous un portrait de ton client.

Le directeur de l'escouade des stupéfiants énuméra les délits dont Fournier s'était rendu coupable, précisa qu'il travaillait pour les Hell's, que c'était un homme dangereux. Trottier demanda s'il était le seul à croire qu'il y avait de plus en plus d'héroïne sur le marché.

— Non, répondit Bérubé, mes hommes aussi. J'ai un gars en infiltration. Il est formel : Frank Fournier est là-dedans jusqu'au cou ! Et pas seulement pour l'héroïne. Il commence à répandre du cristal en ville.

— Il faut qu'on trouve qui apporte cette cochonnerie à Québec, s'exclama Fecteau. D'où ça vient ? New York ? Toronto ? Il n'est pas question que Québec devienne une plaque tournante pour ce genre de trafic.

— Hier, mes hommes ont arrêté des dealers de cristal, dit Bérubé, et…

Il fut interrompu par l'irruption de Norbert Boutet dans la salle de réunion.

— Maudit baptême ! C'est sa sœur ! Boutet tenait *Le Soleil* d'une main, le tapotait de l'autre.

— Avez-vous lu l'article ?

— Quel article ? demanda Bérubé.

— L'article de Deslauriers ! Maudit baptême ! C'est à croire que la journaliste est une voyante ! Elle parle de Marie-Anne Lavoie qui était aux libérations conditionnelles.

— Quel est le rapport avec nous ?

— C'est la madame Lavoie que j'essaie de joindre depuis deux jours ! On lui avait laissé un message à propos de Catherine Dion. Elle était à New York.

— Catherine Dion ?

— C'est la demi-sœur de Marie-Anne Lavoie !

Maud Graham sentit son cœur s'affoler ; elle évita de regarder Fecteau qui devait rencontrer les enquêteurs des Enquêtes internes dans l'après-midi. Même si elle avait recueilli des informations sur Lapointe sans autorisation, elle savait qu'on les lirait avec intérêt. Elle avait vérifié plusieurs éléments dans le passé de son collègue ; il était en poste à Montréal quand Baudin et Ménard avaient été tués. Il y était également au moment du meurtre d'Asselin, puisqu'il y avait rencontré les membres d'Entraide. Elle l'avait su par Henri

Dubois qui avait rappelé Pietro parce qu'il souffrait trop de l'absence de son fils. Et elle était persuadée que les enquêteurs s'interrogeraient sur la disparition de Catherine Dion. La coïncidence était trop troublante. À partir de maintenant, tout irait très vite.

— J'ai expliqué à Marie-Anne Lavoie qu'on suivait la procédure normale, continuait Boutet, qu'on s'était rendus chez Mme Dion pour la rencontrer sans obtenir de réponse. Qu'on avait vu que son courrier était resté dans la boîte aux lettres, mais qu'on ne pouvait pas entrer chez les gens sans autorisation, même si une secrétaire s'inquiète que sa supérieure ne rentre pas travailler pendant trois jours. J'ai questionné Mme Lavoie, noté ce qui pourrait nous être utile. D'ailleurs, elle devrait être à Québec cet après-midi. J'ai besoin de Lapointe sur ce coup-là.

Thomas Lapointe se tourna vers Boutet.

— Pourquoi ? Je dois interroger Morel après la réunion.

— Je veux que tu t'installes à l'ordinateur de Catherine Dion. Mme Lavoie se désole que sa sœur passe des heures sur Internet à jaser avec du monde qu'elle ne connaît pas. Tu devrais être capable de remonter aux sources, de découvrir avec qui elle *chatait*. Tu es le meilleur pour faire cracher des infos à un ordinateur, j'ai besoin de toi.

— Mais Morel, feignit d'insister Lapointe. Il faut qu'on le rencontre…

— On s'en occupe ce matin, dit Graham. Tu l'interrogeras cet après-midi. Pars avec Boutet, c'est plus important. Il faut retrouver cette femme.

«Merci beaucoup, Graham», avait envie de dire Thomas Lapointe qui n'aurait pu mieux espérer : Norbert Boutet lui offrait l'occasion de pénétrer de nouveau chez Catherine Dion. Il avait porté des gants la seule et unique fois où il était entré chez elle pour ramasser quelques affaires mais si, pour une raison ou pour une autre, il avait laissé un indice de sa présence, il serait maintenant protégé par cette visite en règle. Il pourrait alors montrer à Boutet et à Provencher la liste des hommes avec lesquels Catherine Dion avait correspondu sur Internet. Boutet et Provencher se réjouiraient de tenir peut-être une piste.

«Merci, Graham», songeait Lapointe, brave Graham qui lui permettait de retourner chez Catherine Dion. Elle était plus fiable qu'Henri Dubois. Comment ce dernier avait-il pu le trahir ? Lapointe ne lui avait-il pas demandé de ne s'adresser à Hélène Deslauriers qu'au moment où lui le jugerait opportun ? Il aurait dû patienter au moins jusqu'à la fin de la semaine, que Marie-Anne Lavoie se soit lamentée sur son sort. Mais non. Non. Thomas Lapointe avait mis le journal en pièces après l'avoir lu ; pourquoi Henri avait-il rencontré cette journaliste ? Son opinion comptait-elle si peu pour lui ? Était-ce une manière de lui signifier qu'il était un minable ? Parce qu'il n'avait pas arrêté l'assassin de Jonathan ? Mais il y parviendrait ! Et, en attendant, il mettait hors d'état de nuire les incompétents qui libéraient des meurtriers. Ce n'était pas rien, tout de même ! Henri Dubois n'avait-il pas perçu qu'il était un homme d'honneur? S'il lui avait juré qu'il retrouverait l'assassin de Jonathan, c'est qu'il le ferait. Il aurait dû le croire! Il était allé chez lui, avait réconforté sa femme, écouté sa fille exprimer son sentiment de culpabilité. Il avait emmené Henri à Montréal pour lui présenter les membres d'Entraide. Et c'est ainsi qu'on le remerciait de toutes ces attentions? Il ne souhaitait pas qu'on lui offre des fleurs. Il ne témoignait pas de la gentillesse pour être récompensé, non. De là à être trahi…

Dans l'armée, la trahison était autrefois punie par la peine capitale. Son père lui avait dit qu'on aurait dû conserver cette coutume; un homme qui trahissait ne méritait pas de vivre. Il avait touché l'uniforme de son père après avoir verrouillé la porte de la chambre où il gardait Catherine Dion. Juste avant de partir pour la centrale de police, histoire de retrouver sa sérénité. Histoire d'oublier un instant la migraine qui mordait les neurones de son cerveau depuis qu'il avait lu l'article de Deslauriers. Il avait l'impression qu'on grugeait ses cellules et que ses yeux s'enfonçaient dans son crâne. Il manquait d'air; il s'entraînait depuis trop longtemps pour cesser subitement de faire du sport. Il s'était efforcé de prendre de longues inspirations en évoquant la mémoire de son père, en le priant de veiller sur lui tout au long de cette journée.

— Vous aurez assez de la matinée? demanda Rouaix à Boutet. On veut interroger Morel. Mais si on n'arrive à rien, il faudra que Lapointe le confronte. Comme il l'a déjà arrêté, il réagira peut-être différemment avec lui.

— On va faire aussi vite qu'on le peut.

— Prenez tous les gars qu'il vous faut pour débarquer chez Catherine Dion, dit Fecteau. Autre chose ? Non ? Alors, au boulot !

Les policiers se dispersèrent, regagnèrent leur bureau en discutant avec leurs coéquipiers. Qui resterait à la centrale ? Qui travaillerait sur le terrain ?

Maud Graham se dirigea vers la machine à café, regarda le gobelet se remplir en se maudissant de ne pas avoir récupéré la cafetière à espresso qu'elle avait fait réparer au début du mois.

— Je suis idiote de continuer à boire cette eau de vaisselle, lança-t-elle à haute voix. J'ai besoin d'énergie, aujourd'hui.

— Oui, on risque d'avoir de mauvaises surprises, fit Rouaix.

— Peut-être que Provencher n'a pas tort de supposer que Morel est mêlé à la disparition de Catherine Dion. Il s'est enfui du centre Marcel-Caron au moment où elle s'évanouissait dans la nature.

— Tu ne crois pas aux coïncidences, dit Rouaix. Il faut qu'on parle à Fecteau.

— Rencontrons Morel pour l'instant. Le temps que…

Le temps que Lapointe constate qu'ils se dirigeaient vers une salle d'interrogatoire pour y retrouver Arnaud Morel. Quand Lapointe serait parti avec Boutet et Provencher, Graham et Rouaix feraient part de leurs soupçons à Robert Fecteau. Ou agiraient sans le consulter. Avec les conséquences que cela impliquait. Maud Graham jeta le gobelet de café vide en se jurant d'aller chercher la cafetière chez le réparateur quand le téléphone sonna. Elle hésita, pressée d'interroger Morel, mais fit demi-tour.

Elle reconnut immédiatement la voix de Betty Désilets. Elle griffonna son nom sur un papier qu'elle agita en direction de Rouaix. Celui-ci s'empressa d'écouter leur conversation. Betty prétendait avoir un marché à proposer à Graham.

— Un marché ? Quel genre de marché ?

— Je voudrais qu'ils soient moins sur mon dos, ici. Depuis que je suis revenue au centre, c'est l'enfer. J'en ai mon crisse de voyage. Je n'ai le droit de rien faire. Ils m'ont enlevé mon lecteur de CD ! Moi, je ne peux pas vivre sans musique ! Puis je suis certaine que quelqu'un a lu mon journal. Ils n'ont pas le droit !

— Je ne peux rien te garantir.

— Oui, je sais, c'est comme dans les prises d'otages. Les négociateurs ne peuvent rien promettre personnellement, ils parlent pour leurs boss. C'est toujours les boss qui décident. Vous êtes des moutons, vous obéissez. Mais je voudrais que tu essaies quand même.

— Et en échange de quoi devrais-je plaider ta cause ?

— J'ai vu la photo dans le journal. Je connais la fille qui a perdu la boucle d'oreille.

Maud Graham déglutit ; tenait-elle enfin ce début de piste qui leur faisait tant défaut ? Elle ne devait pas s'emballer.

— Il y a bien des sortes de boucles d'oreilles. Tu peux te tromper.

— Non. Je les ai essayées. On les avait échangées pour le fun.

— Qui est cette fille ?

— Je t'en parlerai si tu fais ce que je te demande. Je veux ma musique, sinon je vais virer folle, perdre la mémoire. Je sens que je vais devenir alzheimer.

Maud Graham croisa le regard de Rouaix dont la mère avait souffert de cette maladie.

— J'appelle ton intervenant ce matin.

— Tu n'es pas pressée de savoir qui avait cette boucle d'oreille ?

— J'ai quelqu'un à interroger pour l'instant. Je m'occupe de ton affaire après. Tu vas avoir des nouvelles avant midi, promis, juré.

— Est-ce que c'est Brad Pitt 2 que tu interroges ?

— Pourquoi ? As-tu quelque chose à me confier à son sujet ?

— Ou l'autre gars ? C'est l'autre, le tatoué ? Est-ce que vous battez les gens que vous arrêtez ?

— Ce n'est pas mon genre.

— Moi, mon genre, c'est d'écouter de la musique. Organise-toi pour qu'ils me redonnent mon lecteur. Je suis vraiment écœurée !

Maud Graham poussa un long soupir en reposant l'appareil.

— Bon, je vais la voir. Toi, tu interroges Morel et je te retrouve ici à dix heures. C'est toujours pareil, tout arrive en même temps.

— Elle aurait pu nous appeler avant !

— Betty a une logique bien à elle. Bonne chance avec Morel !

Maud Graham jeta un coup d'œil à la fenêtre : il pleuvait toujours autant. Elle récupéra son imperméable Kanuk et traversa le terrain de stationnement en pestant contre Betty qui savait, dès la parution de la photo de la boucle d'oreille dans les quotidiens, qu'elle devait l'informer de ce qu'elle savait. À moins qu'elle n'ait pas lu le journal… Non, si elle ne l'avait pas lu, elle n'aurait pas su qu'on recherchait la propriétaire de ce bijou. Betty gardait donc son petit secret depuis un bon bout de temps. Alors qu'elle aurait pu faire avancer leur enquête. Et elle était très capable de continuer à se taire si les intervenants du centre n'acceptaient pas d'assouplir les conditions qu'on lui avait imposées pour la punir de sa fugue. Graham devait obtenir qu'on lui rende immédiatement son lecteur de disques compacts.

Graham ralentit pour éviter d'arroser des piétons, remarqua la devanture d'un commerce. Ce serait bientôt la rentrée des classes, Maxime aurait besoin d'elle, même s'il était capable d'acheter les fournitures scolaires tout seul. Il répétait qu'il n'était plus un bébé. Et c'était vrai, ce n'était plus le garçon qu'elle avait connu à l'hôpital, qui avait peur et qui tentait de le cacher. Maxime devenait un adolescent épanoui. Enfin, la plupart du temps. Elle ne pouvait pas se plaindre de lui. Elle n'avait qu'à le comparer à tous les jeunes qui erraient dans la ville. À Betty qui n'avait d'autre moyen d'entrer en communication avec les gens qu'en marchandant. Parce que c'était ce qu'elle avait appris à la maison. Et elle semblait résister à toute forme de thérapie. Rejetait l'aide qu'elle aurait dû accepter. Que deviendrait-elle ? Quel genre de vie peut-on avoir quand on a tué une femme avant même d'être adulte ? Et comment ses parents réussissaient-ils à se voiler la face ? À refuser leur responsabilité dans tout ce gâchis ?

Graham songea à la mère de Maxime qui ne lui envoyait même pas une carte postale à Noël. Est-ce que c'était possible de mettre un enfant au monde et de ne pas l'aimer ? Et si elle ne valait pas mieux que ces femmes qu'elle jugeait indignes ? Qu'est-ce qui lui garantissait qu'elle était une bonne mère pour Maxime ? Léa avait beau lui dire qu'elle avait fourni bien des preuves de son instinct maternel au cours des dernières années, elle craignait de ne pas être à la hauteur. Avec son boulot, elle était parfois si peu disponible. Mais elle ne s'imaginait pas renoncer à son travail ni ralentir son rythme. Même par une journée comme celle-ci.

CHAPITRE 16

Betty Désilets avait légèrement maigri et Maud Graham la complimenta.

— T'as remarqué? C'est cool, hein?

— J'aimerais bien perdre dix livres, avoua Graham. Qu'est-ce que tu as fait?

— Un régime avec des pamplemousses.

— Ah, je l'ai déjà essayé. Ça marche, mais ce n'est pas assez équilibré. J'étais toujours fatiguée.

— Moi, je m'en sacre d'être fatiguée, je n'ai rien à faire ici.

— À part étudier. Il faut que tu finisses ton secondaire.

— Il y a un paquet de chanteuses qui n'ont pas étudié et qui sont célèbres.

Maud Graham se garda de tout commentaire et sortit de sa mallette le lecteur de disques compacts de Betty.

— Fais ce qu'il faut pour le garder, cette fois-ci.

— Je n'ai pas besoin d'un sermon, tu peux t'en retourner.

Graham posa une main ferme sur le baladeur; si elle partait maintenant, ce serait avec l'appareil.

— O.K. Je te niaisais. Qu'est-ce que tu veux savoir?

— La fille à la boucle d'oreille. Où l'as-tu vue? Quand?

— Au carré d'Youville, quand je me suis poussée

d'ici. Je trouvais que les anneaux de Morgane étaient beaux. Je lui ai proposé de les acheter, mais elle a refusé.

— Morgane qui ?

— Pourquoi veux-tu la voir ? Qu'est-ce qu'elle a fait ?

— Je dois savoir quand elle a perdu sa boucle d'oreille, c'est tout. Si tu hésites à me révéler son nom parce qu'elle est en fugue…

— Je m'en sacre, ce n'est pas une de mes amies.

Non, bien sûr que non, songea Graham, Betty n'avait pas d'amies. Elle la plaignait de ne pas connaître la douceur de l'amitié. Que serait sa vie sans Léa Boyer ? Comment aurait-elle vécu sa rupture avec Yves ? Et toutes ses angoisses à propos de Grégoire et de Maxime, ses hésitations avec Alain ? Qu'aurait-elle fait sans les conseils de sa meilleure amie ? Personne n'écoutait ou ne consolait Betty Désilets.

— Morgane Mathieu, fit l'adolescente. On étudiait à la même école. On a trouvé ça drôle parce qu'on a fugué le même jour. Moi, parce que je suis écœurée d'être ici, elle parce que sa mère a un nouveau chum qui la fait chier.

— L'as-tu revue après le soir où vous avez échangé vos boucles d'oreilles ?

Betty secoua la tête.

— Tu es sûre qu'elle avait les deux boucles, ce soir-là ?

— Je suis capable de compter jusqu'à deux. Puis, mon lecteur de CD, c'est pour aujourd'hui ou pour demain ?

Elle approchait sa main du baladeur, Graham retira la sienne. Betty saisit l'appareil, le serra contre son cœur.

— Je capote sans musique !

— De quoi avez-vous jasé, Morgane et toi ?

— De rien. Du monde de l'école.

— Des gars ?

— Non, on n'a pas les mêmes goûts. Moi, mon genre, c'est le gars avec des tatouages qui habite sur la rue Kirouac. Est-ce que c'est lui que tu questionnais, ce matin ?

Graham sourit ; il fallait parfois croire aux coïncidences.

— Es-tu certaine que tu l'as vu échanger quelque chose avec celui qui ressemblait à Brad Pitt ?

— J'ai de bons yeux, je suis jeune, moi.

Elle éclata de rire avant de se reprendre ; Maud Graham ne paraissait pas si vieille.

— Tu dois *pogner* encore. As-tu un chum ?

— Oui. Et il est plus jeune que moi. Et très beau.

Graham s'en voulut aussitôt de s'être montrée si puérile, mais Betty l'exaspérait.

— À qui il ressemble, ton chum ?

— Où habite Morgane ?

— À Sainte-Foy, près de l'université. Elle a toujours haï ça, vivre là. Si sa mère ne veut plus d'elle, elle ira chez son père à Saint-Antoine-de-Tilly. Je ne sais pas si elle aimera mieux ça. C'est loin du carré d'Youville, Saint-Antoine, quand t'as pas de char. Toi, tu as quelle sorte d'auto ?

Betty repoussait l'instant où Graham la quitterait,

où elle serait obligée de vaquer à ses activités quotidiennes.

— J'ai une vieille auto. Et j'en emprunte à la centrale.

— Ils ne vous les donnent pas ? Vous ne faites pas d'argent dans la police pour vous payer des bons chars ?

— Pas autant que ton père. L'appelles-tu papa ou Louis ?

— Louis. Suzanne ne veut pas que je dise maman. Ça l'énerve, ça la vieillit.

— Et Morgane ? Elle appelle son père par son prénom ? Betty l'ignorait ; elles n'étaient pas intimes. Maud Graham reprit sa mallette, s'éloigna vers la porte, s'arrêta et regarda Betty droit dans les yeux.

— Je te remercie, tu m'as beaucoup aidée.

— Si tu vois le beau gars avec des tatouages, dis-lui qu'il y a une fille qui s'intéresse à lui.

Maud Graham eut envie d'énumérer à Betty tous les crimes dont s'était rendu coupable Arnaud Morel, mais Betty était tellement déséquilibrée qu'elle admirerait le criminel.

Où en était Rouaix avec lui ? Elle avait hâte d'être de retour à la centrale du parc Victoria, mais ne songea pas un instant à utiliser la sirène pour arriver plus vite. Elle détestait ce bruit qui précédait presque toujours d'horribles découvertes. En quittant l'établissement où vivait Betty, elle constata que la pluie avait cessé ; l'air sentait l'ozone et elle se rappela les draps qui séchaient sur la corde à linge quand elle était enfant. Pourquoi sa mère préférait-elle aujourd'hui les mettre en machine au lieu de profiter de la belle saison pour les accrocher dehors ? Graham ne connaissait aucune odeur qui puisse exprimer une si intense sensation de fraîcheur. Elle aimait entendre claquer les draps au vent, observer leurs amples mouvements, les regarder et être éblouie par tant de blancheur sous le soleil du midi. Elle devrait installer une corde à linge dans sa cour, elle irait à la quincaillerie avec Maxime. Et Maxime s'enivrerait du parfum des draps qui ont embrassé le vent.

Betty Désilets ne devait pas connaître cette sensation ; sa mère ne se chargeait sûrement pas du lavage. Elle n'habitait pas le genre de quartier où on installe une corde à linge.

Et Morgane Mathieu ? Y avait-il une cour chez sa mère ? Ou chez son père ?

Graham venait d'obtenir les coordonnées de Marc Mathieu à Saint-Antoine-de-Tilly lorsqu'elle entendit jurer Rouaix en sortant de la salle d'interrogatoire.

— Morel nous mène en bateau. Il est extrêmement satisfait de lui-même. Comme s'il nous jouait un bon tour ! Mais lequel, bordel ? Lequel ?

— Et Catherine Dion ?

— Il prétend qu'il ignore tout d'elle. On ne tirera rien de lui avant un bon bout de temps. À moins qu'il réagisse en face de Lapointe.

— S'il le déteste autant que le prétend Lapointe, il s'exprimera d'une manière ou d'une autre en sa présence.

— Et Betty ?

Maud Graham relata son entretien avec l'adolescente tout en composant le numéro de téléphone de Marc Mathieu. Un adolescent affirma que sa demi-sœur était chez sa mère, et Graham nota l'adresse qu'on lui indiquait à Sainte-Foy.

— Je me rends chez Morgane au plus vite.

— Il faudrait aussi faire un tour chez Lapointe pendant qu'il travaille avec Norbert Boutet.

— Avec l'enlèvement de Catherine Dion, il faut faire vite.

Maud Graham frappa à la porte du bureau de Robert Fecteau en prenant une longue inspiration. Elle se sentait coupable de ne pas avoir forcé Lapointe à sortir de sa réserve, de ne pas avoir décelé la faille qui s'ouvrait en lui, comme la terre qui se déchirait lors des séismes, qui créait un abîme où avaient déjà chuté trois victimes.

Robert Fecteau qui attendait les enquêteurs avait l'air abattu, mais il réagit avec véhémence quand Graham s'accusa de ne pas avoir assez insisté pour mieux cerner Lapointe.

— J'aurais dû me méfier. Il était plus distant, ces dernières semaines.

— Graham a raison, confirma Rouaix. Au bureau, Lapointe n'a pas un comportement erratique, mais tous ces éléments qui s'additionnent n'augurent rien de bon…

— J'ai vérifié son dossier, reprit Fecteau. Il n'a pas consulté le psy plus de trois fois quand Mélanie a été tuée.

— Vous savez pourquoi…

— Oui, c'est suspect de voir un psy. Personne n'a

envie d'avoir comme partenaire un gars qui est abonné à ce genre de séances. On a peur qu'il pète les plombs.

— On devrait plutôt se demander si celui qui a besoin d'aide et ne consulte pas n'est pas plus dangereux.

— Le dossier de Lapointe était excellent, confia Fecteau, il n'avait pas montré le moindre signe de déséquilibre. J'ai parlé à son patron avant que Lapointe soit muté ici. Tout était beau. Son seul défaut était d'être trop zélé. Mais on connaît de bons enquêteurs qui ne peuvent pas lâcher leurs enquêtes et qui ne sont pas timbrés, qui prennent leur retraite après vingt ans parce qu'ils ont fait tellement d'heures supplémentaires qu'ils ont cumulé en deux décennies autant de temps qu'en trente ans. Vous êtes d'excellents exemples… Bon, j'essaie de parler aux enquêteurs d'ici midi.

— C'est trop long ! protesta Graham. Il est déjà dix heures ! Lapointe en aura peut-être fini avant avec l'ordinateur de Catherine Dion.

— Vous le mettrez avec Morel. Ce n'est pas ce qui était prévu ? Rouaix restera avec lui pour interroger Morel. Graham expliquera qu'elle doit rencontrer Morgane Mathieu et j'irai avec elle. Vérifions donc où ils en sont chez Catherine Dion avant de nous énerver…

Fecteau saisit son téléphone, s'informa auprès de Boutet des progrès de leur perquisition, du travail de Lapointe. Il raccrocha en souriant.

— Boutet m'a confié que Lapointe en a pour des

heures, qu'il y a des problèmes avec l'ordinateur de Mme Dion. Allez voir Morgane Mathieu.

Fecteau rappela à Graham et à Rouaix qu'ils devaient l'informer de tout ce qu'ils découvriraient. À la minute même où ils le découvriraient.

Ni Graham ni Rouaix ne dirent un mot avant d'avoir bouclé leur ceinture de sécurité. Ils avaient gagné le boulevard Charest lorsque Rouaix souhaita que Morgane Mathieu ressemble à son fils quand il avait quinze ans. Avec un peu de chance, elle dormirait encore à cette heure-là et ils pourraient l'interroger.

C'est Evelyne Mathieu qui leur ouvrit ; elle paraissait à la fois paniquée et soulagée quand Maud Graham déclina son identité.

— Ça me surprend que Morgane vous ait appelés, mais je suis contente. C'est mieux comme ça.

— Mieux ? Mme Mathieu parut déroutée.

— Ce n'est pas Morgane qui vous a téléphoné ? Qu'est-ce que vous faites ici ?

— On désire lui parler.

— De quoi ?

La voix de Mme Mathieu était subitement plus aiguë. Elle se mordait les lèvres, serrait ses mains contre sa gorge comme si elle manquait d'air. Un bruit derrière elle la fit sursauter ; Morgane s'était approchée pour voir avec qui s'entretenait sa mère. Elle recula en apercevant Graham et Rouaix ; qui étaient ces étrangers ?

— Morgane ? dit Graham. Je m'appelle Maud Graham. On a besoin de ton aide.

— De *son* aide ? s'écria Evelyne Mathieu. C'est

elle qui a besoin d'aide ! Elle ne veut rien entendre et, moi, je ne sais plus ce que je dois…

— Ça, ce n'est pas nouveau, jeta Morgane qui continuait à reculer vers le corridor.

— On devrait aller faire du café ensemble, madame Mathieu, dit Rouaix. Tandis que ma collègue discutera avec votre fille. Montrez-moi où est la cuisine.

Evelyne Mathieu hésita puis préséda Rouaix en répétant qu'elle ne servait à rien avec sa fille. Qu'elle avait tenté de parler avec Morgane de sa fugue, mais tout avait dégénéré.

Evelyne Mathieu s'était éloignée, mais Maud Graham entendit ses dernières paroles. Elle s'avança vers Morgane en lui demandant comment elle pouvait l'aider.

— C'est trop tard. Je ne veux pas en parler.

Maud Graham fouilla dans sa mallette, en sortit une photographie de la boucle d'oreille, la tendit à Morgane qui pâlit.

— Aimerais-tu mieux t'habiller avant qu'on en discute ? Je t'attends ici.

Elle regarda l'adolescente se diriger, chancelante, vers sa chambre ; avait-elle eu tort ou raison de lui laisser le temps de réfléchir ? Peut-être qu'elle se ressaisirait, se préparerait à mentir, et alors Graham serait obligée de lui redire qu'elle voulait l'aider. Morgane ne mit pas plus de trois minutes pour se changer, mais elles parurent très longues à Maud Graham, comme toutes celles qui s'étaient écoulées depuis le début de la journée. Tout en paraissant trop courtes. Et Graham détestait cette contradiction, cette distor-

sion du temps, elle avait l'impression que tout s'accélérait alors qu'elle fonctionnait au ralenti.

— Ma mère n'aurait pas dû vous dire de venir.

Morgane s'assoyait pourtant en face de Graham
comme si elle acceptait déjà de se confier à elle.

— Ta mère n'est pour rien dans notre présence ici.
C'est Betty Désilets qui m'a appris ton existence.
C'est bien ton bijou sur la photo ?

Morgane fixa ses pieds.

— Oui. Non. C'est à ma mère. Je l'avais emprunté
ce soir-là…

— Mais tu ne pouvais pas nous en parler.

Morgane baissa la tête, replia ses jambes contre
elle, les enserra de ses bras, se cacha le visage contre
ses genoux.

— Je pense que je devine. Et si je me trompe, tu
m'arrêteras. Tu as perdu l'anneau au parc Maizerets
où tu étais avec un homme dont tu as très peur maintenant.

— Vous l'avez arrêté ? s'écria Morgane en relevant
la tête. Il a parlé de moi ?

— Non. Je me suis seulement demandé pourquoi
une femme qui perd un bijou à l'endroit où a été commis un meurtre n'avertit pas la police. Et j'en ai
conclu que c'est parce qu'elle ne peut pas. Ou ne veut
pas. Soit le bijou ne lui appartient pas, soit elle connaît
le meurtrier et le couvre. Soit elle a été témoin du
meurtre et a trop peur d'être ensuite la victime de
l'assassin. C'est ça ?

— Non. Oui.

— Tu devrais tout me raconter depuis le début.

Morgane se mit à pleurer; c'était justement ça le problème, elle se souvenait à peine de ce qui était arrivé! Elle se rappelait avoir rencontré un homme qui l'avait emmenée au parc Maizerets. Mais pour la suite, elle avait l'impression que tout s'était déroulé comme dans un rêve. Non, un cauchemar. Et quand elle était rentrée à la maison, elle s'était lavée et lavée encore, et elle avait fini par avouer à sa mère qu'elle pensait qu'on l'avait violée, mais qu'elle n'en était pas certaine. Tout était si flou. Et la honte qui la dévorait.

— Je veux tout oublier. De A à Z! De toute façon, même si j'ai perdu la boucle d'oreille le soir du meurtre, je n'ai rien remarqué.

— Tu pourrais nous décrire l'homme avec qui tu étais ce soir-là? On pourrait te montrer des photos de quelques délinquants, voir si tu le reconnais.

— Ce n'est pas difficile, il ressemblait à Brad Pitt. Avant, j'adorais cet acteur. Aujourd'hui, il me lève le cœur.

Maud Graham eut un long frisson d'excitation, son sang parcourut tout son corps à une grande vitesse. Elle avait chaud et froid, envie de crier à Rouaix qu'ils tenaient enfin la solution. Elle se maîtrisa, posa une main sur celles de Morgane, lui promit que son agresseur serait puni.

— Je ne veux pas raconter mon histoire en cour, que tout le monde apprenne que j'ai…

— Promis! Je dois simplement te montrer des photos. Ça t'ennuie si mon partenaire revient avec nous? C'est mon meilleur ami. As-tu une meilleure amie?

Morgane éclata alors en sanglots et Graham s'assit à côté d'elle, la serra dans ses bras pour la bercer, apprit que Chloé avait déménagé en Ontario, qu'elles s'envoyaient des courriels. Elle ne lui avait pas écrit ce qui lui était arrivé parce qu'elle avait peur que le frère de Chloé lise ses confidences.

— Et ta mère ? Comment a-t-elle réagi ?

— Elle voulait que je porte plainte. Au moins, elle ne m'a pas forcée. Et elle a expliqué à son chum qu'il était trop tôt pour qu'il s'installe ici. Ça aura toujours servi à ça. Il répète que je vais avoir d'autres amies comme Chloé, qu'à mon âge on se fait facilement des amies. Il ne comprend rien. Une meilleure amie, c'est une meilleure amie.

— Tu as raison. Moi, la mienne s'appelle Léa. On se connaît depuis que j'ai douze ans. Je l'ai perdue de vue pendant trois ans, quand elle est allée étudier en France. Je m'ennuyais tellement d'elle ! Quand on s'est retrouvées, c'était comme si on ne s'était jamais quittées. Ce sera peut-être la même chose pour toi. Parles-tu anglais ?

— Un peu.

— Tu pourrais lui rendre visite, ce n'est pas si loin.

— Je ne serais pas capable de partir toute seule…

— Ça va s'arranger, Morgane, je te le jure. Et je te jure qu'on arrêtera ton agresseur. Je peux appeler mon partenaire ?

Morgane poussa un long soupir approbateur. Elle était soulagée d'avoir parlé, mais n'avouerait pas à sa mère qu'elle avait raison, qu'elle aurait dû rencontrer les enquêteurs avant.

Graham résuma les propos de Morgane à Rouaix qui témoigna sa compassion à l'adolescente. Graham sortit un dossier de sa mallette en se félicitant de l'avoir traîné partout avec elle depuis le début de l'enquête sur la mort de Jonathan Dubois. Elle avait les photos des délinquants sexuels qui habitaient dans la grande région de Québec : ceux qui étaient obligés de vivre dans un centre et de se rapporter à leur agent de libération conditionnelle et ceux qui avaient recouvré leur liberté. La photo de Métivier étant sur le dessus de la pile de photographies, Graham prit soin de mélanger les images avant de déposer le paquet devant Morgane. Sa mère s'assit aussitôt à côté d'elle, posant une main protectrice sur son épaule.

— Je suis là, ma chérie. Si c'est trop dur, tu arrêtes.

— C'est correct, je veux qu'ils le fassent payer !

Elle regarda les sept premières photos sans réagir puis s'agita en saisissant celle de Serge Métivier.

— C'est lui ! Je suis sûre que c'est lui ! Où est-ce qu'il est ? À Québec ?

— Oui, il est à Québec. Mais pas pour longtemps. Il va prendre le chemin du pénitencier avant la fin de la journée.

— S'il me retrouvait ?

— On ira chez grand-maman, à Rivière-du-Loup, déclara Evelyne en serrant sa fille dans ses bras pour la rassurer.

Morgane se remit à pleurer, mais Graham et Rouaix savaient, en regagnant la voiture, que ses larmes étaient moins amères que toutes celles qu'elle avait versées depuis juillet. Rouaix fila directement vers Bernières pour appréhender Serge Métivier, tandis que Graham téléphonait à leur patron pour l'informer des derniers développements. Fecteau insista pour envoyer des hommes en renfort, mais elle refusa, craignant que leur présence n'alerte Métivier, qu'il ne tente de s'enfuir ou de prendre quelqu'un en otage. Il pouvait avoir caché une arme dans un coin du garage. Si elle s'y présentait avec Rouaix, il croirait qu'elle venait encore l'interroger.

— Il se plaindra qu'on ne le laisse pas en paix, paria Graham avant de couper la communication.

— On pourra lui promettre qu'il ne nous verra plus pour un certain temps, dit Rouaix. Même s'il n'avoue pas le meurtre de Jonathan Dubois, il sera condamné pour viol.

— Il faut qu'il avoue. Morgane était certainement sous GHB. Son témoignage me suffit, mais ça ne tiendra pas en cour.

— Même si Métivier se présente encore pour une agression sexuelle ? Les récidivistes déplaisent aux juges. Il devrait avoir une plus lourde condamnation. Surtout si le public apprend qu'il était en liberté conditionnelle.

— Les peines pour viol ne sont jamais assez longues ! On enferme plus longtemps des fraudeurs. Dans notre société, c'est pire de nuire à l'État qu'à une personne. Je ne veux pas que Métivier s'en sorte ! Je veux qu'il vieillisse au pénitencier, qu'il comprenne qu'il ne pourra plus se servir de sa belle petite gueule pour piéger des gamines.

La circulation était fluide sur le pont et ils distinguèrent bientôt l'enseigne du garage. Jean-Pierre Tremblay qui discutait avec un client, fronça les sourcils en voyant Maud Graham s'avancer vers lui.

— Qu'est-ce qui se passe ?

— Où est votre beau-frère ?

— Serge est encore dans le trouble ? Il n'est pas rentré, ce matin. J'aurais dû appeler au centre, mais je n'ai pas eu une minute à moi. Je téléphone tout de suite, si vous voulez !

Maud Graham le retint ; elle avertirait Daniel Verreault.

— C'est la première fois que Serge ne rentre pas au travail. J'imagine que vous ne seriez pas ici si ce n'était pas important.

— Est-ce qu'il a une voiture à sa disposition, en ce moment ?

— Oui, quand je peux, je lui passe la Toyota. C'est moins long pour venir ici. Ce n'est pas pratique, en autobus, et ma femme m'a tellement tanné que j'ai fini par accepter. C'est une vieille Toyota, mais le moteur est encore bon.

— Vous nous donnez le numéro d'immatriculation ? demanda Rouaix.

— Tout de suite !

Il courut quasiment pour se rendre au bureau, en ressortit avec une feuille de papier où il avait inscrit le numéro de la plaque et l'année du véhicule.

— Dans quoi s'est-il fourré ? C'est une pomme pourrie, Serge. Jusqu'au trognon.

Le garagiste attendait que Graham et Rouaix protestent, mais ils s'excusèrent de l'avoir dérangé et regagnèrent la voiture. Graham téléphona à Verreault qui confirma que Métivier n'était pas au centre.

— Il est parti à la même heure que d'habitude.

— Il faut qu'on l'arrête, Verreault, c'est grave. Il a commis un viol. Est-ce qu'il y a actuellement des gars au centre qui sauraient quelque chose à son sujet?

— Métivier n'est pas jasant. Surtout depuis la fugue de Morel.

— Peut-être qu'ils se retrouveront dans la même cellule d'ici la fin de la journée. On a rattrapé Morel, il est à la centrale où il n'a pas dit un mot. Il est de très bonne humeur.

— De bonne humeur? C'est suspect. Je ne l'ai jamais entendu rire. Sauf quand il niaisait Ouellet.

— Et Ouellet? Il parle encore de son cadeau?

— Oui, il nous fatigue assez avec ça! Morel est chien de lui avoir promis un cadeau. Il sait bien que Ouellet est innocent.

— On doit inspecter de nouveau la chambre de Métivier. Et reparler à Ouellet. Cette histoire de cadeau m'obsède. Est-il au centre actuellement? Gardez-le, on arrive.

Pierre Ouellet sourit en reconnaissant Maud Graham; il aimait ses cheveux roux. Il rit lorsqu'elle lui demanda pourquoi Arnaud Morel lui avait promis un cadeau.

— Parce qu'on est des chums.

— Es-tu aussi chum avec Serge Métivier?

— Non, il se pense trop fin, trop beau. Morel pourrait lui casser la gueule, s'il voulait.

— Morel a été arrêté. Ça m'étonnerait qu'il te remette ton cadeau.

— Il me l'a promis !

Le visage renfrogné, Pierre Ouellet serrait les poings, répétait qu'Arnaud Morel lui devait un cadeau.

— Un marché, c'est un marché. C'est Morel qui l'a dit.

— Il t'a niaisé pour que tu lui rendes service.

— Y a pas le droit ! J'ai fait ce qu'il voulait ! J'ai donné la lettre à Métivier. Il m'a promis que j'aurais mon cadeau après. Une cartouche de Rothman's. J'aime mieux des vraies cigarettes que des rouleuses. Ça coûte cher. Morel a juré qu'il m'en payerait.

— Il est en prison, à cette heure. Nous, on pourrait t'offrir deux paquets de cigarettes si tu nous parles de la lettre de Métivier.

— C'est une belle carte. Il y avait trop de mots dedans, je l'ai pas lue.

Maud Graham échangea un regard avec Daniel Verreault qui acquiesça ; Ouellet était analphabète. Elle n'obtiendrait rien de plus de cet homme. Elle quitta le centre en s'interrogeant sur la teneur de cette missive.

— Morel avait sûrement une raison de se faire arrêter au moment même où Métivier disparaît, déclara Rouaix. Ils sont complices !

Oui, mais de quoi ?

— Morel sait peut-être que Métivier a violé une gamine et il le fait chanter, dit Robert Fecteau quand Graham et Rouaix lui rapportèrent ce qu'ils avaient appris dans la matinée.

— Le faire chanter, d'accord, souleva Graham. Mais que peut-il obtenir de Métivier ? Pas de l'argent, il ne gagne pas assez au garage.

— Un service, fit Rouaix. Un service en attire un autre. Morel ne dénonce pas Métivier à condition que celui-ci lui renvoie l'ascenseur.

— On lance un mandat d'arrêt contre lui, déclara Fecteau. État d'alerte.

— Il faut informer Lapointe des développements avec Métivier, dit Graham. Il est sur ce dossier depuis le début. Il ne faut pas modifier la dynamique qu'il y a entre nous. On fait comme lui, on l'imite.

— On l'imite ?

— Lapointe s'est efforcé de ne rien changer à son comportement. S'il est vrai qu'il a enlevé Catherine Dion, il a tout fait pour rester le même. Il a tout prémédité avec soin. Il a cessé de venir manger avec nous le midi bien avant le kidnapping, il avait prévu de rentrer chez lui au moins une fois durant la journée. Il faut qu'il pédale vite pour faire l'aller-retour entre chez lui et ici, mais il en est capable. S'il s'était mis à venir en voiture, on se serait posé des questions… Je lui téléphone pour le prévenir qu'on s'entête à interroger Morel, sans succès. Qu'il doit prendre la relève après le dîner. Que c'est par Morel qu'on aura Métivier.

— Ça nous laisse une heure pour fouiller chez Lapointe, déclara Fecteau. Je m'arrangerai comme je pourrai avec les Enquêtes internes. On ne peut pas attendre plus longtemps. Partez les premiers, je vous suis.

Le soleil était aveuglant lorsqu'ils gagnèrent la voiture de Rouaix, et ce dernier se concentra sur la route en songeant que le métier d'enquêteur ressemblait à un échiquier ; on passait du blanc au noir, du noir au blanc. Ils avaient enfin une preuve que Métivier se trouvait au parc Maizerets le soir du meurtre de Jonathan, mais ils n'avaient pu s'en réjouir que quelques minutes. Surprise, contentement, déception. Et gêne. André Rouaix savait qu'il avait raison de se rendre chez Lapointe avec Graham ; il avait pourtant l'impression de lui manquer de respect, de renier tous les bons moments qu'ils avaient eus ensemble. Il avait toujours déploré que Thomas Lapointe soit un peu trop rigide — il buvait très rarement du vin —, mais c'était un collègue fiable, serviable, aimable, qui ne ménageait pas sa peine. Il le plaignait de sembler si peu profiter de la vie, alors que c'était essentiel si on voulait exercer ce métier longtemps. Rouaix privilégiait les soirées familiales ou amicales autour d'une table, où on riait, discutait ou se vidait le cœur. Il avait besoin de l'oreille attentive de sa femme, de sa compassion, de son analyse du monde. Elle remettait les choses en place, dans une juste perspective quand il se montrait trop pessimiste. Il n'y avait pas que du mal sur cette terre, lui rappelait Nicole. Non, il n'y avait pas que du mal. Mais André Rouaix voyait tant de méchanceté, de laideur, de misère chaque jour. Il ne pouvait pas, ne voulait pas tout confier à Nicole. Il devait la préserver. Il arrivait toutefois que trop de silence éloigne un mari de son épouse ; nombre de ses collègues avaient divorcé. Ils l'interrogeaient sur le secret de la longévité de son union avec Nicole. Il répondait qu'il avait de la chance. Et qu'il se le disait chaque jour, qu'il ne tenait rien pour acquis, qu'il s'émerveillait toujours de rejoindre Nicole. Thomas Lapointe, lui, rentrait chaque soir dans une maison vide.

— Je n'aime pas ça, murmura-t-il.

— Moi non plus, soupira Graham. Je prierais si je croyais en Dieu. Je voudrais tant qu'on ne trouve rien.

— J'imagine déjà la folie que ce sera avec les médias. Après l'affaire Marsolais, on aura droit à un vrai cirque ! J'ai beau admettre que Lapointe a peut-être tué des gens, je ne parviens pas à le maudire. Il est malade.

— Et on n'a rien deviné ! On est vraiment aveugles ou trop égoïstes, trop contents de nos vies pour deviner l'extrême solitude d'un collègue.

Maud Graham tourna la tête, regarda le fleuve qui bordait la route ; avec la fin de l'été, il prenait cette teinte indigo qu'on peut admirer au crépuscule, quand les étoiles commencent à scintiller, lorsque la lune apparaît même si la nuit n'est pas encore tombée. Le fleuve avait échoué à rasséréner Thomas Lapointe. Elle-même n'avait pas emprunté depuis plusieurs semaines le traversier qui reliait Québec à Lévis, elle avait négligé ces allers-retours si apaisants ; le pont du traversier était un sas qui lui permettait de décanter les trop nombreuses questions qui se multipliaient dans une enquête. Un sas. Thomas Lapointe avait employé d'autres méthodes pour décompresser. Elle avait beau se répéter que trop d'indices convergeaient vers lui, elle avait l'impression que c'était une autre Maud Graham qui avait démontré à Fecteau que Lapointe pouvait être dangereux, une autre Maud Graham qui avait élaboré une théorie, qui avait tout raisonné. La première Maud, elle, ne parvenait pas à imaginer Thomas Lapointe en train de tirer sur un homme. Deux hommes. Trois hommes. En train d'enlever une femme. Qu'avait-il fait de Catherine Dion ? La découvriraient-ils chez lui, là, dans quelques minutes ? Des éclairs sur le fleuve la firent cligner des yeux ; elle jeta un coup d'œil au rétroviseur, mais elle ne pouvait apercevoir la voiture de Robert Fecteau.

— Comment Morel a-t-il appris que Métivier a violé Morgane ? fit Rouaix. Il n'a pu le suivre au parc Maizerets. Et j'imagine mal Métivier se confier à Morel, il n'est pas fou. Qu'est-ce qu'il peut y avoir dans la lettre ?

— Ça m'étonnerait que Morel nous l'apprenne. Et ce ne sera pas Ouellet. Morel a pris soin de choisir un illettré pour faire son message. Peut-être Métivier sera-t-il plus bavard...

— Si on le rattrape.

— Il ne pourra pas se cacher indéfiniment. Ce n'est pas si facile que ça, être en cavale. Et sa beauté n'est pas un atout, il peut se teindre les cheveux, il se fera pourtant remarquer. Par les femmes, en tout cas.

André Rouaix ralentit en empruntant l'avenue Larue, puis accéléra en passant devant la maison de Thomas Lapointe. Il ne nota rien d'anormal, consulta

Graham avant de se garer à quelques mètres de la maison. Ils descendirent de la voiture en silence. Graham entendit le cliquetis du passe-partout dans la main droite de Rouaix, le bruit de ses propres pas sur le perron. Elle avait l'impression que toute la rue l'entendait marcher, respirer, écoutait battre son cœur. Il fallait qu'elle se trompe! Que Thomas Lapointe soit innocent! En s'approchant de la porte, elle constata qu'elle était entrouverte; il y avait des taches sombres autour de la poignée et sur le sol. Elle adressa un signe de tête à Rouaix qui fronça les sourcils, se colla contre le mur comme l'avait fait Graham, poussa la porte du bout du pied et tendit l'oreille. Il n'entendait rien. Il pénétra dans la pièce lourde d'un silence opaque. Il sentit Graham derrière lui qui s'avançait. Elle se dirigea vers la droite tandis qu'il allait vers la cuisine. Il revenait vers l'entrée lorsque Graham jura dans la pièce voisine.

— Il y avait une femme ici. Et ça ne fait pas longtemps qu'elle est partie.

Maud Graham désignait une tasse à café où le liquide n'avait pas séché. La chambre était sens dessus dessous, des livres dans tous les coins de la pièce, des vêtements épars, un drap déchiré, un plateau renversé avec les restes d'un petit-déjeuner. Elle s'accroupit à côté du lit, tentant de déceler s'il y avait des traces de sperme. N'en vit aucune. Peut-être que la prisonnière n'avait pas été violée. Ou que l'agresseur portait un préservatif. La femme avait résisté, on s'était battu dans cette pièce.

— C'est un beau bordel! s'écria Rouaix.

— Peut-être que Lapointe a voulu emmener Catherine Dion ailleurs et qu'elle s'est débattue ?

— Non, il ne lui aurait pas servi à manger. Et il aurait fallu qu'il la conduise dans cet autre endroit avant d'arriver au poste. En pleine nuit ? Non, ça sent encore le café ici.

— La porte de la chambre est intacte… C'est quelqu'un qui lui a ouvert, avec qui elle s'est battue.

— Et qui l'a entraînée de force. On aurait dû être ici plus tôt !

Graham sentit son téléphone vibrer contre sa hanche, décrocha immédiatement ; Fecteau les prévenait qu'il se garait.

— Vous pouvez nous rejoindre, mais il est trop tard.

— Elle est morte ?

— On l'a emmenée ailleurs.

Robert Fecteau n'eut pas besoin d'examiner longtemps la chambre pour arriver aux mêmes conclusions que Graham et Rouaix. La jupe rouge sur le lit, le chandail, les sous-vêtements éparpillés indiquaient clairement qu'une femme avait vécu dans cette pièce. Et les fenêtres condamnées, la bassine en plastique où la prisonnière devait se soulager prouvaient qu'elle y avait été retenue contre son gré.

— O.K., dit Fecteau. Vous faites le tour de la maison pendant que je vais chercher Lapointe chez Catherine Dion. On n'a pas une minute à perdre. Vous me rejoignez à la centrale. Une vraie journée de fous !

Maud Graham hocha la tête avant de retourner vers la chambre. Elle mit la jupe rouge dans un sac avec le chandail afin que Marie-Anne Lavoie puisse confirmer que les vêtements appartenaient à sa sœur, puis elle rejoignit Rouaix qui fouillait la chambre de Thomas Lapointe. Des photos de Mélanie, de son plus jeune âge à la fin de sa vie, ornaient le mur nord de la pièce, faisant face à des photos de Laure et de Jacques Lapointe. Ce dernier avait posé en tenue militaire et Graham remarqua qu'il avait reçu plusieurs distinctions.

— C'est une chance qu'il soit mort. Il n'aura pas la douleur de voir son fils arrêté pour meurtre…

Rouaix ouvrit le garde-robe, tandis que Graham s'autocritiquait. Elle avait tout faux : si Jacques Lapointe n'était pas mort, Thomas Lapointe n'aurait peut-être tué personne. Mélanie aurait vécu avec ses parents et elle n'aurait pas rencontré Donald Hébert.

— Regarde.

Rouaix décrochait un uniforme militaire, le montrait à Graham avant de le remettre en place, au centre du garde-robe.

— Il me semble que c'est le genre de vêtement à conserver emballé au fond du garde-robe ou dans une boîte, en souvenir. Là, entre une chemise et un chandail, c'est comme si Lapointe l'enfilait régulièrement.

— Pourquoi pas ? On ne sait rien de sa vie. On a vécu à côté de lui pendant des mois sans rien apprendre. J'aurais dû le faire parler.

— Tu ne pouvais pas le forcer à se confier à toi. Tu as essayé… Et ça ? Rouaix désignait un sarrau, un passe-montagne.

— Il a dû les porter pour ne pas être reconnu.

— Il avait donc l'intention de la libérer. Qu'est-ce qu'il avait en tête ?

— Tu n'es pas psychiatre… Et c'est d'un psychiatre dont Lapointe a besoin.

Rouaix ouvrait et refermait les tiroirs de la commode où il n'avait découvert que des chaussettes, des sous-vêtements, des tee-shirts impeccablement pliés. Aucun document, aucun effet plus personnel.

— C'est trop ordonné.

— Ça doit le rassurer.

Maud Graham se pencha vers la table de chevet, y palpa des écrins qu'elle ouvrit délicatement ; un collier de perles, un bracelet avec des breloques qui formaient le nom de Mélanie, des bagues, trois broches, un sautoir où pendait une montre en forme de cœur. Elle sentit les larmes lui monter aux yeux en songeant à la mère, à la sœur de Thomas Lapointe. Qui les aimait tant. Qui les aimait trop. Il caressait peut-être ces bijoux avant d'aller venger sa sœur. Il regardait les photos où elle semblait s'amuser, il pensait qu'elle ne sourirait plus jamais et que les responsables de sa mort devaient payer. Il y avait aussi un sachet de velours marine d'où Graham tira une mèche de cheveux blonds. Elle devina qu'elle appartenait à Mélanie, la replaça dans la pochette, se détestant d'agir telle une intruse, de violer l'intimité de Thomas Lapointe. Elle suivit Rouaix qui s'était rendu dans le salon, qui fouillait le secrétaire, étalait les documents qu'il venait d'y découvrir.

Il y avait plusieurs documents sur le système judiciaire. Rien sur Ménard, Asselin ou Baudin, mais un article sur Marie-Anne Lavoie. Des statistiques sur les meurtres commis au Québec et au Canada.

— Il peut avoir accumulé ça pour Entraide. C'est ce qu'il prétendra.

— Et ça?

Rouaix désignait des coupures de journaux où le nom de Gilles Mercier apparaissait.

— Mercier? L'ancien ministre? Oh non!

— Oh oui! Il garde des coupures de presse de Mercier et du ministre de la Justice actuel, mais il ne conserve pas ses agendas. Moi, je les garde. Toi?

— Oui. Je ne feuillette pas souvent mes vieux agendas, mais je les ai si je veux vérifier ce que je faisais tel mois de telle année.

Elle feuilletait surtout l'agenda où elle avait noté ses premières rencontres avec Alain, se rappelait sa gaucherie lorsqu'elle l'avait invité à souper, l'osso buco raté car elle avait confondu le sucre glace et la farine. Et lui, si gentil, qui prétendait que c'était délicieux. Est-ce que Thomas Lapointe avait déjà préparé un repas pour une femme en s'inquiétant de ne pas le réussir? Avait-il senti son cœur s'affoler à la sonnerie du téléphone? Il avait confié, sans chaleur, qu'il avait eu quelques liaisons. S'il avait été vraiment amoureux, peut-être qu'il se serait laissé gagner par ce sentiment et qu'il aurait renoncé à sa vengeance. Mais il ne voulait pas aimer. Il préférait la haine. Il ressemblait à Betty. Est-ce qu'elle gâcherait sa vie à détester les gens ou finirait-elle par choisir la lumière? Pour Thomas Lapointe, il était désormais trop tard.

Maud Graham consulta sa montre ; Robert Fecteau s'était sûrement présenté au domicile de Catherine Dion. Comment avait-il abordé Thomas Lapointe ? Il avait probablement prétendu qu'il y avait du nouveau avec Morel, que Lapointe devait revenir immédiatement au poste. Oui, Fecteau était prudent ; il n'avait pas dû accuser Lapointe devant Boutet et son équipe.

Rouaix quittait le salon, se dirigeait vers l'entrée, s'agenouillait pour examiner les taches qui maculaient le sol.

— Ce n'est pas du sang. Ça ressemble à de l'huile.

Il se pencha encore davantage, touchant quasiment le sol du bout de son nez.

— Ça sent l'huile à moteur.

— Notre homme aurait marché sur un sol où il y avait de l'huile à moteur ? Ça serait resté imprimé sur le talon.

— Oui, et c'est ce talon-là que les gars du labo vont analyser. Il y en a aussi dans la serrure, le visiteur de Lapointe a dû forcer la porte.

Maud Graham appelait déjà les techniciens, leur donnait l'adresse, des précisions sur ce qu'elle désirait. Ils examineraient les traces et relèveraient les empreintes digitales dans toute la maison avec une attention particulière pour la pièce du fond.

— Je vous veux ici tout de suite !

Il y eut des protestations que Graham interrompit pour composer le numéro de son patron.

— Vous en êtes où ?

— Nous sommes avec Poirier et Verrette des Enquêtes internes, répondit Fecteau d'une voix lasse. Ils viennent d'arriver. Lapointe refuse de parler à quiconque, sauf à toi. En principe, tu ne peux pas... Mais il faut retrouver Catherine Dion.

Graham soupira en rangeant son téléphone cellulaire.

— Je paierais cher pour une cigarette. Qui est venu ici ? Qui savait que Catherine Dion était prisonnière ?

Rouaix corrigea Graham ; elle ne posait pas les questions dans le bon ordre.

— Celui qui a enlevé Catherine Dion venait cambrioler Lapointe. Il a découvert sa prisonnière et a décidé de l'emmener avec lui.

— De la garder avec lui ! s'écria Graham. Il ne l'a pas libérée, sinon on l'aurait su !

— À moins qu'elle n'ait été blessée ou malade. Celui qui l'a trouvée a préféré l'emmener à l'hôpital.

— Après s'être battu avec elle ?

— Lapointe s'est peut-être battu avec Catherine Dion avant de partir ce matin, supposa Rouaix. Imagine : elle essaie de s'enfuir, il l'en empêche, ils se battent, il réussit à l'enfermer de nouveau et il quitte la maison.

— Qui est ce quelqu'un qui est parti si vite qu'il n'a pas bien refermé la porte ? réfléchit Graham. Une porte qui a été ouverte avec des méthodes particulières. Il y a de l'huile sur la serrure. On n'a pas affaire à un bon Samaritain. Un bon Samaritain aurait appelé immédiatement la police.

— Non, affirma Rouaix. Celui qui voulait cambrioler Lapointe a été surpris par la présence de Catherine Dion, mais il y a tout de suite vu un avantage. À qui peut-elle être utile ? Ce n'est pas évident de traîner quelqu'un qui résiste. En plein jour ! On a affaire à un criminel qui n'a pas froid aux yeux. Et qui a un compte à régler avec Lapointe.

Maud Graham regarda autour d'elle comme si elle cherchait une réponse dans les murs de cette maison. Par une des fenêtres du salon, elle aperçut la camionnette des techniciens en scènes de crime. Elle pourrait retourner à la centrale du parc Victoria et interroger Thomas Lapointe.

Ils sortirent et saluèrent l'équipe technique. Rouaix prit place au volant de sa voiture, tandis que Graham indiquait les taches sur le sol. Elle s'assit dans la voiture en soupirant ; ils avaient quasiment oublié Métivier avec cette histoire-là !

— Si on n'avait pas arrêté Morel, j'aurais cru que c'était lui, le visiteur. Il avait menacé Lapointe de le tuer quand celui-ci l'avait arrêté.

— Sauf qu'il est à la centrale. Où il n'a pas prononcé un mot ! Et maintenant, on ne peut plus autoriser Lapointe à l'interroger.

D'un geste brusque, Rouaix attrapa le gyrophare, le posa sur le toit de la voiture et déclencha la sirène qui leur permettrait de filer à toute vitesse jusqu'au parc Victoria. Maud Graham sentit le vent contre sa main droite, se souvint qu'elle se demandait, enfant, si on pouvait attraper le vent. Elle ignorait alors qu'elle aurait un métier où elle aurait souvent l'impression de ne capturer que de l'air, que du vide, du néant, du rien.

* * *

Robert Fecteau quitta la salle d'interrogatoire où était assis Thomas Lapointe dès qu'il reconnut les voix de Rouaix et de Graham. Celle-ci nota le teint cireux de leur patron; arrêter Lapointe l'avait bouleversé, mais sa voix était assurée quand il lui présenta les enquêteurs qui ne manquèrent pas de lui reprocher d'avoir pris des initiatives douteuses.

— Si on n'y était pas allés, s'insurgea Rouaix, on ne saurait pas que Catherine Dion est probablement partie avec un inconnu...

— Bon, on a assez perdu de temps. C'est à Graham que Lapointe veut parler. Nous, on observera par la glace sans tain de la salle.

Maud Graham inspira lentement, adressa un petit signe de tête à Rouaix et pénétra dans la salle d'interrogatoire. Elle aurait préféré ne pas être seule pour aborder Lapointe. Elle avait peur qu'il s'enferme dans un mutisme total. Il était déjà si secret...

Thomas Lapointe semblait avoir vieilli de dix ans, et son regard trop fixe inquiéta Graham. Fecteau l'avait informée que Lapointe avait admis être l'auteur du kidnapping et des meurtres d'Asselin, de Ménard et de Baudin. Il prétendait avoir fait son devoir et ne pas avoir besoin d'avocat. Maud Graham déplaça une chaise pour s'asseoir en face de Lapointe et lui avoua qu'elle ne savait pas par quoi commencer l'interrogatoire.

— Ce n'est pas une bonne journée, commenta-t-elle. D'abord Morel, puis toi. Sans parler de Métivier qui s'est poussé.

— Il ne vous avouera jamais le meurtre de Jonathan, allégua Lapointe à qui Fecteau avait rapporté la rencontre de Graham avec Morgane. Il se contentera d'admettre le viol. Il n'est pas idiot.

— Et toi, qu'est-ce que tu admets ? Que tu t'es battu avec Catherine Dion ?

— Moi ?

Le ton outré de Thomas Lapointe poussa Graham à insister.

— Il y a des traces de lutte dans la chambre, du sang, mentit Graham.

— Du sang ? Je ne l'ai jamais touchée. Elle ne peut pas prétendre que je l'ai touchée ! Je l'ai très bien traitée.

— Elle ne nous a rien dit pour la bonne raison qu'on ne l'a pas retrouvée. Elle a disparu ! Fecteau ne t'en a pas parlé ? On est entrés chez toi et on a vu la chambre, tout ce désordre. On a cru qu'elle avait cherché à fuir, que tu avais dû la forcer à rentrer dans la pièce.

— Elle est partie ?

— Envolée ! Si ce n'est pas toi qui as foutu le bordel, c'est quelqu'un d'autre. Qui a découvert Catherine Dion et qui a décidé de… Tu n'as pas une idée de qui a pu la battre pour la forcer à le suivre ?

Thomas Lapointe ouvrait et refermait la bouche, comme s'il manquait d'air, et Graham le compara à un poisson échoué sur la grève. Échoué, oui. Il avait tout raté.

— Ce quelqu'un d'autre n'est pas entré chez toi par hasard, poursuivait Graham. Ou il venait te cambrioler, ou il venait te voir. Asselin et Ménard, tu les as tués toi-même ? Tu n'as pas engagé quelqu'un avec qui tu as des comptes à régler et qui serait venu exiger son dû ?

— Jamais !

Graham s'étonna de cette véhémence ; Lapointe était furieux qu'elle ait pu croire qu'il avait manqué de respect à Catherine Dion, comme s'il voulait préserver une certaine image de lui-même, mais voilà qu'en plus il revendiquait l'assassinat de deux hommes.

— Et Baudin ? Ce n'était pas un accident de chasse, n'est-ce pas ?

— Bien sûr que non.

— Pourquoi as-tu enlevé Catherine Dion au lieu de tuer Marie-Anne Lavoie ? Parce que c'est une femme ?

Thomas Lapointe protesta ; non, il aurait dû se décider à exécuter Marie-Anne Lavoie, elle méritait le même sort que ses complices. Il avait voulu qu'elle admette ses erreurs. Ménard avait su pourquoi on l'exécutait, mais pas Asselin ni Baudin. Thomas Lapointe avait regretté de les voir mourir aussi inconscients de leurs torts. Mais il voulait que Marie-Anne Lavoie apprenne ce qu'étaient la peur et l'angoisse.

— Et ensuite, tu aurais libéré Catherine Dion ? Tu prévoyais combien de temps entre le moment où Catherine serait rentrée chez elle et celui où tu aurais tué Marie-Anne Lavoie ?

— J'attendais de voir sa réaction à l'enlèvement. Le genre de déclaration qu'elle ferait aux journalistes. Peut-être que je l'aurais épargnée si elle avait admis publiquement ses erreurs.

— Elle sera ici d'un instant à l'autre. On lui a appris que c'est un enquêteur qui a enlevé sa sœur, qu'un autre criminel a pris la relève et qu'on ignore où celui-ci a emmené Catherine Dion. S'il lui arrive quelque chose, ce sera ta faute. Une innocente sera tuée à cause de toi.

— Je n'ai jamais voulu ça ! protesta Lapointe. Je l'aurais libérée, je le lui avais promis !

— Je ne suis pas certaine qu'elle t'ait cru, marmonna Graham.

— Je lui préparais de vrais repas. Je lui ai acheté des sushis sans savoir qu'elle avait visité le Japon. Elle tricote, saviez-vous qu'elle tricote ? Je ne pouvais pas lui fournir d'aiguilles, je lui apportais des livres pour la distraire.

— Elle ne les a pas pris avec elle. Elle est partie très rapidement. La porte de la maison n'était pas fermée quand on est arrivés. Il faut que tu nous dises qui a pu se rendre chez toi. C'est notre seule chance de retrouver Catherine Dion !

Thomas Lapointe ferma les yeux. Ses épaules s'affaissèrent, son torse se creusa.

— Je ne sais vraiment pas. Personne ne sonne jamais chez moi. Je n'ai pas d'amis. Je suis seulement un enquêteur, je reçois parfois des menaces. Vous en avez reçu aussi, vous savez bien qu'on ne prend pas ça au sérieux. De toute façon, celui qui me déteste le plus est ici, juste à côté. Quand est-ce que je vais l'interroger ?

Graham se mordit les lèvres ; Lapointe divaguait ; après avoir décrit les repas qu'il apprêtait pour sa prisonnière, voilà qu'il s'imaginait pouvoir mener un interrogatoire. Il essayait de retenir quelques bribes de ce quotidien qui faisait sa vie jusqu'à maintenant. Meetings, recherches sur Internet, enquêtes sur le terrain, interrogatoires.

— Morel vous a avoué quelque chose ? Pourquoi s'est-il laissé arrêter ?

— Aucune idée !

— Il faut que je l'interroge.

Graham garda le silence. Lapointe mit longtemps à le rompre. Il répéta qu'il ne savait pas qui avait pu forcer sa porte.

— Il s'agissait sûrement d'un cambrioleur et...

— Tout était en ordre, hormis la chambre où était retenue la victime. On n'a rien volé chez toi. À moins que tu aies laissé de l'argent ou de la drogue quelque part. La télévision, la chaîne stéréo, les bijoux de ta mère et de ta sœur sont toujours là.

— Vous avez fouillé dans...

— On n'avait pas le choix. Est-ce qu'il y avait de la drogue ?

Lapointe jura ; Graham le connaissait assez pour savoir qu'il n'aurait jamais trafiqué ni même consommé de drogue.

Graham eut un sourire triste.

— Non, c'est précisément ce qui me désole, je ne sais rien de toi. J'aurais dû essayer de te connaître davantage. Peut-être que j'aurais pu t'empêcher de faire des conneries. Catherine Dion n'aurait pas été ta victime si j'avais compris plus vite qui tu étais.

Maud Graham utilisait le mot victime autant de fois

qu'elle le pouvait, cherchant à accroître le sentiment de culpabilité qui devait tarauder Lapointe depuis qu'il savait que Catherine Dion avait disparu.

— Je te jure que je ne sais pas qui a pu venir chez moi.

Il marqua une pause et précisa qu'il en faisait le serment sur la tête de Mélanie.

— C'est pour la venger que tu as fait tout ça ?

Thomas Lapointe eut un geste de dénégation ; il aurait pu tuer par vengeance, mais il l'avait fait par devoir.

— Les responsables doivent assumer leurs actes. Qui sème le vent récolte la tempête. Ils libèrent des criminels violents ? Ils peuvent périr de mort violente. Je vais tout te raconter.

— On doit d'abord retrouver Catherine Dion. L'as-tu oubliée ?

Non. Il ne voulait pas y penser. C'était encore la faute de sa demi-sœur ; si Marie-Anne Lavoie s'était inquiétée plus rapidement, tout se serait passé différemment. Maintenant, il se sentirait coupable s'il arrivait quelque chose à sa prisonnière ; il en avait la responsabilité et il n'avait pas su la protéger. De qui ?

— Morel ne vous a vraiment rien appris ? C'est le seul qui m'en voulait à mort.

— Un homme, une femme jalouse ?

Thomas Lapointe eut un rire grinçant. Une femme ? Maud Graham savait sûrement qu'il avait repoussé Gabrielle Léger.

— Et Métivier ? Comment te sentais-tu avec lui quand on le questionnait ?

— C'est toi que Métivier déteste, pas moi. Si Morel méprise tout le monde, Métivier réserve ça aux femmes. La manière dont il te regarde est éloquente. Je ne comprends pas ce qui s'est passé.

«Moi non plus», songea Graham en quittant sa chaise pour s'approcher de la fenêtre. La lumière du jour s'était adoucie. Deux garçons faisaient la course à vélo; elle devina qu'ils traverseraient les rues sans regarder à droite ni à gauche, tellement fébriles, désireux de profiter des derniers jours de vacances. Maxime multiplierait les parties de soccer, il dormirait chez des amis ou inviterait ceux-ci à venir à la maison, et elle se féliciterait qu'il goûte pleinement cette fin d'été où il était encore innocent. Enfin, presque. On ne reçoit pas une balle dans l'épaule sans perdre quelques illusions. Maxime évoquait rarement cet événement, il habitait le présent, disait toujours «chez nous» quand il parlait de la maison de Graham ou du chalet d'Alain. Ils n'en avaient pas assez joui durant l'été, regretta-t-elle. Par sa faute. Elle n'avait pas envie de s'éloigner de Québec; elle aurait eu l'impression de trahir Jonathan Dubois en quittant ces lieux où un meurtrier se baladait sans être inquiété. Elle devait garder le fort, sa ville.

Une cigarette, elle aurait voulu fumer une cigarette. Elle regarda l'horloge murale et se tourna vers Lapointe.

— Je t'emmène dans l'autre salle. Ton avocat viendra t'y retrouver.

— Je n'en veux pas. C'est inutile.

Trottier devait faire circuler Arnaud Morel vers cette

salle dans exactement une minute ; elle ne savait pas si elle avait raison de mettre Lapointe en sa présence, mais elle espérait que Morel s'exciterait et romprait son silence. Elle devait tout tenter pour vaincre son mutisme. Elle sortit des menottes et revint vers Lapointe.

— Tu es obligée ?

— Je ne te connais pas, Lapointe. Je ne t'ai pas assez observé durant tous ces mois où nous avons travaillé ensemble. Tu peux nous réserver d'autres surprises. Tu as enlevé Catherine Dion, mais on ne sait pas quel sort tu réservais à Gilles Mercier.

Graham voulait surtout qu'Arnaud Morel voie Lapointe menotté. Celui-ci tendit ses poignets en fixant Graham qui fit claquer les menottes aux poignets de Lapointe avant d'ouvrir la porte de la salle d'interrogatoire.

Trottier était fiable ; au moment précis où Lapointe s'avançait, Trottier poussait Arnaud Morel vers lui. Rouaix les suivait. Morel s'arrêta net en reconnaissant Lapointe, remarqua les menottes, regarda Graham, puis Trottier et Rouaix, puis de nouveau Graham ; qu'est-ce que ça signifiait ? Lapointe devait être mort ! Métivier devait le tuer le matin même ! Qu'est-ce qu'il faisait là ?

— C'est un chien sale comme toi, dit Trottier. On lui a fait confiance durant des mois et c'est ça que ça nous rapporte !

Arnaud Morel dévisagea Lapointe qui demeurait impassible. Puis il s'efforça de sourire même si la trahison de Métivier le rendait fou de rage ; ses directives avaient pourtant été claires !

— C'est une ruse, tabarnac. Vous mettrez Lapointe à côté de moi dans la cellule et vous pensez qu'il va me faire parler ?

Lapointe s'approcha de Morel, raconta qu'il avait tué Jean-Paul Baudin, René Asselin et Marcel Ménard.

— René Asselin ?

Morel avait légèrement reculé, comprenant que Lapointe n'inventait rien.

— Qu'est-ce qu'il t'a fait, Asselin ?

— Libéré un pourri dans ton genre.

Morel s'élança vers Lapointe, Trottier le retint tandis que Graham et Rouaix maintenaient Lapointe. Graham devinait que ce dernier avait sciemment provoqué Morel.

— C'est ici que vos chemins se séparent, déclara Trottier. Ça ne serait pas une bonne idée de vous enfermer ensemble.

Trottier raffermit sa poigne sur le bras de Morel tandis que Lapointe s'éloignait, encadré par Graham et Rouaix. Ils enfermèrent leur ex-collègue dans une salle avant de se rendre au bureau de Robert Fecteau qui venait d'accueillir Marie-Anne Lavoie.

Elle n'avait pas beaucoup dormi, mais ses cheveux étaient bien coiffés, ses ongles manucurés.

— M. Fecteau m'a confirmé que ma sœur a été enlevée, mais que vous ne savez pas où elle se trouve actuellement.

— Une personne s'est introduite chez le ravisseur et a forcé votre sœur à la suivre.

Marie-Anne Lavoie s'agita ; se pouvait-il qu'il

s'agisse d'un des détenus dont elle aurait retardé la libération ? Qui aurait voulu se venger d'avoir trop attendu pour sortir ?

— Ça peut être n'importe qui.

— Vous auriez dû mettre sa photo dans les journaux !

— On a suivi la procédure normale. On a tenté de vous joindre à plusieurs reprises. Vous étiez en vacances.

— Tout le monde recherche Catherine Dion, affirma Fecteau. Il y a déjà des patrouilleurs qui placardent la ville avec sa photo.

— Il me semble qu'on ne peut pas disparaître aussi facilement, non ? Québec n'est pas une grosse ville comparativement à Montréal.

Ce n'est quand même pas une bourgade, aurait répliqué Graham dans n'importe quelle autre circonstance, mais elle se tut, laissa Fecteau assurer Marie-Anne Lavoie que tout était fait pour retrouver Catherine Dion dans les plus brefs délais. Deux coups frappés à la porte les firent tous sursauter. Marie-Anne Lavoie regarda Trottier, le visage rempli d'espoir ; avait-on des nouvelles de Catherine ?

— C'est Morel, Graham. Il veut discuter avec toi.

Maud Graham se tourna vers Rouaix, retenant sa respiration ; est-ce que sa ruse avait donné des résultats ? Elle sortit de la pièce en courant mais ralentit devant la salle d'interrogatoire où était détenu Arnaud Morel. Trottier et Rouaix, qui l'accompagnaient, restèrent derrière la porte.

— Il paraît que tu veux me voir ?

— Oui. J'ai quelque chose d'intéressant à vous raconter. Mais je veux une garantie que je ne serai pas envoyé au fédéral.

— Intéressant ? Jusqu'à quel point ?

— Tu monteras en grade. C'est à propos d'un meurtre.

— Un meurtre ? De qui ?

— Voyons d'abord ce que tu peux faire.

Maud Graham sortit pour chercher Fecteau qui allégua qu'il n'était pas le seul à décider dans des circonstances aussi graves. Il devait s'entretenir avec un juge, des avocats.

— De quel meurtre s'agit-il ?

— Je veux des garanties.

Fecteau promit à Morel qu'il s'organiserait pour le protéger. À condition que Morel ne soit en rien responsable du meurtre auquel il venait de faire allusion.

— C'est le petit garçon qui est mort cet été. Au parc Maizerets.

Arnaud Morel fixait Graham en souriant. Elle eut un goût de fer dans la bouche, elle s'était mordue pour retenir un cri. Elle avait envie de déglutir, mais elle soutint le regard de Morel.

— Je pense que tu veux te rendre intéressant. Je ne te crois pas.

— J'irai au provincial ? C'est sûr ?

— Si tu n'as rien à voir avec le meurtre.

— C'est Métivier qui l'a tué. Même si Graham croyait Morel, elle haussa les épaules.

— Facile à dire. D'autant plus que Métivier s'est enfui, lui aussi.

— J'ai une preuve. Maud Graham frémit.

— J'ai ses souliers. Avec le sang du garçon dessus. Vous pourrez faire des tests.

Fecteau regarda Graham, ses yeux brillaient d'un nouvel éclat ; on avançait enfin dans ce dossier ! Il fallait rattraper Métivier au plus vite. Mais avec la disparition de Catherine Dion, il devait partager les effectifs. Tout arrivait le même jour ! Dans quel maudit sens s'étaient alignées les planètes durant la nuit ?

— Raconte-nous-en donc un peu plus...

Graham et Fecteau écoutèrent le récit de Morel sans l'interrompre. Puis Fecteau sortit de la pièce en déclarant qu'il mettrait de la pression sur toutes les équipes.

— Pourquoi nous as-tu donné Serge Métivier ? questionna Graham dès que son patron eut franchi la porte.

— Il m'écœure. Ce n'est pas beau de tuer des petits garçons.

— Tu aurais pu nous confier ton vilain secret avant. Tu te décides aujourd'hui, la journée où Métivier se pousse du centre. Bizarre, non ?

— C'est une coïncidence.

— Je ne crois pas aux coïncidences. Il y a un rapport avec la lettre que Ouellet a remise de ta part à Métivier. Il était déçu d'apprendre que tu lui avais menti, qu'il n'aurait pas de cadeau. Nous, on lui a donné deux paquets de cigarettes. Il était content. Content de nous parler.

— Si sa conversation t'intéresse... Moi, les mongols, je trouve ça plate en câlice. Ça dépend des goûts. Vous devez être au même stade mental.

— Tu l'as sous-estimé, il nous a dit ce qui était écrit dans la missive qu'il a remise à Métivier.

— C'était juste une carte de fête, pouffa Morel. Pour que Métivier sache que je ne l'oubliais pas.

— Qu'est-ce que tu espérais de Métivier ?

— Rien. Contente-toi de savoir qu'il a tué le petit gars. Tu n'aurais jamais pu le faire condamner sans moi. T'es vraiment nulle. Tu ne savais même pas que tu travaillais avec un malade ! J'imagine Lapointe au pen, ça va être sa fête ! Un policier en dedans, c'est du bonbon pour les gars. Ils finissent par l'avoir même si on le place à part. Et les *screws* ne lèveront pas le petit doigt pour le défendre. C'est tout ce qu'il mérite ! Je regrette quasiment de ne pas aller au pen, moi aussi. J'aurais aimé l'accueillir là-bas. On lui aurait réservé une belle surprise. Pour moi, c'est un homme mort. J'ai toujours voulu qu'il crève.

— Pourquoi le détestes-tu autant ?

Arnaud Morel plissa les yeux, eut un rictus qui fit frémir Graham. La haine qu'éprouvait Morel pour Lapointe était presque palpable, emplissait la pièce comme un poison mortel. Il ne raconterait jamais comment Lapointe l'avait humilié, mais il s'arrangerait pour qu'on sache très vite dans tous les pénitenciers du Québec et de l'Ontario qu'il était policier.

— Où sont les souliers ?

Morel sourit en lui indiquant où elle pouvait trouver les chaussures incriminantes. Elle sortit et poussa un long soupir de soulagement, se rendit à la salle de bain pour se laver les mains, se rafraîchir le visage. Elle avait l'impression d'être sale.

— Il me donne mal au cœur, confia-t-elle à Rouaix et à Trottier. On va chercher les souliers ?

Rouaix lui emboîta le pas après avoir convenu avec Trottier de faire le point dans l'heure suivante à propos de Métivier et de Catherine Dion.

Ils roulaient en direction de l'atelier d'ébénisterie où travaillait Morel, quand Graham déclara que Métivier et Morel agissaient comme des vases communicants.

— L'un s'enfuit, se fait reprendre et l'autre le remplace aussitôt. Ça tourne autour de Lapointe. Morel le déteste, il veut le voir mort. C'est surprenant qu'il n'ait rien tenté contre lui pendant qu'il était dehors.

— Il aurait fallu qu'il sache où il habite. Nos noms ne sont pas dans le bottin.

— Ça se trouve, dit Graham. Aujourd'hui, on donne nos coordonnées pour tout et n'importe quoi. On oublie d'être prudent. Tout le monde se sert d'un ordinateur, maintenant. Je vais même en avoir un, Maxime m'a eue à l'usure. Il y en a un au garage. Je n'aurais pas pensé que Jean-Pierre Tremblay était le genre à avoir un ordinateur. Il doit tenir ses comptes, les adresses de ses clients, c'est moins long qu'à…

— De toute façon, Morel n'avait qu'à suivre Lapointe quand il quittait la centrale. Il est toujours en vélo, c'est facile.

— Métivier est mêlé à ça. Depuis que je sais qu'ils ont échangé un paquet derrière l'ancienne gare, j'imagine un lien entre eux. Même si Morel a donné Méti…

Rouaix la coupa: et si les deux hommes avaient échangé plus qu'un paquet? S'ils avaient échangé un crime?

— Morel se tait sur l'assassinat de Jonathan mais demande à Métivier de tuer pour lui.

— De tuer Lapointe? Rouaix se gara sur le côté.

— Morel nous a livré Métivier parce que Métivier n'a pas tué Lapointe. C'est pour ça qu'il était si furieux de voir Lapointe au poste.

— Il ignore que Métivier a peut-être tenté de remplir son contrat, réfléchit Graham. Imagine, Métivier se rend chez Lapointe, pensant se cacher dans la maison pour le surprendre à son retour. Et là, il trouve Catherine Dion…

— Qu'est-ce qu'il peut faire d'elle?

— Elle peut lui servir d'otage, dit Graham. Il prétendra qu'il l'a sauvée de son agresseur. Pour que ça joue en sa faveur si jamais Morel le dénonce. Ou pour marchander avec nous.

— Ça se tient, admit Rouaix. Gages-tu que Métivier va essayer de nous faire croire qu'il voulait parler à Lapointe, l'avertir que Morel en avait après lui? En tout cas, c'est la version que je donnerais.

— Où est-il actuellement? soupira Graham.

— Il n'y a personne chez sa sœur. On a appelé Christelle à son travail. Elle ne sait pas où peut se cacher Métivier.

— Où irais-je si je ne connaissais personne chez qui me réfugier? En plein jour? On n'entre pas dans une maison sans attirer l'attention, surtout si on est avec une femme qui peut se montrer rétive.

— Il a déjà volé une voiture. On a repéré la Toyota dans le terrain de stationnement de Place Fleur de Lys. Il en aura volé une autre, puis il aura circulé en cherchant une maison déserte. Le mieux, c'est d'avoir les clés d'une maison pour y entrer…

— Attends ! s'exclama Maud Graham. Tu viens de dire qu'il n'y a personne chez sa sœur Christelle. Il est peut-être allé là-bas ?

— Non, il sait bien qu'on vérifiera et qu'on ira aussi au garage.

Un appel radio interrompit Rouaix. Un voisin de Catherine Dion venait d'alerter la centrale de la police. Il avait aperçu sa voisine avec un homme, mais il n'avait pas pu lui parler, elle était entrée très vite chez elle. Comme le voisin avait répondu aux questions des enquêteurs le matin même et qu'on l'avait prié de signaler tout ce qui lui paraissait suspect, il s'était manifesté.

— Métivier serait donc chez Catherine Dion ? Mais comment…

— Appelle Trottier, qu'il nous rejoigne avec Boutet et Provencher. Et qu'ils envoient du renfort !

Rouaix redémarra, tourna au feu suivant et emprunta la direction opposée. Maud Graham regardait la route qui défilait à toute allure ; est-ce que Catherine Dion avait fait ce trajet ? Il y avait des cerisiers dans la rue où elle habitait, des maisons bien entretenues. Est-ce que Catherine voudrait déménager après ce qui lui était arrivé ? Changer de décor ? De vie ? Si elle était encore en vie… Le croassement d'un corbeau fit sursauter Graham. On eût dit qu'il se moquait de son angoisse, de son impatience. Quand arriveraient donc Trottier, Boutet et Provencher ? Rouaix reçut enfin leur appel. Ils convinrent des endroits où ils pourraient se poster. Se répétèrent qu'ils ne devaient pas mettre la vie de l'otage en danger. Puisque Métivier connaissait Graham et Rouaix, c'est Trottier qui sonnerait à la porte, prétextant chercher un dénommé Lavoie.

Quand Graham vit Trottier frapper à la porte, tenant son arme d'une main, sachant que Rouaix le couvrait, elle eut l'impression de sentir la rugosité du bois sur ses propres jointures raidies. Elle percevait tout avec une acuité anormale, comme si le temps se fractionnait pour qu'elle puisse analyser chacune des secondes qui s'écoulaient. Trottier cogna plus d'une fois sans obtenir de réponse, mais cela avait suffi à distraire Métivier. Rouaix et Graham en avaient profité pour se faufiler jusqu'à la porte arrière et avaient réussi à l'ouvrir avec un passe-partout. Ils respiraient à peine, tendant l'oreille aux propos qu'échangeraient Métivier et Trottier. Ils entendirent ensuite la porte d'entrée se refermer, Métivier interroger Catherine Dion.

— Tu n'avais jamais vu ce gars-là ? T'en es sûre ?

— On est toujours dérangés, dans cette rue. C'était plus calme à Montréal.

— J'ai déjà vécu là-bas, dit Métivier.

Il se tenait au milieu du salon ; les dérangerait-on de nouveau ? Il voulait réfléchir, se calmer, cette journée était si bizarre. On ne devait plus les… Il eut pourtant l'impression d'avoir entendu un bruit. Il s'éloigna de Catherine pour vérifier par la fenêtre si Trottier était vraiment reparti, se retourna subitement. Il était sûr cette fois d'avoir entendu quelque chose. C'est à cet instant précis que Graham tira une balle dans sa direction, visant le mollet. Il cria en même temps que Catherine Dion et s'écroula, roula sur le tapis du salon.

Maud Graham surgit devant lui avec Rouaix.

— La partie est terminée.

— Je lui ai sauvé la vie ! Lapointe l'avait enlevée ! Je l'ai libérée ! Ce n'est pas moi qui l'ai kidnappée, c'est Lapointe !

— On a arrêté Lapointe.

Métivier gémissait en se penchant sur sa jambe. La balle lui avait arraché de la peau.

— Pourquoi tu m'as tiré dessus ? C'est Lapointe qui…

— J'en avais envie. Depuis que Jonathan Dubois a été assassiné, j'ai envie de tuer celui qui a fait ça. Et là, je t'ai devant moi. Et je regrette d'avoir des principes, de ne pas t'abattre comme un chien. Tu seras vieux quand tu sortiras du pénitencier, tu ne pourras plus séduire les gamines. Ni les violer. Morgane Mathieu ? Tu te rappelles ? Au parc Maizerets ?

Elle lui tourna le dos et, tandis que Rouaix passait les menottes à Métivier, elle s'approcha de Catherine Dion, en larmes, pour la réconforter, lui apprendre que sa sœur était à Québec.

* * *

Il faisait près de vingt-cinq degrés ce premier vendredi de septembre et Maud Graham caressa les épis violacés des tiges de lavande qui poussaient dans le coin le plus ensoleillé de sa cour. Elle avait dressé la table et attendait André et Nicole pour souper. Et Alain, bien sûr, qui ne tarderait pas à arriver. Alain qui lui avait avoué qu'il avait eu tort de douter de son intuition à propos de Lapointe. Ce dernier aurait tué Marie-Anne Lavoie, Gilles Mercier et le ministre de la Justice si elle n'avait pas soupçonné son déséquilibre. Alain avait ajouté qu'il avait dû être un peu jaloux ; Maud n'avait-elle pas affirmé plusieurs fois que son collègue était un bel homme qui plaisait aux femmes ?

Maud Graham sourit en se rappelant l'air penaud de son amoureux. Elle avait hâte de le voir, hâte au souper. Elle espérait que son blanc-manger aux agrumes serait réussi ; elle avait suivi à la lettre les indications du chef du restaurant Leméac qui lui avait gentiment donné sa recette quand elle était allée à Montréal, au début de la semaine. Est-ce que la panacotta serait aussi soyeuse que celle qu'elle avait dégustée sur la terrasse de la rue Laurier ? Elle avait mis un Château de Rochemorin à rafraîchir dans un seau, à côté des bouchées apéritives. Grégoire avait préparé pour elle des feuilletés aux asperges et des crêpes au saumon fumé. Avec beaucoup d'aneth. André adorait l'aneth. Elle avait acheté tous les ingrédients pour préparer un bar du Chili et une sauce vierge, et elle espérait, en nettoyant la grille du barbecue, que ce n'était pas le dernier de la saison, car Maxime avait un match de soccer ce soir-là et ne souperait pas avec eux.

— C'est le début, la prévint Grégoire. Il a ses chums, il sera plus indépendant.

— Pourvu qu'il revienne. Toi, tu es toujours revenu.

— Je suis comme ton Léo. En plus jeune.

Le vieux chat dressa l'oreille en entendant son nom, mais reposa son museau sur ses pattes même si un papillon voltigeait à quelques centimètres de ses moustaches. Il était resté toute la journée dans le jardin, heureux d'avoir sa maîtresse pour lui seul. Elle s'était activée dans la cuisine, avait sarclé les mauvaises herbes du jardin, discuté au téléphone avec Léa et s'était finalement assise près de lui alors que l'ombre gagnait le côté ouest de la cour. Elle n'était pas douée pour le repos, mais elle s'était arrêtée plusieurs fois pour le caresser, lui murmurer qu'il était beau.

— Il doit le savoir, Biscuit, la taquina Grégoire. Tu le lui dis cent fois par jour.

— Quand je pense qu'il y a des enfants qui n'entendent jamais ça.

— Comme Betty ? Elle t'a rappelée ?

— Oui. Elle soutient que c'est grâce à elle si on a arrêté Métivier. Que c'est elle qui a su la première que le clone de Brad Pitt était dangereux.

— Est-ce qu'il lui ressemble tant que ça ?

— Oui. Mais ses numéros de charme sont finis. Et Morgane témoignera contre lui. J'espère que le juge le déclarera délinquant dangereux. Ça réconfortera peut-être les Dubois.

— Moi, si quelqu'un touchait à Maxime, je le tue-
rais. Je comprends Thomas Lapointe. Je serais sans
pardon, moi aussi !

Il y eut un silence rompu par le cliquetis du tire-
bouchon sur la bouteille.

— Ça n'arrangerait rien. Ça ferait un criminel de
plus sur la terre. Tu serais un élément négatif qui
s'ajouterait aux autres. Il nous faut des Henri Dubois
pour améliorer notre monde. Il vit avec une peine in-
finie en lui sans permettre au sentiment de vengeance
de pourrir cette douleur. Et de détruire sa famille. Il
est très courageux. Je ne suis pas certaine que je mon-
trerais autant de dignité que lui si...

Elle avait effleuré d'une main la tignasse de Grégoire qui lui avait souri ; ça ne lui arriverait pas, il ne
mourrait pas, elle n'avait pas à s'inquiéter pour lui, il
ne traînait plus dans les rues. De toute manière, un
chat de gouttière retombe toujours sur ses pattes.

Elle l'espérait. Vraiment.

Le groupe Entraide est fictif.
Mais pour les familles des personnes assassinées
ou disparues, il existe une association, l'AFPAD,
qui vient réellement en aide aux familles
touchées par une tragédie.

www.afpad.ca

ou téléphonez sans frais au 1 877 484-0404

François Landry
Moonshine

Anne Legault
Détail de la mort

Jean Lemieux
La lune rouge
La marche du Fou
On finit toujours par payer

Nathalie Loignon
La corde à danser

André Marois
Accidents de parcours
Les effets sont secondaires

Judith Messier
Dernier souffle à Boston

Sylvain Meunier
L'homme qui détestait le golf

Trilogie Lovelie D'Haïti
Lovelie D'Haïti, tome 1
Le temps des déchirures, tome 2
La saison des trahisons, tome 3

André Noël
Le seigneur des rutabagas

Stanley Péan
Zombi Blues
Le tumulte de mon sang

Maryse Pelletier
L'odeur des pivoines
La duchesse des Bois-Francs

Raymond Plante
Projections privées
Le nomade
Novembre, la nuit
Baisers voyous
Les veilleuses

Jacques Savoie
Le cirque bleu
Les ruelles de Caresso
Un train de glace

Alain Ulysse Tremblay
Ma paye contre une meilleure idée que la mienne
La langue de Stanley dans le vinaigre

Nouvelles :

André Marois
Du cyan plein les mains

Stanley Péan
Autochtones de la nuit

Récits :

Sylvie Desrosiers
Le jeu de l'oie. Petite histoire vraie d'un cancer

Guide pratique :

Yves Bernard et Nathalie Fredette
Guide des musiques du monde. Une sélection de 100 CD

Format de poche :

Chrystine Brouillet
Le Collectionneur
C'est pour mieux t'aimer, mon enfant
Les fiancées de l'enfer
Soins intensifs
Indésirables
Sans pardon

Marie-Danielle Croteau
Le grand détour

Jean Lemieux
La lune rouge
La marche du Fou
On finit toujours par payer

André Marois
Accidents de parcours

Judith Messier
Dernier souffle à Boston

Sylvain Meunier
L'homme qui détestait le golf

Trilogie Lovelie D'Haïti
Lovelie D'Haïti, tome 1
Le temps des déchirures, tome 2
La saison des trahisons, tome 3

Stanley Péan
La nuit démasque
Le cabinet du Docteur K
Zombi Blues
Le tumulte de mon sang

Maryse Pelletier
La duchesse des Bois-Francs

Raymond Plante
Projections privées
Le nomade
Novembre, la nuit

Sources Mixtes
Groupe de produits issu de forêts bien
gérées et d'autres sources contrôlées.
www.fsc.org Cert no. SGS-COC-2624
© 1996 Forest Stewardship Council
FSC

Achevé d'imprimer en juin 2009
sur les presses de l'imprimerie Gauvin,
Gatineau, Québec